ハヤカワ文庫NV
〈NV1378〉

ターゲット・アメリカ

スコット・マキューエン＆トマス・コールネー
公手成幸訳

早川書房
7727

TARGET AMERICA

A Sniper Elite Novel

by

Scott McEwen

with Thomas Koloniar

Translated by

Shigeyuki Kude

First published 2016 in Japan by

HAYAKAWA PUBLISHING, INC.

This book is published in Japan by

arrangement with

the original publisher, TOUCHSTONE

a division of SIMON & SCHUSTER, INC.

through JAPAN UNI AGENCY, INC., TOKYO.

二〇一二年九月十二日、リビアのベンガジにおいて殺害された元海軍SEAL《シール》隊員、タイロン・スノーデン・ウッズ（Ty）およびグレン・アンソニー・ドハティにささげる。誇り高く名高いSEALの伝統を受け継ぎ、彼らは数十名のアメリカ人の生命を救うために圧倒的に多数の敵を向こうにまわして戦った。

彼らはみな、そこへ行かねばならなかったわけではないのに、行ったひとびとなのだ。

われわれは彼らの英雄的行動を忘れてはならず、だれにも忘れさせてはならない。

ブラヴォー・ズールー！

――スコット・マキューエン

悪が勝利するためには、善人がなにもせずにいるだけでよい。

――エドマンド・バーク

本書はフィクションであり、本書で描かれる出来事、人物、場所はいずれも架空のものである。出来事、名称、人物、場所はすべて著者の想像の産物で、現実の出来事や場所、存命の人物あるいは故人に類似したものがあったとしても、それらはすべて偶然の一致にすぎない。

ターゲット・アメリカ

登場人物

ギル・シャノン……………………………元DEVGRU《デブグル》隊員
ダニエル（ダン）・
　　　クロスホワイト………………元デルタ・フォース隊員
ウィリアム・J・クートゥア…………統合参謀本部議長
ジョージ・シュロイヤー………………CIA長官
クリータス・ウェブ……………………同補佐官
ボブ・ポープ……………………………同SAD（特殊活動部）担当次官
ティム・ヘイゲン………………………大統領首席補佐官
ブレット・タッカーマン
アルファ　　　　　　　　　　　………………元DEVGRU隊員
ジェディダイア・ブライトン…………SEALチーム3の指揮官
アダム・サミール………………………爆発物処理のスペシャリスト
ジョゼフ・ファイヴコート……………アメリカ海軍のヘリ・パイロット
ヨシフ・ホッジャ………………………元KGBエージェント
リージュアン・チョウ…………………ポープの助手
マリー……………………………………ギルの妻
ジャネット………………………………マリーの母親
バック・ファーガソン…………………ギルの家族の友人
ハル………………………………………バックの長男
グレン……………………………………バックの次男
ロジャー…………………………………バックの三男
ダスティ・チャタム……………………牧場主
スペンサー・スタークス………………FBI特別捜査官
ニコライ・カシキン……………………テロリスト
ブウォルツ………………………………ニコライの甥
アリク・ザカエフ………………………テロリスト
ムハンマド・ファイサル………………サウジアラビア王族の一員
アントニオ・カスタニェダ……………麻薬カルテルの首領
アクラム・アルラシード………………アラビア半島のアルカイダの工作員
ハロウン…………………………………同。アクラムの弟
デューク…………………………………アクラムの傭兵

プロローグ

グアンタナモ湾　アメリカ海軍基地

季節は六月中旬とあって、暑い。ナイーム・ワルダクにとって、これほどの暑さは記憶になく、これほどの惨《みじ》めさも記憶になかった。前年の秋、アフガニスタンのワイガル谷でアメリカ軍にとらえられて、グアンタナモ収容所に送られ、以後ずっと戦争捕虜《ＰＯＷ》としてそこに押しこめられているのだ。彼は捕虜にしたアメリカ人女性に対する婦女暴行罪に問われている戦争捕虜であり、ＤＥＶＧＲＵ《デブグル》——ＳＥＡＬチーム６が改称された部隊——のチームにとらえられたとき以来、何度となくＣＩＡによって尋問を受け、アフガニスタンおよび中東各地におけるタリバンの行動に関する知識を徹底的に絞りだされてきた。

当人が信じていたほどタフではなかったため、睡眠の剥奪《はくだつ》や水分摂取の遮断という、抵抗を削《そ》ぐための初歩的な尋問段階にすら耐えられず、彼は口を割ってしまった。価値ある存在とアラーに認めてもらう希望を投げ捨てて、ＣＩＡの男たちに彼らの知りたがっていたすべてをしゃべった。そして、情けないことに、真実を吐いた代わりに許された睡眠と、与えられた冷たいオレンジソーダのボトルや粗末な食事を、いちいちありがたく思いながらむさぼった。最終局面に入るころには、ごくささいな慈悲が示されるだけで子どものように泣きだすようになった。そして、尋問が完全に終わったあとになってようやく、恥じる思いがこみあげてきたのだった。つまるところ、彼は赦《ゆる》しを請う意思を放棄したのであり、アラーが報いを与えてくれないのは明らかだった。神が報いてくれるはずがないではないか？　ナイームはあらゆる意味において、聖戦《ジハード》に失敗したのだ。

　太陽が空の頂点に達しようとしているいま、彼はアウトドア〝レクリエーション〟檻《おり》という、六フィート四方の金網フェンスのなかで力なくすわりこみ、隣の檻のなかに横たわっているチェチェン人捕虜をながめていた。このチェチェン人はカフカス地方出身の若い白人《コーカシアン》で、サラフィー主義（イスラム原点回帰主義）のイスラム教徒として育ち、二十歳になったとき、RSMB——リャドウス・サリヒーン殉教者旅団——に参加した。サラフィー主義の宗教運動は、ナイームが属しているワッハーブ派と事実上は同一であり、派の名称は異なれど、イスラム教徒でない者に対する暴力的ジハードを標榜《ひょうぼう》するという、きわめて厳格な教義に基づいている。

　捕虜のふたりはどちらも、たがいをあまり好まず、信頼してもいなかったが、宗派のちがいを気にしてはいられないほど退屈している点では同じであり、たまたま、どちらも北メソポタミア地方のアラビア語方言をしゃべるというわけで、アウトドア〝レク〟の時間に他愛のないおしゃべりをすることがよくあった。

チェチェン人のアリク・ザカエフがナイームのほうへこうべをめぐらして、にやっと笑いかける。

「どうだ、あの知らせはもう聞いたか？」

ナイームは密生した黒ひげを撫《な》でさすって、むっつりと問いかえした。

「なんの知らせだ？」

「あのアメリカ人弁護士がおれの解放を取りつけたってやつさ」

ナイームは、チェチェン人の顔面を蹴りつけてやりたいと思った。自分自身は、自力で脱出する勇気を奮い起こさないかぎり、アメリカの捕虜として朽ち果てることになるに決まっているとわかっていたからだ。

「で、そいつはどうやってそれをやってのけたんだ？」

「例のボストン・マラソン連続爆弾テロにおれが関与した証拠はなにもない」とザカエフ。「RAMBとつながってるからってことで、ロシアのブタ野郎どもがおれにありもしない容疑をかけて、CIAに売り渡したんだ」またこうべをめぐらし、額《ひたい》に片手をかざして日射しを避けながら、もう一方の手でオレンジ色のズボンの股間を掻《か》く。「ロシア人はブタ野郎だ。アメリカの法はロシアほど厳しくないのがさいわいだったってことさ」

ナイームは悪意をこめた目で彼を見つめた。

「いつ解放されるんだ？」

ザカエフがちょっと指のにおいを嗅《か》いでから、また股間を掻く。

「弁護士の話では、四、五日後になるそうだ」

「どこへ行くつもりだ?」

「やつらに連れていかれるところ……たぶん、チェチェンに送りかえされるだろう」

ナイームの惨めな状況には、終わりがないように思えた。捕虜のだれかが解放されるつど、自分の周囲にぐるっと壁がつくられるように感じられるのだ。

「で、そのあとはどうする？　また炭鉱の仕事に舞い戻るのか？」

「炭鉱に戻るなんてのは、ぜったいに願い下げだ」ザカエフが上体を起こして、フェンスにもたれかかり、両手で膝をかかえこんで胸に引き寄せる。「けど、たしかに、おれはチェチェンじゃ死人も同然だ。あっちに着いたら、すぐに出ていくようにしないと、ロシアのブタ野郎にひっつかまって、炭鉱へ送りこまれるだろう」

「じゃあ、どこへ行く？」

ザカエフが陰気な顔になり、青い目が細められる。

「なんで、あんたがそんなことを知りたがるんだ？　知ったら、ＣＩＡの友人どもにこっそり教えてやろうってのか？」

ナイームは、ザカエフもほかの捕虜たちと同様、あっさりと口を割ってしまった自分に不信感を持っているにちがいないと思ったが、もはや恥辱を感じる気力すら残っていなかった。

そこで、彼は視線をそらして、ザカエフの檻の向こうへ目をやり、基地のなかにひろがる不毛の地をながめやった。やるなら、いましかない。あの地のさらに向こうに、この生き地獄から抜けだせる世界、自分が勇気を持ちつづければ、ふたたび目にすることができるかもしれない世界があるのだ。彼はズボンのウエストバンドの内側から、ちっぽけなスチールの破片を抜きだした。五十セント硬貨ほどの大きさしかないが、頭のなかに描いている作業をするにはじゅうぶんに大きい。これをこの〝レク〟檻の隅で見つけたのは、三日前のこと。その日の早い時刻に、近くの監視小屋を壊すためにブルドーザーが使われ、小屋の鉄骨トラスの破片が一個、跳ね飛んで、だれの目にもとまらずにそこに落ちたのだった。

それ以来、彼は夜間、独房に戻されると、そのぎざぎざした金属片を床にこすりつけて、針のように鋭くとがらせることに時間を費やしてきた。そしていま、無言で見つめてくるザカエフに、そのとがった金属片を掲げて見せたのだ。もっとも近くにいる海兵隊の歩哨は、五十フィートほど離れた小屋の影のなかに、カービン銃を肩に吊した格好で立っていた。

「それでなにをやらかすつもりだ？」チェチェン人が問いかけた。まだ、ナイームが自分の命を絶とうとしていることが理解できていないらしい。

ナイームは相手にせず、鋭い金属片を自分の首の横に押しあてて、深呼吸をした。

「やれ！」ザカエフが目を泳がせて海兵隊の歩哨をちらっと見ながら、ささやくような声を発した。「あいつはこっちを見ちゃいない！」

ナイームは鋭い金属片を深々と肉に突きこんで、頸動脈《けいどうみゃく》を断ち切った。真っ赤な鮮血が弧を描いて首からほとばしり、どくどくと噴きだしてくる。

「いいぞ！」ザカエフが自分の脚をたたきながら、うれしそうにけしかける。「いいぞ！」

ナイームは立ちあがり、出血の勢いを増そうと檻のなかを走りまわりはじめた。

海兵隊員がこちらに目を向けてきたが、最初は捕虜が運動をしているだけだと考えて、なんの反応も示さなかった。数秒後、捕虜の首から血が噴出していることに気がついて、大声で衛生兵に呼びかけ、〝レク〟艦のほうへ駆け寄ってくる。

ナイームは、めまいが激しくなって、艦の床に倒れこんだ。コンクリートの床に頭をぶつけて、仰向《あおむ》けに横たわり、まばゆい太陽を見あげる。網膜が日射しに焼かれる感覚が生じてきて、ついには世界が真っ暗になった。

1

メキシコ　チワワ州
九月上旬

アリク・ザカエフは、掌《てのひら》の汗をジーンズでぬぐった。ひっきりなしにそうしても、汗は際限なく出てくるのでやめられなかった。地下にいると、不安が募ってくる。十年ほど前、シベリアの炭鉱で六人の仲間とともに坑道に閉じこめられ、ようやく救出隊に掘り起こされるまでの四日間をかろうじて生きのびた記憶が蘇《よみがえ》ってくるのだ。救出されたときには、全員が意識朦朧《もうろう》となり、うち半数は譫妄《せんもう》と脱水症状を呈していた。いまもまだ、その悪夢を見るときがある。

この密入国トンネルは、アメリカとメキシコの国境、つまりニューメキシコ州とチワワ州の境界の、百フィートほど地下にあたるところを走っていた。全長は三千フィート、高さが六フィート、幅が五フィートあり、床は一面コンクリートで覆《おお》われていて、白熱電球と換気ダクト、そして溜《た》まった地下水をポンプで汲みだすための排水設備が設置されている。冷酷無比な麻薬密輸組織カスタニェダ・カルテルによって、五十五名の移民労働者が地下での作業に送りこまれて、何週間もぶっつづけに働かされ、五カ月におよぶ工期の途中で十一人が死亡しただけでなく、残りの者たちも秘密の保持を完全にするために殺されていた。使用に供されるようになってからすでに十五カ月が過ぎ、これまでに百万ポンドを超える量のマリファナがアメリカ合衆国へ密輸されてきた。

トンネルのメキシコ側の入口は、とある工業用倉庫だが、アメリカ側の出口が野外畜舎の地面に開いている点が、非凡な発想だった。そこでは、日常的に畜牛たちがセミトレイラー・トラックに載せられて、六十マイル北にある食肉処理場へ輸送されている。積み出しの日には、底面に落とし戸《トラップドア》が設けられた特製のトレイラーがトンネル開口部の上に駐車し、後部の貨物室に肉牛が積みこまれているあいだに、改造された前部の運転席に下方のドアから五十ポンドのマリファナが送りこまれる。そして約九十分後、処理場で肉牛が降ろされているあいだに、待ち受けていた雇われ人たちの車輛にマリファナが小分けして積みこまれるのだ。

ザカエフは、祖国でも要注意人物と見なされていたので、それがどういう立場であるかはいやというほどよくわかっていた。グアンタナモ基地から解放されると、まっすぐチェチェン共和国の首都グロズヌイへ空路で送還され、ただちにチェチェン当局に身柄を拘束されて、お決まりの尋問にかけられることになった。釈放されると、すぐに兄の家に行ったのだが、街路の反対側に黒塗りのヴァンが停車していて、ひと晩じゅう、エンジンをかけたまま動こうとしないことがわかった。それで、最悪の成り行きになったことが確実になった。つぎに接触したのはリャドウス・サリヒーン殉教者旅団で、その夜のうちに、彼らが保護下に置いてくれた。そして一週間後、チェチェンからドイツへ送りだされ、そこで大胆な任務を授けられた。その三週間後、バイエルン州で印刷工として働いているチェチェン人の偽造の名手から、バートテルツの街でドイツのパスポートをもらい、旅行者をよそおってメキシコに入ったのだった。

ザカエフのアメリカ人弁護士が、ザカエフはボストン・マラソン連続爆弾テロには無関係であることを保証したのは正しい判断だった。実際、ザカエフはツァルナエフ兄弟の顔が世界中のテレビにでかでかと映しだされるまで、彼らの名を聞いたことすらなかったのだ。だからといって、彼がジハードの戦士ではないとはならないし、そのことはほかのだれよりもロシアのSVR——対外情報庁——がよく知っていた。ボストン事件の六カ月後、ザカエフはモスクワで、そこの地下鉄網への攻撃計画を立てるために偵察をおこなっている最中、ロシアの警察にしょっぴかれたのだった。

SVRは彼の有罪を実証することはできなかったが、RSMBのメンバーであることは知っていたので、早々に、彼がなんの目的もなくモスクワに来たはずはないとの結論に至った。四十八時間後、彼らはザカエフのヴィザを無効にし、ツァルナエフ兄弟との関係を裏づける曖昧《あいまい》な話をでっちあげると、相互協力を示すものとして、彼をさっさとCIAに売り渡した。ザカエフはそれから五カ月間、グアンタナモ基地に収容されることになったのだが、それは、ジハードを継続しようという彼の意志を強めただけでなく、嫌悪の対象がロシア連邦からアメリカ合衆国に切り替わる原因ともなった。

そしていま、彼はメキシコとアメリカの国境をなす土地の地下にいて、単一のものとしては史上最大となる西欧民主主義への攻撃をわずか数週間後に控えているのだった。インシャラー――神の御心のままに！　これは、ひとりのムスリムとして良き時であり、ジハードの戦士として誇らしい時だ。ビンラディンはクリケットのバットで、ブタ野郎のアメリカ合衆国《アンクル・サム》の向こうずねをへし折ったが、自分とRSMBの仲間たちはその両膝をたたき折ってやるのだ。そうなれば、西欧は、もとには戻れないほど変わってしまうだろう。

リャドゥス・サリヒーン殉教者旅団は、一九九九年にシャミール・バサエフというチェチェンのテロリストによって設立された。二〇〇六年に彼が死ぬと、旅団はすぐに消滅したが、二〇一〇年に突如、復活し、カフカス一帯で一連の自爆テロを敢行してきた。そして、二〇一三年になるまでには、同盟者のアルカイダから資金援助を受けるために、攻撃の対象をロシアから西欧に転換していた。

ザカエフは、今夜、このトンネルのなかにいる唯一のサラフィー主義者であり、唯一のチェチェン人だ。彼は四輪の手押し車に七十五ポンド爆弾を載せてトンネルのなかを進んでおり、その作業に手を貸すためにカスタニェダ・カルテルの構成員である五名のメキシコ人が同行していた。カスタニェダの連中はおめでたいことに、それがどういう種類の爆弾であるかは知らず、ボストン事件に使われたのと似たような手製の爆弾だろうと考えている。彼らには思いもよらないことだが、それはロシア軍から盗みだされた、TNT換算で約二キロトンの威力を持つRA-115〝スーツケース型〟核爆弾だった。もし彼らが真相を知っていたら、ザカエフの仲間からカネをもらって手を貸していることなどは無視して、すぐさまチェチェン人を殺し、爆弾をわがものとしていただろう。

カスタニェダの連中のなかにひとり、英語がしゃべれる男がいた。ハビエルという名で、トンネルが完成したときからずっと、それを使っての密輸に従事してきた男だ。

「いまちょうど、国境の真下に来た」その男が言った。「半分ほど進んだってわけだ」

「けっこう」ぼそっとザカエフは応じた。この薄暗い地下墓地のようなところから抜けだしたいという思いが募っていた。

手押し車を押しているのはハビエルの仲間の四人だが、彼らはそれをまっすぐに進めることに苦労していた。ぞんざいにつくられているせいで、車輪はゴムのタイヤではなく、大きな金属キャスターになっていて、そのため、数フィート押すごとに、絶えずトンネルの壁から落ちてくる小石に乗りあげて、つっかえてしまうのだ。停止した手押し車を進ませるために、ハビエルがその端を蹴とばして、にやっとザカエフに笑いかけてくる。

「先週、別のチェチェン人に国境を越えさせてやったことは知ってるか？」

ザカエフは爆弾から目をそらし、トンネルの薄暗い光のなかでハビエルを見つめた。

「その別のチェチェン人というのは？」

メキシコ人がザカエフの顔を指さす。

「あんたのような青い目をしてた。こういう緑色のケースを持ってやってきた。先週は、もっといい車輪の手押し車があったんだが、上のだれかがどこかへ持っていっちまった」男は肩をすくめた。「なんでかはわからん。メキシコじゃ、始終、物がなくなってしまうんでね」

「その別のチェチェン人は名を教えたのか？」ザカエフは尋ねた。

ハビエルが額に浮かんだ玉の汗をぬぐう。

「いいや。そいつはほとんど口をきかなかった。最初から最後まで、ひどく深刻なようすだったぜ。五十歳ぐらいの男だった」

それを聞くなり、ザカエフはその男がだれであるかを悟った。

「カシキン」なにかの菌に感染したせいで、かゆみのとまらない股間を掻きながら、彼はつぶやいた。カシキンがもう一個のＲＡ‐１１５スーツケース型核爆弾を持って――それもまた、ある元ＫＧＢエージェントから買い入れたものだ――すでにアメリカに入っていることは知らされていなかったが、ザカエフは意外には感じなかった。カシキンは最高の一匹狼で、その道のプロだ。ザカエフはいまようやく、この任務はおそらく一から十まであの年配の男の着想によるものであり、自分がそれに加担していることに気がついたのだった。

トンネルの薄暗い照明が消え、たっぷり三秒間、内部が真っ暗になったのち、ふたたび照明が点灯した。

「これはふつうのことか？」うなじに冷や汗が浮かんでくるのを感じつつ、ザカエフは問いかけた。

カスタニェダの五人がそろって立ちどまり、トンネルの前後に目をやっていた。

「いや」とハビエルが応じ、スペイン語であとの連中にささやきかける。「アルマス、アリバ！」――銃を構えろ！

四人の男たちがすばやくAK‐47を肩づけし、ふたりが北へ、あとのふたりがいまやってきた方角へ銃口を向ける。

「どうした？」ザカエフはささやいた。「さっき照明が消えたのはなぜなんだ？」

「わからん」ハビエルはヒップ・ホルスターから拳銃を抜き、頬をすぼませて唾《つば》をのみながら立っていた。黒曜石《こくようせき》を思わせる目を黒いガラスのように光らせて、トンネルの前方を見つめている。「この先にアメリカ人《グリンゴ》がいるのか……南のほうに政府《フェデラーレ》のイヌがいるのか……その両方なのか……それとも、どっちもいないのか。ここはようすを見るしかない」

ザカエフは爆弾のそばに膝をつき、帆布をめくりあげて、小型トランク・サイズのアルミ製ボックスの蓋《ふた》を解錠すると、RA‐115に接続された旧式の電話のコードのように見える起爆装置を取りだした。装置の側面にあるスイッチを入れ、起爆装置のグリップを、拳銃を脚のわきで構えるような感じで握りしめる。ビーッと音がして、装置の側面で光っていたグリーンのライトがレッドに変じた。

それを見て、AK‐47を持つ四人の男たちが浮き足立ち、声を殺したスペイン語でハビエルに話しかけた。

「それはなんだ？」警戒の色を強めた目つきになって、ハビエルが問いかけた。

「デッドマン・スイッチってやつだ」ザカエフは答えた。「もしおれが死んだら、爆弾が爆発する」

「スイッチを切れ！」あわててハビエルが命令した。

「だめだ」チェチェン人は、ほんの数フィート先からAK‐47の銃口を向けている四人を無視して、ハビエルを凝視した。「おれは生け捕りにされてはならず、この爆弾は奪われてはならない。だから、当面はこのまま、おまえが言ったように——ようすを見るしかない。もしなんでもないようなら、スイッチを切って、作戦を継続しよう」

だが、なんでもないわけがないことはわかっていたので、ザカエフは深まりゆく静寂に耳を澄ましつつ、胸のなかでアラーに祈りだした。

2

ニューメキシコ州
デミングの南　メキシコとの国境

　移民《Ｉ》・関税《Ｃ》執行局《Ｅ》捜査官クリストファー・ヒッチが、他の十二名のＩＣＥ捜査官とともに急襲用の装備に身を固め、闇のなか、トンネルのアメリカ側に位置する出口の周囲に立っていた。メキシコの密告者が、この真夜中になにか特別な荷物が国境を越えて運ばれてくると通報してきたのはついさっきのことだったので、ヒッチが召集できるのは十二名が精いっぱいだった。できればこの倍はほしいところだが、一時間たらずのうちに集められる急襲要員の数には限度がある。地元の保安官が二名の若い保安官補を伴って来ていたが、地方の法執行官たちにできるのは現場の安全確保を図ることぐらいのものだろう。

　保安官は太鼓腹の上へズボンをひっぱりあげ、白蝶貝がはめこまれたリボルバーの銃把に手の付け根をかけて、そこに立っていた。

「待ったほうがいい、捜査官ヒックス」

「わたしの名は、ヒッチだ」

「失礼した」保安官が嚙《か》み煙草《たばこ》の汁をぺっと地面に吐きだす。「忠告しよう。あんたらが地下におりていくのは、チワワ州側の当局に伝えて、トンネルのあちら側の入口を確保させてからでも遅くはない。わたしのおやじは、一九六八年ごろ、クチ（ヴェトナムのホーチミン市――かつてのサイゴン――の郊外にある土地で、ヴェトナム戦争時代にヴェトコンが全長二百キロにおよぶトンネルを掘った）で、トンネル・ラット（ゲリラのトンネルに軽武装で侵入する米軍要員で、死傷者の率がきわめて高かった）をやっていたんだ。おやじから何度か、地下の暗闇にいる人間の身に降りかかった空恐ろしい物語を聞かされたもんでね」

ヒッチはなにも感じなかった。

「まあ、そうだろうが、ここはヴェトナムじゃないんだ、保安官。それに、やつらに警告を送るチャンスをメキシコの警察に与えたくはない」部下たちのほうへ顔を向ける。「戦闘準備《ロック・アンド・ロード》。わたしが先頭に立って下へおりる」

彼はMP5短機関銃を構え、額に装着したフラッシュライトのスイッチを入れた。

「いや、ちょっと考えてみようじゃないか」保安官が警告した。「あんたらは暗視装置すら備えちゃいないんだ。穴に入らず、ここに身をひそめて、密輸人どもが出てくるのを待ったらどうだ？　やつらが待ち伏せしているところへ、のこのこ入っていくことはないだろう！」

ヒッチは、この保安官はアントニオ・カスタニェダから賄賂《わいろ》をもらっているのではないだろうかと思いはじめた。あの麻薬王は仲介人を通じて、保安官にたっぷりと報酬をはずんでいるという噂もある。

「地上でのことはあんたが処理してくれるものとあてにしてるよ、保安官。それぐらいのことは、あんたでも捌《さば》けるんじゃないのかね？」

保安官がうなずく。

「ああ、それぐらいのことは捌けるさ。ただ、あんたらがトンネルへおりていって面倒に巻きこまれたら、あんたらだけの力でなんとかするしかないってことなんだ。わたしの部下たちはこの種の訓練は受けていないし、わたしもこんな真夜中に底なしの穴へもぐりこむには、ちょいと贅肉《ぜいにく》がつきすぎてるんでね」

「だれも、給料以上の働きは求めちゃいないよ、保安官」

いらだった保安官が保安官補たちのほうへ向きなおり、首をふりながら身ぶりを送る。

「穴に入らず、ここで待機するんだ、みんな。地下のトンネルで撃ち倒されるはめになるのはごめんだからな」

ヒッチは梯子《ラダー》に足をかけ、ＩＣＥ捜査官たちをあとに引き連れて、くだっていった。

「各自、六フィートの間隔をとっておくように」

穴の入口からかなり離れたところに立っている保安官補のひとりが、そわそわと足を踏みかえていた。

「あの穴の深さはどれくらいのもんでしょう、保安官？」

「百フィート以上はあるだろう」と保安官。「ストリームライトで真下を照らしてみたが、底はまったく見えなかった」

保安官補が小さく口笛を吹く。

「おれをあそこへ送りこむんだったら、先に手榴弾を落としてもらわないといけませんね」

保安官は顔をしかめた。

「それだと、不意打ちがおじゃんになってしまうぞ、ジェフ」

もうひとりの保安官補が親指の爪を嚙みながら、不安げに周囲を見まわす。彼は八ヵ月前からかなりの額の賄賂をカスタニェダからもらうようになっており、このトンネルの発見によってメキシコ人密輸人のだれかが逮捕されて、自分に累《るい》がおよぶはめになるかもしれないと、少なからず心配になってきたのだ。

「あのう、保安官、煙草を吸ってもいいですか?」

「だめだ、ランドリー」保安官は冷たく言い放った。「どうせなら、そこででかい焚《た》き火をたいて、われわれがここにいることをメキシコの密輸人ども全員に知らせてやったらどうだ? 照明弾のほうがいいってことなら、わたしの車のトランクにフレアガンが入ってるから、それを使えばいいが――いや、おまえも、それはちょっぴりやりすぎだと思うだろうな?」

ランドリーはすくみあがった。保安官はすでに自分を疑っているにちがいないと悟ったのだ。

「だから、先に訊いたでしょう?」

「ああ、そうとも。先に訊いたさ」

捜査官ヒッチは足もとに気をつけながらラダーをくだっていったが、ブーツの硬いビブラムのラバーソールはラダーの段に対しては滑りやすかった。足が滑り、腕を段にかけて落下を食いとめたことが二度あった。かさばる装備をしているせいで動きにくく、上にいる部下たちがこれほど悩まされていなければいいのだがと願った。もしだれかが落ちたら、その下にいる全員が巻きこまれて、穴の底にたたきつけられるだろう。

　永遠とも思える時間が過ぎたころ、下方に薄明かりが見え、心臓が早鐘を打ちはじめた。あそこの照明が点灯されているのであれば、だれかがトンネルを使っているのだろう。彼は、薄明かりのことを上方にいる部下たちにささやき声で伝え、さらにラダーをくだっていった。

一分後、底にたどり着いて、ラダーから地面へ足をおろすと、そこはコンクリート敷きの空間になっていて、端のほうに大量の物資が山積みされていた。それにナイロン・ストラップとカーゴ・フックが取りつけられていたので、密輸人どもはウィンチを使って麻薬の荷物を地上へ引きあげるようにしているのだとわかった。

　南の方角へ目をやると、トンネルがわずかに東へカーブしているために、八十フィートほど先から向こうは見てとることができなかった。およそ二十フィートごとに設置されている白熱電球が、光っている。それらのソケットにつながっている長い電線は、トンネルの全長にわたって張りめぐらされているにちがいなかった。二分後、部下のICE捜査官の全員が底におりてきて、ラダーの基部の周囲に密集した。

　部下たちのひとりが、壁にぞんざいに設置されているヒューズ盤にぶつかり、火花が飛んで、トンネルのなかが真っ暗になった。数秒後、自動的に照明が再点灯する。

「いったいなにをやらかした？」ヒッチは言った。

「なにも」捜査官が答えた。「あのしろものにかすかに触れてしまっただけです。ここはひどく狭いので、思うように動けません」

へまをやらかしたかもしれない、とヒッチは思ったが、ここまで来れば、進みつづけるしかなかった。

「オーケイ……くそ」彼はMP5を構えた。「作戦を立てた。グティエレス、おまえがわたしのすぐあとにつづけ。やつらに出くわしたら、いつでもスペイン語で命令を出せるようにするためだ。わたしと彼が発砲しないかぎり、だれも撃ってはならない。よく耳目を研ぎ澄ましておけ！　さあ、行くぞ」

彼らは一列縦隊をつくって、トンネルを進みだした。


地上では、保安官が腕組みをして自分のパトカーのフェンダーに身をあずけていた。すると、土の道を一台のセミトレイラー・トラックが轟々《ごうごう》と近づいてきて、ギアをシフトダウンし、この地所の入口の手前で速度を落としはじめた。彼はしゃんと身を起こして立った。「こんな時間に家畜運搬車がやってくるというのは、妙な話だ」また嚙み煙草の汁をぺっと吐きだす。「おまけに、いまここには運搬すべき牛は一頭もいないときてる」

保安官補のランドリーが黄色いトレイラーに目をとめ、カスタニェダの構成員のひとりが運転しているトレイラーにちがいないと気がついた。

「どこへ行くつもりか、たしかめてきます」小走りに駆けだす。

「いや、そこを動くな」保安官は声をかけ、ホルスターのストラップを解いた。

だが、ランドリーは走りつづけた。

保安官はジェフに目を向けた。

「あのばか野郎の代わりを探すことになるのを憶えておいてくれよ。あいつはどうにもならんあほうだ」

ジェフはうめいた。ランドリーが危機に瀕していることはわかっていたが、それを口にするつもりはなかった。

七十ヤード先で、ランドリーが、入ってこようとするトレイラーを制止しようとするように両手をふりまわしていた。運転席側へまわりこみ、ドライヴァーを確認してから、ハンドホールドをつかんで、動いている車のステップに身を持ちあげる。

「さっさとここをずらかるんだ、アミーゴ。いま、あのトンネルにICEの連中が入りこんでる！　だれかがFBI《フェド》に通報して、洗いざらいしゃべったんだ」

カスタニェダの構成員の男があわてて周囲を見まわす。男はようやく、数台のパトカーとICEの車輛が家畜囲いの向こう端に駐車していることに気がついて、腿《もも》のホルスターからTec-9マシンピストルを抜きだし、ランドリーを狙って十二発の九ミリ弾をめちゃくちゃに撃ちこんだ。

ランドリーは首と顔面を破壊されて、ステップからふっとばされ、仰向《あおむ》けに地面に落ちた。カスタニェダのドライヴァーがギアを入れて、アクセルを床まで踏みこみ、パトカーをめざしてトレイラー・トラックを走らせる。そのそばに、保安官と保安官補ジェフが呆然とつったっていた。

「なんてことを！」保安官はホルスターから三五七口径のリボルバーを抜きだし、迫ってくるトレイラーを狙って、六発全弾を発砲した。

ジェフが九ミリ・ベレッタを抜き、保安官がパトカーの反対側へまわりこんでいるあいだに、トラックのフロントグリルに銃撃を浴びせた。移動しながらシリンダーから空薬莢《からやっきょう》を排出していると、トレイラーがパトカーにつっこんできたので、ジェフは横手へ飛んで、よけた。トレイラーがやすやすとパトカーを押しつぶし、うなりをあげてICEの車輛群へ突進していく。

保安官はベルトからスピードローダーを取りだして、三五七口径リボルバーに六発のフェデラル製のホローポイント弾を装塡《そうてん》し、太くて短い脚としては可能なかぎりの早足でトレイラーを追った。

ジェフがトレイラーを助手席側から追いかけていき、弾倉に残っていた三発の銃弾を右の前輪に撃ちこんだ。駐車しているICEの車輛にトレイラーが激突して、停止する。ジェフが急いでベレッタに新しい弾倉を装塡していると、カスタニェダの構成員が助手席側から出てきて、地面に飛びおり、Tec‐9の銃口をジェフの腹に向けてきた。薄暗がりのなかに見えるその目は、無感動で、爬虫類《はちゅうるい》を思わせた。

ジェフは凍りつき、新しい弾倉を挿入した拳銃の床尾が相手に、銃口がこちらに向くようにして、掲げた。

「撃たないでくれ！」

メキシコ人が彼を撃ち殺し、トレイラーの後部をめざして駆けだす。

保安官がトレイラーの運転席のそばに駆け寄ったとき、ジェフの腹部を引き裂く連射の音がとどろいた。彼ははたと立ちどまって、身をひるがえし、メキシコ人が顔をのぞかせるのを待った。噛み煙草の汁を吐き捨て、スペイン語で叫びかける。

「どこに《ドンデ・》いやがる《エスタス・》、くそったれ《カブロン》？」

カスタニェダの構成員がトレイラーの陰から飛びだしてきて、ふたりが同時に発砲した。保安官のホローポイント弾がカスタニェダの構成員の両目のあいだに命中して、後頭部をふっとばし、カスタニェダの構成員の四発の連射が保安官の腹部を引き裂いて、ひざまずかせる。

「ちくしょう！」年配の保安官は苦悶にうめいた。「防弾ヴェストを着けていなかったとは」

携帯無線機は携行しておらず、パトカーは五十ヤード離れたところにある。そこまでの距離が五十マイルもあるように思えた。あまりの痛みに動くこともできず、血は奔流のように噴きだしている。彼はシャツに溜まった血をぬぐって、自分の手を見た。夜の闇のなかでも、ひどく黒っぽい血であることが見てとれ、肝臓を撃たれたことがわかった。

「だから、こんなにひどい痛みがあるのか」彼は仰向《あおむ》けに身を転がして、三五七口径リボルバーをわきへ放りだした。「あのカスタニェダの申し出を受けておけば」とつぶやく。「いまごろはタヒチにいられただろうに」

3

トンネルのなか

ザカエフとカスタニェダの構成員たちがトンネルの左右の壁際にしゃがみこんで、襲撃に備えた。

ハビエルが手下たちに対して、腹這《はらば》いになれと命じ、帆布で彼らの体を覆《おお》う。

「できるだけ引きつけてから、撃つんだ」ハビエルには、狂気じみたチェチェン人が爆弾の起爆装置に指をかけているわけなので、自分たちが生きて逃げのびるにはサツの全員を殺すしかないことがわかっていた。

ザカエフはデッドマン・スイッチを握ったまま、不安な目でメキシコ人たちを見まわした。銃撃戦でRA‐115が損傷することを案じてはいなかった。これはロシアの製造物なので、見かけは醜悪だが、強烈な打撃にも耐えられるようにつくられているのだ。

北の方角からフラッシュライトの光が届いてきて、左右の壁で躍りだした。

捜査官ヒッチは、トンネルの百五十フィート先の壁際に荷物のかたまりのように見えるものがあることに気がつき、片手をあげて、隊列に停止を命じた。

「見たところ、やつらは荷物を放りだして、トンネルからずらかろうとしているようだ」

密輸人どもが向こう側の出入口から外に出てしまう前に追いつこうと、彼は前進を再開した。つかまえるために、トンネルをどこまで進むことになるかなどはどうでもいい。やつらがメキシコ側の出入口からトンネルを離れる前に、とっつかまえてやるのだ。さもないと、やつらの弁護士が、逮捕されたのは国境の南側であることを証明しようとするだろう。

トンネルの床に置かれた荷物のかたまりらしきものまで五十フィートの距離に近づいたとき、ヒッチは、それにかけられた帆布の端からAK‐47の銃身が突きだしていることに気がついて、足をとめた。

ハビエルが、「撃て《フエゴ》！」と叫び、四挺のAK‐47が耳をつんざく轟音を発した。

ヒッチが顔面と両腕と胴体に銃弾を浴び、死体と化してコンクリートの床に倒れる。グティエレスともうひとりの捜査官が同時に身を伏せ、その背後につづいている捜査官たちが敵の銃撃に身をさらすことになった。そのうちの三名が、応射もできず撃ち倒される。残った七名のICE捜査官たちがさっと腹這いになり、MP5を発砲した。

五十フィートの間隔を置いて、ふたつの集団がオートマティック射撃での銃撃戦を展開する。自動火器にとっては接近戦に近い距離だ。

カスタニェダ側の弾薬は一九七〇年代半ばに北朝鮮で製造された旧式のもので、腐食が進んでいたために、トンネルのなかに刺激臭を伴う煙があっという間に立ちこめて、視界がぼやけていく。さらにまずいことに、電球の何個かが跳弾を浴びて砕け散っていた。

　しばらくして銃声がやんだとき、生き残った者はどちらの側にも四名しかいなかった。

　ザカエフはいまもまだＲＡ－１１５をかかえこみ、起爆機構のデッドマン・スイッチを握って、うずくまっていた。

「銃撃をやめろ《デハ・デ・ディスパラール》！」捜査官グティエレスが叫んだ。

「油断するな《レグレサテ》！」ハビエルが腹這いになったまま叫んだ。自分がまだ生きていることが驚きであり、こんな恐ろしい銃撃戦をまたやるという危険なまねは願い下げにしたかった。

「われわれは撤収する！」グティエレスが言った。「とにかく、負傷者を回収する時間をつくりたい」

「一分やろう」ハビエルが叫んだ。「一分たったら、また発砲する！」

「落ち着け《カルマテ》」穏やかな口調でグティエレスは言った。「カルマテ、アミーゴ」煙が立ちこめているせいでろくになにも見えなかったが、耳鳴りはしていても、やつらが弾倉を交換する音は聞きとれた。こんな戦闘をつづけても、なんの益にもならない。それに、自分が右上腕の動脈に被弾していて、このままでは失血死するのはほぼ確実であることもわかっていた。

「こちらは武器を捨てる」彼は叫んだ。「とにかく、ここから抜けだすための時間をくれ。同意するか《デ・アクエルド》？」

「オーケイ。デ・アクエルド」とハビエルが応じた。銃撃戦が終わり、アメリカ人たちが退却することになって、ほっとしていた。

　グティエレスは、武器を捨てろと同僚の捜査官たちに指示して、よろよろと立ちあがった。右腕から大量に出血していた。

「助けが要《い》りそうだ」同僚たちに向かって、彼は言った。ラダーのところにたどり着くには、来た道を千二百フィートほどひきかえさなくてはならないのだ。

「こんちくしょうめ」唯一、無傷で残ったＩＣＥ捜査官がつぶやき、死体と化して転がっている同僚たちをまたいで近づいてきて、グティエレスのぶじなほうの腕の下へ肩をさしいれた。

「ヒッチはばかだった」その死体を見返しながら、グティエレスは言った。

「功名心のかたまりみたいなやつだったぜ」別の捜査官が嫌悪をこめて付け足した。

グティエレスは、拳銃を手放さずにいる同僚がひとりいることに気がついた。

「銃を捨てるんだ！」と彼は命じた。「われわれ全員を死なせたいのか？」

その捜査官が、だしぬけに手にやけどを負ったかのように銃を放りだす。

「戦闘は終わった——われわれは負けたんだ！　さあ、抜けだせる見込みがあるうちに、ここを抜けだそう」

ハビエルは肩の傷から血を流しながら、壁際にうずくまっていた。すべての要素を考えあわせれば、そうひどい銃撃戦ではなかったような気もした。自分は、無敵と思われているアメリカ人どもを向こうにまわしての戦闘を指揮し、尻尾《しっぽ》を巻いて逃げださざるえないところまでやつらを追いつめてやったのだ。あとは、この狂気のチェチェン人に爆弾の起爆装置から手を離させて、頭に一発、弾を撃ちこんでやるだけのこと。グリンゴどもの姿が見えなくなったあと、五分待ってから、彼は手下たちに対して、立ちあがれと命令した。ザカエフのそばへ歩いていき、まだ爆弾をかかえこんでいる男を見おろす。

「もう安全だ」ざらついた声で彼は言った。「起爆装置から手を離してもいいぞ」

ザカエフはなにも答えず──動こうともしなかった。

「おれの言ったことが聞こえただろう？」ハビエルは拳銃の銃口でザカエフをこづいた。「さあ、行くぞ。起爆装置から手を離すんだ！」

チェチェン人の体が横手へ倒れる。額にひとつ、弾丸の射入口ができていた。デッドマン・スイッチがコンクリートの床へ転がる。

ハビエルがまばたきをする間もなく、RA-115スーツケース型核爆弾が起爆して、約二キロトンの威力を有する爆発が生じ、ほぼ瞬時にカスタニェダの構成員たちが、そしてICE捜査官たちが──彼らはラダーの足もとに到着したところだった──昇華《しょうか》した。マイクロセカンドののち、周囲の岩が昇華し、内部の温度が摂氏数百万度に達した。数ミリセカンド後、その爆発で生じた巨大な超高圧ガスと蒸気が上方の大地と岩を持ちあげて、高熱と衝撃波がまだ残っていた岩を溶融、昇華させ、熱い気体を内包する溶岩の泡をかたちづくった。気体はさらにまだ膨張をミリセカンドのあいだつづけたのち、外部の大気と同じ程度まで圧力を減じていった。その途中、膨張の圧力に耐えきれなくなった泡が破裂し、直径三百フィート、深さ六十フィートにおよぶ巨大なクレーターを生じさせた。

衝撃波が沖積《ちゅうせき》平野を伝わって、国境に接するメキシコの小さな町、プエルト・パロマを破壊し、一帯の電力網だけでなく、ニューメキシコ州デミングの街も壊滅させた。大地の揺れは、同じニューメキシコ州であっても、はるか遠方にあたるロズウェルにまで伝わった。そして、爆発地点から四十マイル北のクックス・ピークに設置されているアメリカ地質調査所の観測所において、マグニチュード五・一の地震が計測された。

爆発エネルギーの大半は大地と岩の激震として放出されはしたものの、トンネルの両側の開口部からも、ガスが一万フィートの高さまでジェット状に噴出し、すぐに、きわめて有害な放射性の塵と岩屑が東の方角、テキサス州エルパソの上空へと漂っていった。

4

ワシントンＤＣ
ホワイトハウス

「あれはいったいなんだったのか、きみはまだなんの説明もしていないぞ」大統領が国土安全保障省《DHS》長官に言った。「隕石だったのか……原爆だったのか――それとも？　情報を得るのに、なぜこれほど時間がかかっているのだ？」

　ＤＨＳ長官メリル・ラドクリフは苦境に立たされた。彼らはいま、大統領執務室《オーヴァル・オフィス》の外の廊下に立っており、左右には連邦政府のほぼすべての省庁から派遣されてきた職員が群がっていた。統合参謀本部、ＦＢＩ、ＣＩＡ、国家安全保障局《NSA》、国防総省《DOD》……そして、もちろん、どこにでも顔を出してくる、大統領首席補佐官ティム・ヘイゲンもそこにいる。ラドクリフは、この若い男をたまらなく嫌っていた。

　彼はひとつ深呼吸をし、降参するように両手を掲げてみせた。

「われわれにもまだ把握できていないのです、大統領。あそこはひどく辺鄙《へんぴ》な遠隔の地でして、情報源を確保するには時間がかかると――」

話の途中で、大統領がさえぎった。

「そこがサンディやカトリーナといった超大型ハリケーンに破壊されたような惨状になっているというのに、きみの省の職員たちはまだなにもつかめていないとは――きみたちはいまだに、なにかが起こったときに対処する準備ができていないということなのか？」

たんなることばのうえでの問いかけでないことは明らかだった。

「大統領、われわれは過去の惨事から多くを学んできましたが、今回は、情報源を確保し、組織編成をするのに時間がかかるということです。そう早急には――」

「きみは解任だ」と大統領が言って、各省庁の職員たちをぎょっとさせ、ヘイゲンのほうへ顔を向ける。「ラドクリフに替わって、DHSの副長官を長官の地位に就けるように」

そのあと大統領は、携帯電話を片手にオーヴァル・オフィスから出てきたばかりの、統合参謀本部議長ウィリアム・J・クートゥア将軍のほうへ目を向けた。

「クートゥア将軍、いま――即時発効で――この危機への対処を軍に委《ゆだ》ねることにした。さて、きみはなにを必要とする？」

クートゥアは、左顔面にぎざぎざした傷痕があるために、剣呑《けんのん》で威圧的に見えはするものの、信頼できる人物にちがいないと感じさせる気配を漂わせていた。

「大統領、すでに陸軍のNBCスペシャリストに即応態勢を命じ、出動の準備をさせております」NBCというのは、核・生物・化学の略称だ。「彼らはエルパソのフォート・ブリス基地において、爆発発生地点への出動と情報収集の命令が下されるのを待ち受けています。あと必要なのは、大統領のご命令だけです」

「彼らを現地へ派遣してくれ」大統領は言った。「もしわが国が攻撃を受けたのであれば、すぐに真相を知る必要がある。二、三日後などではなく」

「残念ながら、もっと時間がかかるでしょう、大統領」

大統領は眉根を寄せた。

「詳しく話してくれ」

「先ほど、フォート・ブリスのクルーズ将軍から電話で連絡が入りまして。あらゆる証拠が、これは地震ではなく、ぜったいに隕石でもなく、核の爆発であることを示しているそうです。基地の放射能レベルがあがっているため、クルーズ将軍は核防衛規定を基地に発令したとのことです。わたしはテキサス州の全基地に同じ命令を出したいと考えており、その許可を要請します、大統領」

大統領はふいに胃のむかつきを覚え、クートゥアを統合参謀本部議長に据えるようにとのティム・ヘイゲンの助言を受けいれておいてよかったと思った。この状況で、もしクートゥアがいなかったら、指針が完全に失われた気分になっていただろう。

「全土のあらゆる基地に対し、同じ規定を発令することを命じる、将軍」

「ひとつ、警告させていただいてよろしいでしょうか？」と将軍。

「いいとも」

「現時点においては全土に発令する必要はないと存じます、大統領。全基地に警戒態勢をとらせるべきなのはたしかですが、全土レベルの核防衛規定を発令すれば、ほぼまちがいなく、一般市民を甚大なパニックに陥れることになるでしょう」

「しかし、あそこに核爆弾がひとつあったのなら」ヘイゲンが口をはさんだ。「ほかのどこかにもあるのは確実だろう」

クートゥアは耳に入らなかったようすで、じっと大統領を見つめていた。

「先ほどのご命令は有効でしょうか、大統領？」

大統領はクートゥアの状況評価を熟慮し、それが理に適《かな》っていると結論した。

「いや、将軍。きみが正しいであろうと考える。当面、状況の推移を静観するとしよう——きみたち軍人はよくそういう言いかたをするのではないかね？」

将軍がにやっと笑う。

「イエス、サー」

「では、そのように」大統領はヘイゲンに目をやった。「DHS副長官に指示して、現地の緊急事態要員が適切な行動に着手できるよう、放射能レベルに関する警報をエルパソ市全体に発令させてくれ」面目を失ったラドクリフに、ちらっと侮蔑のまなざしを送る。「DHSと連邦緊急事態管理庁《FEMA》の職員が現地に入ってそこの要員に助力できるようになるには、かなりの時間を要するのは明らかだろう」

ヘイゲンが、かたときも手放さずにいるように思える電子ノートパッドにあわただしくなにかを書きこんでいく。

「ただちに指示を出しましょう、大統領」

「さて、諸君」大統領は全員に声をかけて、オーヴァル・オフィスへのドアを開いた。「わたしはいまからFBI、CIAおよびNSAの長官と協議を持たねばならない。全員が情報を共有して、仕事を進めるように。では、またのちほど」

三名の長官が大統領に先んじて、ぞろぞろとオーヴァル・オフィスへ入っていき、あとの全員が廊下を離れていく。全員といっても、クートゥアとヘイゲン、そして大統領を守る二名のシークレット・サービスの警護官は別だった。

ヘイゲンが書きこみをすませて、スタイラスペンをノートパッドの側面にさしこみ、身を転じて、オーヴァル・オフィスに通じるドアのノブに手をのばす。

と、彼にとっては信じられないもいいところだったが、大男のクートゥアが彼のネクタイをつかんで、その身を壁に押しつけ、酷薄な灰色の目でにらみつけてきた。

「もしまたわたしに反論したら、その首をへし折ってやるぞ――わかったか？」

ヘイゲンは浮き足立って、パニックに襲われつつ、シークレット・サービスの警護官たちに目をやったが、彼らはどちらも石に変じたかのように、じっと立ってながめているだけだった。ヘイゲンの生死は怒りに燃えた男の手にかかっているというわけで、彼はかつて味わったことがないほどの不安を覚えることになった。

「イエス、サー」膀胱《ぼうこう》が緩《ゆる》んでしまいそうな気分になりながら、彼は声を絞りだした。

クートゥアが手を離し、シークレット・サービスのふたりに軽く会釈を送ってから、廊下を立ち去っていく。そのふたりは、クートゥアに会釈を返していた。

ヘイゲンはスーツの乱れを直し、時間をとって気を落ち着けてから、自分が失禁をしていないことを確認した。

「大きなお世話だ」先に立って案内しようとしたシークレット・サービスの警護官に声をか

ける。

その警護官が彼を見返してきた。

「なんのお世話でしょう、ヘイゲンさん?」

5

モロッコ　カサブランカ〈リックのカフェ〉

ギル・シャノンが〈リックのカフェ〉のテーブルについて、コーヒーを飲んでいる。〈リックのカフェ〉といっても、映画『カサブランカ』に出てくるカフェではない。あの映画はそもそも、モロッコで撮影されたのではなかった。ではあっても、このカフェは映画のカフェをモデルにしてつくられ、二〇〇四年に開店して以来、この街の主要な観光名所になっているのだ。

三百五十万の住民を擁するモロッコ最大の都市カサブランカは、世界各国からさまざまな企業を迎え入れ、北アフリカ最大の人工港の存在を誇りとしている。過去の文化の味わいが残る近代都市だが、政治的あるいは宗教的紛争と無縁なわけではない。二〇〇三年以来、この街では少なくとも十七件の自爆テロが発生して、三十五名を超える死者と、百名を超える負傷者が出ていた。自爆テロ実行者のほとんどは、アルカイダとのつながりを持つ者と考えられている。

ギルは、セルゲイ・ジーロフというロシア人連絡員が来るのを待っていた。ジーロフは、かつてはロシア軍空挺部隊ヴィソトニキの一員で、いまはフリーランスの工作員として、カサブランカからケニアのモンバサまで北アフリカを動きまわって、傭兵の調査をしている。二〇一二年、ベンガジのアメリカ在外公館が襲撃されるという事件が発生した直後、ＣＩＡが北アフリカにおけるイスラム教系テロリスト、なかでもアラビア半島のアルカイダ《ＡＱＡＰ》と呼ばれる集団につながるテロリストの根絶を狙って、彼を雇い入れたのだった。ＡＱＡＰは過激なテロ組織で、イエメンを根拠地として活動しているが、もともとはサウード家——サウジアラビアの王族——の王国に直接的に抵抗するためにサウジアラビアで設立されたもので、ベンガジのアメリカ在外公館襲撃事件の主力部隊を構成していたことでよく知られるようになった。その事件では、アメリカの外交官たちを守り、助けようとしていた元アメリカ海軍ＳＥＡＬチームの二名、グレン・ドハティとタイロン・ウッズが、屋上で迫撃砲を浴びて殺害されたのだ。

ギルは、ＳＡＤ——ＣＩＡ特殊活動部——担当次官ロバート（ボブ）・ポープの強い要望を受け、カサブランカに潜伏していることが判明したＡＱＡＰの二名の工作員を追い、殺害するためにこの街に来ていた。ドハティともウッズともまったく面識はなかったが、ギルはＳＥＡＬの一員として、彼らの死を重く受けとめていた。そんなわけで、ボブ・ポープが、退役生活から抜けだして、ＡＱＡＰテロリストを始末するためのゲームに復帰しないかと言ってくると、その申し出を断わることはできなかったのだ。

ギルの妻マリーは、戦いの場に戻ろうという決断を、あまり快くは受けとめなかった。じつのところ、その決断をしたために、彼は家からたたきだされそうになったほどだ。ポープの申し出を断わることも、ほかのなにかに生きる道を見つけることもできるでしょう、と彼女は言った。そうしてくれれば、あなたが家にいないあいだ、連日二十四時間、あなたが帰ってこられるのかどうかと心配しなくてもすむのだからと。

妻と離ればなれになることを考えると、ギルは気が重くなったが、まだ工作員としての人生をあきらめるつもりはなかったので、彼女にキスをし、涙をあふれさせながら家をあとにしたのだった。

ＣＩＡは、冷戦が終結して以後、内部に工作員をかかえることは許されなくなっていたため、ポープの提案によって、ギルは、オブシディアン・オプティオという民間軍事会社《PMC》に雇用された。オブシディアンは世界各地における警備事業の契約をＣＩＡと結んでいるので、ギルは周囲の注意を引かずに自由に動きまわることができた。民間会社に正式に雇用されたおかげで、実際にはオブシディアンのために働くわけではないにもかかわらず、たっぷりと給料がもらえるという別の恩恵も得られた。政府と傭兵会社との契約は、一九八九年の国際連合総会において厳格に禁じられはしたものの、各国政府は傭兵を雇っても、けっして傭兵とは呼ばないことで、巧妙にその問題を処理してきた。彼らは警備員と呼ばれている。

セルゲイ・ジーロフが、カーキ色のズボンに栗色のＴシャツという姿で、カフェに入ってきた。赤毛と緑色の目をした大男で、首も肩も腕も筋肉隆々、デッドリフト競技の大会を終えて出てきたばかりのように大汗をかいていた。

こちらに目を向けさせるためにギルが片手をあげてみせると、彼がテーブルにやってきて椅子に腰をおろした。

「コーヒーをおごらせてくれるかい？」ギルは青い目と、砂色がかったブロンドの髪をしていて、その髪を軍人流に短く刈りあげていた。

ジーロフが首をふる。

「それは飲みたくないな」ざらついた声で言って、テーブルに両腕をのせた。皮膚の下で、前腕の血管が電線のようにふくれあがる。「消化に悪い」

「じゃあ、おれだけ、もうひとくち」ギルはコーヒーを飲んで、カップをテーブルに置いた。上質の白いコーヒーカップで、〈リックのカフェ〉の文字が描かれていた。「で、やつらを見つけたんだな？」

ジーロフがうなずく。

「オールド・メディナの近くにある借家に住んでる」オールド・メディナというのは、カサブランカの旧市街地にあたり、市場がたくさんあって、売店と値切り交渉をする観光客でにぎわっている。「やつらはカネに困っているにちがいない」ジーロフがつづけた。「あそこは便所みたいなところだからな」

「なんにせよ、やつらにまちがいない？　その目で見たんだろうな？」

ジーロフがまたうなずいて、ウェイターに手をふり、自分の口もとへでかい手を持っていって、水をくれと知らせた。「やつらはなんの心配もせずに、家に出入りしている。街路で、なんの危険もないと思ってるような調子で食いものを買って、食べてる。用心はしているが、ここは安全だと思ってるんだろう。見てわかった」

「武器は持っていたか？」

「持っていたと思う」ジーロフが額の汗を手でぬぐう。「やつらは上着を着ていた。この暑さなのにそうしていたってことは、持っていたんだろう」

「どうやって見つけだしたんだ？」

ジーロフが肩をすくめる。

「ユダヤ人たちに訊いたのさ。ユダヤ人はこの街のことをなんでも知ってる」

ギルは眉をひそめて見つめた。

「どういうユダヤ人に？」

ジーロフが、いかにもそのひとびとが店の戸口に立っているかのような調子で、肩ごしに親指で背後を示した。

「モハベに雇われてる連中さ」

LXモハベもまた、アメリカに本社のある、情報と暗号技術を専門とする民間軍事会社のひとつで、イスラエルの元モサド・エージェントを雇っていることでよく知られている。

ギルは眉をひそめた。

「おれの任務のことをモハベの連中に話したのか？」

「いいや」いらだたしげにジーロフが言った。「べつに、彼らにあんたのことを話す必要はないだろう？　彼らにとってはどうでもいいことだ。おれは、あんたが見つけたがってたやつらのことを話しただけだ」ウェイターが運んできたグラスをひったくり、ごくごくと水を飲みくだす。「もう一杯」グラスをウェイターの手に押しつけ、手をふって追いはらった。

「おい、セルゲイ」ギルは言った。「おれとしては、モハベがここでのおれの任務のことを知っているのかどうかを知る必要があるんだ。それがきわめつきに重要な点でね」

ジーロフがテーブルに身をのりだして、ギルと目を合わせる。

「よく聞け、この野郎。モハベはあんたの任務のことなど眼中にないんだ。オーケイ？　納得したな？　おれはあんたのことはなにも話しちゃいない。あそこの連中はおれに借りがある。それで、彼らに訊いてみたんだ。そして、あそこのユダヤ人たちは、この街のことはなんでも知ってる。どうして知ってるのかとは尋ねるな。なにしろ、おれにはどうでもいいことだし、こっちから尋ねる気もないからだ。大事なのは、やつらは知ってるってことだけでね。わかるだろう？　そうだからこそ、ＣＩＡは、ほかのやつらじゃなく、このおれを雇ってるんだ。彼らは、だれそれがなにを知ってるかをおれが知ってるってことを知ってる。言ってる意味はわかるな？」

ギルはくくっと笑って、椅子にもたれこんだ。

「ああ、なにが言いたいかはよくわかった。やつらが……その連中が住んでいるところへ案内してくれるか？」

「いいとも」とジーロフ。「だが、その前に飯だ。いい店を知ってる。食ったら、暗くなるまで待つ。あの男たちは、この時間は用心深くしている。あんたの顔を見たら、なにせ、あんたはそんな顔をしてるから、逃げだすだろう。おれのほうは、べつになんてことはない顔をしてる。そうだろう？　おれは昼間もどこにでも行けるが、あんたのそのご面相ときたら……」首をふった。「ヤンキーの殺し屋のように見えるぜ。やつらは、あんたを見たら、逃げる。おれの言うことを信じろ。おれはカサブランカをよく知ってる。あんたがあいつらに近づくにはどうすればいいかも知ってる。だが、まずは飯だ」

　ギルはすわったまま、テーブルごしに相手を見つめた。

「あんたはチェチェンで戦ったんだろう？」

　ジーロフが目をむいて、首をふる。

「チェチェンのことは訊いてくれるな、ヤンキー。思いだしたくないんだ。あの殉教者旅団のやつらときたら……」また首をふった。「サラフィー主義の狂信者どもめ……あいつらにくらべたら、あんたが追ってるやつらは、生きのびるためにペニスをくわえる少女みたいなもんだ」声をあげて笑う。「あんたにはそれぐらいのことを言ってもかまわんだろう、ヤンキーさんよ。さあ、飯を食いに行く気になったか、どうなんだ？」

　ギルは笑みを返して、椅子から立ちあがった。

「あとで悔やむだろうという気はしているが、まあいい、そうしよう」

　ジーロフも立ちあがった。

「よし、行こう。最後の飯に絶好の店へ案内するぜ」自分が言ったことなのに、こんなにおかしな話は初めて聞いたと言いたげな調子で、高笑いしながら、ギルの背中をどやしつける。

　ギルはおもしろくもなさそうな笑みを返し、警戒するような目でロシア人を見つめた。

「あんたのような男がいる国と戦うことにならなくてよかったよ」

　ジーロフの笑い声がさらに高まる。

「こっちもそうさ！　あんたらヤンキーは、いまだにカウボーイとインディアンの戦争をやってるつもりでいるんだからな！」

6

モロッコ　カサブランカ
オールド・メディナ

アブドゥ・バシュワルは三十二歳になったアラーの戦士で、まだ人間を自分の手で殺したことはないが、ベンガジのCIA別館を迫撃砲チームが攻撃したとき、その監的手《スポッター》を務めた経験はあった。仲間のセザール・コウトリはサウジアラビア軍の脱走兵で、年齢は二十九歳、この七年間はAQAPの兵士たちのために、自爆テロ用のヴェストをはじめ、爆弾に関係するさまざまな装備をつくってきた。

コウトリの夢は、アメリカの大規模な支援を受けているサウード家の王国を完全に打倒し、いつの日かサウジアラビアにイスラムの法、シャリーアのみに基づく政権を樹立することだった。コウトリの夢が実現した世界では、サウジアラビアの石油はイスラム教諸国にのみ販売され、その利益は――〝王族〟と呼ばれる連中にではなく、民衆にもたらされることになるだろう。

ふたりは、モロッコにおける反政府運動を再編するための準備をせよとの命令を受けて、今月、カサブランカにやってきた。モロッコには近年、外国企業が続々と入りこんできて、西欧の影響力が増大しており、その結果、この国ではキリスト教とユダヤ教がじわじわと復活しつつあった。法によって公式に認められた宗教はイスラム教だが、モロッコ憲法は信仰の自由を――非イスラム教徒がムスリムを改宗させようとしないかぎりは――容認しているのだ。改宗させようとすることは犯罪と見なされるのだが、キリスト教とユダヤ教の伝道師のほとんどは、その法律を無視している。

ＡＱＡＰは、カサブランカをふたたび西欧人にとって居心地のよくないところにすべき時だと決断した。この地で発生した最後のめざましい反政府テロは二〇〇七年にさかのぼるもので、そのときは、アメリカ領事館の前で二名の同胞が自爆テロを決行した。それ以後は、二〇一一年から二〇一二年にかけて短期間、〝アラブの春〟と呼ばれる抗議運動があっただけで、比較的平穏な状況がつづいてきたのだ。

コウトリはくたびれた椅子にすわって、テレビのチャンネル・サーフィンをしていたが、とうとうあくびが出てきて、リモコンをわきへ放りだした。

「観たいものがなんにもない」

彼の後ろにあるテーブルの椅子にバシュワルがすわって、遅めの晩飯をぱくついていた。

「サッカーの試合をやってるはずなんだが」

「サッカーは飽きた」コウトリは肩ごしに声を返した。「イザーンはどこにいる？　あの野郎、遅いじゃないか」

「あいつはいつも遅い」クスクス（粗挽き小麦粉を蒸して野菜や羊肉といっしょに食べる北アフリカの料理）を口いっぱいにほおばりな

がら、バシュワルが応じた。「いまに始まったことじゃないさ」

「別の連絡員を雇う必要がありそうだ。あのガキは、この種の仕事をさせるにはちょいと頭がとろい」

「当面はあいつを使うしかない。すでに、別の連絡員を見つけてくれるようにと依頼してある」

ドアが大きく開き、十六歳のイザーンが部屋に飛びこんできて、ふたりを跳びあがりそうになるほどぎょっとさせた。

「あの赤毛の大男！」イザーンがまくしたてる。「やつが前の街路に黒いヴァンを駐車してる。アメリカの特殊部隊員がその車に同乗してるんだ」

コウトリはさっと椅子から立ちあがって、バシュワルに目をやった。

「あのでかいロシア人は厄介者だと言っておいただろう！」

バシュワルがグラスの水をごくりと飲んで、手の甲で口もとを拭き、チェコ製の拳銃をシャツの内側から取りだしながら、椅子から立ちあがる。

「どうしてアメリカの特殊部隊員だとわかったんだ？」

イザーンが肩をすくめる。

「そんなふうに見えたからさ」

「そいつらは、ここまでおまえをつけてきたのか？」

「いいや、バシュワル。おれが街路を歩いてきたときには、あの車はもうあそこに駐車してた」

バシュワルがチェコ製の拳銃、Ｃｚ－75の撃鉄を親指で起こす。

「歩いてくるのをやめて、ここに入るのをやつらに見られないようにすればよかったのに、なんでそうしなかったんだ？」

イザーンが怯《おび》えたようすを見せはじめる。

「まちがったことをしたってのか？　おれはあんたらに警告しようとしただけなんだ」

コウトリはそちらに足を踏みだして、少年の腕をつかむと、その体を探って、尻ポケットに入っている携帯電話を見つけだし、それをバシュワルに放り投げた。

「携帯電話で警告することもできただろう」

「それは思いつかなかった。ごめん」

バシュワルがイザーンの電話の受発信記録を調べ、メールと登録されている名前をチェックしたが、怪しいものはなにもなかった。ひと呼吸おいてから、彼は目をあげて、言った。

「そいつを殺せ」

イザーンが腕をふりほどこうとしたが、コウトリの動きのほうが速かった。少年の頭部をつかみ、その首を荒々しくねじって、ボキッと延髄《えんずい》をへし折ったのだ。死体が床に倒れこんで、額が激しくタイルを打つ。

「なにか見つかったか？」コウトリは携帯電話のほうへ手をのばしながら、問いかけた。

バシュワルが携帯電話をポケットに押しこむ。

「なにも見つからなかったが、この家がやばいのはまちがいない。このばかが敵の手先だったかどうかを確認するすべはないが」

コウトリは怒りを募らせた。

「理由もなく、このガキをおれに殺させたのか？」

バシュワルが肩をすくめる。

「われわれがカサブランカに来ていることを知ってるやつが、ほかにいるか？　いないだろう。それなのに、前の街路にロシアの傭兵が――アメリカの特殊部隊員を乗せて、車を駐めているんだ」彼は死体を指さした。「この間抜け野郎は手先だったと考えないかぎり、乗ってるのがアメリカの特殊部隊員であることがわかったはずはないだろう？　こいつはこの種の仕事をさせるには頭がとろいと言ったのは、あんたなんだぜ」

コウトリはシャツの乱れを直して、死体のそばへ歩み寄り、バシュワルの顔に人さし指を突きつけた。

「このつぎは、おまえが自分で殺せ」

バシュワルが、自分をタフガイのように見せかけようと、Cz-75の銃口をコウトリの顔面に向けたが、コウトリはその手から拳銃を奪いとって、バシュワルを背後の椅子へ押し倒し、銃口を突きつけた。

「よく聞け」静かな口調で彼は言った。「人殺しのやりかたを覚えないかぎり、おれに銃を突きつけるのはこれっきりにしたほうがいいぞ」

バシュワルが、もしかするとコウトリはほんとうに自分を撃つのではないかと頭の隅で考えながら、ゆっくりとうなずいた。

コウトリは撃鉄をおろしてから、拳銃をテーブルの上に放りだした。

「さて、あのでかいロシア人とその友人をどうにかしなくてはならない。ふたりそろって月へ送ってやろうかと、おれは考えてる」

7

モロッコ　カサブランカ
オールド・メディナ

　ギルには、オールド・メディナ地区は、〈ボーン・シリーズ〉の映画に出てくる光景のように感じられた。狭い街路が走り、古びた家屋の上に重ねて建てられた古びた家屋が並んでいて、そのどれもが同じように見える。それら、古びた漆喰《しっくい》塗り家屋のほとんどは、フランスが〝保護〟の名目でこの国を占領した二十世紀初頭あたりに建てられたものだ。露天商たちが夜の到来に備えて商品の荷詰めをしており、玉石敷きの裏通りは、駐車している車が数台と、空《から》になった露天商の荷車がいくつか残っているだけで、人影がまばらになっていた。

「迷子になりそうな地区だな」

　ジーロフがくくっと笑う。

「カサブランカで道に迷ったら、海のほうへ歩いていくだけでいい。そのうち、湾岸道路に出るからな。ここの海はえらく広い。ヤンキーでも見落としはしないだろうよ」

　ギルはサイドミラーで後方をチェックしたが、壁が見えただけだった。

「この地区には、まっすぐな道路はひとつもないと思うんだが」

「ここは昔、アンファという都市国家だった」とジーロフ。「それが、この街の大本《おおもと》でね。やがてフランスが占領し、パリに似た街につくりかえようとしたんだ」

十代の少年が角をまわってくる。一瞬、場所の見当をつけるのに立ちどまったように見えたあと、また歩きつづけ、そのブロックを半分ほど進んだところで、ギルとジーロフが見張っている民家に入っていった。

「あの少年に見覚えはあるか？」

ジーロフが首をふる。

「見たことのないやつだ」

「向こうは、あんたに見覚えがあるようだったが」

ジーロフがハンドルに手をかけて、姿勢を直す。彼にはシートが小さすぎるのだ。

「否定はできないな」

ギルは悪態をついた。

「作戦がおじゃんになった。あの少年は、われわれがここにいることをテロリストどもに知らせ、やつらは警戒態勢をとるだろう。ひとまず、ここを離れたほうがいいだろう」

ロシア人が首をふる。愛想のいい感じは消えていた。

「もし立ち去ったら、やつらは姿をくらます。ふたたび見つけだすには、何週間もかかるだろう。ここは待つようにするのがいいとおれは思う。やつらが外に出てきたら、撃つんだ。おれがあんたをホテルまで送っていって、残金をもらう」

ギルはジャケットの内側から、減音器《サプレッサー》付きのUSP45拳銃を抜きだした。

「で、もし出てきたやつらが、オートマティックで銃をぶっぱなしたら、どうする」

ジーロフがシートの下に手をつっこんで、マイクロ・ウージーと呼ばれるマシンピストルを取りだす。

「もしやつらがそうしたら？」ざらついた声で言った。

ギルは周囲に目をやった。裏通りが曲がりくねっているせいで、視界が限定され、箱のなかに閉じこめられているような気分にさせられる。身を隠せる場所はほとんどなかった。ここを離れたほうがいいことはわかっていた。これは、踏みとどまってよいかどうか、ぎりぎりの状況なのだ。だが、ジーロフの言い分が正しいこともわかっていた。立ち去れば、バシュワルとコウトリは姿をくらまして、別の隠れ家へ移動し、ふたたびやつらを見つけだすのは十倍も困難なことになるだろう。

ロシア人がシートの下からサプレッサーを取りだして、ウージーの銃口に装着する。

「踏みこんで、やつらをかたづけることにするか？」

ギルは首をふった。

「成り行きにまかせることにしよう」ヴァンの後部に目をやると、巻いた絨毯《じゅうたん》がぎっしりと積まれているのが見えた。「あの後ろにあるのはいったいなんなんだ？」

ジーロフが肩をすくめる。

「巻いた絨毯さ。このヴァンは絨毯商のものでね。街の向こう側に駐まっていたやつを盗んできたんだ」

ギルは苦笑を返した。

「すばやく逃げられるような計画を立てていたわけじゃないんだな？」

「つまり、こういうことか。よけいな荷物をおろしてしまいたい？　まあ、あんたはおれの客だからな」

「それでけっこう。そういうことにしておこう」

ジーロフが窓ごしに目当ての民家を見つめる。

「あんたにはあんたの流儀があり、ヤンキー、おれにはおれの流儀がある。おれはさっさとあいつらを殺して、残金をもらえば、それでいいんだ」

数分後、黒塗りのヴァンがヘッドライトを点灯せずにそばを通りすぎ、例の民家の三軒手前のところで、街路の左に寄って停止した。後部ドアが開き、ひとりの男がサプレッサー付きMP5短機関銃を手に持って、車を降りてくる。後部には、さらに三人の男たちが乗っていた。

ギルはシートにもたれこんだ。

「あの不穏な動きはいったいなんなのだ？」

ジーロフもシートにもたれこんだが、図体がでかいせいで、ギルと同じような姿勢にはなれなかった。

「さっき言った、ユダヤ人連中だろう」

「モハベ？　彼らがここへなにをしに来たんだ？」

ジーロフが見つめてくる。

「アラブのテロリストを殺しにきたんじゃないか？」

ギルは、撃ち合いがこちらに飛び火した場合に備えて、いつでも車を降りられる体勢をとった。LXモハベは、相手に問いかけるような手間はかけず、さっさと銃をぶっぱなす連中としてよく知られているのだ。そのとき、工作用粘土のように見えるソフトボール・サイズのかたまりが、ドンという重い音を伴ってヴァンの屋根に落下し、へばりついた。ギルは即座に、あれはタイマーと起爆装置が包みこまれたC４プラスティック爆薬だと判断した。数年前、インドネシアで、同様の爆弾が車の屋根に取りつけられて、ある国の外交官の車列を爆破するのに使われるのを見たことがある。

「粘着爆薬だ──伏せろ！」

ギルとジーロフはできるかぎり低く身を伏せ、モハベの男たちが爆弾の仕掛けられた車からあわてて降りてくる。爆弾が目のくらむ白光を発して炸裂《さくれつ》し、まだ車内にいたドライヴァーとガンマンのひとりがやられて、ヴァンがぺしゃんこになり、車を降りていたガンマンたちが宙へふっとばされた。その衝撃で、ギルが乗っているヴァンのフロントガラスに蜘蛛《くも》の巣状のひび割れが生じ、裏通りに爆発の音がこだまする。

巨鳥が舞い降りるように、ふたつめのC４爆薬が、度肝を抜かれて逃げていくモハベの男たちには見えない地点に落下した。それが、また目のくらむ閃光と轟音を発して炸裂し、生き残りの三名全員をばらばらにふっとばす。

ギルが絨毯商のヴァンから飛びおりたとき、三つめのC４爆薬がその屋根に落下してきた。ジーロフはふたつめの爆薬が炸裂した衝撃で意識を失い、運転席にすわったままだった。ギルはヴァンの下へもぐりこみ、肺から空気を吐きだして、両手で耳を覆《おお》った。爆薬が炸裂し、その圧力波のほとんどは後部に積まれていた絨毯の束が吸収したが、ヴァンの車体がそれを懸架している板バネの力を圧して、激しく下方へ沈みこみ、ギルの頭部が一瞬、排気管と路面のあいだにはさまれてしまった。驢馬《ろば》に頭を蹴られたような衝撃が来て、戦闘態勢をとっていた意識が完全に途絶する。

8

モロッコ　カサブランカ
オールド・メディナ

衝撃を受けて途切れていた意識が徐々に回復して、目を開くと、炎上するモハベのヴァンのほうへ急行するふたりの人間の足がそばを通りすぎるのが見えた。そのふたりがちょっと足をとめて、MP5を持ちあげたとき、ギルは、現場からの遁走《とんそう》を図っているバシュワルとコウトリにちがいないと判断した。自分の四五口径拳銃を探し、体の下に見つかった拳銃をつかみあげて、やはり炎上を始めた絨毯商のヴァンの下から這《は》いだしていく。

バシュワルとコウトリが裏通りを進んで、炎の先にひろがる闇のなかへ消えていくのが見えた。ギルは、波のように上下するヨーロッパ・スタイルのサイレンの音を遠くに聞きながら、懸命に立ちあがり、まだ震える手でUSP45をジャケットの内側につっこんでから、よろめく足でふたりの追跡にかかった。壁際を進み、並んでいる戸口を遮蔽物《しゃへいぶつ》にしながら、アンファの裏通りを縫《ぬ》って、影のように追っていく。

住民たちが家から表に出てきていたが、まばゆい炎のほうへ歩いていく者はいなかった。

通りすぎる自分を彼らがなじるような目で見つめてくるのが感じられたが、かまわず、可能なかぎり顔を隠して進んでいく。そのとき、絨毯商のヴァンの燃料タンクに炎が引火し、恐れをなした住民たちがいっせいに屋内へ逃げ戻って、ドアを閉じた。バシュワルとコウトリが裏通りを出て、ムハンマド・エルハンサリ大通りを横断し、姿が見えなくなった。〈カフェ・アルジャジーラ〉の方角へ向かったようだ。平衡感覚が戻ってきたので、ギルは駆け足で大通りを横断して、あとを追った。すると、また彼らの姿が目に入ってきた。カフェの前を走りぬけて、街路を進み、木々の点在する公園のなかへ入っていく。これまでのところ、彼らの動きには、尾行に勘づいていることを感じさせるものはなかった。背後をふりかえろうともせず、爆破の現場から急いで遠ざかろうとしている。

車の陰に身をかがめ、窓を通して観察していると、彼らが二挺のMP5を一本の立木のなかに隠し、人影がいくぶんまばらな北の方角へ街路を急いで進んでいくのが見えた。その街路に入って、あとを追うと、彼らがカサブランカ・ユースホステルに入っていくのがわかった。ギルは腕時計で時刻をチェックし、やつらが身を落ち着けるのに一時間の猶予を与えてから、そこに踏みこむことにしようと決めた。いま来た方角へ足を戻すと、エルハンサリ大通りを通って現場へ急行する消防車のサイレンが聞こえてきた。

自分にはそんな発想はないが、街路で爆薬を炸裂《さくれつ》させるのは効果的な任務の完遂法ではあるだろう。街路に面したカフェが表にテーブルを出していて、カウンターにテレビが置かれているのが見えたので、ギルはそこに入って、マトンのサンドイッチを注文した。それを食べていると、十分ほどたったころ、BBCのリポーターがアメリカの南部で核爆発と思われる事件が発生したことを報じはじめた。そして、いまはアメリカとイギリスの軍隊が全世界で緊急態勢をとっていることが伝えられた。

ギルはジャケットから衛星携帯電話を取りだし、ポープに電話をかけた。

何度か呼出音が鳴ったあと、相手が出てくる。

「タイフーン？」

「ああ」とギルは応じた。「ヘイ、いまBBCのニュースを観てるんだが、母国でいったいなにが起こってるんです？」

「まだ把握しきれていないが」とポープ。「あえて推測するならば、メキシコとの国境近辺で偶発的な核爆発が起こったように思われる。AQAPのふたりについてはどうなんだ？」

「うまくない」ギルは答えた。「モハベの連中が現われたせいで、おかしな展開になりましてね。彼らはわれわれの行動に割って入ろうとして、爆薬でふっとばされ……あのロシア人も巻き添えをくらったんです。おれはいまもターゲットを追って、その動静をつかんでいますから、あと二時間のうちに任務は完了するでしょう。核を爆発させたのはだれなんです？見当はついてるんですか？」

「いや、まったく。とにかく、その工作がかたづいたら、即刻こちらに戻ってきてほしい」

「了解《ラジャー》」

「きみの身元が露見したのか？」

「そうは思いません」ギルは言った。「住民の何人かに顔を見られたかもしれませんが、あそこは暗かったので、べつに心配することはないでしょう。すんだら、可及的すみやかに《ASAP》そっちへ飛びます」

「負傷はしたのか？」

「軽い脳震盪《のうしんとう》を起こしただけで、対処できないことはなにもないです」

「最悪の事態になるところだったにちがいない」とポープ。「あのロシア人はどうなったんだ？」

「おれたちが乗っていたヴァンの屋根に粘着爆薬が投下され、彼はその爆発でやられてしまいました」

「飛行機に乗る際は、カナダ人名義のパスポートを使うようにしたほうがいい」ポープが言った。「カナダに着いたら、ナイアガラフォールズの街から国境を越えるんだ。そこにひとりの女性を待機させて、こちらに入れるようにしておこう」

「単独でも国境は越えられます」

「わかった。AQAPのふたりを排除したら、すぐに知らせてくれ」

「ラジャー。タイフーン、交信終了《アウト》」ギルは電話を切った。

さらに一時間ほど、街路を片目で見ながら、テレビを観るふりをつづけたあと、彼は立ちあがって、ユースホステルへとってかえした。その玄関を抜けて、開けた中庭に出ると、突き当たりの建物にスライド式の窓があり、その内側に頭の禿《は》げた五十代の男が不機嫌な顔ですわって、ちっぽけなテレビでサッカーの試合を観ているのがわかった。ギルが窓の外に立つと、その男はこちらを見あげて、目を見開き、シャツの内側の拳銃に手をかけた。

ギルはさっとサプレッサー付きのUSP45を抜き、窓ごしにそいつを撃った。窓ガラスが砕け、男が椅子から投げだされて、頭部の反対側から脳漿《のうしょう》を噴出させながら床に落ちる。

ギルは周囲に目をやって、だれにも見られなかったことを確認してから、銃をしまった。ホステルが隠れ家に使われることになるとは予想外だった。建物の角をまわりこんで、オフィスに入り、テレビを消してから、その場にしゃがみこみ、椅子の背もたれにかけられていた男の上着をはずして、死体の頭部を包み、まだ内部に残っている灰色の脳組織が床にこぼれないように左右の袖口をしっかりと縛っておく。そのあと、死体を運んで廊下を歩き、清掃員のクローゼットのなかに押しこんだ。

ガラスの破片を集めてゴミ缶に入れ、床の血糊《ちのり》をぬぐう作業は、ほんの数分ですんだ。床磨き洗剤で現場の痕跡をきれいに消し去るというわけにはいかなかったが、灯りが消えていれば、もし窓の外に旅行者が遅い時刻にやってきても、ざっと見ただけでは、まず発見されることはないだろう。ギルは宿泊者名簿と館内地図を取りあげて、食堂に入っていった。だれかがわざわざそこまで、死んだ男を探しにくることはないはずだ。地図を見ると、このホステルには七十二のベッドがあり、ギルが予想したとおり、名簿には、過去二時間のうちにふたりの男がチェックインしたことを示す記録はなかった。

椅子にすわって、地図を調べ、宿泊者名簿をあたって、使われているベッドがどれかをチェックする。三十三のベッドが使われていて、男女の比率はほぼ半々、このホステルの宿泊棟は男女別になっていることがわかった。宿泊棟とは別に、二人部屋がいくつかあり、それらは通常、夫婦用に使われている。ギルは、そのどれかにバシュワルとコウトリがいるだろうと推測した。

宿泊者名簿を支配人のデスクに戻し、片手をジャケットの内側につっこんで、階段をのぼっていく。階段をのぼりきったところで、ギルは地図をもとに見当をつけ、もっとも離れた部屋を最初に調べることに決めて、廊下を右手へ歩いていった。廊下をなかばまで進み、左へ折れるつもりでいた地点に達すると、そこに錆《さ》びたチェーンがかけられていた。チェーンから、くたびれたブリキの表示板がぶらさがっていて、それに白地に黒く、アラビア語、英語、フランス語、スペイン語で、立入禁止と記されている。左へ折れるその短い廊下の突き当たりのドアが、ライトに照らされていた。

ギルはUSPを抜き、慎重にチェーンをまたいだ。壁際に洗面台があり、その下の床に黒いデイパックがひとつ置かれている。薄暗い灯りの下で低くしゃがみこんでみると、パックから廊下の反対側まで単繊維の糸がのばされて、壁面の膝ほどの高さにある錆びたねじ釘に結びつけられているのが見てとれた。不必要に仕掛け罠《ブービートラップ》に手をつけるのはよくないとわかっていたが、もしまずい展開になり、急いで脱出する必要に迫られた場合に、撤収する線上に障害物があるのは好ましくない。それに、この安っぽい黒のデイパックを見たかぎりでは、この仕掛けは、水銀スイッチのような複雑で敏感なつくりにはなっておらず、コロンバイン・ハイスクールで銃を乱射した戦士気取りの少年がこしらえたもののように感じられた。

そこで、ギルはまず、デイパックを洗面台の下からそっとひっぱりだして、単繊維糸の張りを緩めた。つぎに、パックから二本めの糸がのびていないことをたしかめてから、反対側の壁際にあるもうひとつのパックのそばへひきずっていき、そこを通っても仕掛け糸をひっかけることがないようにした。ドアの前へ歩いていき、ドアノブに片手をかけて、室内の動きや話し声に耳を澄ます。なにも聞こえなかったので、ギルはノブをまわし、体の前に拳銃を構えて、するりとなかに入りこんだ。

ベッドに寝そべっていたコウトリが、完全に不意を衝《つ》かれて、目をあげる。ギルはその両目のあいだに銃弾を撃ちこんだ。血が噴出し、脳漿《のうしょう》と骨片が白い枕の上に飛び散る。

バシュワルはその部屋にはいなかった。これは、こちらが食事をしているあいだにホステルの外に出たか、あるいは、シャワーを浴びている最中のどちらかであることを意味する。さっきのコウトリのようすは、やつがすぐに帰ってくるだろうと思っているような感じではなかったのだ。ギルは地図をチェックして、部屋をあとにし、バスルームのほうへ廊下を歩いていった。

シャワー室は無人だったが、それに隣接する便所の個室の下方に二本の脚がのぞいていて、ヴァンの下から目にしたナイキのバスケットボール用スニーカーと同じものを履《は》いていることがすぐに見てとれた。シンクに、タオルと棒石鹸《せっけん》が置かれている。ギルは個室のドアごしに、五発の銃弾をたたきこんだ。拳銃が弾薬を薬室へ送りだす音と、バシュワルの体をつらぬいた二三〇グレイン弾がタイルの壁を撃つ音が響いただけだった。

バシュワルが便座から落下し、その両脚がドアのそばの床に投げだされた。

ドアを蹴り開けると、若い男が便器と壁のあいだに顔がはさまった格好で倒れているのが見えた。目を開き、Cz-75の銃把を握ったまま、愕然《がくぜん》と顔をこわばらせて絶命している。

「ベンガジのお返しだ、くそ野郎」彼はドアに手をのばして、閉じた。

階段をひきかえしていく途中、のぼってくるオーストラリア人観光客の一団と出くわしたので、ギルはあくびを噛《か》み殺すふりをして、片手で顔を隠しながら通りすぎた。

「ヘイ、あんた?」背後からそのひとりが声をかけてきた。「支配人を見かけなかったか?」

「見かけなかったよ」ギルはふりかえらずに答えた。

ホステルからアルモハデス大通りを半マイルほど歩くと、モロッコ海軍の艦艇が係留されている埠頭《ふとう》の真ん前に出た。ギルはUSPを排水溝に投げ捨て、タクシーを拾って空港をめざした。国に帰って、そこでいったいなにが起こっているのかを突きとめる時が来た。

9

デトロイト

ダニエル・クロスホワイトは、現在の彼の職業からは想像しにくいことだが、名誉勲章の受章者であり、何度も敵戦線の背後への危険な急襲を敢行して生きのびてきた元デルタ・フォース隊員だ。六カ月前、彼は、最後の戦闘降下のときにこうむった、臀部《でんぶ》および骨盤の骨折という負傷を主たる理由として、陸軍を退役させられていた。いまも走ったり戦ったりすることはできるが、特殊部隊員に求められる基準にはおよばないというわけで、任務の継続をあきらめるようにと陸軍に強要されたのだった。

もちろん、その退役には別の要素もあった。もっとも大きな要素は、彼がアフガニスタンにおいて、サンドラ・ブラックスという女性ヘリコプター・パイロットを救出するための無許可任務を指揮したことだ。その任務は失敗し、部下の兵士のふたりが命を落とすという惨《さん》憺《たん》たる結果に終わった。その二週間後にブラックス救出任務が敢行された際、クロスホワイトは現地に赴いて助力し、その奮闘に対して名誉勲章を授けられたのだが、上官たちは、彼をこれ以上デルタ・フォースに在籍させておくのは好ましくないと思うようになっただけだった。

クロスホワイトはいま、退役軍人管理局からささやかな障害年金を支給されているが、その額はかろうじて生活費をまかなえる程度にすぎないし、そもそも彼は、自分にはその資格があると考えてはいても、なにもせずに年金をもらっていられるタイプの男ではなかった。なにしろ、その種の給付金をまったくもらえない退役軍人が数多くいるのだ。そこで彼は、ニューヨーク・シティの自宅でテレビのローカルニュースを観ているときに思いついたちょっとしたくわだてを実行に移すべく、ブレット・タッカーマンという元DEVGRU隊員を見つけだし、その助けを借りることにしたのだった。

タッカーマンは、まさしくなにをするかわからない《ワイルドカード》男だ。ガンファイターであり、逆走するD8キャタピラー・ブルドーザーのシートに縛りつけられているときでもポーカー・ゲームをやめようとはしないほどのギャンブル狂だ。特殊部隊の世界にいる友人たちはみな、彼をコンマンと呼ぶ。詐欺師《コンマン》とは、じつに彼にぴったりのニックネームではある。クロスホワイトが彼に初めて出会ったのは、ワイガル谷に侵入する無許可任務を遂行したときで、タッカーマンのほうもその不首尾に終わった任務に関与した報いを受け——その任務に関与したほかのDEVGRU隊員たちと同様——数カ月後、DEVGRUからたたきだされる憂き目にあった。

そのあと、タッカーマンはアメリカ海軍のために働く意志を完全に失い、故郷のラスヴェガスに帰って、フルタイムでポーカー・ゲームにのめりこむようになった。そして、それから五カ月間、コカインを吸ったり、ラスヴェガス・ストリップ（ラスヴェガス・ブールヴァードのなかの、巨大ホテルやカジノが建ちならぶ四キロほどの部分の名称）で女あさりをしたりしてすごしてきた。クロスホワイトがようやく見つけだしたとき、彼は自分の名で予約したわけでもないベラージオ・ホテルの部屋で、おのれの嘔吐《おうと》物《ぶつ》に顔を伏せた格好で倒れていたのだ。

いま、タッカーマンとクロスホワイトはミシガン州デトロイトにいて、くたびれたドッグ・グルーミング業者のヴァンの後部ウィンドウから、テランス・ブッカーという名のメタンフェタミン・ディーラーの家を監視しているところだった。その家の前に、けばい黄色に塗られたハマーが乗りつけ、男がふたり降りてきた。どちらも、ふくらんだバックパックを肩にぶらさげていた。タッカーマンが腕時計に目をやって、驚いたように首をふる。

「きっかり三時三十分。なんで、こんなに几帳面《きちょうめん》なんだ？　やつらは犯罪者なんだぞ」

「それはわれわれも同じさ」ボディアーマーを装着しながら、クロスホワイトは言った。

「やつら、われわれが狙っているカネを持ってきたんだろうか？」

「持ってきてるさ」

タッカーマンは大男ではなかった。身長は五フィート六インチ、体重は百四十五ポンドしかないが、まだ二十九歳とあって、DEVGRUにいたときにたっぷりとつけた筋肉はいまもほとんど失われていない。

クロスホワイトはそれより背が高く、二、三歳年上のハンサムな男で、黒い髪と悪魔でも気を惹《ひ》かれそうな笑顔の持ち主だ。

「忘れるな」彼は言った。「相手は、幼児虐待で逮捕されたことが二度もあるくそったれだから、もし抵抗しようとしたら、ためらわず撃つんだ」

彼らは、特殊部隊員として働いていたときとほぼ同じ戦闘装備をしているが、迷彩服ではなく、ボディアーマーの胸と背にＦＢＩの文字が刷りこまれた、黒ずくめの身なりである点だけが異なっている。身分証はなにも持たず、使いこまれた革製の戦闘手袋をつねにはめるようにしていた。ふたりは最初の日に、相互契約を結んでいた。もしどちらかが入院の必要があるほどの重傷を負った場合は、もうひとりがその頭に銃弾を撃ちこむという契約を。

どちらも、刑務所送りにはなりたくなかったからだ。

この新たな職業に就くことで、彼らはアドレナリンが湧きあがる感触を味わえるようになっていた。それがカネと同じくらい重要なことであって、手にしたカネのほとんどはラスヴェガスで散財してきた。彼らにとって、特殊部隊を離れてからの日々はあまりに動きが緩慢《かんまん》であり、自分たちが戦闘のなかでやったり見たりしてきたことをなにも知らない一般のひとびとのなかで生きていくには、どのようにすればいいかよくわからなかったのだ。

「おれは社会に適応できないと思った」クロスホワイトは、初めてタッカーマンに自分のアイデアを打ち明けた朝、弁明するようなそっけない口調で言った。

「ああ、おれもそうさ。このざまを見てくれ」とタッカーマンが応じ、シャツについた嘔吐物を指さした。そのとき、ふたりは朝食をとるために、ラスヴェガス・ストリップの北端にある食べ放題《バッフェ》食堂のテーブルについていた。「これじゃ、少数民族融合を呼びかけるポスターの少年モデルにはなれそうにない」

ふたりは、さっきの男たちがハマーに戻ってきて走り去るのを待ってから、ヴァンを降り、家の横手の暗がりへすばやく駆けこんでいった。どちらも、イ《I》ンテグレート・バリスティッ《B》

ク・ヘルメット《H》と呼ばれる防弾ヘルメットをかぶり、暗がりでも物がはっきりと見えるように、暗視単眼鏡を装着していた。裏口の強化スチール・ドアを爆破して蝶番《ちょうつがい》からはずすために、通常の二倍の長さがある市販品の導火線をひっぱりながら、だれにも見られずに家の裏手へまわりこんでいく。主要な武器はサプレッサー付きのM4カービンで、予備としてサプレッサー付きの四五口径のSIGザウアー拳銃を用意し、それらのすべてにレーザー照準器を取りつけていた。破片手榴弾は使ったことがないが、スタン手榴弾はつねに六個を携行していた。ボディアーマーは特殊部隊のものと同じ品質で、近距離から発砲されたAK－47の銃弾を食いとめることができる。これは、スピードと俊敏性を重視しての装備ではない。これは、正面衝突の激烈な戦闘のための装備であり、狙ったものを奪うために必要なものはすべて用意してきたのだ。

彼らの考えるところでは、自分たちが相手にしてきた麻薬ディーラーたちは――これまでにすでに、二名を殺害している――以前に戦闘で遭遇した敵と変わりがなかった。それより悪辣《あくらつ》と思えるケースも多々あった。たとえば、このテランス・ブッカーというやつは、幼児虐待で二度の有罪判決を受けたことがあるメタンフェタミン《メス》・ディーラーだ。こいつは、この世に生まれ落ちてからの三十五年間で、どれほど多数のひとびとの人生を破滅に追いこんできたことか？　おそらくは四桁《けた》の数にのぼるだろう。

タッカーマンが雨戸を開け、クロスホワイトがダクトテープを使って導火線を蝶番のまわりに貼りつけてから、導火線の先端を雷管につないだ。身をかがめて逆戻りし、家の角をまわりこむ。どちらも耳栓とゴーグルを装着し、黒の目出し帽《バラクラバ》で顔を隠していた。

十秒後、導火線を伝わった電流が激しい爆発を生じさせたところで、クロスホワイトはそこに駆けつけ、屋内に突入すべくドアを蹴り開けた。ドアが大きな音を立てて、キッチンに倒れこむ。すぐに居間のほうから女の悲鳴があがりだし、クロスホワイトは思いきり大声で「FBIだ！」と叫んで、タッカーマンとともに家のなかに入りこんだ。

「FBIだ！」とタッカーマンも叫ぶ。ふたりが居間に移動すると、テレビの前に男がふたり、呆然としたようすですわっていた。

「FBIだ！　全員、床に這《は》いつくばれ――すぐにだ！」

男ふたりが床に身を投じて、頭の後ろへ両手を持っていくあいだに、クロスホワイトは女を椅子にすわらせ、黙っていろと指示した。

ふたりの男たちはどちらも、テランス・ブッカーではなかった。

「ブッカーはどこにいる？」クロスホワイトは詰問した。

「二階だ」床に這いつくばった男たちのひとりが言った。「上にいる」

タッカーマンがふたりを押さえておき、クロスホワイトが居間の向こう側にある階段へ移動する。四発の銃声が鳴り響き、クロスホワイトはボディアーマーの背中に銃弾が食いこむのを感じた。くるっとふりむいて、M4をぶっぱなし、そこからまっすぐにのびている廊下の突き当たりにある、閉じられた直後のドアを狙って、二十発の五・五六ミリ弾をばらまく。廊下を走っていって、ドアを蹴り開けると、血まみれのテランス・ブッカーがバスタブの端に後ろ向きに倒れこんでいるのが見えた。

居間へとってかえす。

「あっちはかたづいた」と彼は言った。「ブッカーは死んだ。こいつらに、嘘をついた罰を与えてくれ！」

そいつらの膝にタッカーマンが一発ずつ銃弾を撃ちこみ、ふたりがそろって苦悶のうなり声を発した。終生、片脚が不自由な身になるだろう。女がまた悲鳴をあげはじめた。男たちのひとりが、そのボーイフレンドであるらしい。タッカーマンがＭ４の銃尾で女の顔面を殴りつけると、女は気を失って床に倒れた。

「おまえらはＦＢＩなんかじゃないだろう！」ボーイフレンドらしい男が、膝を押さえた手の指のあいだから血をあふれさせながら、わめきたてた。

タッカーマンがそいつの顔面を蹴りつけ、二階へ行くようにとクロスホワイトに合図を送る。

二階の主寝室に行くと、ベッドの上に二個の黒いバックパックが置かれているのが見てとれた。クロスホワイトはちょっと時間をとって、中身をチェックし、情報屋に教えられたとおり、カネがぎっしりと詰まっていることを確認した。両肩にバックパックを担《かつ》いで、ドアに足を向けたとき、だれかが咳をする音が聞こえて、彼は立ちどまった。出どころはクローゼットのなかで、子どもの咳のように聞こえた。そのドアを開くと、幼い黒人の少女が枕の上にすわって、こちらを見あげていた。せいぜいが九歳か十歳ぐらいの少女で、大きな茶色の目を、希望をこめたように見開いている。なかのさまざまな物品のようすからして、少女はかなりの期間、クローゼットのなかに閉じこめられていたのだろう。

「もう、おうちに帰れるの？」少女が言った。

クロスホワイトは膝をついて、少女をかかえあげた。「おりていくぞ！」

「まちがいなく帰れるよ」そう言ってから、少女をかかえて廊下を歩いていき、「危険なし！」と叫んだ。

「危険なし！」とタッカーマンが応じた。

クロスホワイトは階段に向かい、片腕で少女をかかえ、片腕に現金の詰まった二個のバックパックをぶらさげた格好で、階段をおりきった。

「これはちょっとまずいんじゃないか？」彼は言った。「この子はクローゼットに押しこめられていたらしい」

「こいつらはきみの家族か？」タッカーマンが床に這いつくばっている男たちを指さして、少女に問いかけた。

幼い少女は怯《おび》えきっているせいで口がきけず、無言で首をふっただけだった。

「その子を連れて、外に出てくれ」タッカーマンが言った。「おれはすぐあとにつづく」

九十秒後、タッカーマンがヴァンの助手席に乗りこんできた。

「発進してくれ」

クロスホワイトはギアをドライヴに入れ、車を縁石から車道に出した。近所の住民はみな屋内にとどまっていたが、それはべつに意外なことではなかった。この界隈《かいわい》は、FBI《フェド》が現われて壁が穴だらけになるほど銃をぶっぱなしているときに、住民が外に出てきて、ぽかんと見物しているようなところではない。そんなことをしたら、両側から銃弾をくらうはめになるだけで、なんの得にもならないのだ。

「あそこの後始末はきっちりしておいたか？」街路を走りだして数分たったころ、クロスホワイトは問いかけた。

タッカーマンがちょっと間をとって、目出し帽を脱ぐ。

「ギャングどもが撃ちあった跡のようにしておいた」彼が後部シートに目をやると、幼い少女はフロアにすわって、現金の詰まったバックパックにもたれこんでいた。「あんまり居心地がよくなくてすまないな、スウィートハート。きみはどこに住んでるんだ？」

「シカゴ」少女が答えた。

タッカーマンは、始末してきた誘拐犯どもをもう一度殺してやりたい気分になって、ドアのパネルをげんこつで殴りつけた。

「落ち着けよ」クロスホワイトは穏やかに言った。「シカゴにだれか、われわれの仕事を必要としている依頼人はいるか？」

「ああ。南地区に、話をうまくまとめてくれそうな男がひとりいるぜ」

クロスホワイトが街路の角を曲がったとき、警告灯のたぐいはなにも点灯せずに反対方向へ走っていくパトカーとすれちがった。

「まだ警察に通報が入ったようすはない」サイドミラーでパトカーを見ながら、彼は言った。「正直、この街におさらばすることにしたほうがいいような気になってきた。ここはもうじゅうぶんだ」

「じゅうぶんもいいところさ」タッカーマンが言って、親指で背後を指さす。「この子をかかえこんだのは、そろそろ潮時だってことをはっきりと示す証《あかし》だぜ」

「同感」とクロスホワイトは応じた。「おれも同じことを考えてたところでね。シカゴ《シャイ・タウン》は、われわれのビジネスを拡大するのに絶好の土地だ」

10

ラスヴェガス

ニコライ・カシキンは、一九六二年にロシアのノボシビルスクで生を受けた男で、純粋なチェチェン人ではなかった。チェチェンの女性がそこに移住して、ソ連赤軍の兵士である男性と結婚し、一年たらずのうちに彼が生まれたといういきさつだ。彼は父親の足跡をたどって成長し、アフガニスタン侵攻の末期には父親が率いる機甲大隊に中尉として配属された。同じ部隊にいた期間は長くはなかった。父親はパンジシール渓谷の戦闘において戦死し、その同じ戦闘で、カシキン自身も、他の十七名の戦車隊員とともに敵の捕虜となった。同僚の捕虜はみな、タジク人兵士たちによって処刑されたが、カシキンは母親がムスリム、父親がソ連軍大佐ということで、処刑をまぬがれ、のちにアフガニスタン・ムジャヒディン・イスラム同盟の司令官アフマド・シャー・マスードによって、潜在的価値を有する人質と判定された。アフガンの村でムジャヒディンの捕虜として暮らしているあいだに、彼は初めて、ムスリムの息子であったことを心から感謝するようになった。

その人生の転換点が訪れる以前は、ソ連帝国の政界とつながりのあったカシキンの父親は、妻に対してはその信仰をひそかに継続することを勧めてきたが、息子にはいかなる宗教であれ実践することを許さなかった。だが、カシキンの幼少時には、父親が家にいることはめったになかったので、母親がこっそりとイスラムの教えを息子に授けることはできた。カシキンは、いかなる意味合いにおいても熱心なムスリムとして育ったわけではないが、成人したころにはイスラムの信仰を深く理解するようになっていて、母親から受け継いだその信仰への理解が、パンジシール渓谷において彼の命を救うことになったのだった。

アフマド・シャー・マスードとの面談の際、カシキンの幼少時のことが話題にのぼり、マスードは、彼が母親からどのようなことを教えられたのかを詳しく問いただした。そして、面談が終わるころには、マスードは、カシキンはこれまでは誤った道へ導かれてきたムスリムであり、アラーを人生に迎え入れる適切な機会を与えられなかっただけのことと判断するようになっていた。そのあと、マスードは彼の身柄をオルズ・カリモフという導師に委《ゆだ》ね、それから十一カ月のあいだ、カリモフがカシキンに、ムハンマドの啓示した道を歩むにはどうすればよいかを教えた。

ようやく戦闘が終結して、ソ連軍がアフガニスタンから撤退することに同意したとき、カシキンは解放され、ムスリムの一員として故国に帰還した。その後まもなく、カシキンは母親とともにチェチェンのグロズヌイに転居し、そのグロズヌイにおいて、彼は初めて、過激なサラフィー主義の宗教運動に出会うことになった。ソ連が崩壊したあとのロシアに対して、もはやたいした忠誠心は残っていなかったが、かといって、ロシアに悪意をいだくようになっていたわけでもなかった。だが、それは第一次チェチェン紛争のなかで、母親がロシア軍の砲撃を浴びて命を落とすまでのことだった。そのとき、彼は初めてロシア連邦に対して牙をむき、最終的には西欧民主主義のすべてに敵対するようになったのだ。

カシキンはいま、ラスヴェガスのホテルの一室でテレビの前にすわり、ニューメキシコ州南部で発生した、いまだに詳細が不明な爆発を報じるCNNのニュースを観ている。発生後、数時間が過ぎるあいだに、フォート・ブリス基地で核防衛規定が発令されたという噂がひろまっていて、エルパソでは大規模な住民の避難が開始され、テキサスの放射能レベルが上昇していることが報じられていた。エルパソから国境を越えてすぐのところにあるメキシコの街、シウダー・ファアレスでも同様の避難が始まっていて、住民が大挙して、国境から遠ざかる南の方角へ移動しているという。さいわい、そのふたつの街の東側は広大な不毛の地で、住民はまばらであるとのことだ。

爆発地点の空撮映像は、両国の政府によって上空の飛行が厳禁されたために、まったくなかった。両国は、そこでなにが起こったのかを正確に突きとめるために、緊密に協力して動いているらしい。ラスヴェガス時間で午前二時になったころには、アメリカの主要ニュース・ネットワークのキャスターたちの全員が、一分間に百語の速さで、考えられるありとあらゆる最悪のシナリオをまくしたて、国民の半数がまだ眠っている国家の不安レベルを際限なくあげようとしていた。夜明け前になったころにようやく、疲れた顔のウルフ・ブリッツァー（CNNの報道番組『ザ・シチュエーション・ルーム』の司会者）が画面に登場し、アメリカの全土でひとびとが友人や係累《けいるい》に電話をかけまくり、同時多発テロが発生した二〇〇一年九月十一日以後としては最大の通話件数が記録されていることを報じた。

カシキンには、メキシコとの国境近辺でなにが起こったのかを知るすべはなかったが、ザカエフに二個めの爆弾を運ばせるようにしたのは正しい選択だったたと思って、気をよくした。ザカエフが逮捕されるか起爆するかの板挟みになって、やむなくひとつの選択をしたのにちがいない。直接的な人命の損失が少なかったという事実は、カシキンにとって残念なことではあったが、それにまつわるニュースはそう悪いものでもなかった。

ニューヨーク証券取引所が、少なくとも三十六時間にわたって取り引きを停止するという声明を出していた。なにはともあれ、西欧経済に対する打撃は、西欧人の生命を奪うのと同じくらい重要なことなのだ。西欧人どもは、下肥《しもごえ》に集まる蝿のようなものであって——そのすべてを殺そうと思っても、できるわけがない。できるのは、大西洋をはさんで依存しあっている資本主義諸国の、すでに悪戦苦闘のさなかにある経済を壊滅させることぐらいだろう。企業に乗っ取られている強欲なそれら各国の政府を追いつめ、彼らの愛する〝自由〟にどんどん制限が加えられるようにしてやることはできる。

核によるテロは、それを成し遂げるための第一級の方法だ。

カシキンの究極の目標は、人命を奪うことよりはるかに野心的なものだった。その狙いは、堕落したアメリカ社会をぎりぎりまで追いつめて、さらなる圧力を着実にかけつづけ、アメリカ人どもが募りゆく耐乏生活に抗議するために、路上で殺しあい、自分たちの街を炎上させて焼きつくすようにさせることにあった。自分がその仕事の結末をわが目で見るところまで生きていられるとは、ビンラディンもそうであったように、期待してはいないが、あの二〇〇一年九月十一日の攻撃は、西欧との戦いにおけるきわめて重要な教訓を授けてくれた。

ビンラディンの戦略は、アメリカ経済の実態がいかに脆弱《ぜいじゃく》であるかを明らかにしただけでなく、さらに重要なことに、アメリカの経済が破綻《はたん》すれば、ほかの西欧諸国の経済も破綻するという事実を明らかにした。

それが、やつらを打ち負かすための鍵なのだ。

ようやく、最終的な勝利が視野に入り、イスラムの軍勢が団結すれば手の届くところに迫ってきた。ラスヴェガスのポーカー・テーブルで稼いだ数百万ドルにのぼるアメリカの穢《けが》れたカネを、死期が迫り、人生最後の数カ月を南太平洋の島でエキゾティックな女たちに世話をされてすごしたいと願っていた、元KGBエージェントにくれてやった価値はあるというものだ。

テレビのスイッチを切ったころには、太陽が昇ってきて、東の空を曙光《しょこう》で染め、輝かしい新たな日の幕開けを告げていた。灰色になった髪を手の指で撫《な》でつけ、心臓にこたえるほど胸を圧迫していた緊張をやわらげようと、ひとつ深呼吸をしながら、エジプトの遺跡を模したルクソール・ホテル・アンド・カジノのピラミッドやスフィンクス像やオベリスクをながめやると、虫酸《むしず》が走って、カシキンは首をふった。なんたる退廃、なんたる堕落。アメリカが核爆弾で攻撃されたというのに、この悪徳と強欲の街はなにごともなかったかのようにふだんの活動をつづけているのだ。街路の向こう側にあるルクソールのカジノで吸いあげたカネを、ダニエル・ムリンコフから二個のRA‐115を買い取るのにふりむけたのは、適切なことであったように感じられた。

ムリンコフはアフガニスタン侵攻のころからの友人で、カシキンは以前から、その元KG

Bの男が冷戦時代の〝スーツケース型〟核爆弾を所有しているのではないかと疑っていたが、ムリンコフはいつもそれを否定していた。

「そんなしろものはありゃしない、ニコライ」彼はいつも手をふって、そう言ったものだ。「どこにもね」

五カ月後、その日が到来した。ムリンコフがだしぬけに、グロズヌイのカシキン宅を訪ねてきたのだ。膵臓癌《すいぞうがん》が肝臓に転移し、白目が黄色くなっていた。ムリンコフはRA－115を一個どころか二個も持っていること、ソ連崩壊の最後の日に、その二個を東ベルリンから回収するのが自分の責任であったことを告白した。当時、ソ連政府には、その種の爆弾の配備先に通じている人間はほとんどおらず、やがて、ムリンコフの直属の上司が愛人との性交中に心臓麻痺《まひ》を起こして死ぬと、ムリンコフが爆弾を所有していることを知る者は皆無となった。そのような経緯で、二個の二キロトン核爆弾はこの世からふっつりと姿を消したのだった。

ベッドの横にあるナイトテーブルの上で、カシキンの携帯電話が鳴った。彼は電話を取りあげ、「ハロー？」と英語で応じた。

「なにがあったんだ？」アラブなまりの英語で、相手が問いかけてきた。「あんたの間抜けな運び屋のひとりが失態を犯したのか？」

カシキンは鏡に映っている自分の姿を見た。淡い青の目が、笑みを含んでこちらを見返している。

「失態はなかったよ、ファイサル。万事順調だ」

「では、あんたのところの連中がもっとカネをくれと言って、わたしをわずらわせることはないんだな？」

「そんなことにはならないだろう」カシキンは嘘をついた。「万事、計画どおりに進んでるからね」

「それなら、けっこう」と相手が応じた。「これで終わりにしてくれ。もう連絡はしてくるな」

そのことばを最後に、相手は電話を切り、カシキンは電話をベッドの上に放り投げた。

そのすぐあと、荷造りに取りかかっていると、ドアをノックする音が聞こえた。

やってきたのは甥《おい》のブウォルツで、彼もまたカフカス出身の白人らしく、青い目をしていた。

「どうしたんだ？」部屋に入ってドアを閉じたところで、彼はまずそう問いかけてきた。

カシキンは肩をすくめただけで、荷造りを再開した。モンタナで重要な用件が待っているのだ。カナダのウィンザー市に住むAQAPの盟友ふたりから、ある要請を受けていた。そのふたりとは、アクラムとハロウンという名のアルラシード兄弟だ。原理主義のワッハーブ派に属するその兄弟と出会ったのは、リャドウス・サリヒーン殉教者旅団の連絡員を通じてだった。彼らは、カシキンが二個のRA‐115を購入するのに必要な資金の調達をお膳立てし、その代わりに、たったひとつのことを要求してきた……そっちの得意なやりかた、得意の流儀で、あるアメリカ人ヒーローを殺してくれと。

「なにかまずいことがあったのは明らかだが」彼は言った。「そんなことを気にしていてもしょうがない。重要なのは、ザカエフが義務を果たしたことだ。爆弾が敵の手に渡ることはなかった。おまえの仲間たちはもう一個の爆弾をしっかり守ってるんだろうな？」

「もちろん」とブヴォルツ。「目立たない場所にある民家を借りた……あんたに指示されたとおりに。あそこはターゲットにきわめて近い」

「いいぞ」カシキンはスーツケースを閉じて、ベルトのバックルを留めた。「モンタナの用件をすませしだい、そこで落ちあって、脱出の細部を話しあうことにしよう」

ブヴォルツがつったったまま、こちらを見つめる。

「あんたがひとりでシャノンを狙うという発想は気に入らないな。やつは危険だ……あれほど危険なアメリカ人はいないぞ」

「ひとりで移動するほうがやりやすい」カシキンはドレッサーの抽斗《ひきだし》から小さな青いノートPCを取りだして、甥に手渡した。二台あるPCの一台で、ちがいは色だけだった。「二個めの爆弾はもうなくなったから、赤いやつは必要ない」

「こっちも、もう必要ないぞ」と言いながら、ブヴォルツが青いノートPCを小脇にかかえる。「おれたちがターゲット・エリアを詳細に調べあげたからな。おれの部下たちは、そこを知りつくしてる」

「だったら、ハードディスクをぶっ壊してから、それを始末してくれ」

「そうしよう」ブヴォルツが請けあった。「狙撃用のライフルはもう購入したのか？」

「きのう、この地の銃器見本市《ガン・ショー》で見つけた」とカシキンは応じた。「おれはこの国の市民じゃないから、販売業者に四倍の値段を請求されたが、いい銃なので購入した。第二次世界大戦で、ドイツ軍があれを使って多数のロシア人を殺したんだ」

「モーゼルか」ブヴォルツがつぶやいた。「シャノンはきっと、はるかにいい銃を持ってるぞ」

カシキンはベッドからスーツケースを持ちあげて、床に置いた。

「あの男は、おれがここにいることを知りもしないんだ。さあ、おれのために、そのPCを車へ運んでいってくれ。おれは祈らなくてはならない」

11

メキシコ
ハリスコ州プエルト・バジャルタ

アントニオ・カスタニェダはいま三十七歳で、元はメキシコ軍特殊部隊の一員だった。一九九〇年代中盤にアメリカ軍のグリーンベレーに訓練を受けた経験があるので、軍事作戦に関してはよく知っていて、メキシコ軍が自分を追っていることも心得ていた。爆発物に関する知識もかなりのもので、アルバート・アインシュタインの理論などは知らなくても、前夜、プエルト・パロマで起こった爆発はおそろしく大規模であって、小型トランク《フットロッカー》にぎっしり詰めこまれたC４が引き起こしたものなどではないことはわかった。あのトンネルを使わせてくれと言ってカネを払ったチェチェンの連中は嘘をついたということであり、彼はそのことで少なからず腹を立てていた。

だが、彼のようすを見て、その頭のなかに悪意が渦巻いていることを推察できる者はいないだろう。カスタニェダは、メキシコの西海岸に所有する別荘の白い革張りソファに腰かけ、背後に立つメキシコ人美女に肩を揉《も》ませながら、テキーラをすすったり、愛犬のジャーマンシェパードの耳の横を掻《か》いてやったりしていた。とりたててハンサムな男ではない。顔はあばただらけで、黒い双眼は眼窩《がんか》に対していささか大きすぎた。ついさっき、マルコ・ドゥダエフという三十四歳のリャドウス《R》・サリヒーン《S》殉教者《M》旅団《B》のメンバーとのディナーを終え、いまはその男とともに別荘の居間に場所を移して、くつろいでいるところだった。

ドゥダエフもまた、若い女に肩を揉ませている。その女はもうひとりの女の妹で、ふたりはとてもよく似ていた。

「その女の名はターニャだ」カスタニェダは分厚い白の大理石でつくられたテーブルごしに声をかけた。「あいにく、彼女は英語はまったくしゃべれないが」

ドゥダエフが目をあげて、彼女にほほえみかける。彼はまだ酒を飲むことに慣れていないために、青い目がとろんとしていた。飲酒もマリファナの吸引も、イスラム教では禁じられているので、メキシコに来るまでは経験がなかったが、ほかの宗教の信者と同様、ムスリムにもあっさりと道を踏みはずしてしまう者がいるというわけだ。

「きっと、おれたちはうまくやれるさ」ちゃめっけたっぷりのウィンクをターニャに送りながら、なまりの強い英語で彼が言った。「愛は国際言語と言われるだろう」

カスタニェダはげらげら笑った。

「きのう、約束のカネが口座に振りこまれたので、その礼を言っておこう」ケイマン諸島の銀行に持っている口座のことだ。「あんたの仲間たちは、支払いに関してはじつに几帳面《きちょうめん》だな」

「そうするように厳しくつとめてるんだ」ターニャを見あげたまま、彼が言った。彼女はまだ十九歳になったばかりのように見えた。「ビジネスでは几帳面なことが大事だからね」

ターニャが、力強くたくみなタッチで、彼のこわばった首と肩の筋肉を揉みほぐしながら、笑みを返してくる。

「ああ《シ》、そうとも」カスタニェダはうなずいてそう応じ、またひとくちテキーラをすった。「それと、正直さも大事だ。あんたも同感なんじゃないか？」

「もちろんさ」とドゥダエフ。若い女のシルクのような黒髪に魅せられているのが明らかだった。彼が自分のグラスからたっぷりとひとくち飲み、飲酒のもたらす不思議な感覚を味わう。この世のことをすっかり忘れて、雲の上を漂っているような気分だ。

「それならいい《ブエノ》」とカスタニェダは言い、グラスをテーブルに置いて、さりげなくターニャに声をかけた。「準備はいいな《プレパラーテ・コラソン》」

ターニャが、ソファの背もたれに両手をひろげてもたれこんでいる彼に、心得たようなウィンクを送ってきた。カスタニェダはシェパードに、外に出ろと命じた。シェパードが開け放たれたスライディング・ドアから外へ駆けだし、何人かの女たちと半ダースほどの警備員たちがたむろしているプールのほうへ走っていく。犬が外に出たところで、警備員のひとりがガラスのスライディング・ドアのそばにやってきた。

その時点で、カスタニェダは手をたたいて、掌《てのひら》をこすりあわせた。

「そう、おれも同感。正直さはビジネスではきわめて大事な要素だ。では、アミーゴ、なんであんたは、仲間が核兵器を合衆国《ロス・エスタードス・ウニードス》へ密輸しようとしていたことをおれに言わなかったんだ？　嘘をついて、C4が原料の爆薬だと言ったのは、なぜなんだ？」

リクライニング・チェアにもたれていたドゥダエフが、身を起こす。ターニャの両手は、まだその肩を揉んでいた。朝からずっと、カスタニェダの配下の連中があの爆発のことを話しあっていたが、ドゥダエフはスペイン語ができないので、ひとこともわからなかったのだ。カスタニェダは、国境の北にいる配下の者から確認の一報が入るまで、彼にはそのことを秘密にしておけと指示していた。そしていま、必要な確証がとれたというわけだった。そろそろ、真相を追究すべきとき、チェチェン人どもによって陥れられた致命的な罠から脱出するにはどうすればよいかを判断すべきときだ。

「なんのことかわからん」恐怖の色を顔に浮かべて、ドゥダエフが言った。「核兵器のことなど、おれはなにも知らない」

カスタニェダはほほえんで、若い女に声をかけた。

「さあ、やれ《アオラ・コラソン》」

ターニャが、短く刈りこまれたドゥダエフの髪に片手をかけ、そうしながら、さりげなく自分の腰の後ろに片手をまわして、柄に真珠があしらわれたまっすぐな剃刀《かみそり》を取りだす。そして、優美な手さばきで剃刀を彼の顎の下に滑らせると、彼の髪の毛をひっぱって、のけぞらせ、頸動脈《けいどうみゃく》をあらわにした。

ドゥダエフがぎょっとして、鋭い悲鳴を漏らし、革張りのリクライニング・チェアを両手で握りしめる。全身が一本の棒と化したように、こわばっていた。

「静かにしていろ」カスタニェダは穏やかに言って、背後の女に、ソファをまわりこんでくるようにと合図を送った。「ロレーナに〝開陳〟をやらせる」

「ドン・アントニオ」ドゥダエフが言った。「やめてくれ。こんなことをする必要はない。話しあえば――」

ターニャが喉の皮膚に剃刀を食いこませて黙らせ、髪の毛をつかんだ手に力をこめる。ドゥダエフが喘《あえ》ぎ、リクライニング・チェアを握りしめた手にさらに力がこもった。

もうひとりの女、ロレーナもまっすぐな剃刀を持っていた。彼女がドゥダエフの両脚のあいだに膝をつき、カーキ色のズボンの股間を慎重に切り裂いていく。ドゥダエフが身を震わせ、彼女が外科医のようなたくみな手の動きで剃刀を動かして、まずはズボンの分厚い生地を切り、つぎに白いコットンの薄いボクサーブリーフを切って、割礼を受けてないペニスと陰嚢を、それにはほとんど触れることなく完全に露出させると、彼の胸に冷や汗が噴きだしてきた。どちらの器官も、プールから出てきたばかりの男のもののように、極限まで小さく縮こまり、皮膚のほかの部分とは不釣り合いな赤みがかった紫色を呈していた。

ロレーナが布切れの束をわきに放り投げ、床にすわりこんで、カスタニェダの指示を待つ。

カスタニェダはほほえみ、身をのりだして、またテキーラをすすった。

「しっかり話を聞く気になったか、セニョール・ドゥダエフ?」愛想のいい口調で彼は問いかけた。

「ああ、ドン・アントニオ」震えあがったチェチェン人がうめいた。

ターニャがほんの少しだけ手の力を抜いたので、彼はいくぶん明瞭にしゃべられるようになった。

「ありがとう《グラシャス》」ドゥダエフがつぶやいて、ごくんと唾《つば》をのむ。

カスタニェダはまたひとくちテキーラをすすってから、テーブルの端のほうにグラスを置いた。

「いまはきわめて慎重に耳をかたむけるのが大事だぞ。ゲームをしている暇はないんだ。おまえの仲間たちが合衆国へひそかに持ちこもうとしていた爆弾に関して、知っているかぎりのことを話せ。さもないと、ロレーナがおまえの〝タマ〟を一個ずつ切りとり、ターニャがそれをおまえに食わせることになる」

カスタニェダはソファから立ちあがって、大理石のテーブルをまわりこむと、黒のシルクシャツのしわをのばしながら、震えているドゥダエフの前にのしかかるように立って、しかめ面を向けた。

両手をポケットにつっこんだその姿勢は、まぎれもない威嚇《いかく》の気配を発散していた。

「くそめ《ペンデホ》！」険悪な声で彼は言った。「おまえと、おまえの嘘つきの仲間どものせいで、おれは世界の果てまで追われるはめになってしまうだろう！　核爆弾テロリストのレッテルを貼られてしまうんだ！　この国の政府はグリンゴと組み、協力して、兎狩りの犬のようにおれを追いかけるだろう！　わかったか？　おれにはもう、この地球のどこにも隠れる場所がなくなってしまうんだ！」

「ああ、ドン・アントニオ、話はよくわかった……しかし……しかし、頼むよ、おれは核爆弾のことはなにも知らなかったんだ。なんでおれたちが嘘をついたとあんたが考えるようになったのか、見当もつかない」

カスタニェダはうんざりして薄笑いを浮かべ、またテキーラのグラスを持ちあげた。

「始めろ《コミエンサ》、ロレーナ」

ロレーナがチェチェン人の陰嚢をがっちりとつかみ、ターニャが彼の髪の毛をぐいとひっぱって、のけぞらせ、頸動脈の上に剃刀を強く押しつける。ロレーナが睾丸《こうがん》の一個を切りとると、ドゥダエフは痛みに喘ぎ、大きな悲鳴をあげた。その手が反射的に股間をつかんだが、ターニャが剃刀を喉の皮膚に深く食いこませると、血まみれになった両手がさっとリクライニング・チェアに戻って、それを握りしめた。彼はすすり泣きを漏らしはじめ、両脚がひとりでに震えた。陰嚢の切り口から血が溢れ、リクライニング・チェアの上を流れくだって、タイルの床に血溜まりをつくる。

カスタニェダはテキーラを飲みほし、グラスをわきに放り投げた。グラスが床を打って、砕け散る。そのあと彼は、ロレーナがのばした手から〝ダマ〟をひったくり、荒々しくドゥダエフの喉の奥へ押しこんだ。

「おまえらが嘘をついたに決まってる！」げえげえいう男の顔に向かって、彼は叫びたてた。「ちくしょう、あの爆弾が爆発したんだぞ、くそったれ《カブロン》！」

カスタニェダはドゥダエフの喉から手を引きぬき、チェチェン人のグアヤベラ・シャツ（中南米の男性がよく着るゆったりした半袖シャツ）でよごれをぬぐったあと、窒息しそうになった男が自分の睾丸を必死にのみくだすさまを、陰気な顔でながめた。

ドゥダエフが咳きこみながら上体を起こし、懸命に嘔吐《おうと》を押さえこむ。

「頼むよ！」震える声で彼が哀願した。「おれはなにも知らない。おれはただの使節――外交官なんだ！」

カスタニェダは腰に両手をあてがって立った格好で、首を横にふった。

「これ以上、なにを言えばいいものやら、アミーゴ。まだ一個、タマ《ウエボ》が残ってるな。それを切りとったら、つぎはロレーナにおまえの両目をえぐらせよう。そうなったら……」ため息をつき、両手を大きくひろげて、いらだちを示す。「そうなったら、おまえの人生はえらく不快なものになるだろうぜ」

ロレーナがふたたび、彼の血まみれの陰嚢をつかむ。

「やめろ！」ドゥダエフが苦悩と自己嫌悪に陥って、歯がみしながら叫んだ。この一カ月、信仰の道をはずれ、罪にまみれて生きてきたのだから、こんな運命をたどるのは当然だと思い知ったのだ。「なんでもしゃべる」彼は恥じ入って、すすり泣いた。「頼むから、もう切らないでくれ——後生だから！」

「それならよかろう、アミーゴ」カスタニェダはやさしく声をかけて、チェチェン人の肩をぽんとたたいた。「もう切るのはやめると約束しよう。さあ、おまえが知っていることをしゃべるんだ」

ドゥダエフが二個のロシア製核爆弾RA-115のことを洗いざらい吐き終えると、カスタニェダはターニャに合図して、ドゥダエフの喉を掻き切らせた。この情報は、しかるべき時が来たときに活用しよう。いずれ自分の生命を救う必要が生じたら、CIAにコンタクトするのだ。

12

ラングレー

　ＣＩＡ特殊活動部《SAD》担当次官ボブ・ポープが、ＣＩＡ長官ジョージ・シュロイヤーのオフィスにやってきた。長官とその補佐官クリータス・ウェブがその来訪を予期して、待ち受けていた。

「おはようございます」とポープが言って、シュロイヤーのデスクの前の椅子に腰をおろした。長身で、澄んだ青い目と豊かな白髪の持ち主である、この六十代半ばの男は、ＣＩＡの同等の地位にあるひとびとから、いくぶん風変わりなところがあると見なされている。

「おはよう」シュロイヤーは、とがった鼻と突き刺すような目つきのせいで、鷹の顔を連想させる人物だ。口に出そうとはしないものの、彼はポープが緊急の会議を要請してきたことで、おおいに安堵《あんど》していた。個人的には、彼はポープなどはどうでもいいと思っている。いくぶん恐れている部分はあった。とはいえ、ポープがアメリカの情報コミュニティにおける、おそらくはもっとも有能なメンバーであることはわかっているし、その彼が、アメリカの国土で核爆弾が爆発したあと――そういう事態であることを軍が確認していた――二十四時間もしないうちに会議の開催を求めてきたのだから、これは絶好の機会というわけだ。

オーヴァル・オフィスで開かれた内密の会議では、大統領はシュロイヤーとNSAおよびFBIの長官に対して、驚くほど悠然とした態度を示していた。その三人はみな、いまは〝ニューメキシコ事件〟と呼ばれるようになったできごとの発生をまったく予期していなかったことに関して、いやというほどどやしつけられるだろうと、とりわけ大統領選挙がわずか二カ月先に迫っているとなれば、必ずそうなるだろうと予想していたのだ。だが、大統領は対抗馬に二十パーセント以上の支持率の差をつけていて、相手には外交分野における弱点があり、国土防衛分野においてはさらに大きな弱点があるように思われた。大統領は、一回めのテレビ討論で相手を打ちのめしており、アメリカの国土に対するテロ攻撃というこの嘆かわしい事実は、おそらくは彼の再選を確実にする材料にしかならないだろう。陰謀論者たちは早々と、大統領がまさにそのために〝ニューメキシコ事件〟を仕組んだのだと非難する文言をさまざまなインターネット・サイトに撒《ま》き散らしていたが。

もし行動を可能とするような情報をポープがもたらしてくれれば、シュロイヤーは、まだなんの情報も提供できていないFBIとNSAに対して、はるかに先行することができるようになるだろう。

「われわれがきみの力になれるようなことはあるだろうか、ボブ?」シュロイヤーは、胸の内にこみあげてきた熱望を押し隠して、問いかけた。

ポープが小さなUSBメモリをデスクの上に置く。

「それに、おふたりが興味を覚えるであろうと思われる、WMAファイルが入っている」

シュロイヤーはUSBメモリをPCに接続して、そのオーディオ・ファイルをクリックした。三人がじっとすわって、録音された電話の会話の再生に耳を澄ます。それはカシキンと、アラブなまりの英語をしゃべる相手との通話記録だった。会話の再生が終わると、シュロイヤーは無言のままウェブを見つめた。

ウェブは、自分が口火を切ることを求められているのだと察した。シュロイヤーは、無知であることをポープの前でさらけだす結果になるのをいやがっているのだ。

「いま聞いた会話はなんなのです、ボブ？　彼らは何者なのでしょう？」

「アラブなまりの声は、ムハンマド・ファイサル」ポープが答えた。「サウード家の、かなり下位に位置する一員で、昨年、アメリカの市民権を取得して帰化した男だ」

サウード家というのは、サウジアラビアを支配し、サラフィー主義から派生したワッハーブ派の伸長を促進してきた、サウジ王族のことだ。その王族の数は約一万五千人におよぶが、富と権力の大半は二千人ほどのエリートが握っている。

「サウジ王族の一員か」シュロイヤーは眼鏡《めがね》をはずして、鼻梁《びりょう》をつまんだ。「オーケイ。で、相手の男は？」

「まだ不明だ」とポープ。「いま、うちの部が、アクセントをもとに素性を突きとめようとしているところでね。ロシア人の可能性があるが、それより、チェチェン人である可能性のほうが高い」

「これが録音されたのはいつ？」ウェブが問いかけた。

「けさ、ラスヴェガス時間の七時前後。このふたりはどちらも、通話のあいだ、ルクソール

・ホテル・アンド・カジノから半マイル以内——さらに言えば、四分の一マイル以内のところにいた。これは重大な意味を持つことだと考える」
シュロイヤーは怪しむような目つきで、ちらっとウェブを盗み見た。

「ボブ、電子的盗聴はきみの職務範囲に入っていない——わたしの記憶するところでは、少し前に一度、そのことを指摘したと思うんだが。CIAは、アメリカ国内でそれをする権限を与えられてもいないんだ」

「それがわれわれの行動を押しとどめたことは一度もない」こともなげにポープが言った。

ウェブが、シュロイヤーの持論の展開をやめさせようと、咳払いをして、口を開く。

「いつからファイサルの盗聴をやっていたんです、ボブ?」

ポープがひとつ、まばたきをした。

「彼がアメリカ市民権を取得したときから」

「きみの権限においてか?」シュロイヤーは言った。

「虫の知らせがあってね、ジョージ」

シュロイヤーは長い時間、左右のこめかみを指で揉《も》んだのち、目をあげた。

「オーライ、その件は終わりにしよう。実際のところ、この電話の会話はなにを意味すると思われる?」

「わたしは、このふたりは〝ニューメキシコ事件〟のことを話していたと考えている」

「それ以外の話題はありえなかったように思えるんだが」

「いや、彼らは〝爆発〟のことを話していた」ポープがきっぱりと言った。「チェチェン人らしき男が、〝万事、計画どおりに進んでいる〟と言っている。爆発と関連性があるはずだ。

この会話は、タイミングがあまりに近く……あまりに謎めいている」

シュロイヤーはまだ、ポープがあつかましく権限と管轄を踏みこえて、自分のCIA長官という地位を危険にさらしたことにこだわっていた。少なくともいまの自分は、この不可解な厄介者を退職させるのに必要な権力を握っている。だが、それをやっていいものか？　噂では、ポープはCIA局内はもとより、DCのほかの省庁に属するさまざまな人物の秘密ファイルを持っているという。そして、この癪《しゃく》に障《さわ》る男には、ムハンマド・ファイサルという取るに足らないやつをスパイするほどの時間的余裕があるとすれば、政府職員としての就業時間を使って、ほかのだれをスパイしているか知れたものではないのでは？

「まだ、証拠と言えるほどのものはろくに見当たらないな」シュロイヤーは言った。

「このUSBメモリには別のファイルも入っている」ポープが応じた。

シュロイヤーは写真のファイルを開いた。最初の写真には、オープンシャツに青いスーツという西欧スタイルの身なりをしたアラブ人の姿があった。年齢は三十代半ばで、髪も目も黒く、顎ひげを短く刈りこんでいる。

「それがファイサルだ」とポープ。「つぎの写真には、彼がアリク・ザカエフというサラフィー原理主義者と朝食をとっているところが写っている。ザカエフは二週間ほど前、バイエルン・アルプスのホテルにいた。彼はチェチェン人で――リャドウス・サリヒーン殉教者旅団の一員として知られている」

ウェブが、写真がもっとよく見えるようにと、身をのりだした。

「ザカエフ……ロシア政府が、ボストン・マラソン連続爆弾テロに関与した男としてわれわれに引き渡した、あの男ではないですか？」

ポープがうなずいた。

「ああ、言うまでもなくそうだ。だが、彼はボストン事件とはなんの関係もなかった。そうであったからこそ、六月にグアンタナモから解放されたんだ」

シュロイヤーはさっとウェブに目をやった。

「わたしがそのことを知らなかったのは、なぜなんだ？」

補佐官ウェブが肩をすくめる。

「わたしも初耳でして」

「意外な場所でその写真が撮られたことと」ポープがつづける。「そのふたりがサラフィー主義ムスリムである事実を考えあわせるならば、われわれは真剣に考察すべきであろうと――」

「ちょっと待った」片手をあげて、シュロイヤーは制した。「サウジの王族はワッハーブ派ではないのか？」

「サラフィーとワッハーブは同じと見なしていい」ポープが応じた。「彼らが自分たちをどう呼んでいるかがちがうだけでね。サラフィー主義者のなかには、ワッハーブという語を嫌う者もいるが、それは地域的な問題であって、宗派のちがいとは無関係だ」

彼はずりさがっていた眼鏡を押しあげた。

「さっき言いかけたように、われわれは手に入れた事実を考察する必要がある。ファイサルはひと月前、RSMBの既知のメンバーと食事をともにしていた。そして、けさ——核爆発から八時間とたっていないころ——電話をかけて、やはり、ほぼまちがいなくチェチェン人と思われる男を相手に、なにかうまくいかなかったことを話しあっていた」首をふる。「これは偶然ではない。彼らは〝ニューメキシコ事件〟のことを話しあっていたんだ。ファイサルは大金を賭けるギャンブラーとしても知られており、われわれは、イスラム過激派テロリストたちが過去にラスヴェガスのカジノを利用して、資金を調達していた事実をつかんでいる。ファイサルは王族という立場を隠れ蓑《みの》にし、一般市民にまぎれこんで活動する資金調達者であろうと、わたしは考えているんだ」

「チェチェン人とアラブ人が協力して動いているということ？」ウェブが問いかけた。

「それは前にも目にしたことがあるだろう」

「なにか確たる証拠があるのか？」シュロイヤーは問いかけた。「サウジ王家の一員を告発するのは、それがたとえ下位の一員であろうと、確実な証拠がなければならないことは、きみも承知しているだろう」

「まだ確証はないが、それをつかむ方法はわかっている」

「どんなやりかたなんだ？」シュロイヤーは、ポープの情報は推測ばかりであることに少なからず失望していた。

「彼を連行し」とポープ。「絞りあげて、情報を吐かせる」

シュロイヤーはいらだった目つきでウェブをちらっと見た。

「ボブ、その男はサウジ王族の一員であるだけじゃなく、いまきみが言ったように、現在はアメリカ市民でもあるんだぞ。情報を得るためにアメリカ市民を絞りあげることはできない」

「ほう？　いつからそうなった？」

　シュロイヤーは顔を真っ赤にした。

「いまのことばは忘れてくれ」片手をふって、ポープが言った。「アメリカ市民となったことで、サウジ王族という地位によって与えられていたであろう保護のようなものが、剝《は》ぎとられるということだ」

「それがきみの考えていることか」シュロイヤーは言った。「彼はすぐさま弁護士を呼ぶだろうし――」

「彼を逮捕しろとは言っていない」とポープ。「連行しろ――かっさらおうと言ったんだ。彼は雇い入れた警備員連中にしっかりと守られているだろうが、特殊工作のプロフェッショナルから成るチームであれば、楽々と拉致《らち》をやってのけられるだろう」

「特殊工作のプロフェッショナルから成るチームとは、どんなものです？」ウェブが問いかけた。

「ＳＴ６／Ｂ（本書において、ＳＴ６／Ｂは、元ＤＥＶＧＲＵ隊員らが隠密《ブラック》任務に従事するときの名称として用いられる）」

「もうたくさんだ！」シュロイヤーは吐き捨てるように言って、ノートＰＣからＵＳＢメモリを引きぬき、デスクごしにポープに投げつけた。「これ以上、その話は聞きたくない。ＳＴ６／Ｂは――アフガンで無許可任務をやった部隊のようなものを指しているのだろうが――あれはとうに解散している。そして、きみはわれわれに対し、完全に法を破って、中東でもっとも重要な一族に――アメリカの経済に巨額の投資をしている一族に――つながりを持つアメリカ市民を誘拐しろと提案しているんだぞ」

ポープは平然としていた。

「わたしは、現役のDEVGRU隊員を使って部隊を再編しろと提案しているわけではない。民間企業で働いている元隊員がおおぜいいることだし、われわれは彼らを召集することができるだろう」

シュロイヤーはまたウェブに目をやった。

「きみは自分の耳が信じられるか？」

ウェブはちょっとためらい、時間をとって、どう応じるべきかを考えた。

「すまないが、ボブ、今回のあなたは度を超えていると思います」

ポープがUSBメモリを上着のポケットに滑りこませる。

「わたしには、どこまでが適切なやりかたなのか、おぼろげにすらわからないね。アメリカの国土で核爆弾が爆発した。ウォール・ストリートは9・11以後初めて、活動を停止した。ひとびとは早々と食料や燃料を買いだめにかかっている。きみらはいつまで、この脅威を放置しておくつもりなのかね？　わたしはいま、行動を可能とする情報を与えたんだ」

「行動を可能とするものであろうがなかろうが」シュロイヤーは言った。「その情報は非難の的になるだろう。しかも、言うまでもなく、不法に得られた情報は、CIA《エージェンシー》を全面的な崩壊にさらす危険性があるんだ！」

ポープはなんの弁明もせず、眼鏡をはずして、長官をじっと見つめた。

「一般に信じられているところとは逆に、ジョージ、法をねじ曲げるのは、敵が第二の爆弾を用いる前に始めるべきことなんだ。あとでじゃない。それでは、手遅れになるだろうからね」

シュロイヤーは胸の前で腕を組んで、椅子にもたれこんだ。

「いいか、ボブ、わたしがこのばかげたオーディオ・ファイルのUSBメモリを持って、ぶらぶらとオーヴァル・オフィスに入っていき、大統領に提案をしたら、彼はアメリカ国土における隠密工作にオーケイを出す──そんなふうに考えているようなら、きみは正気を失っているぞ」身をのりだし、デスクトップに両手をついて、警告のことばを投げつける。「じつのところ、わたしはきみに辞職することを勧めたいと思っている。残念だが、きみの言動は手に負えないほど逸脱しているからね」

13

メキシコ　チワワ州

二十八歳のメキシコ系アメリカ人二世、マリアナ・メデロスは、CIA現地情報員《フィールド・エージェント》として、チワワ州の首都チワワ市で職務に就いていた。身長は五フィート九インチ、陸上競技ランナーのような体格をしていて、髪も目も茶色だ。〝ニューメキシコ事件〟が起こったとき、彼女は国境から二百マイル南にあたる地点にいた。午前零時になってもまだ起きていて、インターネットである連絡員《コンタクト》とチャットをしていたとき、雷鳴とは思えない轟音が遠方から届き、その直後、地面が揺れるのを感じた。まもなく衛星携帯電話が鳴り、メキシコ支局長が、なにが起こったか提供できる情報はないかと問いあわせてきた。爆発地点にもっとも近い地点にいたCIA局員は彼女だったが、そのときはまだ、核爆弾が爆発したことを示す情報はひとかけらもなかった。

爆発発生後の数時間、マリアナは、やれるのはコミュニケーションだけではあったが、きわめて迅速な行動を強いられることになった。仕事の大半は、自分のアパートの部屋という私生活の場で、コンピュータを使って進めた。ふだんはそこを拠点として、情報提供者たち

——ＣＩＡがカネを払って雇っているメキシコの一般市民たち——のネットワークを維持、管理している。麻薬の蔓延《まんえん》で荒廃し、経済が破綻《はたん》しかけている州とあって、情報の収集に必要な経費はそれほどたいしたものではなかった。情報提供者たちに払う報酬は、週あたり、たったの一千ペソ（百ドルにも満たない）ですむのだ。彼女が集めた情報の大部分は、麻薬との戦いに用いるために麻薬取締局《ＤＥＡ》と移民・関税執行局《ＩＣＥ》へ引き渡される。この〝戦い〟は、アメリカにとっては片手を背中にまわしておこなう決闘のようなものだと彼女は思っていた。自分が送った情報に基づく行動はほとんどなかったように思われるので、なおさらそのように感じられるのだ。

だが、〝ニューメキシコ事件〟のあと、彼女の職務の様相はがらりと一変し、前例のない切迫感を伴うものとなった。だしぬけに、危険地帯《ホット・ゾーン》の地上で唯一のＣＩＡ局員という立場に置かれ、事件が発生したわずか数時間後には、一介のフィールド・エージェントとして習慣的に収集してきた情報源と情報をもとに現地活動を指揮するという、いまの地位をはるかに超える役割を担《にな》わされた。ＣＩＡ本部情報員がチワワにやってくるということで、到着した情報員たちを街の内外に配置し、彼らを州当局の適切な担当者たちに引きあわせるのは、彼女が責任を持っておこなうことになったのだ。

その件に関して、メキシコ政府は暗黙の了承を与えていたが、それは情報レベルにかぎってのことだった。アメリカのＦＢＩに相当する、メキシコ連邦警察は、アメリカの情報員の限定的受けいれを、ひとつの理由、唯一の理由でもって了承した。核兵器はあらゆる人間の生命を脅かすものであり、それがこのような脅威を生じさせたとなれば、ＣＩＡが好きか嫌いか、信用できるかどうかなどは大きな問題ではない。なんといっても、狂信的なテロリストに核爆弾が渡ったかどうかを確認するために外部のだれかをチームに参加させるとなれば、CIA局員たちがいちばんであることに疑いの余地はないからだ。

この朝、マリアナは、ひとりの情報提供者と、チワワ市のプラザ・デ・アルマスという場所にある、華麗な装飾が施された大きなカトリック教会、チワワ大聖堂《カテドラル》で会う約束をしていた。カロリナ・ロドリゲスというその情報提供者と顔を合わせるのは、これが初めてだった。カロリナは州の北部に住む女性で、例の爆発に関する詳細な情報をEメールで送ってきてくれたのだ。彼女はマリアナに、一千アメリカドルを持ってきてくれと依頼し、高額な要求に対して詫《わ》びをしつつも、この情報はそれに見合う価値があるはずだと請けあった。

マリアナは大聖堂の後ろのほうの会衆席に腰かけ、祈りに没頭しているふりをしながら考えていた。一千ドルというのは、九十ドルの週給でハウスクリーニングの仕事をして、三人の娘たちを養っている女性としては、大金にあたるはずだ。彼女が持ってくる情報には一千ドルを超えるほど大きな価値があるのか、あるいはなんの価値もないのか。後者の可能性のほうが高そうに思えるが、ことによると、最終的にビンラディンを二〇一一年に殺害することにつながった手がかりのようなものになるかもしれない。

この朝、大聖堂に来ているひとびとはわずか二、三十人ほどのもので、会衆席のそこここに、あるいは席にすわり、あるいは床にひざまずいて、それぞれの思いにふけっていた。やがて、黒のスーツに暗いサングラスという身なりの男が、マリアナの背後の会衆席にやってきて、右後ろにあたる席に腰をおろした。男がこちらを見つめているのが感じられ、男がそこにすわって、こちらを見つめていることに、自分の経験にはない異様な感触があるように思われた。なんにせよ、これほど男との距離が近すぎると、内密の話はできないというわけで、彼女は席を移動しようと決めた。

「どうかしたか？」彼女が立ちあがって動きかけたとき、男がスペイン語で声をかけてきた。「おれはいっしょに祈るにはふさわしくない男なのか？」

マリアナがそちらを見ると、男がサングラスをはずし、見まちがえようのない、あのやけに大きな目をあらわにした。

恐怖が全身をつらぬく。パニックの目で周囲を見まわすと、カスタニェダの配下の男たちがすべての出入口を押さえているのがわかった。

「どうぞ」カスタニェダが言った。「すわって。話しあうことが山ほどある。あんたとおれのふたりでね」

選択の余地はほとんどないので、マリアナは席にすわりなおした。

「セニョーラ・ロドリゲスになにをしたの？」

カスタニェダがほほえみ、片手を自分の胸にあてがう。

「おれがそのセニョーラ・ロドリゲスさ」おもしろがっているような声で彼が言った。「あんたのためになる人間であることに変わりはない」

マリアナは、自分が史上最悪の大ばか者であるような気分になった。この九カ月、もっとも頼りになる情報提供者と見なしてきた相手が、ほかでもない、自分が動静をつかもうとしてきた男、カスタニェダだったとは。これまでずっと、この男が自分を実りのない捜査へ誘いこんできたのだ。信頼性はあるものの、つねにDEAをほんの少量の麻薬密輸の摘発へ導くだけで、供給源にたどり着くことはけっしてなく、カスタニェダに肉薄することはけっしてない情報を提供することによって。

怒りを浮かべた彼女の顔を見て、カスタニェダがげらげら笑いだす。

「そんな顔をするなよ」彼が言った。近くに来た人間に会話の内容を知られる危険性を減じるために、英語に切り換えていた。「〝文通相手〟になってからずっと、おれは本物の情報だけを伝えてきただろう。感謝してもらわなくてはな」

マリアナは思いだした。セニョーラ・ロドリゲスを情報提供者のひとりにしたのは、セルヒオという男の紹介によるもので、それ以後、セルヒオからはなんの音沙汰もなかったのだ。

「で、セルヒオは？」声を抑えて彼女は問いかけた。

「ああ、あいにく、セルヒオは死んじまってね」とカスタニェダ。「それより、DEAが行動を起こす材料として選んだのが、おれがあんたに送った情報の三分の一ほどでしかなかったのは、興味深いことなんじゃないか？　なんでそうなったんだと思う？」

マリアナは怒りで顔が熱くなった。

「こんなふうに会うことにした理由はなんなの、セニョール・カスタニェダ？」

「それはすでに伝えてあるだろう。おれは、プエルト・パロマで爆発した爆弾に関する情報を持ってる」

マリアナは、相手の言うことをどこまでまじめに受けとめていいものかと思って、彼を見つめた。なにしろ、犠牲者をもてあそんでから殺すということでよく知られている男なのだ。

彼女は真剣になったように見せかけようと、席の背もたれに片腕をかけて身をひねり、まっすぐに相手を見つめた。

「そういうことなら、話を聞かせてもらうわ」

カスタニェダがひどく深刻な顔になり、彼女は相手の顔にまぎれもない不安の色が浮かびあがったのを見てとった。

「まず、それなりの保証をしてもらう必要がある」

彼女は、自分の目と耳が信じられないような気分になった。カスタニェダは不安をいだいているだけでなく、なにかを恐れていて、CIAの助けを得るために近づいてきたのだ——それも、この自分に、チワワ州全域にわたって彼の動静を追ってきた女に。

「保証？　あなたは麻薬カルテルの首領で、あなたの配下の者たちは国境の両側で悪事を働いてきたのよ。そんなあなたに、だれがどんな保証を与える気になるものかしら」

カスタニェダが膝に両肘をついて身をのりだし、声を低めてつづけた。

「よく聞いてくれ。おれは、どのような爆弾が爆発したのか、それは正確に何キロトンの爆弾だったのか、だれがそれを製造したのか、だれが爆発させたのか、そして、爆発させたときそいつが正確にどこにいたのかを、あんたに話す用意がある……ただし、保証がなければ、だめだ」

マリアナは、血が沸騰《ふっとう》しそうなほどの興奮をかろうじて抑えこんだ。にわかに、自分の将来の姿がおぼろげに頭に浮かんでくる。ラングレーにある自分のオフィス、いつか手に入れたいと夢見ているレンジローヴァーを乗りまわしている自分、ジョージタウンにある自宅、フィールド・エージェントから上位の地位に昇進した自分――多少の保証を与えて、そのすべてが得られるのであれば。

「どんな保証?」迷っているように見せかけようとつとめながら、彼女は問いかけた。

「おれはあの爆弾になんの関与もしていない」彼が言った。「おれはビジネスマンであって、テロリストじゃないんだ」

彼女はそれを聞いて、ヒュッと小さく口笛を吹いた。

「あの爆発がたまたまおれの縄張りのなかにあるトンネルのひとつで起こったからといって、その責任を負わされるのは願い下げにしたい。わかったか?」

トンネルのことを言ったのは口が滑ったからなのか、とマリアナはいぶかしんだ。それとも、餌を撒《ま》いたのか?

「オーケイ」彼女は言った。「それに関しては、問題なさそう。あなたがやったのじゃないということなら、あなたがやったのじゃないということにしましょう」

カスタニェダが見つめてくる。半眼になった両目から、初めて威嚇《いかく》の気配がにじみ出ていた。

「おれが言いたいのは、追われるのはごめんだということだ」

「悪いけど、あなたは麻薬王であり、すでに追われてるの。リオ・グランデ川(アメリカとメキシコの国境を象徴する大河)のどちら側の当局も、あなたのことをきれいさっぱり忘れることはないでしょうよ」

「そうじゃない」首をふりながら、彼が言った。「おれは、あんたが思ってるような意味合いでは、追われてはいない。おれには、守ってくれる友人たちがいる。おれがあるときにある場所にいて、そこが危険になったら、軍と警察にいる友人たちがそのことを警告してくれるんだ。わかったか？」

彼女は息を吸いこんで、ため息をついた。

「たしかにそうよね。なんといっても、ここはメキシコなんだから」

「それでだ」彼がつづけた。「その友人たち、おれを守ってくれるその連中は、もしおれに核テロリストのレッテルが貼られたら、おれに背を向けざるをえなくなる。なかには、おれの逮捕にまちがいなく結びつく秘密を当局に売り渡したら、おのれの得になると考えるやつも出てくるだろう。その意味はわかるな？　あんたは〝エージェンシー〟のなかに、おれがあの爆弾に関係していないことを保証できるほど高位の人物を見つけだして、おれに核テロリストのレッテルが貼られないようにすることができるのか？」

「わからない」彼女は言った。「あなたが提供しようとしている情報のほとんどは、われわれがいずれ調査の過程で入手できるもののように思えるけど」

カスタニェダがのりだしていた身を戻し、両手をのばして、前の席の背もたれにかけた。

「あんたの国の軍はもう、同位元素《アイソトープ》の種類を判別したんじゃないか？　しているのなら、爆弾の材料がウランだったのかプルトニウムだったのか、すでにわかっているはずだし……まもなく、その材料はおそらく、ソ連時代にウラルにあるウラン濃縮工場で濃縮されたものであることも突きとめるだろう」

カスタニェダが事実をこのレベルまで詳しく知っているとなれば、残りの情報にも信頼がおけるということになる。彼女自身、つい二、三時間前に、アイソトープの種類判別結果を内々に知らされていて、それはまだ一般には開示されていないからだ。ソ連のウランを材料に製造された爆弾だという彼のことばが正しければ——アメリカ軍がすぐにその判定をすることはできないだろうが——これは、まちがいなく本物の情報ということになる。カスタニェダは、マリアナが上司から前もって確証を得るに足る情報を出してきたのであり——もちろん、それは生きてこの大聖堂を出られたとしての話だが——彼女としては、ラングレーに自分のオフィスがほしくてたまらないとあって、方針を変えようという気になってきた。

「保証してあげられることがあるとすれば、こうね」彼女は言った。「わたしは可能なありとあらゆる手を尽くして、あなたがあの爆弾に無関係で、なんの責任もないことを上層部に納得させる。なにはともあれ、まちがった人間に責任をなすりつけるのは、わが国の政府にとって得策ではないでしょう」

「言い換えれば、公式の保証はなにもできないということか」

「あのね」彼女は言った。「こんな状況はだれも予想していなかったでしょう。許可を得るには手続きが必要なの。あなたは軍人だった。組織がどんなふうに動くかはよく知ってるはずよ」

ふたりの背後を何人かが通りかかったので、カスタニェダがふたたび身をのりだし、こんどは彼女のすぐ間近に顔を寄せてきた。

「あんたの政府は、9・11テロの発生を防止できそうな情報がもらえるとしたら、どんな保証をしただろう？」

「なにが言いたいの？」

カスタニェダがまた背もたれに身をあずけて、ほほえむ。

「想像力を働かせろよ」

「爆弾はすでに爆発したわ」

「そうか？」と彼が問いかけ、笑みを浮かべたまま立ちあがる。「もし必要な保証が得られたら、そのときに、いつものEメール・アドレスにメールを送ってくれ」

「待って！」ふいにひらめきを得て、彼女は言った。「もし、いまほのめかした種類の情報をほんとうに持っているとすれば、そして……ちょっとした付加的な約束ができるのなら、あなたがほしがっている保証を与えられると思う」

彼が席にすわりなおす。

「付加的？　付加的とはどういうことだ？」

「ほっといてくれというのが――はっきり言って、いまのあなたの本音でしょう。それと引き換えに、あなたは今後、国境のどちら側でも暴力を控える。警官や市民の殺害をやめる。争う相手は、ライヴァルのカルテルのみにする。いまそれを保証してくれたら、わたしは必ず、あなたがほしがっている保証を得てあげるわ」

カスタニェダが、そのことばを疑うように顔をしかめて、見つめてくる。

「よく考えて」彼女は言った。「もしあなたが、この……なんと言ったかしら、そうそう、して、カルテルの連中はよく、それを〝休戦〟と呼んで、持ちかけるけど――それをわたしに提案して、アメリカ政府を動かそうとするのであれば、あなたは保証をもらうだけでなく、約束を守らなくてはならないということ。そして、それはあなたにとって重要なことでしょう、トニー。保証というのは、それを与える側に強い動機がなくては、なんの意味もないんだから」

カスタニェダは、〝トニー〟と呼ばれるのは好きではなく、彼女がそれを知ったうえでそう呼んだのにちがいないと思った。この女とファックしたいもんだと考えながら、彼はすわったままマリアナを見つめた。こちらが助けを必要としていることが、彼女にとっておおいに幸運だった。通常の状況なら、こういうきれいなCIA情報員は、首に縄をつけて四つん這いにさせてやるのがふさわしいところだ。

「チエチエ《チェチェ》ン人」彼は言った。「複数の爆弾が、鼻持ちならん嘘つきのチェチェン人どもによって、メキシコに密輸されてきたんだ」

14

ワシントンDC
国防総省《ペンタゴン》

ウィリアム・クートゥア将軍が、厳重に警備されたペンタゴンの会議室に悠然と入っていく。糊《のり》の利いた通常タイプの迷彩戦闘服《ACU》姿で、その横には、花崗岩《かこうがん》から削りだされた彫刻のように見える、やはり堂々とした体格の陸軍少佐である副官が、両脇の下に四五口径のグロック21を提げて随行していた。噂では、彼が二挺の拳銃を携えているのは、もしふたりが身を守らねばならない事態が生じた場合、一挺を将軍に投げ渡せるようにするためだという。

クートゥアが、アメリカ軍の全部門から召集された将軍や提督が並んで座している長いマホガニー材テーブルの、上座にあたる場所に立った。統合参謀本部を構成する七名の全員が出席し、それ以外にも数名、制服姿の補佐官たちがそこに集まっている。

クートゥアは厳しい表情をし、情け容赦のない断固とした目つきになっていた。

「諸君」よく響く声で、彼は切りだした。「国防長官から、〝ファスト・ペース〟の命令が下された」これは、DEFCON《デフコン》（戦争への準備態勢を示すアメリカ国防総省の規定で、平時の5から最高度の1までに分類される）の2を意味する暗号名だ。「大統領は大統領専用機《エアフォース・ワン》に乗っており、副大統領もすでに、強化された地下施設へ移動した。付け加えるならば、連邦議会もまた、この会議のあいだにコロンビア特別区《DC》から避難をおこなっている。議員たちはそれぞれの州に帰り、少なくとも事態がデフコン4に戻るまで、そこにとどまることになった」

防衛の準備態勢がもっとも緩和された状態を意味するデフコン5は、〝フェイド・アウト〟の暗号で呼ばれる。

クートゥアがいま告げたことのほとんどを、参謀本部長たちはすでに知っていた。彼らが知らなかったのは、なぜふたたび準備態勢が引きあげられたのかという点だった。ニューメキシコ州南部で生じた爆発が核によるものであることを陸軍が断定したとき、アメリカの全軍にデフコン3が発令されたが、全軍にデフコン2が発令されるのは、一九七三年、贖罪の日《ヨム・キプル》で休息期間に入ったイスラエルに、エジプトとシリアが奇襲攻撃をかけたときを最後として、一度もなかった。そのときは、両国の軍はそれぞれの国へ追いかえされ、わずか三週間で休戦となったのだが。デフコン2は、核戦争に至る前の最終段階であり、このテーブルについているひとびとはだれひとりとして、そこまで態勢を引きあげるべき理由を耳にしていなかったのだ。

「一時間以内に」クートゥアがつづけた。「この部屋にいる全員が——わたし自身も含め——指揮センターが設置されたエドワーズ空軍基地へ空輸される。潜水艦の全艦長に対し、コロンビア特別区への核攻撃が切迫している可能性があるという警告が出された」その目が、二名の提督のほうへ向けられる。「それらの潜水艦には、大統領から直接の命令がないかぎり——くりかえすが、それがないかぎり——〝コックト・ピストル〟態勢はとらないようにとの指示が出されている。大統領はエアフォース・ワンに搭乗しており、ここ当分はその状態を維持することになっている」

〝コックト・ピストル〟というのは、デフコン1の暗号で、核兵器使用の許可が与えられたことを意味する。

「付け加えるならば、ロシア連邦および中華人民共和国には、すでに通知がなされている。どちらからも挑発的な言辞は来ていないが、大統領は両国に対し、アメリカはもしワシントンDCが破壊された場合は、〝全軍の総力をあげて〟国家を防衛する態勢を維持することを明確に伝えている」

このころには、参謀本部長たちが憂慮の目を見交わすようになっていた。

クートゥアは椅子を引いて、着席し、テーブルの上で両手を組みあわせた。

「では、〝ファスト・ペース〟が発令された理由を説明しよう、諸君。アメリカ国内に、起爆可能な約二キロトンのRA‐115が持ちこまれ、その所在がまったくわからないのだ」

「なんという」頭を丸刈りにした海兵隊の将軍が、ボールペンをカチカチいわせ、椅子にもたれながら、つぶやいた。「では、あれはやはり事実だったのか」

「RA‐115とはどういうもの？」その隣にすわっている沿岸警備隊の将軍が問いかけた。

「初耳なんだが」

「いまこのときまで」海兵隊の将軍が言った。「あれはただの噂——冷戦の伝説にすぎなかった」

「RA‐115というのは、ソ連が製造したスーツケース型核爆弾のことだ」クートゥアは説明した。「わが国は必要な情報を与えるようにとロシアをせっついているが、これまでのところ、あちらの出方は煮えきらない。しかしながら、CIAが——九十五パーセントと見なせる確率で——〝ニューメキシコ事件〟は、そのしろものの一個が地下で爆発した結果であると断定している。CIAの調査によれば、チェチェンのテロリストたちがメキシコの麻薬カルテルにカネを払って、国境の地下を通るトンネルを使わせてもらうようにしたようだ。大統領が早急にホワイトハウスを離れた理由は、そのチェチェン人たちのひとりが、十七日前にもう一個の爆弾がこの国に持ちこまれたことをしゃべったからだ」

「なんだって！」顔色の悪い統合参謀本部副議長、ジョン・ピケット将軍が言った。「十七日も先行していたとなれば、いま、どこにあってもおかしくはない」

彼は、先ごろ訪れたパキスタンで感染したウィルスで腸のぐあいを悪くし、この三日間入院していて、つい三十分前にペンタゴンに到着したばかりだった。

「一個めの爆弾に、なにかまずいことが起こったのか、議長？」海兵隊の将軍が問いかけた。

「なぜそれが爆発したのか、CIAには見当がついているのか？」

「現時点では、まだ憶測の域を出ないが」クートゥアは答えた。「わかっていることもある。ICEアルバカーキ支局の捜査官が、国境を越えてなにか特別な荷物が運ばれてくるという密告を、直前に受けとったと報告している。その通報があったのは爆発の二時間ほど前で、それが発端となって、現地のICEチームが、トンネルを使っての密輸を摘発するために真夜中の急襲を決行したのであろうと思われる。十三名のICE捜査官が行方不明になっている事実はこの仮説を裏づけるものであり、ＣＩＡは、その急襲が原因となって、くだんのチェチェン人が爆弾を起爆させたのにちがいないと推測している」

統合参謀本部を構成する面々が、勝手にしゃべりだす。

クートゥアは声を張りあげた。

「われわれは手をこまねいているわけにいかない、諸君。一時間後には、大統領がエアフォース・ワンから全国民に対して演説をするだろう。彼はこの状況を公表するつもりでいる。アメリカの国土に持ちこまれた核爆弾が所在不明と考えられている現状を、国民に知らせようとしているのだ」

「大脱出が始まるだろう」だれかがつぶやいた。「ＤＣとマンハッタンは、あすになるまでにゴーストタウンと化しているにちがいない」

「もちろん、ロサンジェルス《LA》と」別のだれかがつぶやいた。「シカゴもだ」

クートゥアは椅子にもたれこんだ。

「おおいにありそうなことだ。そうであるからこそ、大統領は、いまだれかが口にした各都市に対して戒厳令の発令を決断したのだ。幸運と神のご加護があれば、発令はその範囲ですむだろうが、いずれは、各地域の法執行機関が有するすべての武装部隊を全土レベルに至るまで展開しなくてはいけなくなるだろう。それがまさに、われわれが恐れねばならない事態だ、諸君。核爆弾が、それを開発した国に戻ってきて爆発しようとしているのだ」

15 シカゴ

先週、ニューヨーク、ワシントンDCおよびロサンジェルスに発令された戒厳令は、それらの都市の住民をそれほど動揺させはしなかった。というより、その決定を歓迎する市民が多数にのぼったほどだ。そもそも、戒厳令が出たからといって、この国の軍隊は、ナチスのように膝上まである長靴《ジャックブーツ》を履《は》いて街を練り歩いたりはしない。クートゥア将軍は——ハリケーン・カトリーナによる被害の救援にあたったラッセル・オノレ陸軍中将（レイジング・ケイジャンの異名を持つ）の先例に倣《なら》い——軍の任務は、市民を守り、助けることであって、作戦の対象として扱うことはないと明確に宣言していたのだ。兵士たちの仕事は、市街地の外縁を定期的に巡邏《じゅんら》して、つねにその存在を示すことぐらいのもので、法執行の職務は地元の警察に可能なかぎり任せるようにしていた。概して、市民も兵士も同じ船に乗っているのだという感覚があった。もし核爆弾が実際に爆発すれば、その衝撃波や火炎や放射能は兵士と市民を無差別に襲うことになるからだ。

とはいっても、シカゴ《ウィンディ・シティ》市内には、その種の暗黙の合意が存在しないところもあった。

まだだれも、その理由を特定できていなかったが、とりわけシカゴのサウス・サイドでは——かつてジム・クロウチが『ルロイ・ブラウンは悪い奴』のなかで〝街の最悪の地区〟と歌った、あの地区だ——シカゴ市民《シカゴアン》と第八二空挺師団とのあいだに摩擦が生じていた。同じく戒厳令が出された他の三都市では、市民が自発的に避難して人口の三分の一ほどが失われていたが、シカゴ市民の大多数は街にとどまることを選択し、近隣に軍隊がいることに憤慨を示しただけだった。

「われわれシカゴ市民は、自分の身は自分で守れる！」怒れるその街の市長が、CNNの看板キャスター、アンダーソン・クーパーに向かって言い放った。「軍隊がこの都市を占領して、街路を練り歩くなどというのはまっぴらごめんだ——ここはバグダッドではない。そもそも、市民を脅かすテロリストがこの街から生まれることはぜったいにありえない！」

その翌晩、イリノイ州クック郡（郡庁所在地がシカゴ）の南部で、略奪者と兵士の銃撃戦が発生した。戒厳令が敷かれて三日めに、警察官の死者数が三十二名にのぼって、市長はふたたびテレビに出演することを迫られ、こんどは有権者たちに対して、軍隊との協調を強く訴えるはめになった。だが、そのときにはもう〝魔神が瓶から飛びだしてしまった〟らしく、騒乱はおさまらなかったが、軍部のなかには、暴力事件の続発が、一度は不満を示した市民たちを協力の方向へ動かすことを期待する向きもあった。

この状況に対応するため、第八二空挺師団が、シカゴ市の南にあたる地区の巡回警備をおこなえるよう、その地区に前進作戦基地《FOB》を設営し、パトロール任務を開始した。師団司令部はシカゴのダウンタウンに残された。FOBでは、フォート・アパッチだのフォート・ネセシティだのといった、西部開拓時代の故事にちなむ名称の標識があちこちに立てられたが、早朝の視察でそこを訪れたクートゥア将軍は怒り心頭に発し、即刻それらの標識を撤去せよと命令した。

「これは、往時の先住民との戦いのようなものではない、少佐！」クートゥアは、アフガニスタンから帰還してまもない歴戦の将校をどなりつけた。「そんな感覚は頭からはらいのけるようにしろ。この任務は公園をぶらつくようなものだとは、だれも言っていないだろう――いいか、いいか、いいか、そんな戒厳令があるわけがない！　ここの住民はすべてがアメリカ人であって、きみの部下たちは彼らを協調させるようにしなくてはならない。さもないと、きみ自身が痛い目にあうことになるだろう！　しっかり了解したか？」

四つ星の将軍にこてんぱんにどやしつけられた少佐は、ぴしっと気をつけの姿勢をとって、答えた。

「イエス、サー！　明確に理解しました！」

クートゥアがその地区を離れて十五分後には、フォート・アパッチの標識がまた立てられた。その夜、FOBが襲撃され、さらにまた八名の市民が命を失った。翌日、街の北地区で市民が武装私兵団の編成を開始し、そこから師団司令部への進撃がおこなわれるという噂が立った。その話を真剣に受けとめる者はいなかったが、核爆弾の脅威がシカゴに副次的な問題を生じさせたのは明らかだった。そのため、大統領はやむなくクートゥアを呼びつけて（このころにはアンドルーズ空軍基地から指揮を執るようになっていた）、その都市から少なくとも部分的な撤収をおこなってはどうかと持ちかけることになった。大統領は、軍がその街を統治するのは益より害のほうがかなり大きいのではないか、その不和がほかの戒厳令下にある都市に波及するのではないかと、危惧《きぐ》したのだ。

　ダニエル・クロスホワイトとブレット・タッカーマンは、そのようなことはなにひとつ知らなかった。ここ一週間近く、南部地区に敷かれた軍の非常線から遠く離れた場所で、麻薬密売人たちを襲撃することに専念していたからだ。南部地区は、幼い少女を送りとどけた家からは、それほど離れてはいなかった。

　少女の両親は、朝の七時にドアがノックされて、出てみると、長いあいだ行方不明だった娘が――いまはもう一年近くが過ぎていた――玄関ポーチに立っていて、その左右に濃いサングラスをしたひげ面の白人たちが、トラック・サービスエリアで売っているテディベアのぬいぐるみと、〈マクドナルド〉のホットケーキの入っている大袋を持って立っているのを見て、びっくり仰天した。

「よく頭に入れておいてくれ……われわれはここに来たことは一度もないってことを」とクロスホワイトは言って、少女の父親にホットケーキの袋を手渡すと、タッカーマンとともに徒歩でそのブロックをあとにした。

　この五日間、彼らは毎夜、麻薬密売人たちを襲い、その全員を仲間のアジトがある場所から追いだして、迅速にカネを溜めこんでいった。前夜も街に出てひと稼ぎしようとしたのだが、ふたりに痛めつけられた密売人は、非常線から半マイルほど軍政地区内に入ったところに自宅のある商売敵のことをべらべらとしゃべりだした。

「あの野郎は、優に五十万ドルは貯めこんでるんだ！」密売人は、血まみれになった顔を毛足の長い高価な絨毯《じゅうたん》になすりつけられたり、フォートルイス製の戦闘ブーツの底で踏みにじられたりしながら、わめきたてたのだ。

そしていま、クロスホワイトはヴァンの後部シートにすわり、暗視ゴーグルを通して、そのくたびれた家屋を観察しているところだった。

「おまえはどう思う？」

タッカーマンは爪楊枝《つまようじ》で歯をせせっていた。

「おれにはぼろ屋にしか見えないね」

「もしそいつらがほんとうに大金を持っているとしたら、わざとそうしているのかもしれん」クロスホワイトは手をのばし、プラスティック手錠を使って両手を背後でひとまとめに縛りあげている、打ちのめされた密告者の頭から黒いフードを剝《は》ぎとった。「もしこれが罠だったら、くそ野郎、下水管に頭からつっこんでやるぞ。わかったか？」

男がだるそうにうなずく。口にダクトテープが貼られ、鼻が折れ、まぶたが腫《は》れあがって目がほとんど開かないほどになっていた。呼吸をするつど、テープの隙間から血と鼻汁が浸みだしてくる。

「では、取りかかるか」

クロスホワイトは密売人の頭にフードをかぶせなおし、それのコードをしっかりとひっぱって結んだ。それから、ふたりしてその体を、そいつのベッドからひったくってきたサテンのベッドスプレッドの上にうつぶせにさせ、ベッドスプレッドでぐるぐる巻きにした。ベッドスプレッドの上から、その側頭部をM4の銃床で殴りつけて、気絶させる。

ふたりはヴァンを降りて、すばやく民家のほうへ移動し、暗視ゴーグルで闇を探りながら、裏手へまわりこんでいった。一階の窓から九ミリ弾を連射する鋭い銃声が響き、タッカーマンの胸と肩を守っているボディアーマーに銃弾が食いこんだ。ふたりは応射し、消音された二二三口径弾を窓から屋内へばらまいた。発砲してきたやつの頭部が粉砕され、その体がドンと音を立てて屋内の床に倒れこむ。別の窓からまだだれかが発砲してきたので、ふたりは半世紀ほど使われていないように見える、古びた煉瓦《れんが》造りのバーベキュー炉《ピット》の陰に身を隠した。

「こいつはヤバイ」M4の弾倉を交換しながら、タッカーマンが言った。「軍が音を聞きつけてやってくる前に、退散しようか？」

「いや、おれは五十万ドルがほしい」すばやく弾倉の再装塡をすませて、クロスホワイトは言った。

「ここにカネなんかありゃしないぜ。これはただの罠だ」

「おれはそうは思わん。あれを見ろ」クロスホワイトは、家の上のほうの角を指さした。そこを通っている雨樋《あまどい》の下に、小さな赤外線カメラが仕掛けられていた。「あんなに警備を厳重にしているのは、ここにカネがあるからだ」

「それは、退散したほうがいいってことでもあるぜ」

「そうしたければそうしろ。おれはこの家を襲って、グアテマラかどこかでリタイア生活を楽しむぞ」

タッカーマンがくくっと笑う。

「もしそろって殺されることになったら、あんたのせいだぜ」

「わかってるさ」

ふたりはめいめい、高性能爆薬が装塡された手榴弾のピンを抜き、窓から屋内へ放りこんだ。それが爆発している最中に、さらに各一個、つぎの手榴弾のピンを抜いて、最初の二個が爆発した場所へ放りこむ。目のくらむ白光を伴ってガラスが外へ爆裂し、ほぼ同時に爆発した四個の手榴弾の猛威を浴びて、家屋全体がぎしぎしとうなった。

タッカーマンとクロスホワイトはバーベキュー・ピットの陰から飛びだし、プラスティック爆薬を使って、裏口のドアの蝶番《ちょうつがい》を破壊した。なかに入ると、ずたずたになった三つの死体がキッチンの床に転がっていて、その一体は頭部がほとんど失われ、コルダイト爆薬のにおいが重く漂っていた。居間に入ると、またずたずたになった死体がふたつあり、Ｔｅｃ－９マシンピストルに見合う薬莢《やっきょう》がちらばっていた。ふたりはあざけるようにその銃をわきへ蹴とばした。いまはもう屋内はぐしゃぐしゃだったが、この家には高価なしろものが山ほどあった。革張りのソファと椅子、大画面の高精細テレビ、ステレオ……なかなかのものだ。

「カネを奪おう」クロスホワイトは地下室へ通じるドアに連射を浴びせ、ブーツの足でそれを蹴り開けた。ふたりは暗視ゴーグルをはずし、カービンにレールマウントで取りつけたフラッシュライトを点灯してから、ブービートラップに注意しつつ階段をくだっていった。これまでの手順をふりかえって総合的に判断すれば、地下へ突入する前に屋内の危険性は完全に排除されたと思われるが、これまでに数々の戦闘を生きのびてきたふたりは、それよりも直感を強く信頼しており、その直感が戦闘は終結したことを告げていた。

地下におりると、ふたりが狙っていたものがそこに見つかった。一隅に、前面に組み合わせ式ダイヤル錠のある、スチール製のガン・ロッカーが置かれていたのだ。

「頑丈そうだ」頬を吸いつけながら、タッカーマンが言った。

「こいつはただのガン・ロッカーであって、銀行の金庫じゃない」

ふたりはダイヤル錠と三カ所の蝶番すべてにプラスティック爆薬を仕掛けて、タイマーをセットし、一階へ避難した。

爆発の衝撃が床を揺るがし、ふたりが急いで地下へおりてみると、ロッカーが横倒しになり、四分の一インチ厚のスチール・ドアが、本体からはずれてはいないものの、ねじくれて開いていた。錠のスチール製のピンはほとんど壊れていないが、ドアが開いてできた隙間から五千ドルほどの札束がこぼれて、床に落ちている。ふたりはボディアーマーの内側からナイロン製の折りたたみ式ジム・バッグを取りだし、それに現金を詰めこみはじめた。

三分後、ふたりが裏口から外へ飛びだすと、赤と青のライトが近所の木々や家屋の壁を照らしているのが見えた。ふたりは裏庭を駆けぬけ、重いバッグを塀の外へ放り投げてから、塀を跳び越えて、バッグをつかみあげ、そこらじゅうに積みあげられている車のタイヤやアスファルトの屋根板や古びた石の壁板を乗り越えながら、治安の悪化で住民が激減している地区の奥へと走っていった。

陸軍のハムヴィーが街路を行き来しているのが民家のあいだから見え、陸軍が道路封鎖にかかっていることがすぐに明らかになってきた。

「さっさと、無害な市民のふたり連れに見せかけるようにしたほうがいいんじゃないか」タッカーマンが言った。

「それがよさそうだ」

ふたりは、現金を詰めたバッグを倒壊したガレージの土台の下へ隠し、バッグが見つからないように、軽量ブロックの破片を隙間に押しこんでから、裏道を駆けぬけていった。

裏道の突き当たりをサーチライトが照らし、大きな声が呼びかけてきた。

「とまれ！」

ふたりはそろってその場に凍りつき、つぎに聞こえてくるのは機関銃の銃声にちがいないと予想した——ほかの音が聞こえるようなら、自分たちは運がいいのだ。

赤と白と青から成る第八二空挺師団の袖章をつけた二名の空挺隊員が、サーチライトのなかへ姿を現わす。一般的な迷彩ACUに身を包み、カービンをしっかりと肩づけしていた。

「銃を捨てろ！」そのひとりが叫んだ。「すぐにだ！」

「落ち着けよ」兵士たちの所属を示す徽章に目を留めながら、クロスホワイトは言い、タッカーマンにささやきかけた。「話はおれに任せておけ」

「そのほうがいいだろうな」とタッカーマンがつぶやき、M4を捨てて、両手をあげた。

半秒ほど遅れて、クロスホワイトも銃をアスファルトの路面に投げ捨てた。

「撃つな」冷静な声で彼は言った。「われわれときみたちは同じ側にいる」さりげなく両手をあげたが、肩より高くはあげずにおく。「特殊部隊のダニエル・クロスホワイト大尉だ」

タッカーマンが思わず苦笑いの声を漏らしたせいで、クロスホワイトはあやうく軍人としての態度を崩して、大笑いしてしまいそうになった。

16

ワシントンDC

　ＣＩＡ長官シュロイヤーが、大統領首席補佐官ティム・ヘイゲンとともに装甲されたリムジンの後部シートにすわっている。リムジンは州間高速道路《インターステート》を北の方角、ボルティモアに向かっていた。ヴァージニア州ラングレーは核攻撃のターゲットにされるおそれがあるということで、ＣＩＡは遠く離れたその都市に臨時本部を置いているのだ。

「……そして、大統領選挙はわずか二カ月後に迫っているというのに」ヘイゲンがつづける。「われわれの勝利は確実というには程遠い。拉致《らち》されたサンドラ・ブラックスの救出に成功して以後初めて、世論が逆風に転じている。この逆風を放置すれば、あっという間にまぎれもなく不利な状況を引き起こすだろう。アメリカはいま、小さな町ですら核攻撃を受けることを恐れ、われわれはいまのところ、その恐怖を軽減するための対策はなにもできていない。戒厳令の発令は――わたしが予測したとおり――大きな反発を呼び起こし、第八二空挺師団をシカゴから撤収させたところで、それを静める役には立ちそうにない。撤収させれば、有権者がそもそも戒厳令に賛成だったかどうかにかかわらず、大統領が弱腰に見られるようになるだろう。われわれは解決策を、ジョージ、それも早急に必要としているんだ。なんとしても核爆弾を見つけださねばならない」

「わたしにはそれぐらいのこともわかっていないと考えているのかね？」シュロイヤーはネクタイを緩《ゆる》めた。「これは、干し草の山から一本の針を見つけだすより困難な事態だ。FBIはどうなんだ？　NSAは？　きみはなぜ、彼らの尻をたたかないんだ？　われわれは入手したすべての情報を彼らに与えているが、われわれの情報源は、アメリカ国内における捜索に関しては限度がある。CIAには公式の司法執行権が与えられていないことは、きみも承知しているはずだ」

ヘイゲンがまっすぐに見つめてくる。

「まさに、そうであるからこそ、いまあなたとわたしがこの会話をしているというわけで」

シュロイヤーは不意を衝《つ》かれた。

「なんだって？」

「大統領は、これはなにか〝舞台裏の〟戦術を発令したほうがいい緊急事態だと感じている」ヘイゲンが説明に取りかかった。「FBIとNSAもまた、組織としての行動制限を強く受ける立場であって、だれもが求めている、この危機的状況の迅速な解決に必要な柔軟性は備えていない」

ヘイゲンがちょっと間をとって、受信したメールをチェックしてから、話をつづける。

「大統領はこのように考えている。議員たちはだれひとりとして、CIAがアメリカ国内で独自に工作することを期待しておらず、もしCIAが爆弾の捜索をおこなえば、その過程でなにか不都合が生じるのではないかと懸念している。わが国は、周知のごとく、絶望的なまでに不安定な状況にあり、絶望的な状況はしばしば、一か八かの対策の発令を要求するものだ」

シュロイヤーは指を曲げ伸ばししながら、窓の外を通りすぎる街の景観をながめやり、またヘイゲンに目を戻した。

「では、これ以後の会話はオフレコになるものと想定していいんだな？」

ヘイゲンが肩をすくめる。

「このドライヴは、最初からオフレコでね」

「それは、きみがわたしに、国内における隠密工作の開始にゴーサインを出そうとしているように聞こえる。それがきみのしようとしていることなのか？」

「自分の知るかぎりでは」なにくわぬ顔でヘイゲンが応じる。「国内における隠密工作というのはかつてなされたことがないから、あなたがなにを開始するのか見当がつかないが、なにはともあれ、あなたはわたしの言わんとするところを理解したように思える。ちょっと間をとって、近年のＣＩＡのさまざまな活動のいくつかを熟慮すれば、解答を得る役に立つんじゃないだろうか」

「たとえば？」シュロイヤーはぶっきらぼうに問いかけた。

「ＣＩＡ《カンパニー》のなかには、最近の活動において、権限のはるか外側で工作をおこなった人員が――その存在を否認するのがわりあい容易で、ホワイトハウスを守る必要に迫られれば、裁判にかけることもできる、各種の能力を備えた人員が――何人かいるんじゃないか？」

シュロイヤーには、もしこの謎めいた提案を受けいれれば、自分が議会の調査の対象となる可能性があることが、いやというほどよくわかっていた。これは、国内における隠密工作の開始に許可を与えるための、オフレコの会話なのだ。

「保証が必要だ、ティム」

「当然だね」とヘイゲンが応じた。「わたしはそれを与える権限を授けられている——ただし、あなたがわたしに、少なくとも実行可能な着手地点があることを保証できるかぎりにおいてだが」

シュロイヤーは唇を噛《か》んで、うなずいた。

「証拠は希薄で、ほとんどなきに等しい」その点は認めざるをえなかった。「しかし、われわれが追っている相手はチェチェンのテロリストであることを示す、かすかな証拠が入手できたように思われる。ただ、事情が込み入っていてね。そいつにたどり着くには、その前に、サウジの資金供給者を——それが資金供給者であるとすればの話だが——見つけださなくてはならない。その男はムハンマド・ファイサルという、サウジ王族の下位メンバーでね。しかも、その男には、アメリカ市民権を取得して帰化したという、もうひとつのやっかいな問題がからんでくるんだ」

ヘイゲンが満足の笑みを浮かべる。もちろん、それは、国内における隠密工作の開始という方策を大統領に直言したのは彼だからだ。CIAが、保有する情報のすべてをライヴァルの情報機関に分け与えるというのは、おそらくはありえないことだと——事実、そんなことは一度もなかった——わかっていた。ヘイゲンは、リムジンにビルトインされている冷蔵庫からエヴィアン・ウォーターの小さなボトルを取りだして栓を開け、ゆったりとシートにもたれこんで、コンソールに設置されている安全《セキュア》な電話をさりげなく指し示した。

「そろそろ電話をかけたらどうだ、ジョージ？　われわれの持ち時間がどれくらいあるかわかったものじゃない。もしかすると、すでに時間切れになってるのかもしれない」

　シュロイヤーは受話器を取りあげ、記憶している番号をダイヤルした。

「こちらはシュロイヤー」彼は言った。「特殊活動部《SAD》のボブ・ポープを呼んでくれ」

　シートにもたれこんで、待っていると、一分近くたったころ、ポープが電話に出てきた。

「ボブ？」彼は切りだした。「ジョージだ。いま、大統領首席補佐官と同席している。先週、論題にのぼっていたムハンマド・ファイサルに関して、なにか付け加える情報はないか？」

「まったくなにも」とポープ。「きみがあの件は却下すると言ったんだぞ」

「いやそれが、雲行きが変わってね」ヘイゲンに目を向けて、シュロイヤーは言った。「きみに任せる。爆弾を見つけてくれ」

　彼は電話を切って、窓の外を見やった。

「彼は爆弾を見つけられそうか？」数分が過ぎたころ、ヘイゲンが問いかけた。

「わたしにわかるわけがないだろう？」いらだちをあらわにして、シュロイヤーは言った。

「きみがわたしになにをする許可を与えたのかを心得ていれば――いや、もっと正確に言うなら、わたしが彼になにをさせる許可を与えたのかを、心得ていればと願うだけさ。ポープは、この地球のすべての生命活動は社会学の実験と見なしている学者のような男でね。わたしには、彼がしゃべることは半分も理解できない。なにを言いだすかわからない男なんだ」

ヘイゲンは、ズボンにくっついた繊維屑をうわの空でこすり落とそうとしていた。

「ああ。まあ、ポープのことは気にせず、わたしに任せてくれ。彼は、本人が思っているほど外部と隔絶しているわけじゃない」

「どういう意味だ？」

「若い女に弱点を持ってるという意味だよ」ヘイゲンが言った。「アジア系の愛人たちのひとりが彼をたぶらかして、中国に情報を送ってる。先月、NSAがその女の存在を突きとめたんだ。もうまもなく、彼のファイルにどんな重要人物の秘密がおさめられていようが、われわれはその首根っこを押さえるだろう。悪魔ですら、彼の鼻を明かすことができるとは思っていないだろうが」

シュロイヤーは眉をひそめた。

「なぜ、わたしにそのことが知らされなかった？」

ヘイゲンが肩をすくめる。

「あなたがNSAにすべての情報を分け与えていないのは明らかなのに、なぜ彼らがあなたにそうしなくてはいけない？　いずれにせよ、この危機が幕引きになったときには、ポープがSADにいられる日は残り少なくなるだろう。いまはとにかく、手遅れにならないうちにRA-115を見つけだせるだけの〝燃料〟が、ポープのタンクに残っているのを願うだけだ」

シュロイヤーは、はっとした。

「彼がきみになにをやらかしたんだ？　なぜ、急に彼を追いはらいたくなったんだ？」

「わたしになにかをやらかしたわけじゃない、ジョージ。わたしはルールに従って動いているだけでね」そう言って、ヘイゲンはにやっと笑った。「しかし、まもなくわたしは、彼がみんなになにをやらかしたかをつかむだろう」

17

シカゴ

シカゴでは、クロスホワイトとタッカーマンが両手をあげて立ち、第八二空挺師団の兵士ふたりが彼らの戦闘ハーネスやボディアーマーを剝《は》いでいた。師団の少尉が数名の兵士とともにそばに立って監視していると、図体のでかい二等軍曹がライトのなかへ足を踏み入れてきて、少尉の耳元でなにかをささやき、さげすむようにクロスホワイトを見やったあと、ぎょっとしたように彼を見なおした。

「大尉？」二等軍曹が言った。「いったいここでなにをやっておられるんです？」

クロスホワイトはにやっと笑った。

「この伍長に愛撫してもらってるのさ。調子はどうだ、ニップルズ軍曹？」

その軍曹の本名はネイプルズだが、クロスホワイトが彼といっしょにフォート・ベニングで降下訓練を受ける以前から、そのニックネームで呼ばれていた。

少尉がカービンの銃口をわずかにさげる。

「この男を知っているのか、軍曹？」

「イエス、サー」とネイプルズ。「彼はサンドラ・ブラックスを救出した兵士たちのひとりで、名誉勲章の受賞者です」

ボディアーマーを剝いでいた伍長ともうひとりの兵士があとずさり、兵士の全員が、好奇心を募らせたばかりか、かすかに敬意をこめた目で、クロスホワイトとタッカーマンをながめやった。

「IDは？」少尉が、この状況の処理にいくぶん自信を失ったような口調で問いかけた。

「秘密任務に従事するときは財布は持たないようにするのが通常でね、少尉？　そうだろう？」

少尉は秘密任務に従事したことは一度もなく、その場にいる兵士たちはみなそのことを知っていた。

「認識票《ドッグタグ》はお持ちで？」

主導権を奪えたと悟ったクロスホワイトは、両手をおろし、タッカーマンにも同じようにしろと指示した。〝身分保証人〟になってくれたネイプルズに感謝だ。

「任務の詳細を明かすことは許されていないが、少尉、国内に核爆弾が持ちこまれたことはきみも知っているだろう？」

「イエス、サー。しかし、この地域で特殊部隊が行動しているという知らせは受けておりませんので、確認をとる必要が――」

「きみが知らせを受けるわけはないんだ、少尉。きみは一介の少尉《バター・バー》にすぎないんだからな」バター・バーというのは、少尉の階級章についている金色のバーの蔑称だ（アメリカ軍では、大尉と中尉の階級章には銀色、少尉の階級章には金色が用いられる）。「さあ、行動をひどく妨害することにならないうちに、われわれを解放して、任務を進められるようにしたほうがいいんじゃないか。シカゴが主要なターゲットとされていることは、きみも承知しているだろう。こっちはここでぐずぐずしている暇はないんだ」

タッカーマンが、そわそわと足を踏み換えている少尉を見て、クロスホワイトの大ぼらが功を奏したようだと察した。そこで彼は、袖口《そでぐち》をまくりあげて腕時計を露出させ、これみよがしに時刻を確認し、スケジュールに遅れが出ているとクロスホワイトにささやきかけた。

「スケジュールに遅れが出ているのはわかってるが」いらだった声でクロスホワイトは言った。「わたしにどうしろというんだ？　この兵士たちにも、なすべき職務があるんだ」

少尉がネイプルズに目をやって、顎をしゃくり、彼をスポットライトの光が届かない暗がりへ連れていく。

「きみはどう思う、軍曹？」

ネイプルズがＭ４を肩にかける。

「少尉、おれはクロスホワイトといっしょに作戦に従事したことがあります。彼はデルタ・フォースの将校で、まさしく、ペンタゴンが所在不明の核爆弾の捜索任務に投入するたぐいの男です」

「だとしても、軍曹、なぜこんな荒廃した地域に来ているのか？　話を真に受けるわけにはいかないね」

「少尉、アメリカのどこかに核爆弾を隠すとしたら、こういう地域のほうが好都合なのではないでしょうか？」

「諸君！」クロスホワイトは呼びかけた。「われわれは時間をむだにしている！」

ネイプルズが、優柔不断に陥っている少尉を値踏みする。少尉はまだ二十三歳になったばかりで、ネイプルズよりたっぷり十歳は年下だった。

「少尉、率直なところ、爆弾が爆発して、その原因がわれわれに帰せられるはめにはなりたくありません。彼らを即刻、解放することを進言します」

少尉がその進言を、少しのあいだ考えてから、うなずいた。

「オーケイ、軍曹。われわれは——」

ライトを光らせながら交差点をまわりこんできたシカゴ市警のパトカーが、このブロックを通りかかって、急ブレーキをかけ、駐車しているハムヴィーの列の二、三フィート手前で停止した。助手席のドアが開き、激怒した警部が降りてくる。

「これはいったいぜんたい、どういうことだ！」警部が詰め寄ってきて、太い人さし指でクロスホワイトとタッカーマンを指さした。「そのふたりを逮捕していないのはなんでだ？ ついさっき、そいつらのヴァンの後部で、ぶん殴られて半死半生になった男が発見された。その二人組は、サウス・サイドのありとあらゆる麻薬密売人の根城を襲って、カネを強奪したやつらなんだ！」

少尉がクロスホワイトを見やる。

「彼はなんの話をしているんでしょう？」

「ヴァンのなかで発見されたのは、情報屋のひとりだ」クロスホワイトは言った。「きみらは極秘の特殊部隊任務をぶち壊しにしようとしているんだ」

警部が眉をひそめて、不信感をあらわにする。

「それはいったいなんの話だ？」声がうわずって、女の金切り声のようになった。「おまえは何者なんだ？」

ネイプルズ軍曹がクロスホワイトをわきへ連れていき、伍長に向かって、ほかの兵士たちを話が聞こえないところへ遠ざけろと命じた。

「大尉、兵士と兵士としてお尋ねしますが……あなたはほんとうに極秘任務に従事しているのか、それとも麻薬密売人のカネを強奪してまわっているのか、どっちなんです？」

クロスホワイトは相手の目をまっすぐに見据えた。

「軍曹、もしわたしが麻薬密売人どもを襲っているとしたら、それには重要きわまる理由があると考えるようにしたほうがいいぞ！　さあ、あの警官たちに、警察は戒厳令下では軍に従わねばならない立場にあることを思いださせて、この場から追いはらい、われわれが行動を続行できるようにするんだ。この街には、わたしの家族がいる。ここのお巡りどもが大へまをやらかしたせいで、家族のみんなが命を失うような結果は招きたくない。さあ、あの警部を追いはらうんだ！」

「少尉！」ネイプルズがそちらに身を転じたとき、また二台のパトカーが走ってきて停止し、四人の警官が降りてきた。

少尉が、近寄ってきたネイプルズに顔を向ける。

「軍曹、容疑者たちを警察に引き渡せ。わたしがバイアード少佐に無線を入れて、クロスホワイトの話の真偽を確認してもらう」

　警部が到着した警官たちに、容疑者たちの身柄を拘束しろと指示を出した。

「別々の車に乗せるんだぞ！」

「待った！」ネイプルズ軍曹が号令を発し、全員がその場に凍りつく。「少尉、この容疑者たちはわれわれの拘束下にあり、われわれの権限は警察に優先します」

「それはわかっているが」と少尉。「彼らの話は、どうも――」

「とまれ！」ネイプルズが叫んで、M4を肩づけし、容疑者のほうへ歩きかけていた警官ふたりに銃口を向けた。

　ほかの三名の警官たちが拳銃を抜いて、ネイプルズに銃口を向け、一ダースを超える兵士たちがそれぞれの銃を構える。殺気立つにらみあいになった。

「逃げる用意をしとけ！」クロスホワイトはタッカーマンに声をかけた。

「銃をおろせ！」少尉が命令した。「いますぐ銃をおろすんだ！」

　ネイプルズは、いつでも発砲できるよう引き金に指をかけて、踏みとどまっていた。

「少尉！　おれはクロスホワイト大尉をよく知っています。彼の指揮下で戦闘をしたんです。非礼を働くつもりはありませんが、あなたは少尉に任じられてからまだ間がないので、単独でこの決定を下すのは困難でしょう。そこで、自分はあなたに再考を求めます。任務を続行させるために彼らを解放するのは気が進まないということであれば、少なくとも、彼らの話の真偽が確認できるまで、前進作戦基地《FOB》に拘留すべきでしょう。もし彼らを警官たちに引き渡せば、こちらがペンタゴンからの通知を受けとる前に、彼らが命を失ってしまうおそれがあります」

「われわれはだれも殺すつもりはない！」警部が割って入った。「そんな言いがかりをつけるとは、おまえはいったい自分を何様と考えてるんだ？」

ネイプルズはそれには取りあわず、話をすべき相手をじっと見つめた。

「少尉、彼らを逮捕させて、死なせることになったら、この警官たちはあなたの権限に従うことになっているので、その責任はあなたに降りかかるんですよ。さあ、どんな命令を下されますか、少尉？」

少尉は、将校として未熟な頭を精いっぱい働かせて考えをめぐらし、もしクロスホワイトの話が真実で、警察に拘留されているあいだに彼になにかが起これば、その責任は自分に降りかかるという軍曹の指摘には一理あると見なした。

「よくわかった、軍曹。きみの助言を受けいれよう。話の真偽が確認できるまで、彼らをFOBに移送して拘留することにする。さあ、死者を出さないうちに、銃をおろすんだ」

「イエス、サー。しかし、自分は、彼らを解放して、任務を続行させることを強く進言します」

「もう決定は下した、軍曹。さあ、わたしの命令に従って動け！」

「イエス、サー」ネイプルズはカービンをおろし、ほかの兵士たちもみな、ゆっくりと銃をおろした。

一分後、クロスホワイトとタッカーマンは装甲されたハムヴィーの後部シートに乗せられ、ドアがバシッと閉じられた。

「あんたに任せたら」タッカーマンが言った。「いまだかつて聞いたことのない、最高によくできた大ぼらを吹いて、それがあとちょっとで成功するところだった――あとちょっとでね」

クロスホワイトはため息をついて、手袋を脱ぎ、ブーツを履《は》いた両脚を助手席の背もたれにのせた。

「まあ、おれたちはまだ手錠をかけられてないから、いつか機会が訪れたらすぐに動けるようにしておこう。脱走するには、何人かをひとまとめに昏倒《こんとう》させなくてはいけないかもしれないが」

タッカーマンが忍び笑いを漏らす。

「〝クロスホワイト大尉〟……〝特殊部隊！〟だぼらもいいところだ」

クロスホワイトはくっと笑った。

「おれになにを言わせたかったんだ、この野郎？　〝強制除隊、元デルタ・フォース〟と言ったんじゃ、これほどうまくはいかなかっただろうさ」

18

ラスヴェガス

三十八歳になったムハンマド・ファイサルは、ラスヴェガスでは、豊胸をしていて頭がとろい痩《や》せ型のアメリカ人ブロンド女を好むプレイボーイとして通っていた。女性は男性よりはるかに地位が低いサウジアラビアから来た男とあって、女の知性は無用の長物でしかないのだ。求めるのは、かわいくて、従順で、できるだけ後ろに控えている女だ。彼の女たちの扱いかたは、なかなか巧妙だった。カネをたっぷりと注ぎこみ、暴力はふるわない。ただし、ボスはつねに彼であって、女たちに敬意を示すことはほとんどなく、公衆の面前で尻をたたいたり、そばにだれがいようが飲食物を取りに行けと命じたりする。

ラスヴェガス近郊に三百万ドルで購入した自宅があるが、ふだんはルクソール・ホテルのスイートルームで暮らし、夜はそこのカジノのポーカー・テーブルについていることが多い。ギャンブルや飲酒はイスラムの基本教義に反するものだが、彼もまた、世界中に数多くいる宗教的偽善に無縁なほかの信徒たちと同じく、コーランのどの部分に合わせ、どの部分を無視するかを自分の都合で決めていたのだ。母方の祖父が、一九六四年から一九七五年までサウジアラビアを統治したファイサル王の直接のいとこではあるものの、彼のサウード家における地位は低い。いとこたちのなかにはもっと高い地位にある者がおおぜいいるが、彼のサウード家とのつながりはすべて母方であるため、けっしてそうはならなかった。二十代前半に、〝一族〟のビジネスへの関心をすっかり失ってしまった彼は、オックスフォード大学を退学する道を選び、イギリスのナイトライフを楽しむことに精を出した。9・11同時多発テロが発生した一年後、旅行でアメリカを訪れたときに、初めてラスヴェガスの味を占めて、すっかり虜《とりこ》になり、すぐさま、アメリカ市民権を取得する方針を決めたのだった。

そのあとの年月のあいだに、ファイサルは初めて、サウード家の一員としての現実的な利点に気がついて、一族に要望を出した。観光ヴィザ更新のためには、連邦市民権・移民局《USCIS》の要請に応じて六カ月ごとに本国に帰らなくてはならないのだが、それをしなくてもいいように働きかけてもらったのだ。二年後、一族の二度めの働きかけが功を奏し——本人がＵＳＣＩＳの建物に足を運ぶこともなく——アメリカの永住権《グリーンカード》が与えられた。そして五年が過ぎる前に、ＵＳＣＩＳの面接を一度も受けることなく、アメリカの市民権が与えられたのだった。

市民権取得へのその滞りのない道筋のなかで、ファイサルは筋金入りのポーカーの名手となって、負けたら終わりのトーナメント大会においても私的なゲームにおいても大金を稼ぎ、若きイスラム教徒としての規則を完全に忘れ去って、飲酒と女遊びに没頭した。だが、二〇一〇年の十二月、イスラムとのつながりが切れてはいないことを示す、不吉な訪問者を迎えることになった。

アラビア半島のアルカイダ《AQAP》に属する二名の工作員が近づいてきたのだ。ひとりは、アクラム・アルラシードという元サウジ海軍の兵士で、もうひとりは、その弟のハロウン。ふたりは、西欧世界にジハードを仕掛けるためにカナダに移民していた。そして、ひそかにラスヴェガスとその周辺を探っているアルカイダのスパイによって、ファイサルがギャンブルで大金を稼いでいること、そしてアメリカのカジノで得たカネは出どころがたどられにくいことが、組織に報告されたのだった。

「あんたはワッハーブ派なのか、そうではないのか、ムハンマド？」初めて会って早々、アクラム・アルラシードがぶしつけに問いかけてきた。「単純にイエスかノーで答えれてくれ」

「おれはサラフィー主義者だ」とファイサルは答えた。「ワッハーブ派とは呼ぶな」

「自分をどう呼ぶかは勝手だが、兄弟《ブラザー》、あんたがここでやってる退廃的な生活に報いが来ないとは考えるな。アラーがそれに目をつぶってくださると思ってるのか？　アラーがそんなことをなさるわけがない。いまが決断の時だぞ。その退廃的な生活をアラーのために用いるようにするか、それとも魂が取りあげられる危険を冒すか」

その面談が終わるまでに、ファイサルはジハードに資金を提供することに同意していた。死後の運命を案じたからではなく、同意するほうが言い争うより楽だと思ったからだ。それに、アメリカに住まいを求めたからといって、この国に愛着があるわけでもなかった。彼が愛するのは、ギャンブルとパーティ、そしてさまざまな女たちとセックスを楽しむ自由だった。毎年、数百万ドルのカネをＡＱＡＰのジハード活動継続のために提供すればすむのなら、それでけっこう。カネは問題ではないし、その寄付が、アルラシードが保証したように、アラーのお役に立つのであれば、なおさらいいことだ。ほっといてくれ、というのが、彼がなによりも望んでいることだった。

その数年後、チェチェン人がそのゲームに参加し、アルラシード兄弟がふたたび面談を求めてきて、ファイサルのＡＱＡＰとの関係に劇的な変化をもたらすことになった。

「これまで以上にあんたが必要になった、兄弟」アルラシードが狂信者らしく目をぎらつかせて見つめながら、ささやきかけてきた。「アラーが奇跡を起こされ、リ《R》ャドゥス・サ《S》リヒー《M》ン殉教者旅《B》団に所属するチェチェンの友人たちに核兵器を購入する機会を与えてくださった。あんたの助けがあれば、われわれはついに、アメリカに決定的な打撃を加えることができるようになるんだ」

ファイサルは動揺し、恐怖を覚えた。核兵器の使用は、テルアヴィヴの街路でバスを爆破したり、多数の客でにぎわうアレクサンドリアのナイトクラブに鞄《サッチェル》爆弾を投げこんだりするのとは、到底《とうてい》くらべものにならない。もちろん、あの種のテロ攻撃は、自分のカネがあってもなくても継続することができるだろうが。

「核兵器を購入するのに手を貸すことはできない！　あんたは正気か？　おれはここに住んでるんだぞ」

「その兵器がラスヴェガスに対して用いられることはない、兄弟。心配するな」

「おれはラスヴェガスを心配しているんじゃない！」ファイサルは言いかえした。ＲＳＭＢの行動方針に手を貸そうというＡＱＡＰの連中を説き伏せるのはむりだろうと、すでに気づいてはいたが、そんな極悪非道な兵器の購入資金を提供する男になるつもりはなかった。

「核兵器を使ったら、世界はひとの住めないところになってしまうぞ」

「あんたが気にかけるべきなのは、この世界じゃなく、死後の世界だろう、兄弟」

「どっちにしても」首をふって、ファイサルは言った。「ほかのだれかを見つけてくれ」

「じゃあ、ほかのだれかを見つけることにしよう」険しい目つきになって、アルラシードが応じた。「それなら恐れることはないだろう。だが、これだけは言っておく、兄弟……いずれ攻撃が成功し、アメリカが容疑者の特定に着手したとき、その捜査はどういう方向に導かれると思う？　それが成功したとして考えるんだ！　導かれる方向は、われわれに手を貸した人間になるか……それとも、われわれを拒否した人間になるか？」

「おれはあんたらを助けてきた！」ファイサルは言い張った。「何百万ドルものカネを渡してきた。一度、拒否しただけで、おれを狼の群れの餌にすると脅すのか？」

「あんたはこの勝利の達成に手を貸さなくてはならない」アルラシードはひきさがらなかった。「いまはもう、これまでの勝利などはどうでもいい。あんたがたどるべき道はこれしかないんだ。さもないと、攻撃があってから数日以内に、ＦＢＩがあんたに結びつく手がかりを見つけだすことになるだろう。サウード家はやむなく永久にあんたに背を向け、あんたは異教徒の監獄に放りこまれて、朽ち果てる……が、その前に、ＣＩＡがあんたを拷問にかけて、吐けるはずもない情報を吐かそうとするだろう」

アルラシードが椅子にもたれこみ、窮地に立たされて苦悩するファイサルを見つめた。やがて、苦悩があまりに長引くのを感じたアルラシードは、助け船を出してきた。

「もう悩むのはじゅうぶんだろう、ムハンマド。むだなあがきであることはわかっているはずだ。いまから数週間以内に、あんたはドイツに行き、リャドウス・サリヒーン殉教者旅団に所属する、われらがチェチェンの兄弟たちと会うんだ。手配はすべてできている」

そのやりとりがあったのは五カ月前のことで、それ以後、彼らの意のままに動かされる身となったファイサルは、要求された資金を供給するしかなくなり……以前より酒を大量に飲み、以前よりよくギャンブルをし……以前よりよく負けるようになった。そして、〝ニューメキシコ事件〟以後は、さらにひどく落ちこんだ心理状態になっていた。

彼はホテルのスイートルームの窓辺に立って、巨大なスフィンクス像をながめやった。空《から》になったウィスキー・グラスの底で、アイスキューブがくるくるまわっていた。

「どうかしましたか、ムハンマド？」チーフ・ボディガードのマムーンが問いかけてきた。彼もまた、サウジ王族の下位メンバーだ。「こんなふうなあなたを見たことがないんですが」

「カシキンとアルラシードは嘘をついていた」ファイサルは言った。「最初から、爆弾は二個あったんだ。だからこそ、やつらはあんなに急いで、あんな大金を要求してきたんだ」

「この街を離れたほうがいいんでしょうか？　ここにいたら危険だとか？」

ファイサルは苦笑いを返した。

「ラスヴェガスの破壊というのは、テロ攻撃というより、たちの悪いジョークのようにしか見えないだろう」

マムーンがちょっと考えこむ。

「ええ、同感ですね」

「ほかのどこよりも、ここは安全だ」ファイサルは請けあった。「われわれとしては、アメリカ経済が破綻《はたん》したあとも、この街の繁栄に終止符が打たれずにすむのを願うしかない……二個めの爆弾が用いられたら、必ず経済の破綻は生じるだろう。この国のひとびとはパニックに陥っている。安全な状況と、紛争地から遠く離れていることに、あまりに長い年月、安住してきたからだ。早々とあんな行動に出るとはね。いくつかの大都市に戒厳令が発令されただろう？　聞かせてくれ。きみはどう思う？」「彼らはそんなことはしないだろう。そう、ユダヤ人はこんなふうな反応を示すだろうか？」骨張った人さし指をふってみせる。「彼らはそんなことはしないだろう。そう、ユダヤ人はふだんどおりの生活をつづける。そして、ついに爆弾が爆発したら、同胞の死を悼《いた》み、国土の再建に取りかかり……以前に増して、ユダヤの神への信仰を強めるだろう」

マムーンが陰気にうなずく。

「やつらは悪いところばかりですが、ええ、たしかにユダヤ人はとても勇敢です。それは否定しません。ただ、アメリカ人より勇敢な連中はいないと思うのですが」

ファイサルはイタリア製の黒い革張りソファに腰をおろして、スリッパを蹴り脱いだ。

「忘れたか、わが友よ。いまこの国を支配しているのはプレイステーション世代の連中なんだ」彼はため息をついた。「まあとにかく、どちらが正しいかはすぐにわかるだろう」

マムーンがiPhoneを取りだし、親指でアプリを起動する。

「このホテルのスイートルームのリース契約更新が、今週になっています」

「更新してくれ」

　ファイサルは葉巻に火をつけ、自分がユダヤ人について言ったことばをよく考えてみた。彼らはそうやすやすとパニックに陥らないことはたしかだ。彼らは、来る日も来る日も、これが最後の一日になるかもしれないと知ったうえで暮らしていくことに慣れきっている。どうやら、いまが彼らから教訓を得て、自分も同じような暮らしを始める時なのだろう。

「明晩のゲームの手はずを頼む、マムーン。それと、斡旋屋《あっせんや》に電話を入れて、じゅうぶんな数の女をそろえるようにと念押ししておいてくれ。そろそろ、また勝つほうにまわらなくてはいけないと思うのでね」

　ようやく、マムーンは笑みを浮かべてもいい理由を見つけた。

「ナアム、サイイデティ」——イエス、サー。

　彼はきびすを返して、部屋をあとにした。

19

シカゴ

クロスホワイトとタッカーマンは、いまは第八二空挺師団に供されている現地警察の留置房に収容されていた。その建物の玄関には、フォート・アパッチと記された標識が掲げられている。昨夜から八時間にわたって、ずっと待たされてきたので、クロスホワイトは、いったいなにがどうなっているのだろうといぶかしむようになっていた。ペンタゴンに照会すれば、自分たちの言い分はものの数時間のうちに嘘であることが判明し、ふたりをシカゴ市警に引き渡せとの命令が下されるはずなのだ。この街に進駐した師団は、大統領の命令を受けて、撤収する準備にかかっているから、自分たちをこのまま放置し、まもなくこの建物に戻ってくる警察にあとを任せようとしている可能性もなくはないだろう。それでもやはり、これはおかしい。この前進作戦基地《FOB》の指揮を執る少佐が、どういう進展になっているのかを告げるために、あるいは、嘘をついたことに対して逆ねじを食わせるためだけにでも、姿を見せるのが当然だろう。ここに連行されてきたとき、少佐は自分たちに向かってひどく棘《とげ》のあることばを吐いたのだ。

ときおり、監視の兵士たちがやってくるが、チェックをするだけで、なにも言おうとはしなかった。

クロスホワイトは鉄格子から手を離し、寝台にすわって壁にもたれているタッカーマンに目をやった。生涯、こんなふうな寝台で寝なくてはならない運命になったのだと悟って、不機嫌になっているのは明らかだった。

「これはなにを意味すると思う？　とうに、なにか知らせが入ってるはずなんだが」

タッカーマンが目をあげて、こちらを見る。

「おれたちの処置は、べつに優先事項じゃないってことだろう、ダン。おれたちは二人組の犯罪者にすぎないんだ。自分のほらを自分が信じてしまわないように、気をつけたほうがいいぜ」

クロスホワイトは顔をしかめた。

「いや、論点はそれじゃないんだ」

タッカーマンがにやっと笑う。

「まるで、なにか論点があるみたいな言いかただな。すわったらどうだ？　そんなふうにされてると、こっちまでいらいらしてくる。そんなにせっかちにならなくてもいいだろう？　どうせ、監獄で生涯を送ることになるんだ。少なくともここにいるあいだは、だれかのたわごとにつきあわされるはめにはならないさ」

「おれは、そんなにあっさり観念する気はない」クロスホワイトは言った。「このつぎ、彼らがここのドアを開いたら、行動にかかろう。逃げきるのはむりにしても、戦いを仕掛けることぐらいはできる」

「おれはごめんだ」とタッカーマン。「ここのGIたちを殺すことにはなりたくない。おれは犯罪を犯した。その報いは受ける」また壁に頭をもたせかけた。「いつかだれかが、あのカネを見つけるんだろうか。もしかすると、おれたちが出所するまでずっと、あそこに残ってたりして。おれが先に出たら、半分はあんたに取っておいてやるよ」

「くだらん夢を見るんじゃない」クロスホワイトは言った。「おれたちが釈放されることはぜったいにない。死者を何人も出したのを忘れたか？　やつらが屑野郎ばかりだったとしても、関係ない。法律は法律だ」

「ああ。しかし、おれたちはあの少女を救ってやった。二、三十年、刑期を勤めあげたら、仮釈放になるかもしれないぜ」

クロスホワイトはぎょろっと目をまわして、また鉄格子を握りしめた。

「ヘイ！」彼は叫んだ。「なにか食べものを持ってきてくれないか！」

スチールのドアが開き、ブーツがコンクリートの床を踏む足音が角の向こう側から響いてきた。ネイプルズ軍曹が現われ、房の前に立って、ふたりを見つめる。

「どう考えたものやら」軍曹が言った。

クロスホワイトは見つめかえした。

「まさか……どこかほかの都市で爆弾が爆発したと言いだすんじゃないだろうな」

ネイプルズが首をふる。

「おれが自分で、あちこちに電話を入れてみた。すると、あんたはもう現役の兵士ですらないことが判明したんだ。噂では、デルタから放りだされたとか」

　クロスホワイトは大きなため息をついて、身を転じ、寝台に寝そべって、ブーツを履いた両脚を鉄格子にかけた。

「だから、どうだと言うんだ？」

　ネイプルズが頭を掻《か》く。

「高級将校たちは、せっかくもらった名誉勲章にあんたが泥を塗ったことに対して、ひどく腹を立ててるだろう」

「あの勲章はもともとそんなにきれいなもんではないさ」クロスホワイトは頭の後ろで両手を組み、天井を見あげた。「ひとつ、おれたちに恩を売るってのはどうだ、ネイプルズ？　おまえたちが撤収する前に、そのドアの錠を解いておくとか？　撤収が終わるまで、おれたちは動きださないと約束しよう」彼は頭を起こした。「とにかく、この街のお巡りに引き渡すのだけはやめてくれ」

　ネイプルズが首をふる。

「あんたらは、おれたちが撤収するずっと前に、いなくなってるだろう。あんたの指揮官《CO》が、あんたらを連れだすためにやってくるという知らせが届いたんだ」

　クロスホワイトはちらっとタッカーマンに目をやってから、寝台の上で身を起こし、足を床におろした。

「なんだって？」

「一時間ほど前、バイアード少佐が、ラングレーのポープという男から連絡を受けた。あんたはその男を知ってるんだろう？　それはともかく、バイアード少佐はいまだに、あんたらがほんとうにSOGに配属されているってことを信じきれずにいるらしい」SOGというのは、CIAの特殊作戦《スペシャル・オペレーションズ》グループの略称だ。「ゆうべ、おれがあんたは本物だと言ったとき、彼はおれのことばを信じなかったが、いまの彼は、ばかにされたような気分になってるようだ」どうやら少佐の困惑をおもしろがっているらしく、くすっと笑った。「そのポープ氏が、あんたに命令の変更を伝えるようにと言ってきてね。あんたらは、シャノン大佐が到着するまで、保護拘留の状態でここにとどまるようにということだ」

　そのことばを聞いて、タッカーマンが向きを変え、足を床におろした。

「シャノン大佐だと」

「そうだ」とネイプルズが言い、マルボロの箱から煙草《たばこ》を取りだし、火をつけた。「最初の命令がなんだったかは知らないが、SOGはあんたらふたりをあまり快くは思っていないような感じがする。バイアード少佐は、大佐がここに来るまで、あんたらを拘留し、施錠したままにしておくようにとの命令を受けたんだ」

　クロスホワイトはタッカーマンに目をやった。

「おまえはどう考える？　あいつが『ランボー』の映画に出てくるサミュエル・トラウトマンみたいな調子で、姿を現わすというのは？　おれをなじるためだけだとか」

　タッカーマンがぽかんと口を開けた。

「彼はそんなことはしないだろう」

「たしかに、するわけがない」クロスホワイトはネイプルズの煙草をひったくり、また寝台に寝そべって、額に腕を置いた。「ひとつ、確実に言えるのは……ポープが彼を自分の牧場《ランチ》からひっぱりだして、奥さんのマリーから引き離したのだとすれば、彼が上機嫌でここに姿を現わすはずはけっしてないだろうってことだ」

「それより、いったいこれはどういうことなんだ？」ネイプルズが事情を知りたがった。「おれはゆうべ、あんたらのために危ない橋を渡った。話の仲間入りぐらいはさせてくれてもいいだろう」

クロスホワイトは身を起こし、煙草を深々と吸いつけた。

「ネイプルズ、仲間入りさせてやりたいのは山々なんだが──おれにも、いったいどうなってるのか、さっぱり見当がつかないんだ」

ネイプルズがにやっと笑う。嘘だと思っているのが明らかだった。

「あんたらSOGの連中は、みんな同じようなものなんだな。出してやれなくてすまない、大尉」立ち去ろうとして、身を転じる。

「ヘイ、おれたちの糧食《MRE》はどうなった？」クロスホワイトは声をかけた。「おまえがこの八時間、どこにいたかは知らないが、ここの連中はこれまでずっと、食いものをなにもくれていないんだぞ」

ネイプルズがくくっと笑う。

「おれにできることはやってみよう。待っててくれ」

ドアが閉じると、タッカーマンがなにかを言おうと口を開いたが、クロスホワイトは動かず、自分の口に人さし指をあてがった。

「気をつけろ、相棒。どうやら、神はおれたちにほほえみかけてらっしゃるようだ。よけいなことを言って、それをおじゃんにする危険は冒さないようにしよう」

タッカーマンがうなずいて、立ちあがり、寝台のあいだの壁に設置されているスチール製便器の前に行って、小用を足しはじめる。

「ラジャー」肩ごしに彼が言った。「だが、これぐらいは言ってもだいじょうぶだろう……もしあんたがあの少女を見つけていなかったら——おれは信心深い男じゃないが——ものごとには、なるべくしてなることがあるんじゃないか。言いたいことはわかるだろう？」

クロスホワイトはうなずき、鼻から煙を吐きだしながら、勲章をもらってからの自分の人生がめちゃめちゃであったことを思いかえした。

「これだけは、はっきりとわかる。戦いの場から放りだされたあとのおれは——ブレーキをかけるすべもなく走りつづける列車みたいなもんだった」募りゆく焦燥感をやわらげようと、彼は強く煙草を吸いつけた。「そしていま、所在不明の核という懸案事項が生じ、おれたちはこんな檻《おり》に閉じこめられ、シャノン大佐がおれたちを救いに来ることになった」煙草の燃えがらを廊下に放り投げる。「やっぱり、おまえの言ったことが当たってるんだろう。これはまちがいなく、なるべくしてなったことじゃないか？」

20

モンタナ

州警警察官トレント・ローガンは、仕事熱心な裏表のない男で、モンタナはそれほど犯罪のはびこる州ではないとあって、あらゆる交通違反を、それがたとえ、一九七八年にジョン・F・ケネディ空港のルフトハンザ航空貨物倉庫で起こった現金強奪事件のような重大なものではなく、ごくささいなものであっても、取り締まってきた。交通指令所は毎月、州間高《インター》速道《ステート》路九〇号線のビリングズからボーズマンの区間を通行したドライヴァーたちのうちの、少なくとも五人から苦情申し立てを受けることになり、ローガンは新米の熱血警官として職務に就いた最初の一年のうちに、いやというほど叱責されるはめになった。だが、ある日曜日の午後、彼は大きな事件に出くわし、きわめつきの名誉挽回になると思えるほどの成果をあげた。

　そのとき、彼はビッグティンバー市のすぐ郊外で、七十代の年老いた女性が運転する、黄色が褪《あ》せてミント色に変じた一九八五年型キャデラック・エルドラドを停止させた。単純な〝車線変更〟の違反だった。ハイウェイに落ちていたツー・バイ・フォー木材の破片をよけようとして、違反をしてしまっただけのことで、この国のほかの州警警察官たちはだれひとり、その日に彼女を停止させようとはしなかっただろうが、ローガンはほかの州警警察官たちとはちがうのだ。違反の処理をすませ、女性に免許証を返そうとしたとき、彼は初めて、彼女が運転中に義務づけられている眼鏡《めがね》をかけていないことに気がつき、眼鏡はどこにあるかと問いただした。

「あ、二、三日前に壊れちゃって」と女性は言った。「来週、新しいのができることになってるの。ほらね?」

女性は財布から眼鏡製造業者のレシートを取りだし、彼に手渡した。

だが、ローガンはレシートに関心を示さなかった。これは犯罪にあたるからだ。

「奥さん《マーム》、あなたは視力に問題のある状態で運転をしたんです。さあ、車を降りてください」

彼は女性を逮捕し、後ろ手に手錠をかけた。それから、自分のパトカーの後部シートに彼女を乗せ、レッカー車を呼んだ。そして、レッカー車の到着を待つあいだにと、女性の車のあちこちを調べていたとき、トランクのなかに十ポンドのメタンフェタミンが詰まったジム・バッグがあることに気がついたのだった。

二週間後、その年老いた女性は、麻薬市場に供給される〝大量の〟禁止薬物を運んでいた嫌疑で首尾よく起訴され――有罪になれば、彼女の年齢からして、終生、刑務所暮らしになるのは確実だ――そのとき、ローガンは涙に暮れた。この事件によって、モンタナではどのドライヴァーも、見かけがいくら無害そうに見えようが、麻薬を運んでいる可能性があると確信した彼は、制限時速をたった一マイル超えただけというささいな違反であっても、必ず停止させ、ほんのかすかな疑いがあるだけでも、躊躇《ちゅうちょ》なく麻薬犬チームを呼び寄せるようになった。同僚たちは早々に、彼の度の過ぎた熱心さにうんざりしてきて、それまでは他愛のないからかいだったのが、あけすけないやみになり、悪意のこもった非難になることもよくあった。それでも、ローガンは気にしなかった。彼の気持ちとしては、自分はまったく異なるレベルで法執行職務をおこなっているのであり、同僚の警官たちがそれを評価しないのであれば、くそくらえといったところだった。

そんなわけで、一台の緑色のSUVが対向車線の時速七十マイル区間を七十二マイルで走行しているのを計測したとき、ローガンは躊躇なく警告灯を点灯し、〝獲物の追跡〟に取りかかった。草地の中央分離帯を越えて、対向車線に乗り入れたときには、SUVはすでに路肩に寄って停止しかけていたが、彼はかまわずサイレンを短く鳴らし、パトカーをそこへ走らせた。パトカーを降り、州警交通警官《スモーキー・ザ・ベア・ハット》の制帽のつばを眉のところまで引きさげてから、SUVの助手席側へ歩いていき、携行しているSIGザウアーP229拳銃の床尾に手の付け根をかけた。

「こんばんは」感情を交えない声で、彼は言った。「運転免許証と車輛登録証、それと保険の証明書を見せてください」

運転席にすわっている男がドイツのパスポートと――年齢は五十三歳となっていた――国際運転免許証《IDP》、そしてレンタカーの貸与同意書を提示した。

ローガン警官は、ドイツのパスポートもIDPも、これまで目にしたことがなかった。

「停止を命じた理由はおわかりですね、ミスター・イェーガー？」

ニコライ・カシキンが薄いブルーの目で彼を見あげ、笑みを浮かべた。

「きっとスピードを出しすぎていたんでしょう」ドイツなまりの英語で、彼は言った。

「どれくらいのスピードだったか、おわかりですか？」

カシキンは首をふった。

「わたしよりそちらのほうがよくご存じでしょう。反論するつもりはありませんよ」

ローガンは、市民のほとんどが警官を嫌っていると思っていたので、協力的すぎるドライヴァーはあまり信用しないようにしていた。

「遠い国からおいでになったのですね、ミスター・イェーガー。アメリカにいらっしゃった目的はなんでしょう？」

「あちこちの国立公園を旅してまわっておりましてね」熱のこもった口調で、カシキンは言った。「いまは、グレイシャー国立公園に向かっているところなんです」

「ははあ」パスポートをめくり、どこの国のものかさっぱりわからないスタンプの数々と日付を読みとろうとしながら、ローガンが言った。「アメリカにはどれくらいの期間、滞在するおつもりで？」

「二カ月ほど」とカシキンは答えた。「もう少し長くなるかもしれません。二、三日前、ラシュモア山を訪れたところ、立入禁止になっていましてね。国に帰る前に、どうしてもあそこを見ておきたいんです」

実際は、つい一時間ほど前にラジオで、その国立公園が立入禁止になっているのを聞いただけだった。

「それが解除されるのは、だいぶ先になるかもしれませんよ」とローガン。「テロリストがこの国に核兵器をひそかに持ちこんだことは、あなたも耳にされておられるでしょう。ラシュモアは警戒処置として立入禁止になったんです」

「ええ、なんとも恐ろしいことで」悲しげにカシキンは言った。

自分が無人の地のど真ん中にある岩山を意味もなく爆破して、爆弾を浪費するなどということを信じている者がいるとしたら、狂気の沙汰としか思えない。だが、さっきラジオで、アメリカの全域にわたって多数の国立公園が封鎖されたために、おおぜいのアメリカ人観光客が失望しているというニュースを聞いたときは、楽しい気分になったものだ。

「ここで待っていてください」ローガンがパトカーにひきかえして、運転席にすわり、助手席に置いてある備品バッグの底から、外国のパスポートと国際運転免許証の参照マニュアルをあたった。そのマニュアルに目を通したことは、これまでに一度しかなかった。そのときは、先を急いでいるカナダ人観光客たちが――彼の見立てでは、きわめてたくみに――〝英語を流暢《りゅうちょう》にしゃべるメキシコ人たち〟であるように思えたのだった。

そのドイツのパスポートは三年前に発行されたもので、マニュアルの見本とくらべてみたところ、本物であるように見えた。しかし、IDPのほうは事情がちがった。マニュアルには、それの多様な見本が数多くあり、ドイツが発行したIDPの見本は、ミスター・ハンス・ハルトマン・イェーガーが持っているものに合致しなかった。アメリカの各法執行機関に属する職員のほとんどが、これは、マニュアルが三年前という古いもので、そのために現在の真偽確認テクノロジーに対応していないだけのことと考えただろう。が、それでもやはり、アメリカの法執行官のなかにはごくわずかではあるが職業意識に徹する者がいて、ローガンはそのひとりだった。

四月に大きな事件に出くわして以来、彼は、自分は人間に対して第六感が働くのだと信じこむようになっており、この晩も、第六感が、このドイツ人《クラウト》観光客にはどこかおかしなところがあると告げてきたのだと確信した。ドイツ人の車を捜索して、隠してあるものを見つけだしたい気分だったが、それに相応する理由がなかったので、彼は相手に許可を求めることに決めた。手のかかるカナダ人観光客を数多く取り締まってきた経験から、外国人観光客の多くが――アメリカ人の多くもそうだが――相応の理由やしかるべき容疑がない場合は捜索の要求を拒否する権利があることを認識していないことがわかっていた。

彼は、偽造のように思えるカシキンの国際運転免許証をシートに残して、SUVの運転席のほうへ歩いていった。

「ミスター・イェーガー、車を調べさせてもらってもいいでしょうか？　お決まりの手順でしてね。われわれはサービスのひとつとして、日没後に停止させた車輛のすべてに、それをすることになっているんです」

カシキンは、警官の顔に疑念の気配が浮かんでいるのを見て、にわかに警戒心を強めた。パスポートもIDPも問題はないことはわかっている。どちらも、ドイツ連邦内務省に勤めているリャドウス・サリヒーン殉教者旅団《RSMB》の僚友の協力のもと、死亡したドイツ市民の名を使って合法的につくられたものだ。このSUVは合法的なクレジットカードを使って借りたレンタカーで、車輛には適正な保険がかけられている。では、この若いカウボーイのような警官はなにを疑っているのか？　どこかから秘密のリークがあったのか？　アメリカ政府が自分を容疑者と特定した？　それ以外に、なにかあるだろうか？　いずれにせよ、この任務を継続するには、それがなにかを突きとめなくてはいけないだろう。

「よくわかりませんが」困惑した笑みを浮かべて、彼は言った。

「われわれのサービスのひとつでして。日没後に停止させた車には、同じことをするんですよ」

サービス？　カシキンには、その意味が理解できなかった。

「あなたがそのサービスというのをやっているあいだ、車を降りていてもいいですか？」

「はい。やっておいたほうが、だれにとってもずっと安全になりますのでね」ローガンは年配の男のためにドアを開けてやった。「ほかの車に撥《は》ねられたりしないよう、パトカーの後部シートにすわっていてください。長くはかかりませんよ」

ふたりがそろって、薄れゆく日射しのなかで警告灯を輝かせているパトカーのほうへ歩いていく。カシキンは胸が締めつけられて、心臓が苦しくなってきた。警官がＳＵＶの後部で銃を発見したら、パトカーの後部シートに閉じこめられるわけにはいかない。警官が彼の腕を取った。

自分はそこにとらわれの身となって、逃げる望みはなくなってしまうだろう。

パトカーの前側に達したとき、警官が彼の腕を取った。

「まず、あなたにすわってもらう必要があります。あなただけでなく、わたしの安全のためにもです。あなたは刃物かなにか、危険なものを携行されていますか？」

カシキンは自分のシャツの胸ポケットをぽんとたたいた。

「このシャープペンシルだけですよ」

「それならけっこうです。では、それをパトカーのボンネットに置いてください」

「わかりました」

カシキンはポケットからシャープペンシルを取りだし、目にもとまらぬ速さでローガンの目にそれを突き刺した。

ローガンが両手で目を押さえて、よろよろとあとずさる。カシキンは突進し、右手で相手の首の横を強く打ちつけた。ローガンが路面にどんと両膝をつく。脳へ行く血液と酸素が一気に絶たれて、意識が急速に失われ、制帽を路面にぶつけながらその場に横倒しになった。

カシキンはその側頭部を蹴りつけて、帽子を宙に舞わせた。ガン・ベルトをつかんで、警官をパトカーの反対側へひきずっていき、そこでこんどはこめかみを痛打した。そのあと、警官の両手を警官自身の手錠で後ろ手に拘束し、ホルスターから拳銃を奪いとって、シャツの内側に隠し持ち、SUVにひきかえす。イグニションスイッチからキーを抜き、後部ドアを開けて、折りたたみ式の戦闘ナイフを取りだすと、彼は、左目から血を流しながら起きあがろうともがいているローガン警官のところにとってかえした。

「そこでとまれ！」ローガンが命じた。カシキンの手のなかに、黒い刃があらわになったナイフがあるのを見て、必死に立ちあがろうとする。「そこでとまるんだ！　こっちに来るんじゃない！」

カシキンは、いまの警官のような状況に置かれた男を何度も見てきた。完全に運が尽きて、完全に無力になり、それでもその状況を完全に拒否しようとしている男だ。彼はローガンに襲いかかり、右腿《もも》の内側にナイフを深々と突きこんだ。切っ先が骨に当たったところで、ナイフをぐいとひねる。

ローガンが悲鳴をあげ、カシキンの下で身をよじったが、彼の体をはねのけることはできなかった。

「おれのなにを知ったのか、しゃべれ！」カシキンは問いただした。「洗いざらい吐くんだ！」

「あんたのことはなにも知らない！」ローガンが叫んだ。「なにもだ！　おれを離してくれ！」

カシキンがナイフで腿の筋肉を股間のほうまで切り裂くと、ローガンがまたすさまじい悲鳴をあげた。

「なにを知ったのか、しゃべれ」カシキンは語気を強めた。「さもないと、生きたまま皮を剝《は》いでやるぞ」

さらに三度、大きな悲鳴をあげさせ、血を流させたところで、尋問は終わり、カシキンはようやく満足した。この警官は、ひとびとに規則を厳しく守らせて悩ませているだけの、口うるさいアメリカの法執行官のひとりにすぎないとわかった。カシキンは、むせび泣いている警官の頸動脈《けいどうみゃく》を切断し、闇のなかで失血死するにまかせた。そのあと、パトカーから自分のパスポートを回収し、ダッシュボードにマウントされているカメラをむしりとって、警告灯のスイッチを切った。それから一分とたたず、カシキンはインターステートに車を走らせていた。

ローガンは最後の瞬間になっても、これは自分が招いた結果であることに気づいていなかった。ただ、自分の両脚と股間を切り裂いた凶悪な男が捕まることはおそらくないだろうという思いはあった。ローガンはずっと前から、同僚の警官たちにばかにされたくないと考えて、ささいな違反で車を停止させたときはたいてい応援を呼ばないようにしてきたから、男が捕まることはけっしてないだろうと思ったのだ。そのようなわけで、州警察の指令センターにカシキンとその車輛に関する情報が入ることはなかった。ダッシュボードカメラが持ち去られたために、殺人犯を指し示す証拠もない。

ローガンの頭に最後に浮かんだのは、自己憐憫《れんびん》と自分は過小評価されているという思いだった。

21

シカゴ

廊下の角の向こうにあるスチール・ドアが開き、すぐにガシャンと閉じた。しばらくしてクロスホワイトが寝台から目をあげると、上着の胸に所狭しと勲章を飾りつけた——そのなかにはスカイブルーのリボンがついた名誉勲章もあった——グリーンベレーの大佐《フル・ブル》が房の前に立っていた。

「ありゃ」クロスホワイトはつぶやいた。「この目で見ても、やっぱり信じられん」

「なんと」タッカーマンがささやいた。

ギル・シャノンが廊下に立ち、鉄格子のあいだからふたりを見つめていたのだ。戦闘ブーツに黒の略装軍服という姿で、ブルーの目には酷薄な光があった。

ギルが腕を組んで、タッカーマンを見つめる。

「きみらふたりは、いったいなにをやらかしたんだ？　おれには嘘をつかないほうが身のためだぞ」

クロスホワイトは口をはさんだ。

「おれのせいなんだ、ギル。おれたちは——」

「あんたに訊いてるんじゃない！」タッカーマンから目をそらさず、ギルが言った。「おまえに訊いたんだ、水兵」

　タッカーマンがさっと身を起こす。

「おれたちは〝金脈探し〟をやってたんです、最先任上等兵曹《マスターチーフ》」

「大佐だ！」ぴしっとギルが言った。

「イエス、サー、大佐」タッカーマンがギルの凝視にあって、いくぶん身を縮めながら言った。「われわれは金脈探しをしていました、大佐……麻薬密売人を襲撃して、現金を奪っていたんです」

「民間人の死者数は？」

　タッカーマンが床に目を落とす。

「ゆうべのを合わせると……十名。ゆうべのがひどく多かったんで」

　ギルが、若い元DEVGRU隊員をにらみつける。のみで削りだしたような輪郭《りんかく》のくっきりした顔立ちで、歯を食いしばっているために顎の筋肉が浮き出ていた。なにか悪態をつこうとし、考えなおしてやめたように見えた。

　クロスホワイトが咳払いをして言う。

「話してもよろしいでしょうか、大佐？」

「却下する」彼に威嚇《いかく》の目を向けて、ギルが応じ、またタッカーマンに目を据えた。

「なぜおまえは退役軍人管理局病院《VA》に行って、心的外傷後ストレス障害《PTSD》を治療しようとしなかったのだ？」

　タッカーマンがさらに身を縮こまらせて、首をふる。

「おれは――」

「話すときは、ちゃんとこちらを見るんだ！」

　彼が目をあげた。

「おれは……ただ……なんでだろう。とにかく、あそこに近づく気にはなれなかったんだ、ギル。あそこにいるのは、悩みなんかありもしない、だめなやつらばかりだ」また首をふって、床を見つめる。「くそ、やつらの半分は、実戦を経験したこともないんだ」

「つまり、あそこに行くと、おまえだけが本物のすごいやつ《マザーファッカー》になると言いたいのか？」

　タッカーマンが顔をあげた。

「いや、そういうわけじゃ――」

「おまえが言おうとしているのは」ギルがつづけた。「これが、戦闘を経験して帰国した本物の男のやることだということか。おまえが言おうとしているのは、本物のマザーファッカーは街にくりだして、民間人を――アメリカの民間人を――殺すということなのか」

　タッカーマンが恥じ入って、こうべを垂れる。

「ギル、おれは……自分を見失ってた」

「自分を見失うにもほどがあるというもんだ！　つぎは、そっちだ！」ギルがクロスホワイトに向きなおった。「名誉勲章の受章者が悪質な自警団のようなまねをやらかすとは――卑しむべきことだぞ！」

クロスホワイトは彼の視線を受けとめた。

「われわれは子どもを救ったんだぞ、ギル」

「ああ。そしてそのあと、彼女を拉致《らち》していたやつらを、裁判抜きで処刑した！」ギルがやりかえした。「いきさつはすべて承知している。デトロイト市警があの街の草の根を分けて、きみらふたりを捜索しているんだ。いまこうやってそのふたりを見ていると、通報を入れて、どこを探せばいいかを教えてやりたいような気分になってきた」

クロスホワイトは立ちあがって、鉄格子をつかんだ。

「だったら、そうしろよ！」押し殺した声で彼は言った。「ただし、ほかのだれもやれなかったときに、おれがきみを救うために、あの〝暗い渓谷〟に降下したことは忘れるな。さあ、おれたちふたりをこのいまいましい房から解放するのか、それともデトロイト市警に通報するのか。どっちにせよ、おれは甘んじて、きみのたわごとのすべてに耳をかたむけてきたんだ！　おれたちはまちがっていたということばを聞きたいのか？　いいとも。おれたちはまちがったことをやった！　ひどいことをやらかした！　ふたりそろって電気椅子送りになるのが当然だ！　まだほかに聞きたいことはあるか？　おれのせいだと言わせたいのか？　オーケイ。これはまちがいなく、おれのせいだ！　まだほかになにかあるか——大佐？」

ギルが見つめかえす。

「まあ、だいたいそんなところだろう、大尉」

「けっこう」クロスホワイトは寝台にすわり、膝に肘をついて頭をかかえこみ、床を見つめた。「グリーンベレーなど、くそくらえだ。大佐なんてのもくそくらえだ！　ちくしょう、シャノン、特殊部隊員を震えあがらせようたって、そうはいかないぞ」

ギルがタッカーマンに目をやると、相手はむりをして笑みをつくった。

「おれも罪を認めるよ。それにしても、マスターチーフ……その制服、その階級――あんたがね」

ギルが、いかめしい表情をいくぶん緩《ゆる》める。

「ふたりとも、このことはよく理解しておいたほうがいいぞ」穏やかな声で彼が言った。

「もしあの幼い少女を救っていなかったら、ポープはきみらふたりをここに放置させておいただろう」

タッカーマンがクロスホワイトに目をやる。

「言ったとおりだろう」

クロスホワイトはため息をついた。怒りのエネルギーを使い果たし、あとに残ったのは疲れとあきらめの感情だけだった。

「で、つぎはどうするんだ、ギル？」

「スーツケース型核爆弾を見つけださなくてはならない」相手のふたりがそろって、注意を向ける。「ポープは、ホワイトハウスがまことしやかに事実を否定する必要に迫られた場合に備え、いつでも関与を否認できる工作員を必要としている。おれが彼にだれを推薦したか、考えるまでもなくわかるんじゃないか？」

タッカーマンが立ちあがった。

「おれは乗るよ、マスターチーフ」

ほんのわずか遅れて、クロスホワイトもそれにつづいた。

「おれもだ」

ギルがまた厳しい顔つきになる。

「指揮を執るのはおれだ。了解したな？」

「ラジャー」クロスホワイトは言った。「グリーンベレーの一員として——いや、ちがうか？」

「ふざけてるのか？　この軍服を見れば、すでにおれに見せかけの地位が与えられていることがわかるだろう。ポープは、波風を立たせないために、あの犬面《いぬづら》の少佐を前線からはずすのが最善の方法と考えたんだ」彼はタッカーマンに目を向けた。「ST6／Bの出動が発令されたが、現役の兵士はだれひとり、それに関与することはできない」

「そのBはなにを意味するんだ？」いくぶん困惑して、クロスホワイトは問いかけた。

「ブラック——隠密」タッカーマンが言った。「国内における工作」

「ほんとうか？」

「ああ、まさにきみらにはあつらえ向きだろう」陰気な声でギルが言った。「というわけで、おめでとう、ポーギーベイト。あんたはアメリカ海軍史上初めて、BUD／Sの試練をくぐりぬけることなくSEALの一員となった男というわけだ」

〝ポーギーベイト〟というのは、第二次世界大戦の以前、上海の中国人民解放軍海兵隊基地にアメリカ合衆国海兵隊が駐留していた時代にさかのぼる、合衆国海兵隊の俗語だ。さまざまなことを意味するが、そのひとつに、制服がよごれるのをいやがる非戦闘員というのがある。BUD／Sは、SEAL基礎水中爆破《ベイシック・アンダーウォーター・デモリション／SEAL》の略語で、カリフォルニア州コロナドにある海軍特殊戦訓練センターでおこなわれる六カ月間の訓練過程を指す。

「いまここで、あんたのポーギーベイトになったってわけか」クロスホワイトは股間を押さえながら、言った。

「よく聞け」ギルが言った。「前線に出たら、たわごとはいっさい禁止だ。任務が完了するまで、軍規を厳格に守るように。わかったか？」

クロスホワイトは顔をしかめた。

「あのいやったらしい少佐に、くそくらえと言うのもだめか？」

「余生をおぞましい檻《おり》のなかですごすことになってもかまわないってことなら、やってもいい」

「まあ、そこまで言うのなら」むっつりとクロスホワイトは言った。「その必要はないと思っとこう」

「ないだろうさ」ギルがポケットから、大きな真鍮《しんちゅう》のフォルジャーアダム製の鍵（アメリカの刑務所でよく使われる）を取りだし、ドアを解錠した。「忘れるな。話はすべて、おれがする」

「了解」ほかのふたりが同時に応じ、ギルのあとにつづいて廊下を歩きだした。

22

シカゴ

警察署の被疑者身柄登録室《ブッキング・エリア》に入ったとき、クロスホワイトは自分の心を抑えておくのが精いっぱいというありさまになった。そこに、第八二空挺師団に所属するバイアード少佐とその他七名の空挺隊員たちが立ち、謎めいたトリオの入室を待ち受けていたのだ。クロスホワイトは、デルタ・フォースに転属する前は第八二空挺師団に所属していた。デルタ・フォースというのは、ＣＩＡの指令を受けて行動するアメリカ陸軍特殊作戦ユニット《SMU》で、その意味では、いまはＤＥＶＧＲＵと呼ばれるＳＥＡＬチーム６と似たようなものだ。彼も、近年、ＳＴ６という旧称で呼ばれるユニットがひそかに国内で活動しているという噂を聞いたことがあった。たとえば、ハリケーン・カトリーナの襲来によって法と秩序が崩壊した街で、武装私兵団が警察を襲撃するのを抑えこむために、彼らがニューオーリンズに派遣されたとか。もちろん、特殊作戦コミュニティにはつねにさまざまな噂が流布しているので、彼はそういう噂をそれほど信じているわけではなかった。とはいえ、奇妙なことに、噂はしばしば事実に先行するものであり、この夜もまた、軍事にまつわる説明不可能な事例のひとつであるように思えた。

「失礼ですが、大佐」バイアード少佐が声をかけ、デスクの向こうからまわりこんできて、一通の書類を彼に手渡した。ごわごわした赤褐色の髪の持ち主で、そばかすだらけの顔をしていた。「いましがた、あなたの命令と矛盾する命令を受領しましてね。ペンタゴンが、この男たちをわが師団のMPに引き渡すようにと命じてきたのです」

ポープがあらかじめギルに対し、迅速にすませないとこのようなことが起こるかもしれないと警告していた。

「見せてくれ」とギルは言って、書類のほうへ手をのばした。命令書を読むふりをしながら、このジレンマを解決する最善の方法はなんだろうと思考をめぐらす。ここに入室したとき、彼はひとりの三等軍曹を目にとめていた。その軍曹は、軍の支給物ではないパッチをマジックテープでボディアーマーに貼りつけていて、そのパッチに、〝おれの敬意がほしい？ 勝ちとれよ〟と書かれていた。去年、アフガニスタンにいたとき、似たようなパッチをいろんな兵士が貼りつけているのを目にしていて、ギルはそれが気にくわなかったが、自分は海軍の水兵《フロッグマン》ではないので、そのことを口にする立場ではなかった。もちろん、DEVGRUチームの一員として行動する者が制服にそんなパッチを貼っていたら、そんなものは見たくもないと言い放っていただろうが。

いまがそのパッチの問題を持ちだすのに絶好の機会だと彼は判断し、書類から目をあげた。

「バービエーロ軍曹？」

「イエス、サー」その軍曹が、名指しされたことにぎょっとしながら、気をつけの姿勢をとった。

「中央前へ、軍曹」

将兵たちの列からバービエーロが足を踏みだし、グリーンベレー大佐の前に立つ。

ギルは、なにを問題にしようとしているかよくわかるように、軍曹のボディアーマーのパッチを長いあいだ見つめた。

「軍曹、無言の傲慢ということばに覚えはあるか？」

クロスホワイトが、バイアード少佐の顔色が失われるのを目にとめ、ギルの意図するところをたちどころに察した。

「イエス、サー」バービエーロが冷静に答えた。「そのことばには聞き覚えがあります、大佐」

ギルは軍曹の目を見据えた。

「きみの敬意を勝ちとるには、わたしはいったいなにをする必要があるのかね、軍曹？ わたしの階級だけでは不足であるように思えるのだが」

バービエーロがすぐに汗をかきはじめる。部屋にいる全員が、ギルは名誉勲章の受章者であり、名誉勲章を受章された〝ブル・ブル〟に対して非礼を働くのは――たとえ偶然であっても――あってはならないことを明確に理解していた。

「大佐、あなたは自分の敬意を完全に勝ちえておられます」

「気をつけの姿勢を崩すな」とギルは言いおいて、バイアードのほうに向きなおった。「少佐、ヘリを降りたとき、この前進作戦基地《FOB》の玄関に掲げられたフォート・アパッチの標識が否応なく目に入った。先ごろ、クートゥア将軍より下された、そのような標識の掲示は厳禁するとの作戦命令に目を通した覚えがある。そのような行為は、きみが保護の責任を担《にな》っている民間人たちにすれば、挑発的なことに思われるからだ」

バイアードはきわめつきの窮地に立たされ、本人もそのことがよくわかっていた。

「大佐、弁明させてください。わたしはその命令書を読んでおりません」弱々しい声で、彼が言った。それは事実だった。つぎつぎに入ってくる命令書に目を通すことに大わらわで、読む暇がなかったのだが、彼もほかの面々も、それが言いわけにはならないことがわかっていた。先週、クートゥア将軍があの標識を撤去せよとの命令をじきじきに出したことを、この大佐が知らなくてよかったと彼は思った。

ギルが命令書をクロスホワイトにまわすと、クロスホワイトは笑みを押し殺して、それを半分に折りたたんだ。そのあと、ギルは怒りをこらえているように見せかけようと、かぶっているグリーンのベレーを脱ぎ、額の汗を手でぬぐうふりをした。

「諸君」重々しい声で彼は言った。「きみらはこの街を守る任務に失敗し、そのためにいま、まずいことに、不名誉な撤収がおこなわれる事態となった」間をとって、居並ぶ空挺隊員の目を順にのぞきこんでいく。それぞれが大佐の鉄の意志を感じとって、恥じ入り、目を伏せた。「しかも、クートゥア将軍の側近のひとりとして、この名だたる第八二空挺師団の——FOBかのヨーク軍曹がかつて所属し、アルゴンヌの地でドイツ軍を撃破した師団の！——FOBを訪れたときに、まさか将軍の命令が実行されていないことを知るはめになるとは……」彼は首をふって、怒りの感情をあらわにした。「これほど深甚な失望を覚えると、残念ながらことばも見つからない」

彼は手をのばし、バービエーロ軍曹のパッチをやんわりとむしりとった。マジックテープが剝《は》がれるビリビリという音が、面目を失った将兵の居並ぶ静まりかえった室内に響き渡る。バービエーロの顔を汗が滴《したた》り落ちているのが見えた。ギルはタッカーマンにパッチを手渡して、言った。

「それを捨ててくれないか」

「イエス、サー」小声でタッカーマンが応じて、あとずさり、デスクのわきにあるゴミ缶にパッチを放りこむ。そのデスクには、〝指揮官に注目〟と記された銘板が置かれていた。

ギルはバイアード少佐のそばに歩み寄り、穏やかに言った。

「少佐、わたしにはこの国に脅威を与えている核爆弾を捜索するという任務がある。その任務にこれ以上の遅れが出ないよう、この部屋にとどまって待機してもらえるか？」

バイアードが、喉につっかえたコマドリの卵ほどもある唾《つば》をごくりとのむ。

「大佐、今回のすべての遅れに対し、深甚なる謝罪を申しあげます――この責任はすべてわたしにあります。これ以上、遅れを生じさせるわけにはまいりません。命令の矛盾については、わたしの責任において通知しようと存じます」

「それなら、けっこう。きみの度量の広い判断は国に高く評価されるだろう、少佐」彼はクロスホワイトとタッカーマンのほうに向きなおった。「諸君、わたしについてくるように。すでに予定に遅れが出ているかもしれない」

ふたりはひとことも言わず、ギルにつづいて外に出ると、シコルスキーUH‐60ブラックホークが待機しているほうへ駐機場を歩いていった。三人がヘリに乗りこみ、タッカーマンがドアを閉じる。ギルが短くパイロットにことばをかけ、六十秒後には彼らを乗せたヘリが離陸した。

ギルは緑色の軍服の上着を脱いで、かたわらのベンチの上に置き、クロスホワイトとタッカーマンに顔を向けた。

「これからは、いままでに起こったことはすべて完全に忘れて行動してくれ。わかったな？」

ふたりがうなずく。

「オーケイ」ギルは言った。「われわれが対処する事態はこうだ。少なくとも一名のチェチェン人テロリストが、ソ連製のＲＡ－１１５スーツケース型核爆弾をひそかにわが国に持ちこんだ。いまのところ、その所在を示す手がかりはない。共犯者らしき人物の名前はつかめているから、その拉致《らち》と尋問をおこなうために、いまからラスヴェガスに向かう。忠告しておくが……その男は、サウジ王族の一員であるだけでなく、帰化して、合衆国政府によってすべての権利が与えられたアメリカ市民でもある。われわれはおそらく、それらの権利のほとんどを侵害することになるだろう。きみらは、この件に臨むにあたって、公益と権利の抵触という問題にぶつかることを予想していたか？」

ふたりがそろって首をふる。

ギルは満足したようにうなずいた。

「おれもそんなことは考えていなかったよ」

「スーツケース型核爆弾というのは、たしかなのか？」クロスホワイトが言った。いまは完全に実務的な態度になっていた。古巣に戻ったのだ。真の軍事的目標ができたことで、ふたたび熱い血が沸きかえり、毛細血管を通じて全身にひろがっていく感触があった。「RA-115というのは幻想だと思ってたんだが」

「〝ニューメキシコ事件〟の現場から回収されたすべてのアイソトープの指標が、この説を一貫して支持している」ギルは言った。「だから、イエスだ。信頼性はきわめて高い。ポープが、ロシア政府の彼と同等の地位にある相手から、それの最初の設計図に関する情報をできるかぎり得ようとつとめているが、われわれとしては当面、その爆弾自体に関わる部分に関して、ろくな情報なしで行動することになるだろう。それはおそらく、せいぜいが小型トランク程度の大きさで、重量は百ポンドを超えないだろうということだけは、わかっている。威力はTNT換算で約二キロトンと想定されている」

「そのいまいましいしろものがどこにあってもおかしくないってことか」タッカーマンが言った。

「問題はそれだけじゃない」

ヘリに乗っている者のなかでグリーンベレーの資格を持つ唯一の男ということで、クロスホワイトがベンチに手をのばして、グリーンベレーの上着をつかみあげた。それを着こんで、しわをのばし、すっきりさせる。

「爆発する前にそれを見つけられる可能性が、少しはあるのか？」

「おれには予測がつかないが、ポープはやつらが目標にしているのは九月十一日だと考えている。となると、おれたちの持ち時間は三日もないってことになる」

「それで、これはどんなふうに進められるんだ？」タッカーマンが問いかけた。「おれたちはまた、給料をもらえる身になったんだろうか？」

　ギルは首をふった。

「ただ、きみらがしでかしたことはすべて、ポープが隠蔽《いんぺい》し、このシカゴでの一件も完全に揉《も》み消してくれるだろう。その見返りに、きみらは国のためにふたたび危険に身をさらすことになるんだ。もし生きのびられたら、それぞれの人生に復帰できる。それと、きみは必ず、治療のために退役軍人病院《VA》にケツを運ぶんだぞ」

「イエス、マスターチーフ！」

「ところで、きみの立場はどういうもので、この作戦はいつ始まったんだ？」クロスホワイトが問いかけた。「つまりその、きみがバリー・サドラーみたいになる前はどうしてたのかってことだが」

　バリー・サドラーというのは、ヴェトナム戦争時代にグリーンベレーの一員だった二等軍曹で、『グリーンベレーのバラード』という超愛国的なヒットソングの共作者および歌い手として知られている。

　ギルはちょっと間をとって、クロスホワイトが着こんだ上着から名誉勲章を取りはずし、自分のポケットに滑りこませた。

「モロッコにいた——それだけ聞けばじゅうぶんだろう」

　クロスホワイトが眉をひそめる。

「ホワイトハウスでの儀式が終わったあと、きみはモンタナに戻って、ずっとマリーといっしょに暮らしていると思ってたんだが」

ギルの顔に苦痛の影が射す。

「あのあと、おれたちは別れ別れになった。それと、そのことはもう話したくもない」


それからしばらくしたところで、ヘリがシカゴのオヘア国際空港に着陸した。彼らはハムヴィーに乗りこみ、滑走路をつっきって、待機していたロッキード・マーティンC‐5Mスーパーギャラクシー戦略輸送機へ運ばれていった。それは、四基のゼネラル・エレクトリック製CF‐80C2ターボファン・エンジンによって推力を与えられる、アメリカ空軍の巨大輸送機だ。機首の部分が上に折れるような設計なので、開口部からハムヴィーが貨物室に直接、乗り入れることができる。

「こんなのに乗って、飛んできたのか?」感銘を受けたようすで、クロスホワイトが問いかけた。

「ポープは所在不明の核を追ってるから」ギルは言った。「要求したものはなんでも手に入れられるんだ。われわれの装備は——必要になりそうなものはすべて——機内に、どこになにがあるかがわかるようにして、積みこまれている。それと、そのくそったれなPMA服は脱いでくれ」PMAというのは、軍隊めいたくそ野郎《パラミリタリー・アスホール》の略語だ。「チームのほかの面々とは、ラスヴェガスで落ちあうことになってる」

クロスホワイトとタッカーマンが目を見交わす。

「チームのほかの面々とは？」

ギルはくっと笑った。

「〈銀行強盗作戦《バンク・ハイスト》〉に失敗して、海軍から追いはらわれた連中の全員さ」

〈バンク・ハイスト作戦〉というのは、去年、ヒズベ・イスラミ・ハーリスの部隊に拉致されたサンドラ・ブラックス准尉を救出するために、クロスホワイトの指揮のもとに敢行された無許可任務のことだ。

「きみはほんとうに、その全員を見つけだしたということか？」

「ああ。それと、信じられないかもしれないが、おれが留置所から出してやらなくてはいけなかったのは、あんたたちふたりだけなんだぞ」

23

ワシントンDC

　ポープはワシントンDCのコネティカット・アヴェニューに面する〈スターバックス〉に入って、チャイ・ラテを注文すると、それを手に、ヨシフ・ホッジャという年配の紳士がついているテーブルへ歩いていき、向かいあうシートに腰をおろした。

「面談を承諾してくれてありがとう、ジョー。久しぶりだね」

「うん、そうだね。元気そうじゃないか、ロバート」

　ホッジャは七十六歳になった元KGBエージェントで、肌は浅黒く、目は濃い茶色、頭が禿《は》げていて、灰色の顎ひげを生やしていた。団子鼻の下は上唇まできれいにひげが剃《そ》られ、その鼻はウォッカの飲みすぎで赤くなっている。ソ連が崩壊する二年前にアメリカに移住し、この遠方の地において出版された〝ベルリンの壁〟に関する記述をいろいろと読んできた男だ。ロシア人ではないこともあって、彼が元KGBであることを知る者は、アメリカにはポープしかいない。ホッジャはアルバニア人なのだ。ソ連のスパイだった彼を、CIAの現地《フィールド》情報員《ド・エージェント》としてヨーロッパに派遣されていたポープが、一九八〇年代の初めに、ソ連陣営からこちら側に引きこんだのだった。

「あんたも気づいているだろうが、われわれがいっしょにいるのは、えらく陳腐な構図であるにちがいない」ホッジャが言って、スターリング・シルヴァー製のフラスクの蓋《ふた》をねじり開け、コーヒーにウォッカをワン・ショット垂らした。「核による破壊の危機が切迫しているときに、ワシントンでふたりの老いたスパイが会っているというのは」

ポープはくっと笑った。

「外は寒いだろうからというのを口実にすれば、このスパイめいたトレンチコートを着て出かけてもだいじょうぶだろうと思ってね」

ホッジャが笑って、フラスクをさしだす。

「いいんじゃないか？」ポープはそれを受けとり、自分のラテにウォッカを一滴垂らした。

ふたりがそれぞれの紙コップを掲げる。

「なにに乾杯しようか？」ポープは問いかけた。

「われわれがけっして出会うことはない女たちに」かすかな笑みを浮かべて、ホッジャが言った。

ポープも笑みを浮かべ、ふたりはコップを触れあわせた。

「さてと」ホッジャがため息をついて、言う。「あんたはこのところ、ひどく深刻な問題をかかえてるんじゃないか？」

「やっかいな立場に置かれてることは、ジョー、認めざるをえない。わたしのような男はだれであれ、その種のやっかいな立場に置かれないようにするには、巻きこまれないようにしたほうがいいことがよくわかっているものなんだが」

　ホッジャが陰気にうなずく。

「よごれ仕事を長くやりすぎてきたわれわれのような人間には、よくあることだ」

「それは事実だろうな」憂鬱な気分でポープは言った。「大統領首席補佐官がわたしの追い落としをたくらんでいるんだが、わたしとしては足を踏みだす以外に選択の余地がないんだ」

「ヘイゲンのことなら、いろいろと耳にしているが」考えこみながらホッジャが言った。「残念ながら、わたしはあんたの役には立てんだろう。いまはもう、わたしにその種の情報をくれる人間はひとりもいない」声をあげて笑う。「いまはもう、わたしになにかをくれる人間はひとりもいないんだよ」

　ポープは口を〝へ〟の字に引き結んだ。

「その種の情報がほしくて、あんたに会いに来たんじゃないんだ、ジョー。わたしが必要としているのは、ヘイゲンが生まれる前の時代の情報、あの男にまつわるものよりはるかに重要で、はるかに入手が困難な情報でね」

　ホッジャがテーブルの向こうから見つめてくる。

「あれのことにちがいない」

「わたしが必要としているのは、ＲＡ－１１５に関する情報だ」

　ホッジャがかすかに身をこわばらせた。

　ポープは、相手の目に一瞬、動揺が走ったのを見てとり、残り少ない持ち時間を賭けた結果、しかるべき人間に行きあたったことを悟って、ほっとした。

「ホワイトハウスは、ロシアは非協力的だと考えているが」ポープは、ホッジャの心の乱れがしばらくおさまらないようにしようと、すぐに先をつづけた。「わたしはそうは考えていない。ロシアは、われわれがその件を持ちだして注意を喚起する前は、現在の政府のだれひとりとしてRA‐115開発計画の存在すら知らなかったことを認めたくないんだと、わたしは考えている。だが、その可能性はほんとうにあるのだろうか？　ロシア政府までがあれはただの噂にすぎないと考えている可能性は？」

ホッジャがコーヒーをひとくち飲んで、コップを置き、両手を温めようとするかのようにコップをくるみこむ。

「わたしは年寄りになったが、ロバート、いまもアルバニアには、わたしを殺そうとする連中がいる。もしこの国の市民権を剝奪《はくだつ》されて、ティラナに送りかえされたら、わたしは殺されるだろう」

ポープは、期待していた以上のことをホッジャは知っているにちがいないと悟った。

「気を楽にしてくれ、ジョー。これはそういう結果を招くような面談じゃない。あんたに最後通告をして脅しをかけるために来たわけじゃないんだ。わたしがここに来たのは、友人として協力を求めるためでね。ここでわれわれがなにを話しても、それがほかの人間に知られることはけっしてない」

ホッジャが指でテーブルをこつこつやりだす。

「ニューメキシコで爆発したやつがRA‐115だという確証は、どの程度のものなんだ？」

「そして、いまあんたはその爆弾の所在を捜索している？」

「それだけじゃないんだが」ポープは真実をいくぶん拡大して言ったが、その必要があると感じてのことだった。

ホッジャがそわそわと自分の耳たぶをひっぱる。

「まあ、おそらく、ロシアに関するあんたの考えは正しいだろう。現政権の上層部に、RAシリーズの計画を知る旧時代の生き残りがいるとは思えない。あの論争が持ちあがったころに政権の内部にいた連中はみな、いまはもう、わたしと同じく年寄りになっているからね」

「論争？　なんの論争だったんだ？」

「あんたらを全滅させる最善の方法はなにか」ホッジャが言った。「当時、ソ連は、あんたの国がドイツの前線に並べた核ミサイルを死ぬほど恐れていて、アメリカは不意打ちをかけるための好機をうかがっているにちがいないと確信していたんだ。あんたも記憶にあるはずなんだが、ロバート……あのころ政府の中枢部にいたのは、下級将校としてヒトラーの電撃戦を経験したひとびとでね。世界の枠組みを見る視点は、その経験に基づくものしか持ちあわせていなかったんだ」

「それはよくわかる」ポープは、完全な聞き役にまわったように見せようと、掌《てのひら》に顎をのせた格好で、辛抱強く応じた。

ホッジャはしばらく迷ったあと、ようやく置かれた状況に整理をつけたように見えた。肩をすくめて、話しだす。

「わたしがあれを扱ったのは一度きりで——しかも、ほんの数日のことでしかなかった」

「では、その目でひとつは見たということだね」興奮をいくぶんあらわにして、ポープは言った。「どんな見かけをしているか知っていると言うわけだ」

「ＲＡ‐１１０がどんな見かけをしているかは知っている」ホッジャがまたコーヒーをひとくち飲む。「あれは、プルトニウム型の一・五キロトン核爆弾だったが、ヨーロッパ以外の地域に配備されることはなかった。実験爆弾が不発に終わったので、爆縮《インプロージョン》方式に欠陥があると見なされたんだ。その欠陥は意図的なものという噂が立ち、設計技師たちは処刑されたそうだが、それが事実かどうかは自分にはわからん。ＲＡ‐１１５は、そのシリーズの最後のもので、もっとも信頼性が高く、一個だけがヨーロッパ以外の地域に配備された。砲身《ガン・バレル》方式の、二キロトンの威力を持つウラン型核爆弾だった」

「その爆弾のスケッチをしてもらえるか？」ポープはテーブルにあった茶色のナプキンを相手のほうへ押しやり、シャツのポケットからペンを取りだして、さしだした。

ホッジャが視線を合わせて、ペンを受けとり、ＲＡ‐１１０のざっとした図解スケッチを描いた。それは、一九四五年に日本の長崎に投下された〝ファットマン〟と呼ばれる二十一キロトン原爆から安定フィンを取りはらった、ミニチュア版のように見えた。

「これは大型のスーツケースに収容でき、重量は約三十四キロだった」

ポープは約七十五ポンドと換算した。

「で、ＲＡ‐１１５は？」

ホッジャがまたポープを見つめ、しばらくして言った。

「くりかえすが、あれは見たことがない。ただ、推測するならば——」ナプキンを裏返し、またざっとした図解スケッチを描く。そのスケッチに描かれたのは意外なものではなく、アメリカが長崎の三日前に広島に投下した〝リトルボーイ〟と呼ばれる十六キロトン原爆に似ていた。「RA-110より大きくて、わずかに重く、方式がガン・バレルになって構造が異なるために、より長く、かさばっていたが……信頼性はより高かった」

ホッジャがまたコーヒーを飲んで、喉をすっきりさせ、テーブルに身をのりだして、両肘をついた。

「聞いたところでは、アメリカ陸軍のダッフルバッグにちょうどおさまるそうで——彼らは〝グローブのようにぴったり〟と言っていた」

ポープは頭皮がちりちりしてくるのを感じた。

「重量はどれくらい？」

ホッジャが肩をすくめる。

「四十五キロか、もうちょっと重いぐらいだ」

「つまり、百ポンド前後ということか」ポープは椅子にもたれこみ、豊かな白髪を指でかきあげた。「力の強い男なら、バッグにショルダーストラップをつけ、背中に担《かつ》いで運べるだろう」

「ああ、そうだな」ホッジャが眉をぐいとあげ、またさげる。

「構造は複雑か？　無力化するのは困難なのか？」

ホッジャが首をふる。

「改造されていないかぎり、困難ではない。ソ連がどういう国だったかは知ってるだろう。複雑な構造は得意じゃなかったんだ」

24

カリフォルニア州
サンディエゴ湾　ノースアイランド海軍航空基地

アメリカ海軍一等兵曹アダム・サミールは、爆発物処理《EOD》のスペシャリストとして、サンディエゴ湾にあるノースアイランド海軍航空基地に勤務していた。イラク系アメリカ人二世で、アラビア語は話せない。それでも、ときおり疑惑の目で見られることは避けられなかったが、彼はそれにうまく対処してきた。食料品店に行ったときなどに、だれかがちょっと長めに、あるいはちょっときつい目で見つめてきたら、サミールはにっこり笑って、〝おれは、アップルパイやシボレーなんかと同じく、アメリカ製だよ〟と言うようにしていた。完璧な英語と人柄のよさがあいまって、相手は警戒心をやわらげるのがふつうだった。

サンディエゴ湾の基地を母港とする航空母艦は、二隻。第一空母打撃群《CSG1》の合衆国艦艇《USS》〈カール・ヴィンソン〉（CVN-70）と、CSG-7のUSS〈ロナルド・レーガン〉（CVN-76）だ。だが、ノースアイランド海軍航空基地《NASNI》は、二個空母打撃群の母港というだけではなく、ほかにも多数の部隊の施設を擁している。この基地の広さは五千エーカーにおよび、そこに百三十個を超えるアメリカ海軍の部隊が常駐しており、そのなかには、海軍特殊戦グループ1（SEALチーム1、3、5および7）、海軍特殊戦グループ3（SEAL輸送潜《SD》艇チーム《VT》1および2）、十五個を超えるさまざまなヘリコプター部隊、八個の攻撃型潜水艦部隊が含まれている。そしてまた、ワシントン州キトサップ海軍基地およびワシントン州エヴェレット海軍基地を母港とする、USS空母〈ジョン・C・ステニス〉（CVN-74）およびUSS〈ニミッツ〉（CVN-68）の、それぞれの〝間借り施設《テナント》〟も周辺に設置されていた。この島では毎日、二百機にのぼるさまざまな種類の航空機を目にすることができるのだ。

一カ所にこれほど多数の軍事施設が集積しているとなれば、サンディエゴ湾への核攻撃はアメリカ海軍太平洋艦隊の攻撃能力に破滅的な損害をもたらすことになるだろう。これは、北朝鮮が核兵器開発の野望を募らせているという現実を、とりわけ北朝鮮が韓国や日本に対する攻撃的言辞を強めていることを考えるならば、好ましい展望とは到底《とうてい》言えないだろう。

勤務当番が終わりに近づいたころ、サミールは自分の指揮官《CO》のオフィスへ入っていき、気をつけの姿勢をとった。

「面談をお求めになったとのことですが、中尉？」

ロイ・ポッター中尉がデスクから目をあげる。

「休め、アダム。残念ながら、きみにとっていやな知らせが入ってきてね」

サミールはこうなるだろうと予想はしていたが、それでもやはり気持ちが落ちこんでしまった。

「イエス、サー?」

「残念ながら、きみのハネムーン・プランはキャンセルしてもらわねばならない」

サミールは、この翌日に結婚し、ジャマイカへハネムーンに出かける予定をしていたのだ。

「きみだけじゃない」ポッターがつづける。「核の問題が発生したせいで、すべての休暇がキャンセルになり、休暇中の全員が呼びもどされることになったんだ。きみの結婚式は、たしかあすだったね?」

「イエス、サー」

「ふたりで二、三日、ホテル・デル・コロナドに宿泊することにしてはどうだ? この島にとどまり、日に一度は連絡を入れてくることを約束してくれれば、基地の外に出る許可を与えようと思うんだが」

サミールは笑みを浮かべた。

「ありがとうございます、中尉。それなら、うんと楽しくすごせるでしょう」

「きっとそうなるさ」くすっと笑って、中尉が言った。「ホテルの部屋をとるのに苦労するようなら、わたしに知らせてくれ。あのホテルの支配人にはでかい貸しがあるんだ」

「そうさせてもらいます、中尉。重ねてありがとうございます」

「なんでもないさ。退出してよろしい」

25
ラスヴェガス

　ラスヴェガス空港にあるアメリカ政府保有の格納庫が当分のあいだ、ＳＥＡＬチーム６／ブラックの使用に供されることになり、すべての民間人に対して退去の命令が出されていた。空軍の憲兵《ＭＰ》たちがその百ヤードほど外側を取り囲んで、警備に就いている。格納庫では、十一名のＳＥＡＬチームの面々が、Ｃ-５輸送機が着陸して、積みこまれた貨物がおろされるのを待ち受けていた。その貨物には、ギルがＲＡ-１１５の捜索をおこなうのに必要となるであろうと予想される兵器と装備がすべて含まれているはずだった。ＳＥＡＬチームの全員からアルファと呼ばれている隊員が、ひとつのクレートの蓋《ふた》をこじ開けると、空気が抜かれた二隻のＣＲＲＣまでが入っていたので、ギルが準備し忘れたものはなにひとつなさそうなことが明らかになった。ＣＲＲＣというのは、ゾディアック・マリーン＆プール社の製造になる戦闘強襲偵察用舟艇《コンバット・ラバー・レイディング・クラフト》の略称だ。

　アルファが立ったまま、二隻のＣＲＲＣを見つめる。

「なにか、おれたちの知らないことを知ってるんですね、マスターチーフ？」

「おれのほうがよく知ってるに決まってる」さらりとギルは言ってのけた。「貨物の荷下ろしがすんだら、すぐに着手するようにと、みんなに念押ししてくれ。ただちに戦いに臨めるようにするために、すべてを組み立てて、積みこむ必要があるんだ。わかったな？」

「アイ、チーフ」

「組み立てがすんだら、すべての貨物を輸送機に積みなおし、いつでも使える状態で保管しておくように」

「アイアイ」

ギルは輸送機の機首のほうへ歩いていって、ラダーをのぼり、コックピットに入って、パイロットたちに話しかけた。

「給油のために、滑走路のあちら側、あの二個の黄色いストロボのあいだをタキシングしていってくれ」彼は言った。「そこに着いて、機首をさげたら、給油車が見えるだろう。それがすんだら、こっちにまっすぐ戻ってきて、おれの任務が継続するあいだ、スタンバイを維持するようにしてくれ」

彼が尻ポケットから折りたたまれた書類の束を取りだして、パイロットに手渡した。パイロットを務めるその空軍少佐は、この機のほんとうの指揮官はだれであるかを海軍の男に思いださせてやろうと、ギルが話し終えるのを辛抱強く待ち受けていた。

「これがあんたへの命令書だ、少佐。大統領がサインし、あんたの機の指揮権がおれに委《ゆだ》ねられた。これはあんたの階級を無効にし、おれの全面的な指揮下に入ることを意味する。簡潔に言えば、少佐、この輸送機と全クルーは、いつなんどきでも、おれに言われたところへ飛び、おれに言われたとおりにしなくてはならないということだ」

少佐が副操縦士《コ・パイロット》にちらっと目をやってから、命令書を開き、最後のページまでめくっていって、大統領の署名があることを確認した。目をあげ、ギルを見やって、うなずく。

「大統領の署名であることはまちがいない。森のなかで熊のクソを踏んづけたような気分だ」

ギルは笑みを返した。

「では、堅苦しい手続きはかたづいたようだから、少佐、この命令には書類に印刷するだけの価値があって、航空燃料のむだ遣いにならずにすむことを願おうじゃないか」

パイロットはギルを好きになることに決めたらしく、笑みを返してきた。

「成功の見込みはどれくらいのもんだろう？」

ギルは首をふった。

「皆無かもしれないが、われわれは大統領がやめろと言うまでやるだけのことだ」

「ラジャー」パイロットが応じた。「あんたが必要としたときには、いつでも飛べるようにしておこう」

ギルはパイロットに敬礼を送り、ラダーをくだって、後部へひきかえした。

二時間後には、装備の準備が整い、その大半がC-5《ギャラクシー》の後部に積みこまれていた。任務のブリーフィングを受けるために、チームの面々が受令室に集合したところで、ギルが入室し、ブルージーンズにカウボーイ・ブーツ、アンダーアーマーの加圧《コンプレッション》シャツという姿で彼らの前に立った。

「諸君」重々しく彼は切りだした。「またみんなに会えて、よかった。こんな状況で会うことになったのが残念だが」

「おれたちは、また同じチームが組めたことをよろこんでますよ」アルファが言った。彼は二十九歳で、アメリカンフットボールのアウトサイド・ラインバッカーのような体格をしている。

ギルはうなずいた。

「まあ、そうだろうが……これがどういう展開になるかは、おれにもわからないんだ。いまのところ、おれたちはきわめて重要な存在と見なされているが、この部屋にいる人間のなかに、いまの政府にほんとうに好かれている者はひとりもいないから、将来にはなんの保証もないことは理解しておいてもらいたい」

「いまの政府なんぞ、くそくらえだ」トリッグというSEAL隊員がうなるように言った。

「おれたちは、訓練を受けて身につけたことを実践するために、ここに来たんだ」

「いいぞ」ギルは言った。「では、序列を決めておこう。デルタ・フォースを副官にすることに異論のある者はいるか？」

クロスホワイトが咳払いをした。

「おっと、ギル、そういうことなら、おれはすぐその地位に見合う隊員になって、決着をつけられると――」

「あんたに向けた質問じゃない、大尉」

クロスホワイトは口をつぐみ、ギルは、SEAL隊員のだれかが不平を鳴らすかどうかをたしかめようと、時間をとって待ち受けた。予想どおり、彼らはみな、クロスホワイトが副官の役割を担《にな》うことをよしとした。その全員が、かつて〈バンク・ハイスト作戦〉で彼の指揮のもとに戦った隊員たちなのだ。ブラックス准尉を救出するためのその任務が失敗に終わったとき、彼は部下たちをかばって自分を犠牲にし、最先任上等兵曹《マスター・チーフ》のハリガン・スティールヤードとともに責めを負った。その数週間後、スティールヤードは、最後のブラックス救出任務のなかで命を落としたのだった。

「おおいにけっこう」ギルは、クロスホワイトが火をつけようとしていた煙草とライターを同時にひったくり、煙草を口にくわえて火をつけた。「アルファ、きみをおれのすぐ下の兵曹に任命するので、むずかしい立場だが、うまくこなしてくれ」煙草を吸いつけ、鼻から煙を吐きだす。「今回は伝染病に出くわすことはないだろうから、問題なくやれるはずだ」

室内に爆笑が響き渡り、アルファが顔を真っ赤にしてうつむいた。それは、〈バンク・ハイスト作戦〉を遂行していた際、チームが重い病気にかかった老女に遭遇したことが元ネタのジョークだった。彼女を間近に見て、重病患者と接したことに気がついたアルファは、恐怖のあまり平常心を完全に失ってしまい、同じチームの親友、トリッグがやむなく彼に背後《リア・》からの裸締め《ネイキッド・チョーク》をかけて、静かにさせたのだった。

「元気を出せ、アルファベット」笑みを浮かべてギルは言った。「ひとはだれでも弱点を持ってる——たまたま、おれたちのなかではきみだけが、自分の弱点を知るはめになったにすぎないんだ」

また爆笑があがり、アルファが首をふって、腕を組み、部屋の端に目をやる。すると、戸口に、初めて目にする、民間人の身なりをした白髪の男が立っているのが見えた。彼はその男を指さして、言った。

「ギル」

爆笑がおさまり、ギルが戸口に顔を向けると、ボブ・ポープが赤いバックパックを肩にかけて立っているのが見えた。

「じゃまをしたのでなければいいんだが」ポープが言って、さがっていた眼鏡をずりあげる。

「とんでもないです、ボブ。これはあなたのショーですからね。おれはみんなのウォーミングアップをやってただけです」ギルはチームのほうへ顔を戻した。「諸君、こちらがみんなのボス、SAD担当次官のロバート・ポープ氏だ。みんなもその評判は耳にしているだろう」

チームのメンバーはみな、SOG工作員であったころは常時、ポープの指揮下で働いていたのだが、実際に彼に会うのはこれが初めてのことだった。

「やあ、みんな」ポープが少年のような笑みを浮かべ、彼らにちょっと手をふってみせる。「調子はどうだ？」

チームの面々は、どう考えればいいものやら、さっぱりわからない心境になっていた。彼らの前に立っている男は、カーキ色のバギーパンツにフランネルシャツという身なりをしていて、これまで想像していた、謎めいたCIAの大物のイメージに似ても似つかなかったのだ。

「どうやら、本題に入るようにしたほうがよさそうだ」ポープがバックパックを開き、ファイルの束を取りだして、ギルに手渡す。「これをみんなに配ってもらえるか」

ギルがその束をクロスホワイトに手渡すと、彼は一部を取って、残りをみんなにまわした。

「オーケイ」とポープが言い、テーブルの端の椅子に腰をおろす。「ファイルを開いたら、ムハンマド・ファイサルという男の写真が目に入るだろう。それが、わたしのもとへきみたちが連行する予定になっている男でね。彼はアメリカ市民であるだけでなく、サウード家の一員でもある」

ポープが話をつづけて、ファイサルに関してつかめている残りの事実を伝え、最後に、彼とチェチェンのテロ集団ＲＳＭＢとのつながりを示す証拠はほとんどないことを明かして、説明を締めくくった。

三分たらずでブリーフィングを終えると、ポープは立ちあがって、バックパックを閉じ、チームの面々は失望をあらわにして、顔を見合わせた。行動を可能とする情報がろくすっぽないのに、大統領が大わらわで自分たちをかき集めてチームを編成させたというのは、ほとんど信じられない話だった。

「なにか質問は？」ポープが問いかけた。

トリッグが手をあげる。

「その男を発見できる場所がわかっているのであれば、なぜさっさとＦＢＩが彼を連行しないのでしょう？」

「それでは、われわれのお楽しみがなくなってしまうだろう、トリッグ兵曹？」そう応じたあと、ポープは笑みを浮かべた。「冗談はさておき、ＦＢＩには守らねばならない規則があるから、われわれとしては、彼らに任せて、ミスター・ファイサルが協力を拒否するリスクを冒すわけにはいかない。彼が拘留され、弁護士を要求すれば――彼はそれをしないほど愚かな男ではないだろうから――ＦＢＩは受けいれざるをえず、貴重な時間が失われて、すべてがだいなしになってしまうだろう。われわれが追っているのは本物の核爆弾であり、これはすべての規則を無効にする事態というわけだ」

チームで唯一の黒人メンバーである、スピードというニックネームの隊員が手をあげた。

「ＮＤＡＡについては？」ＮＤＡＡというのは、国防権限法《ナショナル・ディフェンス・オーソリゼーション・アクト》という法律の略称だ。「あの法律は、市民に対しても問題なく適用されます。テロリストと目された者はだれであれ、通常の法的手続き抜きで拘留できるはずなんですが？」

ポープが腕を組む。

「たしかに、それはこのところよく論議にのぼる法だね、ホール兵曹。いまも、憲法学者たちがそれに関する論争をつづけている。それはともかく、その法は正しいものと想定して、論じてみようじゃないか。きみはどう考えるかね。サウジの王族は、その一員が一族の弁護士との接触を拒否されることを許すだろうか？　そして、もし彼らが許したとしても、ファイサルがなにもしゃべらないことを選択したら、どうなるだろう？」

「そうなるとジレンマに陥ることが、みんなにもわかるだろう」ギルは言った。「ファイサルは、核につながる唯一の手がかりであり、となれば、われわれはいかなる危険も冒すわけにいかないということだ。なんとしてもその男を連行して、尋問に――必要なあらゆる手段を講じての尋問に——かける必要があり、アメリカ政府がそれに関与したことはだれにも知られてはならない。そこで、われわれがひそかに彼をかっさらうことになったんだ」

「そして、われわれのじゃまをするやつはだれであれ、ヴァルハラの殿堂（北欧神話に出てくる、戦死した英雄の霊が迎えられるところ）で目を覚ますことになると」

「われわれの持ち時間はどれくらいなんです？」クロスホワイトが問いかけた。「その核爆弾はいつなんどき爆発してもおかしくないとか？」

「その可能性はある」とポープ。「しかしながら、九月十一日がわずか二日後に迫っている。それがわれわれの期限と考えてよい。さて、最後のページを開いてくれ」彼が示したのは、ヨシフ・ホッジャがスケッチしたＲＡ‐１１５の写真だった。「これは精密な図面ではないが、ソ連製ＲＡ‐１１５スーツケース型核爆弾の形状がもっとも正確に描かれたスケッチではある。見てわかるように、この核爆弾はガン・バレル方式で設計されている。もっとも信頼できる情報源によれば、重量はおよそ百ポンドで、海軍のキャンヴァス袋《シーバッグ》にぴったりとおさまるという」

「意外に小さい」タッカーマンが言った。

「われわれがどういうものを追うことになるか、わかってきただろう」ギルは言った。

「で、これがどこにあるか、手がかりはなにもないと？」クロスホワイトが尋ねた。

「なにもない」とポープ。「もしかすると、まさにここ、この格納庫のなかにあるのかもしれない——ことによると、きみたちのシーバッグのどれかのなかに」

全員が周囲を見まわし、すべての目が、後方の椅子にすわっているタッカーマンに向けられていく。彼はチームでいちばんうさんくさい感じの男であり、なんの理由もなく彼にコンマンというニックネームがつけられたわけではないことを、だれもが知っていたのだ。

「おれを見るのはやめてくれ」にやっと笑って、彼が言った。「おれはそんなものは持っちゃいないぜ」

全員が笑った。

「それはたしかだね」ポープが言った。「一等兵曹ミスター・タッカーマン。しかし、いまこのときに、チームメイトたちがきみだけに目を向けたというのはおもしろい。このところ、きみのポーカーの腕前はどんなぐあいかね、ミスター・タッカーマン？」

タッカーマンがすわったまま、ぴしっと背すじをのばす。

「好調です。なぜそんなことをお尋ねに？」

ポープは笑みを浮かべた。

「わたしが、麻薬密売人どもに私的制裁を加えていた二人組を留置所から解放したのは、そのどちらかがポーカーの名手だったからこそだとは考えないかね？　反逆的な大尉クロスホワイトは有能ではあるが、臀部《でんぶ》の関節に不具合をかかえているから、必ずしも不可欠な男とは言えない」

全員が前方へ顔をめぐらし、見開いた目をクロスホワイトに向ける。彼とタッカーマンが第八二空挺師団に拘留されていたことは、だれも知らなかったのだ。

クロスホワイトが椅子のなかで、ちょっぴり身を縮こまらせた。

「その僚友の面倒をよく見るように、大尉」ポープは立ち去るべく、バックパックを肩にかけた。

「それがきみの身のためになるだろう」

26

ラスヴェガス

ポープがホテルの部屋にそっと入っていくと、リージュアン・チョウがベッドで眠っているのが見えた。リージュアンというのは〝優雅と美〟を意味しており、この女性はまさにその両方を体現していた。内面もそれに一致していて、聡明な情報分析官であり、コンピュータ技術者でもある。十年前、彼女がマサチューセッツ工科大学《MIT》を卒業した直後、ポープにリクルートされてＣＩＡに入局し、いまは、ちょうど彼の半分の年齢にあたる三十四歳になっていた。ポープはこれまでの十年間、愚行と知りつつ、全身全霊をこめて彼女を愛してきた。眠っている彼女を――安らかに眠る、わが中国系アメリカ人のプリンセスを――立ったまま見つめていると、物悲しい感情が心の奥底に湧きあがってきた。いつふたりの関係が幕を閉じることになるか正確にはわからないが、まもなくその時がやってくることはたしかだった。

彼はノートＰＣを開いて、オンラインにし、ラングレーのコンピュータ・システムをチェックして、自分が用いている監視プログラムのすべてが正常に作動していることを確認した。それらのプログラムのいくつかは彼が書いたものではないが、それらが収集した情報も彼独自のデータベースに蓄積される。衛星写真から銀行取引状況に至るすべてがだ。彼は、地球上で生じている膨大なできごとに対してきわめつきに強い好奇心をいだいていて、いずれ退職に追いこまれるまでは、世界のできごとを可能なかぎり知るようにしたいと思っていた。もちろん、極秘プログラムのいくつかには退職後もアクセスできるようにしてあるが、インターネット経由でそれを用いるのは、慎重に時間を限定してやるようにしなくてはならないだろう。なにしろ、テクノロジーは絶え間なく進化しており、彼独自のプログラムも——その多くはCIAのプログラムと並列に作動していて、その情報のすべてにアクセスできるようになっている——永遠に秘密を保てるとは思えないからだ。

すべてが順調であることを確認して、満足したところで、彼はPCの電源を落として、シャワーを浴びに行った。バスルームからひきかえしてくると、リージュアンが枕にもたれてすわっているのが見えた。膝まで隠れる淡いブルーのナイトガウンを着ている。

「どんなぐあいだったの？」彼女が問いかけた。肉体と同じく、英語も完璧だった。

「良好」と彼は応じ、ホテルのローブをはおってから、腰に巻いていたタオルを取った。ベッドに腰をおろし、彼女を腕のなかへ抱き寄せる。「彼らはあの方面においては最高の男たちだから、うまくやってくれるはずだ。わたしがもっとも案じているのは、ファイサルがわれわれの助けになるほどの情報を持っていないかもしれないことでね」

「持っていたとしても、なにもしゃべろうとしなかったら？」

「いや、彼はしゃべるだろう。選択の余地はないはずだ。やっかいなのは、情報を引きだすのをどの時点でやめるかの判断だろう。だれであれ、いったん真実からはずれたことをしゃべりだすと、どこまでも嘘をひねりだすようになるものだからね」

「彼らはどういう種類の拷問を用いるの？」彼のローブの内側へ手を滑りこませて胸に触れながら、彼女がそっと問いかけた。

「わたしが指示した種類のものを。彼らは頼りになる男たちなんだ」

「きっと野蛮人みたいな男たちね」悲しげに彼女が言った。「良心の呵責なしに、そんな苦痛を与えられるんだから」

「その命令を下すわたしは、彼らほど野蛮ではない？」

彼女がポープの胸に頭をあずけた。

「いっそ退職したら？　前に話してたように、いっしょに退職して、シンガポールに移り住むというのはどうかしら？」顔をあげ、思いをこめたまなざしで彼の目をのぞきこむ。「ここでいま起こってることなんて、どうでもいいんじゃない？　あなたはいままであれほどのことをやって、多大な献身をしてきたのに、この国は気にかけてもいない。大統領とその側近たちは最終的にはあなたを裏切るし――あなたにもそのことはわかってるはずよ。不自由しないだけのおカネはあるわ。おさらばしましょう……今夜。いますぐに」

ポープは彼女の髪を撫《な》でた。いっしょにシンガポールに移り住んで、余生をそこで暮らし、彼女の腕のなかで死んでいきたい気持ちは山々だった。いったい、そのなにがいけないというのか？　だが、シンガポールは別の世界、自分たちの運命とは無関係なところだ。

「彼らがわたしを裏切るのは、きみが許さないだろう」笑みを浮かべて、彼は言った。「きみが、彼らに対する防波堤になってくれる」

彼女が涙をあふれさせて、首をふる。

「わたしを信頼しすぎちゃだめ、ロバート」

ポープは彼女の髪を撫でて、そこにキスをした。

「きみはわたしを信頼しているだろう？」

「もちろんよ」彼女が言った。

「それなら、わたしの身を案じることはない。きみは彼らからわたしを守ってくれる魔除けのようなものだ。わたしのことばを信じてくれ」彼はほほえんで、彼女の鼻に人さし指をあてた。「さあ、わたしを案じて泣くことはない。きみの腕のなかにいるときのわたしは、地球のどこにいるときより安らかにしていられるんだ」

彼女がポープを強く抱きしめ、彼のローブを涙で濡らす。彼女は、自分ではなくポープの先行きだけを心配していた。もし自分が逃げだせば、彼らはポープを血祭りにあげることがわかっていたのだ。

「ファイサルを拉致《らち》するのはいつ？」彼女が問いかけた。

「あすの夜。わたしはあすの朝、ここを出てラングレーにひきかえすので、きみはどこかで時間をつぶしてから、そうするようにしてくれ。あちらでは、ミドリがすべての管理をしてくれている」

「ラングレーは安全だという確信はあるの？」

ポープは長い人さし指で彼女のナイトガウンを開いて、笑みを向けた。

「あの爆弾がワシントンDCにじゃなく、ヴァージニア州のラングレーに対して用いられたら、それこそ幸運なことだろうね」

27

モンタナ

警官を殺して逃走したあと、ニコライ・カシキンは、ギル・シャノンの馬牧場を見おろす丘陵地に野宿してきたが、これまでのところ、暗殺の標的であるその元ＳＥＡＬ隊員の姿はどこにも見当たらなかった。毎朝、日の出の少し前に目覚め、冬眠から出てきたものぐさな熊のように、ゆっくりとテントから出ていく。のびとあくびをし、ＭＳＲ製の携帯コンロの上にバックパッカー用の携行食をのせて、のんびりと朝飯の支度に取りかかる。朝飯をすませると、木々の下にすわり、鳥の声を聞きながら、朝のコーヒーを飲み、朝陽をながめる。それは心地よいひととき、おそらくは少年時代からこのかた味わうことのなかった、最高に心地よいひとときだった。

コーヒーを飲み終えると、いつも朝の礼拝をおこない、そのあと、ツァイスの光学スコープを装着したドイツ製のモーゼルＫａｒ98ｋライフルを手に取って、牧場を見晴かす尾根にのぼっていく。そこの岩のあいだに、スナイパーの潜伏場所《ネスト》を慎重にしつらえていたのだ。

彼は少年時代を通じ、父方の祖父とともに自宅近辺の大きな森に入って、狩猟を楽しんでいた。祖父は第二次世界大戦のときに赤軍のスナイパーをしていた男で、旧式のソ連製モシン・ナガンを使って、長距離から獲物を仕留める秘訣《ひけつ》を教えてくれたのだが、カシキンはおとなになってからは、それより精度が高いと考えているドイツ製のモーゼルを愛用してきた。兵器市場には、もっと大口径で射程が長い近代的なライフルがいろいろと出まわっているが、そういうものに手を出そうという気にはまったくなれなかった。それに、闘争のこの段階で新たな射撃技術を学ぶというのは、歳が歳だけにむずかしい。当座の仕事には、千メートルの射程を持つこのモーゼルでじゅうぶんだ。これが発射する七・九二×五七ミリ弾はひとりの男を撃ち倒せるだけの威力を有するから、相手があの男であっても撃ち倒せるだろう。カシキンは第一次および第二次チェチェン紛争のなかで、一発狙撃の高い成功率を記録して、それがじゅうぶんに可能であること証明していた。

カシキンは、シャノンがアフガニスタンでイスラムの聖職者をガローテで惨殺したことは知っていたが、そのＳＥＡＬ隊員に個人的な悪意をいだいているわけではなかった。これまでの経験から、聖職者のほとんどは、口ではアラーのために働いていると主張しつつ、実際にはおのれの自我を肥え太らせようとしている、我の強い傲慢《ごうまん》な男たちであることがわかっていた。聖職者の暗殺がイスラムに対する途方もない侮辱であることは理解しているが、殺されたアーシフ・コヒスタニがほかの聖職者たちとそれほどちがっていたとは思えないので、その死が大きな損失になったとも思えなかった。

アラビア半島のアルカイダ《AQAP》のアクラム・アルラシードとその仲間たちが、ＲＡ－１１５の購入資金を提供するのと引き換えに彼らの目的を達成するという条件をつけたので、カシキンはその交換条件を満たすために、SEAL隊員のギル・シャノンをその裏庭で射殺しようとしているのだった。これをやってのければ、とりわけこれが破滅的な核攻撃の序幕となるようなら、アメリカの特殊部隊コミュニティに対して明確なメッセージを送ることになるだろうが、カシキンにとっては、シャノンの殺害は正当な復讐行為――コーランに記されている〝目には目を〟の報復――であるにすぎなかった。

　これで四日めになるこの朝も、彼は牧場の八百メートルほど上方にあたる潜伏場所に腹這《はらば》いになり、長い黒髪の女が毎朝の日常仕事に取りかかって、厩舎《きゅうしゃ》外の各所にある囲い《パドック》から馬たちを解き放つさまを観察した。女はシャノンの妻であろうと思われ、カシキンはわれ知らず、その女をながめるのを楽しむようになっていた。ほかの男の女をほしくなるというのは、その男が味方なのか敵なのか、ムスリムなのかそうでないのかにかかわらず、一度もなかったのだが、あの女がきれいであることは否定しようがなく、あまりに自然と一体化した日々がつづいているせいもあって、その美しさに気をそそられずにはいられなかった。

　朝の大半の時間をふりむけて、スコープの十字線《クロスヘア》に女の姿をとらえているうちに、あの女の腕を一本ふっとばしてやれば、シャノンが外に出てくるかもしれないと考えたこともあった。だが、ひそかに観察をしてきたいまは、自分の獲物はふだんのねぐらにはいないのだろうという確信が強まっていた。そんなわけで、カシキンは、シャノンがどこにいるのか、いつ帰ってくるのかを突きとめるために、牧場へおりていって、女にナイフを突きつけてやろうかと考えはじめていた。帰りを催促する電話を女にかけさせることもできるだろう。

マリー・シャノンは、プロフェッショナル・スナイパーと結婚して十年近くがたつので、尾根の高みでライフルのスコープがぎらっと光るのを目にしたとき、なにか空恐ろしいことが起ころうとしているのを察知した。毎朝、まったく同じ地点にその反射光が見えていたからだ。それでも、前日はそれほど気にかけなかった。地主のファーガソン家のひとびとがコヨーテを狩るときに、いくつかの牧場のあいだを縫《ぬ》うその尾根を越えていくことがときにあるし、上方からスコープであれこれを見ようとするのは人間の自然な衝動にすぎないと思ったのだ。

彼女は、ギルの愛馬であるアパルーサ種のティコに馬ぐしをかけてやるあいだも、シューターのスコープが顔の表情を判別できるほど強力である場合に備えて、気楽な笑みを絶やさないようにしていた。オソ・カサドール――ベア・ハンター――と名づけられたチェサピーク・ベイ・レトリーバーが庭を駆けぬけてきて、支柱のそばで足をとめ、小便をする。体重が百ポンドほどもある、赤みがかった茶色の大きな犬で、魔犬が笑みを浮かべたような顔になることもある。

「オソ」そちらには目を向けず、彼女は声をかけた。「なかに入っていなさい、ベイビー」

犬が、その指示をちゃんと聞き分けられた自信がないような目で、彼女を見た。

「おばあちゃん《グランマ》のようすを見てきて！」

犬が向きを変えて、家のほうへ駆けもどり、玄関ポーチに跳びあがって、ドッグ・ドアからなかへ入っていく。

マリーは、ギルの首に賞金が懸けられているから、あのシューターは自分を狙っているのではないだろうと推測していた。だが、ライフルがおおむねこちらに狙いをつけていることがわかっているだけでも、家に駆けもどりたい気持ちにさせるにはじゅうぶんだった。それでも彼女は恐怖を抑えこんで、馬の毛すきをやり終えてから、足もとに置いた緑色のバケツに馬ぐしを放りこみ、わずか数フィートしかないのに恐ろしく感じられる厩舎までの短い距離を歩いていった。

なかに入って、干し草の山に腰をおろすと、ようやく体の震えがとまった。両肩に手をかけて、わが身を抱きしめながら、自分たちの住まいに暗殺者を引きこんでしまった夫に無言の悪態をつく。心の一部には、牧場の上方の丘陵地にスナイパーがいると信じこむのはばかげているという思いがあったが、別の部分は、世界中に何千人といる、スナイパーとともに暮らしているすべてのひとびとがつねにそうであるように、自分の目の前でだれかが撃たれることはいつあってもおかしくないのだと認識していた。そしていま、それが現実となってモンタナに到来したのだ。

彼女は立ちあがって、厩舎の反対側へ歩いていき、そこのドアのそばで立ちどまって、ひと息入れてから、さりげなく庭に出て、家のほうへ足を向けた——その百フィートほどのあいだ、自分がシューターの照準線に入ることになるのはわかっていた。生まれてこのかた、百フィートをこれほど長い距離に感じることはなかったが、なんとかその距離を歩き終えると、彼女は急いで玄関ポーチにあがり、さっと網戸を開けて、家のなかへ入りこんだ。

「ママ！」彼女は呼びかけた。「どこにいるの？」

オソが駆け寄ってくる。

「こっちよ」と母が言って、キッチンにつづく戸口から顔を突きだしてきた。「どうしたの？　なにかあったの？」

彼女の名はジャネット。七十六歳で、身長は五フィート三インチしかなく、長い灰色の髪をカウガール・スタイルの三つ編みにしていた。

「家の西側の窓から離れるようにしておいて」マリーは階段のほうへ走った。「それと、外に出ないように！」

ジャネットがキッチンで両手をぬぐい、タオルをわきに置いてから、階段をのぼっていく。マリーが予備寝室にいて、三倍から二十四倍のナイトフォース製スコープが装着されたギルの３００ウィンチェスター・マグナム弾を使用するブローニング・ライフルを銃保管庫《ガン・セーフ》から取りだしているのが見えた。

「マリー、いったいぜんたいなにをするつもり？」

「すぐにわかるわ」

マリーはそのライフルをベッドに置き、長い茶色の髪を頭の後ろでまとめて、手早く無造作に編んだ。それから、またライフルを手に取って、スコープの前後のキャップをはずしてから、母のそばをすりぬけて、廊下に足を踏みだし、家の西側に位置する主寝室へ歩いていった。

オソが興奮したようすで、あとを追ってくる。狩りに出かけると思っているのにちがいなかった。

ジャネットもあとを追ってくる。しかめ面になっているのがはっきりと見えた。

「窓から離れておいて、ママ」マリーは、窓の反対側にあるベッドのそばに膝をつき、ハンティング・ライフルの二脚《バイポッド》をのばして、ベッドのマットレスの上に載せた。スコープに目をあて、家を見おろす尾根のほうへ向きを変える。シューターが——カシキンが——濃い黄緑《オリーヴ・ドラブ》色の野球帽をかぶって、岩のあいだに身をひそめ、スコープを装着したモーゼルの後ろにうずくまっているのが見えたとき、彼女は膀胱《ぼうこう》の尿が冷水に変じたような気がした。家は尾根筋と平行にはなっていないので、彼女はカシキンを三十度ほど右にあたる斜めの角度から見ることになった。男のようすからして、この家をスコープごしに監視しているようだが、家の奥までは見通せないだろうし、この部屋は暗いから自分の姿が見られることはないだろう。

彼女はボルトを引いて、魚雷のような形状の三〇口径弾を薬室へ送りこんだ。

「マリー、なにをするつもり？」

彼女は銃の安全装置をかけて、立ちあがった。

「ちょっとあれを見て」母に言う。「牧場の上方にある、あの岩場を」

ジャネットがベッドのそばに膝をつき、ライフルの銃床を肩に引き寄せる。射撃に不慣れな女性ではないので、焦点の調整にそれほど手こずることなく、潜伏場所にいるカシキンの姿を目にとめた。

「どういうこと！」彼女がライフルを手放して、すわりこむ。「あの男、あそこでなにをやってるのかしら？」

マリーは母のそばにすわった。

「アルカイダがギルの首に賞金を懸けたの。あの男はきっと、賞金稼《バウンティ・ハンター》ぎみたいなやつよ」

ジャネットが立ちあがり、娘はまたライフルの背後に位置どって、ふたたび銃床を肩に引き寄せ、安全装置を解除した。

「下から、ソファのクッションをひとつ持ってきて。それと、ギルのキャメルバック水筒に水を入れて、持ってきて」断固とした口調で彼女は言った。「うまく撃てる距離じゃないから、あの男が近づいてくるのを待つしかないでしょう。それと、ドッグ・ドアを閉じて、オソが外に出られないようにしておいてね」

ジャネットが厳しい顔つきになって、娘を見つめる。

「ほんとうに、こんなふうにしなくてはいけないの？　もし勘ちがいだったら？　どこかのばかな男が、なにも知らずにあそこにのぼってきただけだったら？」

「ママ、信じられないって思いは、わたしも同じよ」彼女はスコープごしにカシキンの観察をつづけていた。見たところではアラブ人のようには思えない。わかるのはそれだけだったが、もしバウンティ・ハンターだとしたら、どこの国の人間でもありうるし――アメリカ人であってもおかしくはない。「さあ、お願いだから、膝の下に置くクッションを取ってきて。この堅木張り《ハードウッド》の床に長く膝をついてはいられないし、あの男から目をそらさなくてはいけないはめになりたくないから。いつあの男が動きだすかわからないし、姿を見失うわけにはいかないの」

ジャネットが下におり、ソファのクッションを持ってひきかえしてきて、マリーの左右の膝の下へ滑りこませていった。オソがベッドに飛び乗って、ねだるような声をあげはじめる。いまだに、狩りに出かけるものと思っているのだろう。

「ベッドからおりなさい」

「でも、あなたの良心はどうなるの？」ジャネットが言った。「あの男を撃ったら、生涯そのことを胸にかかえて生きていかなくてはいけなくなるのよ」

「ギルはそういうことをかかえて生きてるし、わたしだってできると思う。あの上にいる男は彼を殺そうとしてる。そんなことをさせるわけにはいかない――させはしないわ！」

ジャネットが立ちあがって、短くうなずき、そのあとギルのキャメルバック水筒に水を入れにおりていった。水筒を持ってひきかえしてくると、マリーは腰から下を素っ裸にし、折りたたんだベッドカヴァーをソファのクッションの上に敷いて、そこに両膝をついていた。

「マリー・アン！　それはなんなの！」

「そのうち、おしっこをしたくなるでしょう。こうしておけば、ベッドカヴァーの上におしっこができるから、あとの心配をしなくてすむわ」

ジャネットがマットレスの上にキャメルバック水筒を置き、部屋の隅にある籐《とう》の背もたれの椅子にすわって、オソの大きな頭に片手を置いた。犬は、ずっと待たされているせいで欲求不満を募らせているようだ。

「警察を呼んでもいいんじゃないの」

「警察を呼んだら大騒動になるし、メディアが嗅《か》ぎつけたら、もっとひどいことになるわ。だいいち、それをやったためにあの男が逃げてしまったら？」彼女は一瞬だけ、スコープから目を離した。「これは、アルカイダとマッガスリー家との問題なの、ママ」

「あ、じゃあ、あなたはマッガスリーの人間に戻ったのね」

「ここはマッガスリーの土地よ」とマリーは言って、またスコープに目をあてがった。「パパが生きていたら、同じようにしたでしょう」

ジャネットがため息をついて、椅子にもたれこむ。

「それはそうでしょうけど、あなたのパパはいつもこの世でいちばん賢い男ってわけじゃなかったし」

「ママ、わたしが正しいことはわかってるでしょ。そうでなかったら、ママはすぐに下におりて、保安官に電話をかけていたはず——わたしがどう言おうが、そんなものは無視して」

ジャネットが舌打ちをした。

「そうかもね。それでもやっぱり、わたしはいまもまだ、どうしたものかと考えあぐねてるの」

「じゃあ、ママの決心がつくまで、わたしはこうやってライフルを構えておくわ」

陽が沈みはじめるころには、カシキンの背中が過去三日間と同じくこわばってきていた。いつもとちがって、あの女が馬たちを連れもどそうとしないのは妙なことだが、人間の行動は他人には予測がつかないものだと彼は思った。

背後のどこかでコヨーテが吠え、彼はすぐさま下方のパドックにいる子馬に目をやった。捕食動物のうろつく土地なのだから、あの女が子馬を夜のあいだ外に放置するはずはない。一頭のコヨーテがあの子馬の母馬のそばを通りぬけようとするのはばかげたことだが、コヨーテの群れとなると事情は異なってくる。

この一日をふりかえったところで、彼はようやく、あの女が日課を変えたのはまちがいのない事実だという確信を得た。過去三日間、女は厩舎の掃除をしていたのに、きょうはしなかった。アパルーサ種の馬の毛すきをしたあと、緑色のバケツを厩舎に戻さなかった。この朝、女が家にひきかえしたときのルートを思いかえしてみると、いつもは裏口にまわり、そこのポーチの上でよごれたカウボーイ・ブーツを脱いで屋内に入っていたのだが、きょうは可能なかぎりの最短距離を歩いていったことが確認できた。

一瞬、おおぜいの警官たちが双眼鏡でこちらを見ている光景が頭に浮かび、彼は牧場の東に立ちならんでいる木々のほうへスコープを向けた。法執行官がいる気配はまったくなかったが、なんとなく危険が迫っているような感触があった。そんな感じがするのだ。妄想が湧きあがってきて、ギルがこちらに忍び寄っているのかもしれないぞという心の声を信じたくなってくる。胸苦しさが募ってきた。長く待ちすぎたようだと彼は判断した。斜面をくだって、あの家に入りこみ、女を生け捕りにして、シャノンが姿を現わさざるをえないようにしよう。

彼は、かたわらに置いている非常持ち出し袋《バッグアウト・バッグ》から衛星携帯電話を取りだし、アルラシード兄弟に電話をかけた。

「こちらカシキン。アクラムと話がしたい」

「彼はいま、おれといっしょじゃない」アルラシード兄弟の弟、ハロウンが言った。「かたづいたのか？」

「いや、まだかたづいていない」カシキンは言った。「おれに危険が迫っている可能性がある。ターゲットがこちらに忍び寄っているのかもしれない。あすの朝になっても、こちらから連絡が入らないようなら、そっちはプランBを進行させるようにしたほうがいいだろう」

「なんだと？　どうして、あんたに危険が迫るんだ？　われわれ全員に危険が迫っているのか？」

「いや、おれだけにだ。あんたらは安全だ。幸運を祈る、友よ。おれはもう行かなくてはならない。あんたにアラーの祝福があらんことを」

「やめろ、カシキン。待て――」

カシキンはスイッチを切り、衛星携帯電話を岩にたたきつけて壊した。

両膝を引き寄せて平伏の姿勢をとり、祈りをささげる。そうしながら、腰の筋肉をストレッチした。礼拝を終えると、彼は立ちあがって、周囲をよく見まわし、ひとつ息を吸ってから最初の一歩を踏みだし、下方の牧場へと斜面をくだっていった。

銃声は、屋内から発砲されたために聞こえなかったが、飛来した三〇口径弾が彼に命中し、右側の浮動肋骨《ろっこつ》をその周囲の大半の肉もろとも、もぎとった。カシキンはまったく痛みを感じず、肺からすべての空気が瞬時に吸いだされたような奇妙な感触を覚えただけだった。

マリーは、男が体のわきを押さえたことで、弾が命中したことを知った。終日、マットレスの上にうずくまっていたために両肩が痛かったが、それでも彼女はその痛みを押しやってボルトを操作し、次弾を薬室に送りこんで、スコープの十字線《レティクル》をカシキンの顎の真下に重ねた。

息を吸って、とめ……ふたたび引き金を絞る。

銃弾が胸板のど真ん中に命中して、カシキンが仰向《あおむ》けに倒れ、左右に手をひろげるような格好で大地に落ちた。マリーには、いまはもう岩の上に突きだした右足のブーツの底しか見てとれなかったが、男を仕留めたことははっきりとわかった。

「やっつけた」彼女はこわばった足で立ちあがり、ベッドの端に脱ぎ捨てていたジーンズを取りあげた。ジーンズを穿《は》き、尿でよごれたベッドカヴァーを丸めてから、廊下にある洗濯物シュートに放りこむ。「暗くなるのを待ってから、ティコにトラヴォイ・リグ（北米先住民の用いる、馬に引かせる運搬具）をつけて、あの上に行き、死体を回収するわ。牧場のどこかに埋めてしまいましょう」

28

モンタナ

マリーは月明かりの射す尾根の上にギルのアパルーサ種の愛馬を進め、鞍の上から下方を見やった。カシキンが仰向けに倒れていて、見開かれたその目が空に輝く弦月《げんげつ》を見つめ、両手が天国を抱擁するように大きく左右に開かれていた。死体の下の地面が血で黒く染まり、カーキ色のスイス軍のシャツの胸に無残な二個の射入口ができている。水筒用の小ぶりなリュックサックのかたわらにモーゼルが転がっていて、足のそばの地面に壊れた衛星携帯電話があった。

オソが死体のにおいを嗅《か》ぎ、低い喉声でうなる。

マリーは、鞍の銃器ケース《スキャバード》から四五口径のウィンチェスターM《モ》94《デル》を抜きだして、馬から降りた。

「バック」とオソに命じると、犬はそれに従って、地面にうずくまった。

彼女は死体のそばへ歩み寄ると、左腕を踏んづけ、ライフルの銃口で首をつついて、死んでいることを確認してから、ウィンチェスターをスキャバードに戻した。モーゼルとリュックサックを回収して、リュックを肩にかけ、ライフルのボルトを後退させて、薬室から七・九二ミリ弾を排出する。実包が地面に落ちると、彼女はそれを拾いあげて、明敏な茶色の目の前に掲げた。

ギルが〝猪の牙〟と呼ぶ、この実包の弾丸が……もしさっき撃ち損じていたら、自分を殺したかもしれないのだ。彼女はカーハートのシャツのポケットにその実包を押しこむと、両手でモーゼルを持って向きを変え、父の築きあげた牧場を見おろした。受けいれがたい現実であっても、ふたたびこの土地に戦火が訪れたいま、マリーは夫にひけをとらない戦闘員となったのだ。彼女はスナイパー同士の戦いで、相手の人間を殺した。SEAL隊員たちのなかにも、このような戦果を誇れる者は数少ないだろう。

「なによ、ギル」彼女は悪態をささやいた。

鞍頭《サドル・ホーン》の隆起部にモーゼルのストラップをかけて、ぶらさげ、リュックも同じようにぶらさげておく。そのあと、マリーはふたたび死体のそばに行くと、両手を腰にあて、いらだたしげに唇を噛《か》みながら、そこに立った。死体にさわるのはいやだが、丘をくだって運んでいくにはそうするしかない。彼女はローピング（子牛にロープを投げてつかまえる、ロデオ競技の一種）の革手袋をはめてから、しゃがみこんで、カシキンの左手首をつかみ、その腕を体のわきへ押しつけた。死んだのは六時間ほど前で、死後硬直が始まってから三時間しかたっていない。全身の筋肉が完全に硬直するのは十二時間後とあって、まだ板のように硬くなってはいなかったが、ぐにゃっとやわらかいわけでもなかった。

それでも三十分後には、死体を獲物袋で包みこみ、ティコの鞍に取りつけてあるトラヴォイ・リグにくくりつけることができた。そのあと、鞍にまたがって、丘をくだろうとしたとき、マリーはこの五分か十分ほど、オソの姿を見かけていないことに気がついた。

呼びかけると、オソが遠くから二度、吠えかえしてきた。オソがアライグマを木の上へ追いあげたときにいつもあげる吠え声だったので、こちらがそこに行ってやるしかないだろうと予想がついた。こういう場合、オソはひどく頑固になって、戻ってこようとはしないのだ。そこで、彼女はスキャバードからウィンチェスターを抜きとって、馬から降りた。

「ほんとはこんなことをしている暇はないのよ、カサドール」つぶやきながら、サドルバッグからフラッシュライトを取りだし、吠え声が聞こえた方角へ、ビャクシンの木々を分けて進みだす。犬の居場所をもっとよくつかむためにふたたび呼びかけると、オソがさっきと同じように吠えかえしてきた。一分ほど歩いたところ、フラッシュライトの光のなかに、うずくまっているオソの姿が見えてきた。尾根から二百フィートほど離れた地点に設置された、ティンバーライン製の緑色のテントのそばにすわっている。テントは周囲に生えているビャクシンの色に溶けこんでいて、その外には石炭の小さなひと山があるだけだった。石炭に触れてみると、冷たくなっているのがわかった。枝の一本に、白いボクサーブリーフがぶらさがっている。

この野宿の光景を見ただけで、胃がむかむかしてきた。何者かがだれにも知られず、ここに野宿して、夫の脳髄《のうずい》をふっとばすべく辛抱強く待機していたとは。そう考えると、恐ろしくなり、怒りも湧きあがってきた。テントのジッパーを開いて、内部をフラッシュライトで照らすと、大きな緑色のバックパックと青い寝袋、調理具の一式が見えた。そしてまた、体を洗っていない男の体臭も残っていた。バックパックのなかを手早く探ってみると、ありふれた身の回り品と多数のバックパッキング用の食料品があり、小さなノートPCも入っていた。彼女はその全部をバックパックに戻してから、急いでテントを打ち壊し、石炭の山に火がつかないように散らしておいた。

四十分後、彼女は明るく照らされた厩舎《きゅうしゃ》のなかで母と並んで立ち、灰色の防水ビニールシートの真ん中に置かれた死体を見おろしていた。

ふたりに向かいあうところにオソがすわって、ぐずるように鼻を鳴らしている。

「わたしには、ムスリムのようにはとても見えないけど」ジャネットが言った。

「わたしにも」マリーは死体のそばに膝をつき、オリーヴ・ドラブ色のズボンのカーゴ・ポケットを探った。ドイツ国籍のパスポートと国際運転免許証、そしてレンタカーのキーがあった。

ジャネットは、自分たちが抜き差しならない深みにはまってしまったことに気がついた。

「だれかを呼んだほうがいいわ、ハニー」

「たとえば、だれを？」

「だれをかは、あなたにはよくわかってるはずよ。聞きたくない話だってことは理解できるけど、遅かれ早かれギルに伝えなくてはいけないんだし、先延ばしにしても意味はないわ」

マリーは、硬直していくカシキンの死体をビニールシートで包みなおした。それから壁際へ足を運んで、受話器を取りあげ、ギルの番号に電話をかけると、回線が直接、留守録《ヴォイスメール》につながった。彼女は声に出さず悪態をつき、すぐに電話をかけてほしいというメッセージを残した。

29

カナダ
オンタリオ州ウィンザー

ハロウン・アルラシードが兄の家のドアをノックすると、義理の姉がドアを開いた。

「アクラムは！」

「ここにいるぜ」アクラム・アルラシードが声を返した。キッチンの椅子にすわって、朝食を食べているところだったが、弟の声に不穏な響きがあるのを感じとって、立ちあがった。白っぽい肌をした三十五歳の男で、黒い髪を運動選手のように短く刈りあげている。ひげを剃《そ》っていたらハンサムと言える顔だが、この朝は無精ひげを生やしていて、身なりも白のタンクトップにグレイのスウェットパンツというぞんざいなものだった。「なにかあったのか？」

「カシキンが死んだ」

アクラムはその知らせを聞いて激しく心を乱したが、それを表に出しはしなかった。

「どうしてそうとわかったんだ？」

ハロウンが、昨晩かかってきた電話の内容を説明し、それ以後、カシキンからの電話が途絶えていることを伝えた。

「そういうわけだから、あのアメリカ人が彼を殺したにちがいないんだ」動揺をあらわにして、彼がつづける。「兄貴はすぐにデトロイトに行って、仲間を集めなくてはいけない。おれたちはあのアメリカ人の首を獲ることを祖国のみんなに請けあったんだから、もし失敗したら……」

アクラムはうなずき、腕を組んで、キッチン・カウンターに身をのりだした。

「たしかに」考えこみながら彼は言った。「首を獲ることに失敗したら、まずいことになるだろう」

「ひどくまずいことになる」ハロウンが同意した。「あのチェチェンのばか野郎、おれたちがたっぷりカネをやったのに、死んじまいやがって……」そわそわと周囲を見まわし、どうしようもないといった感じで両手をひろげる。「いまはだれがあの爆弾を管理しているのか見当もつかないんだ、アクラム。あのばか野郎、こっちが質問をする前に電話を切りやがった。もしかすると、作戦全体が危機にさらされてるのかもしれん」

六年間、サウジアラビア海軍に在籍したアクラムは、このような状況にあってもなお、軍人らしい断固とした雰囲気を漂わせていた。そうやすやすと動転する男ではないのだ。だが、弟のハロウンは本の虫で、ひどく興奮しやすく、アクラムが士気と勇気を与えて、支えてやるしかなかった。

アクラムは弟を元気づけようと、その肩をぎゅっとつかんだ。

「カシキンは熟練の戦略家だった。知能の高い、有能な男だった。仲間のもとへ爆弾を届けて安全を確保してから、あのアメリカ人を仕留めに行ったにちがいない。心配するな」

彼は、まだ二十四歳でしかない妻のほうへ目をやった。妻は不安な面持ちで居間に立ち、ハロウンには理解できないギリシャ語でひとりごとをつぶやいていた。彼女がおずおずとアクラムの視線を受けとめ、寝室にひきとって、ドアを閉じる。

「妊娠したんだ」アクラムは言った。「それがわかったばかりでね」

ハロウンが目を輝かせる。

「おめでとう、兄貴！」

アクラムはそれには耳を貸さなかった。

「よく聞け。もしおれがあのアメリカ人を殺しに行って、戻ってこなかったら、おまえが責任を引き継いで、メロニーと結婚し、おれの息子を育てるんだ——男の子を授かるだろうと、アラーがお伝えになったからな」

「でも……でも、おれはギリシャ語をしゃべれない。そんなおれが、どうやって——？」

「習得しろ」口調を強めてアクラムは言った。「彼女は従順で誠実だが、頭はそんなによくないから、われわれの言語を習得するのはむりだろう。だから、ことはおまえに懸かっている——おまえが責任を引き受けるんだ。おまえはおれの弟だ。もしアラーがおれを天国へお召しになったら、おれがあてにできるのはおまえということになるんだ」

ハロウンがこうべを垂れる。

「ギリシャ語を習得するよ。約束する」彼には、アメリカの法執行機関がこれほど警戒を厳重にしているときに、アクラムがアメリカ国内の長距離移動をするのはかなり無謀なことだとわかっていた。「彼女、おれを受けいれてくれるかな？」

アクラムは肩をすくめた。

「そうするしかないだろう？　とにかく、心配するな。そのことはもう話しあってるし、彼女は自分の義務がなんであるかを理解している」朝食をすませてしまおうと、彼は椅子にすわりなおし、向かいあう椅子にすわれと弟に指示した。「これで、不吉な話はやめにしよう」

ハロウンはまだ、カシキンがろくに情報を与えてくれなかったことにいらだちを覚えていた。

「カシキンは、あのアメリカ人が自分のほうへ忍び寄ってるようなことを言ったんだが、ひどく冷静で、観念しきったような感じだった」

「われわれもみな、そういう場合はそうするべきだろう」アクラムは、酵母を使わずに焼かれたパンをちぎって、口に放りこんだ。「あのアメリカ人について詳しく調べてみた。やつは、たいていのことを自分の流儀でやる男だとわかった。これは、やつが——カシキンにもわかっていただろうが——予測不能で、危険な男であることを意味するが、やつの弱点でもあるというわけだ」

「デトロイトにいるおれたちの仲間は、やつを追ってるのか？」

「もちろん」アクラムは、皿にひろがったやわらかい卵の黄身を、ちぎったパンですくいとった。

ハロウンの顔に、不安な気持ちがありありと浮かぶ。

「おれたちに雇われた、あの臭い豚みたいな傭兵はあてになるのか？　デュークといったっけ？」

アクラムはうなずいた。

「やつの貪欲さをあてにしてる。あの貪欲さはおおいにあてにできる」彼はくっと笑って、手をのばし、弟の髪をひっかきまわした。「気を楽にしろ。われわれがこの大陸に地歩を築くには長い時間がかかるにしても、まもなくアメリカ軍は、戦争がついに彼らの本国におよんできたことを――われわれがすでにこの国にひそんで、彼らの家族や物品の供給に関わりを持っていることを――いやというほど明白に理解するようになるだろう」

「あの爆弾が、そのことをきわめつきにはっきりと彼らに思い知らせるだろうね」陰気な声でハロウンが言った。

「ああ。だが、機が熟さないうちにひとつめの爆弾が爆発したのが不運だった。別のが必要になるだろうから、ファイサルからさらに資金を搾《しぼ》りとるようにしてくれ。われわれはまもなく彼の個人口座からカネを引きだす必要に迫られると、彼に伝えておくんだ」

「別のをどこで見つければいいのか、それはもうわかってるのか？」

アクラムは首をふった。

「いや。しかし、二個めの爆弾が爆発すれば、外国の友人たちはわれわれがうまくやれることと、そしてアメリカには現実に弱点があることを目のあたりにし、ドアがひとりでに開かれることになるだろう。狼どもはつねに群れでいちばん強大な雄を恐れる――そいつがしくじらないかぎりは」

「でも、ほかの狼どもがそいつに刃向かうこともあるのでは？」

「そいつがすぐに応援を得られなければ、刃向かうようになるだろうな」

30

ラスヴェガス

ラスヴェガス都市圏《メトロポリタン》警察——LVMPD——は、他地域のメトロポリタン警察とはいくぶん構成が異なっている。LVMPDは、ネヴァダ州ラスヴェガス市とクラーク郡の警察が合体した組織なのだ。この警察組織は、市当局に任命された本部長ではなく、クラーク郡住民の投票で選ばれた保安官が長を務める。つまり、LVMPDは、市と郡のどちらにも直属しない組織というわけだ。それは、ジャック・モレスカ保安官の指揮下にあり、ジャック・モレスカは、自宅で朝食をとっている最中にダークスーツの政府職員《Gメン》たちにじゃまされるのを快くは思わなかった。

「いったいきみらは何者なんだ?」モレスカはパジャマ姿で玄関ポーチに立ち、下の芝生に居並んでいるシークレット・サービスの警護官としか見えない面々に目を向けて、言い放った。モレスカは細面の長身で、黒い髪が薄くなりかけている。

「われわれはシークレット・サービスに所属する者です、保安官」

「きみらの全員がか?」モレスカはその警護官に身分証明書を返した。「そして、きみの話では、なにかの令状を持っていると？」

「そうです」警護官が一ページしかない令状を取りだして、モレスカに示した。「この令状は、ワシントンＤＣの合衆国外国情報監視裁判所《USFISC》が発行したものでして」

「ほほう」モレスカは時間をかけて、令状の隅々《すみずみ》まで目を通した。それには、〝連邦捜査官たち〟が〝事情聴取を求められている被疑者〟の身柄を確保するためにルクソール・ホテル・アンド・カジノに立ち入っているあいだ、その〝周辺警備〟をおこなうようにとの命令が記されていた。

　彼は警護官に目を戻した。

「で、その被疑者というのはだれなんだ？」

「存じあげません、保安官。その情報は与えられておりませんので」

「では、被疑者を確保するための令状はどこに？」

「その情報も与えられておりません」

　モレスカはシークレット・サービスの男を見つめた。

「それで、これはどこの職務なのかね？　ＦＢＩ？　シークレット・サービス？　連邦保安官局？　ニンジャ・タートル？　どこなんだ？」

「くりかえしますが、保安官、わたしはそのような情報は知らされておりません」

　モレスカは令状をふってみせた。

「きみはこういう令状をよく受けとるのかね、警護官リヴァーズ？　わたしは三十五年間、法執行の仕事に就いているが、こんなものにお目にかかったことがないので、訊いているんだ。ここに」——令状の文字を再読しないと、それが言えなかった。——「ＵＳＦＩＳＣというレターヘッドがあるだけで、この令状なるものには、人名がどこにも記されていないだろう」

「あなたの名が記されていますが、保安官」

モレスカは眉をひそめて、そこを見た。

「オーケイ。では、よく聞け……ここはわたしの街、わたしの郡だ。だから、きみらは職場にひきかえし、わたしが愚か者ではないことを連邦政府に伝えたまえ。わたしは人並みに行間が読みとれるし、この令状がわたしに命じているのは、なにかのたぐいの連邦政府による拉致に備えて待機し、監視せよということだ。わたしはそれに関与する気はないだけでなく、わたしの管轄内でそれが起こるのを許すつもりもない。了解したかね？」

「了解しました、保安官」警護官が片手を持ちあげ、袖口に向かってなにかを話す。
二、三秒後、一台の官公庁セダンの後部ドアが開き、長身白髪の紳士がほほえみながら、コンクリートの車寄せをぶらぶらと歩いてきた。
「ハロー、保安官」男が言って、片手をさしだす。「わたしの名はポープ。ちょっと内密の話がしたいんだが？」

たいていの人間がそうなるように、モレスカもポープの少年のような笑みにあって警戒心を解いてしまった。

「いいとも。なかに入ってくれ」

モレスカは背を向けて、ドアを開き、ポープを先に立てて家のなかへ入っていった。ドアを閉じ、連れだって居間へ歩いていく。

「さて、これはどういうことなんだ？」

「保安官、わたしは中央情報局の者でして」

モレスカは令状を掲げて見せた。

「道理で、だれもこの書類についてなにも語らなかったはずだ。しかし、CIAはアメリカ国内に関してはなんの権限も有していないはずだが」

「おっしゃるとおりです」ポープが言った。「ただし、残念ながら、起爆可能な核爆弾が国内に野放しになっており、それが爆発する前に所在を突きとめる最善の可能性は、われわれCIA《エージェンシー》に懸かっているというわけで——爆発はいまから三十六時間以内にあると予想されています。つまり、規則に従うには残り時間があまりに少ないことは、あなたも理解してくださるでしょう。そこで、虚心坦懐《きょしんたんかい》に申しあげますが、保安官……もしあなたがこの件に関して目をつぶっておくことを拒否され……法の規定に従うことをわれわれに強要されたら……われわれの唯一の容疑者は弁護士を呼びつけ、ソ連製のスーツケース型核爆弾に取りつけられた時限装置がゼロへ向かって時を刻んでいくのを笑って待つことになるでしょう」

保安官は目を伏せ、令状を半分に折りたたんだ。

「着替えをさせてくれ。すぐに出かけることにしよう」

31

南カリフォルニア
エドワーズ空軍基地

大統領はエアフォース・ワンの乗降階段の下、滑走路の路面に立って、パイプを吸っていた。あたりには多数の兵士とシークレット・サービスの警護官がいて、その全員が厳重に警戒し、早朝の日射しに照らされた周囲の平原に目を凝らしている。エアフォース・ワン・ジャケットに身を包んだ彼は、これぞ大統領という気配を漂わせていた。年齢は五十代半ば、こめかみのあたりに白いものが混じっていて、表情豊かなブルーの目と、つねに日焼けした肌の持ち主だ。カリフォルニア州ランカスターから二十二マイル北東に位置するエドワーズ空軍基地で国家の指揮を執り、警告があればすぐに離陸できる状態で駐機している、青と白に塗られたボーイング747の機内で眠る身となったいまも、大統領らしさは失われていない。彼が機内で睡眠をとるようにしている理由はふたつ。ひとつは、ファーストレディが基地宿舎の安っぽい軍用マットレスより、エアフォース・ワンのベッドに使われているシーリー社のポスチャーペディック・マットレスを気に入っていること。もうひとつは、夜中に壊滅的なできごとが発生し、至急の離脱が必要となった場合、機内にいるほうが好都合だからだ。

クートゥア将軍はまだ、退役した兵士たちが召集されてSEALチーム6／ブラックが編成されたのを伝えられたばかりだが、それでもその知らせに少なからず興奮していた。

「大統領、われわれがアメリカ合衆国憲法に反する行為をなしていることはご承知でしょうね？」

「承知しているが、将軍、わたしはゆうべ、トルーマン大統領のことを——彼が日本に原爆を用いるべきかどうかと苦慮したことを——じっくりと考えてみた。何千何万もの民間人を殺すことになると思って、彼は悩んだ。だが、最終的に彼は、アメリカ人の生命を守ることを選んで、原爆を用いることにしたんだ。ゆうべ、わたしはそれと同じ考えかたでこの決断を下した。困難な決断ではなかったとは、とても言えない。ひとりの人間をどう扱うのか、という話だ。ひとりの人間の権利を。ひとりの人間と何千何万もの人間の生命を比較しての決断だった」

「しかし、もし彼がなにも知らなかったらどうなさいます、大統領？　もし彼が無実であったら？」

大統領が肩をすくめて、向きを変え、乗降階段の手すりにパイプを軽く打ちつけて、吸い殻を落とした。

「だれかがこのような決断をせねばならないからこそ、大統領という職があるのだよ、将軍。大統領に選出された人間は、困難な命令を下し、その結果を胸にかかえて生きていかなくてはならない」

クートゥアは、それは正論だと認め、SEALチーム6／ブラックの問題はすでに自分の手を離れたのだと認識した。

「ティム・ヘイゲンの話では、先日、きみたちふたりがオーヴァル・オフィスの外で衝突したそうだね」大統領がくすっと笑い、ジャケットのポケットから新しい煙草の袋を取りだした。「きみはあまり彼を好んでいないんじゃないか？」

将軍はしゃんと背すじをのばした。

「わたしは、彼は蛆虫《うじむし》のようなやつだと考えております、大統領。彼がいなければ、あなたははるかに大きな成果をあげることができるでしょう」

「たしかに、彼は蛆虫だ」袋にパイプの火皿をさしいれながら、大統領が言う。「実際、おべっかつかいのケチな男でしかないが、わたしの知るかぎりでは、あれほど知能の高い人間はほかにいない——もちろん、現在は〝仲間はずれ〟になっているがね」にこやかに笑って、そう付け足した。

クートゥアは、このうえなくそっけない儀礼的な笑みを返した。

「きみはボブ・ポープのことをどう考えている？」大統領が言った。「それを訊くのは、先ごろ、NSAが彼のスタッフのなかに内通者がいることを発見したからでね。彼は部下のなかのアジア系女性のひとりとベッドをともにする仲になり、その女性が中国に情報を与えているそうだ」

クートゥアは、うなじの毛が逆立つのを感じた。

「ポープはそれを知っているのですか？　彼もそれに関与しているのでしょうか？」

　大統領が首をふった。

「NSAはそう考えていない。愛が彼の判断力をくもらせているのだろうと、その女性を信頼して、彼女の地位には不相応なほど高い機密事項取り扱い許可を与えているのだろうと、彼らは考えている」ガスライターをつけ、その青い炎をパイプの火皿に吸いつけて、煙草に火を点じる。「彼女は明晩、オーストラリアへ飛ぶ予定でね。ポープに知られないよう、NSAが空港で待機して、彼女の身柄を確保することになっている」

「大統領、今夜の作戦に関してポープを信頼してよいという確信はお持ちでしょうか？」

「イエスだ」大統領が言った。「CIAのジョージ・シュロイヤーとクリータス・ウェブはそろって、彼は確固たる愛国者だと考えている。わたしにはそれだけでじゅうぶんだ。とはいっても、例の爆弾が発見されれば、発見したのがポープの部下であろうがそうでなかろうが、彼はそれを最後にSOGから追放されるだろう」くくっと小さく笑う。「そうなったら、われわれは彼のファイルの隠し場所を探りださなくてはいけなくなるだろうね」

　クートゥアは、政府のそのような側面を忌み嫌っていた。彼は非制服組職員のほとんどを嫌っているのだが、協力して仕事をするしかなかった。非制服組職員たちは、子どもっぽいハイスクール・ドラマを演じている学生の一団を連想させるのだ。

「そうなるでしょうね。ところで、大統領、そろそろ朝食をとりに機内へお戻りになったほうがよろしいかと」

「きみは核爆弾が発見されるだろうと考えているのかね、ビル？」大統領がクートゥアの目をのぞきこんで、言った。

クートゥアは間をおかず答えた。

「いいえ、そうは考えていません。残念ながら、今回、われわれは弱点を突かれたように思います」

大統領がうなずき、パイプのステムを歯でくわえた。

「同感だ。それもまた、わたしがポープにST6／Bの出動を準備させた理由のひとつでね。あのチームを使っておけば、われわれが失うものはなにもない」

大統領はパイプをくゆらせながら階段をのぼり、機内に足を踏み入れた。ティム・ヘイゲンがノートPCをかたわらに置いて、朝食をとっていた。

「よき知らせがあります」笑みを浮かべて、ヘイゲンが言った。

大統領はアドレナリンがにわかに湧きあがってくるのを感じ、くわえていたパイプを口から離した。

「あれが発見されたのか？」

「いいえ、そうではなく」とヘイゲン。「最新の世論調査の結果でして……あなたは対立候補を約三十パーセント上まわる支持を受けています、大統領」

大統領は眉をひそめ、いまから言うことの重みがヘイゲンに伝わるよう、少し間をとってから口を開いた。

「ティム、ときにわたしは思うんだが、きみという男には人間らしい思いやりはこれっぽっちもないのではないか」

32

ラスヴェガス

「オーケイ、よく聞け！」ギルはテーブルの上席に腰をおろして、言った。「今夜、われわれが決行するのは、ひとりのアメリカ市民の不法な拉致《らち》だ。われわれは法を破ることになる。これは、失策があってはならないことを意味する。了解したか？」

チームの全員がうなずく。全員が冷徹で集中した目つきになっていた。

「計画は単純明快だ。四名がルクソール・ホテル・アンド・カジノに入りこむ。ホテルに勤務して、ムハンマド・ファイサルのコンシェルジュを務めているＣＩＡのスパイが、彼のスイートへのエレベーターに同乗して案内する。二十階でエレベーターを出たら、すぐに彼のスイートのドアがある。そこに着いたら、ドアを爆破し、五名から成る警備チームの全員を殺して、掃討する。ファイサルを確保したら――生け捕りにしたら――尋問のために、まっすぐここに連行する」

クロスホワイトが咳払いをして、発言する。

「口をはさんですまないが、そこを脱出するには銃撃で血路を開く計画が必要になるんじゃないか？　なにしろ、一階にあるカジノにはあらゆるところに警備員が配されているんだ」

　ギルはにやっと笑った。

「さっき、単純と言わなかったか？」

「言ったが、おれにはそれほど単純には思えない。まあ、これもやはり、おれが海軍の人間ではないからかもしれないが」

　ギルは立ちあがって、煙草のほうへ手をのばした。

「あそこの保安官とルクソールの警備責任者に、われわれはＦＩＳＣがその男に対して発行した令状を——事実はちょっとちがうが——持っているという助言がなされ、そのふたりは協力することに同意している。だから、出入りの際に、カジノの警備員はもちろん、警官やホテルの警備員と悶着《もんちゃく》が起こることはないんだ」

「部屋に残った死体のことはだれが釈明するんだ？」

「ベンガジでおれたちの仲間を襲ったやつらに責任をなすりつけるというのは、なかなかよくできた作り話だとは思わないか？　国務省は、ファイサルの拉致をアラビア半島のアルカイダ《ＡＱＡＰ》の犯行に仕立てることにしたんだ。ＡＱＡＰという集団は、サウジ王族の不倶戴天《ふぐたいてん》の敵ってわけで」

「ワオ！」だれかが声を発した。「核の脅威にさらされたら、この国の道徳や倫理はあっけなく消し飛んじまうんだ」

　みんなが笑った。

「サウジは嘘をつかないんだろう」声を発したＳＥＡＬ隊員が、失望したように首をふりながらつづけた。「そうだと言ってくれ」

クランシーという、チームきってのおどけ者だった。

ギルは煙草を吸いつけてから、言った。

「おまえもそのうち、こういうことに慣れるだろう」隊員たちがふたたび自分に注意を戻すのを待ってから、彼はつづけた。「われわれはアラブのスカーフ、シュマーグを頭に巻いて、ＡＫ‐47を携行し、コミュニケーションは主に手信号でおこなう。目撃者が作り話の裏づけをしてくれるよう、例のかたこと《ガター》のアラビア語をしゃべるんだ」

「ごまんとある監視カメラはどうするんだ？」

「すでにポープが、あそこのシステムをハッキングした。なにも記録が残らないようにしておくそうだ。われわれがファイサルをつかまえ、洗濯物カートに押しこんで運んでいくと、例のＣＩＡの男が業務用エレベーターで下へ案内してくれる。そのあと、われわれは彼をここに連行し……必要なあらゆる手段を使って、なにを知っているのかを吐かせることになる」

「大統領はこのことを知ってるんだろうか？」アルファが疑わしげに言った。

「ポープから受けたブリーフィングの内容からして、それはイエスだとおれは想定している。ただし、この部屋にいる者はみな、命令に反する行動をした兵士として、しっかりと記録に残されていることを忘れるな。つまり、もし大統領が自分に悪評が立たないようにするために、われわれを裏切る道を選択したら、われわれはみなあっさりと、政府が関与を否定する存在になってしまうというわけだ。ではあっても、いったんこの作戦が開始されたら、われわれは最後までやりきる。なんであれ、だれであれ、われわれがこの任務を完遂するのをじゃまだてすることはできないし、させはしない」

　タッカーマンが手をあげた。

「なんだ、コンマン？」

「あら探しをするやつだと思われたくはないんだが、侵入チームがドアを破ったときに、ターゲットがその部屋にいるかどうか、どうしたらわかるんだろう？」

「まさしくそのために、おまえがチームに組み入れられたんだ。ポープが言ったように、彼はある特殊な目的のために、おまえをひっぱりこんだ。ファイサルがその部屋にいることを確実にするのが、おまえの仕事なんだ」

「どういうこと？」

「ポープはおまえのために、ルクソール・カジノに百万ドルの信用限度を設定した。それだけじゃなく、今夜の賭け金の高いポーカー・ゲームにおまえが参加するための手配もした。ムハンマド・ファイサルと同じテーブルにつくということだ」

「とんでもないことをするもんだ」タッカーマンが言い、みながまた彼に目を向けると、神経が高ぶったような笑い声を漏らした。

「あの野郎はこのところ、ホテルの外へまったく出ていない」ギルは言った。「それは彼が加担していることを裏づけるものだと、ポープは考えている」

「オーケイ。で、ポーカーでやつをこてんぱんにしたあと、おれはなにをすればいいんだろう？」

「やつをたぶらかして、いっしょにホテルのスイートに入りこみ、ドアがぶち破られたときにやつを床に押さえつけられるようにしておくんだ。もしやつが死んだら、作戦はおしまいになる」

「くそ」タッカーマンがひとりごとを言う。「すべてがおれに懸かってるってことか」

「ヘイ、尋問のあとのことは？」トリッグが質問した。「もしファイサルがなにも知らなかったら？　つまりその、そいつが加担してるって証拠はまったくなにもないんだろう。無実の可能性がおおいにあるんじゃないか。その場合、やつはどうなるんだ？」

ギルは肩をすくめた。

「彼がわれわれに拉致されたことを——そして、そのあとにわれわれにされたことを——サウジの王族にしゃべるという事態は、ぜったいに起こってはならない。彼がなにを知っているにせよ……あるいは、なにも知らないにせよ……サウジの王族には、彼はAQAPのテロリストがおこなった攻撃によって殺害されたと知らされるだろう。そういうわけだから、もし彼が無実だったとしたら——まあ、それもまた、われわれが胸にかかえて生きていかなくてはならないことのひとつになるだろう」

33

ラスヴェガス
ルクソール・カジノ

ルクソール・カジノのポーカー・テーブルで、テキサス・ホールデム（アメリカのカジノでもっともポピュラーなポーカーのゲーム）のゲームがおこなわれ、三時間半が過ぎたころには、最初にそのテーブルについていた十名のプレイヤーのうち、残ったのは三名だけとなっていた。コンマン・タッカーマンとムハンマド・ファイサル、そしてテキサス州サンアントニオのプロフェッショナル・ギャンブラー、ビッグ・レイだ。ビッグ・レイは、黒のカウボーイ・ハットをかぶって、濃いサングラスをかけ、両手の親指と中指にダイヤモンドが埋めこまれたゴールドの指輪をしていた。いまはディーラーが四枚めのカード《ターン》をテーブルにさらしたところで、タッカーマンはレイのようすから、彼が手札《ホール・カード》を頼りにしていないことを見てとった。やはり、五枚めのカード《リヴァー》が——共通《コミュニティ》カードの最後の一枚となるリヴァー・カードが——テーブルにさらされる前に、ビッグ・レイはおりてしまった。

テーブルの中央に最初にさらされていた三枚のカード——フロップ・カード——は、ダイヤのクイーン、スペードのクイーン、そしてハートの4だ。四枚めとしてさらされたカード――ターン・カード――は、スペードのキング。

ファイサルが自分のホール・カードをちょっと見て、また裏向けにテーブルに置き、笑みを押し殺しながら、一万ドルをベットした。

タッカーマンは即座に二万ドルに賭け金をつりあげ、左側にすわっているビッグ・レイに向かってにやりと笑いかけた。

「あんた、おもしろくてたまらんようだな?」

ゲームが始まって以来、ビッグ・レイが口を開いたのはこれが初めてのことで、タッカーマンは、ついに彼もおしまいになったようだと察した。

タッカーマンは、自分の二枚のホール・カードの両方を、ビッグ・レイに見せつけた。クラブの2と、ハートのクイーン。フロップ・カードとしてテーブルにさらされている二枚のクイーンと組みあわせれば、非常に強力な〝スリー・オヴ・ア・カインド〟――いわゆるスリー・カード――ができあがる。

彼は満面の笑みを浮かべて、まっすぐにビッグ・レイを見つめた。

「最初にカードが配られた時点で、おれには三枚のクイーンがそろってたってわけさ」

彼が高らかに笑うと、ビッグ・レイは自分のカードを放りだして、テーブルから椅子をひき、早口で悪態をつきながら、テーブルをかこんでいる人垣をかき分けて出ていった。

タッカーマンは立ち去っていく彼を上機嫌でながめてから、テーブルの向こう側にすわっているファイサルに目を戻した。

「あんたはどうする、ムハンマド？　やっぱりおりるのかい、相棒《バディ》？」

ファイサルがほほえむ。この夜、勝ちつづけてきたのはタッカーマンで、ファイサルは大金が賭けられたこの勝負に負けると敗者となってしまうのだが、おりようとはせず、二枚のホール・カードをさらして見せた。ハートのキングとダイヤのキング。ターン・カードとの組みあわせで、タッカーマンより強いスリー・オヴ・ア・カインドができあがっていた。

「そろそろ降参する気になったか？」愛想のいい口調でファイサルが問いかけた。勝利のよろこびを冷静に味わっているのだろう。

タッカーマンは、にわかに湧きあがってきた不安を必死に抑えこんだ。自分はこの相手に勝たなくてはならないし、早急にファイサルをゲームの敗者に追いやらなくては、任務のタイムテーブルをぶち壊しにしてしまうだろう。ずっとビッグ・レイに手こずらされていたせいで、計画していたよりゲームが長引いて時間の余裕が失われ、ファイサルをじわじわと追いつめていくことはできなくなった。さっさと打ちのめしてしまわなくてはならない。

タッカーマンは歯を食いしばって、息を吸いこんだ。

「リヴァー・カードになにが出てくるか、見てみようじゃないか？」

「いいんじゃないか？」勝利の予感に目を輝かせながら、ファイサルが応じた。

ディーラーが、カードの束のいちばん上の一枚を裏向きのままテーブルの中央に置き、表向きにひっくりかえす。リヴァー・カードは……スペードの２。

周囲に群がっているひとびとが、いっせいに息をのむ。

「くそ！」ファイサルが苦々しげに吐き捨て、自分のカードをテーブルの中央へ放りだした。

タッカーマンは両手を握りしめて、歓呼の声をあげた。

「フルハウスだぜ、ベイビー！」

ファイサルがうつろな笑みを浮かべて、椅子にもたれこみ、群れていたひとびとがざわざわとテーブルの周囲から去っていく。

「きみは今夜、何回はったりをかました？」ファイサルが知りたがった。「少なくとも二回、はったりをかましたことはわかってる。こんなに運の強い男は――ほかにいないぞ！」

タッカーマンは笑いとばした。

「おれはケツにシャムロック（クローバーなどマメ科で葉が三枚あるものの総称。アイルランドの伝承では魔除けとされる）のタトゥーをしてるんでね」

「今夜はわたしの夜になるはずだったのに！」ファイサルが不平を鳴らした。「今夜で連敗を食いとめるつもりだったし、きみがいなければ、それがやってのけられただろう。わたしに一杯おごってくれなくては――いや、二杯だ！」

「ああ、わかった、わかった」かき集めたチップを積みあげながら、タッカーマンは言った。「それはいいとして、あんたは上のスイートに泊まってるんだろう？　おれは、ここでふつうの客たちに混じってすわってることに飽き飽きしてるんだ」

ファイサルがちょっとためらい、かたわらに立っているボディガードのマムーンにちらっと目をやる。

「おいおい、なんだよ」マムーンがいることに気づいていないふりをして、タッカーマンは言った。「あんたは金持ちなんだから、ホテルに宿泊するときはスイートを選ぶに決まってるだろう。おれもあんたぐらいカネをたっぷり持ってたら、たぶん気にせず散財するだろうぜ」

金持ちとおだてあげられたことで、ファイサルはすぐにその気になった。それだけでなく、ゲームの序盤からうまくビッグ・レイの脳みそをつつきつづけていたタッカーマンに感心していたこともあって、ファイサルはわれ知らず、彼を気に入るようにもなっていた。ビッグ・レイはいつもポーカー・テーブルの支配者で、ファイサルは何度も彼に負けていたのだが、今夜は、そのレイが二度つづけて致命的な読みちがいをやらかし、その失態はひとえに、タッカーマンが絶えず彼をいらだたせていたために起こったことだとわかっていたのだ。

こんちくしょうと思いつつ、彼はにやっと笑った。

「まあ、よかろう。しかし、きみは明晩、わたしにカネを取りもどすチャンスを与えてくれなくてはいけないぞ！」

タッカーマンはため息を漏らし、ふたりはテーブルの前から立ちあがった。

「あすの夜、時間がとれるかどうか、確約はできないが」彼はファイサルが罠にかかったことを察知し、この男を逃がしてなるものかと思った。「もし時間がとれても、負けるつもりはないぜ。負けるのはおれの信条に反することなんでね」

「いや、もちろん時間はとれるさ」ファイサルがタッカーマンの肩に手を置いた。「くだらんことを言ってくれるな。きみは挑戦に背を向けるような男じゃないはずだ。ところで、きみはどこの出身かね、友よ？」

「ここ、このヴェガスさ」誇らしげにタッカーマンは言った。「生まれも育ちも」

「なるほど、それで合点がいった！」とファイサル。「で、ふだんはなにをしてるんだ――ポーカーでカネをまきあげていないときは、ということだが？」

タッカーマンは笑い声をあげたが、そうしながらも、ファイサルのボディガードがこの新たな交友関係を快く感じていないことをめざとく察していた。

「おれは綱渡りショーのリーダーでね。あっちのベラージオ・ホテルでやってるシルク・ド・ソレイユの公演に出てるんだ」

ファイサルが笑って、彼の背中をたたき、マムーンに声をかける。「スイートに電話を入れて、じゅうぶんな数の女の子をそろえるようにさせてくれ」

マムーンがなにかを言いかえそうとする。

「やるんだ、マムーン。今夜は言い争いをするような気分じゃない。決めたんだ。この男に酒を飲ませて、適度に酔わせ」――彼はタッカーマンの胸に指をあてがった。――「明晩、わたしが彼をすってんてんにしてやろうと」

ふたりがそろって笑いだし、どちらも相手が長年の友人であるかのような調子で目を合わせた。

「さっき言ったように」詐欺師《コンマン》としての調子が出てきたことをよろこびながら、タッカーマンは彼に警告した。「あすの夜は、別の相手と勝負することになるかもしれないぜ」

「明晩の勝負の相手は、わたしにするんだ」ファイサルが、甘やかされた子どものような部分を垣間見せて、言い張った。「ノーの答えを受けつけるつもりはないぞ、友よ」

「まあ、いいだろう」くくっと笑ってタッカーマンは言った。「そこまで言い張るんならね」

34

南カリフォルニア
エドワーズ空軍基地

大統領は、ドアを抜けて薄暗い照明の作戦センターに足を踏み入れるなり、オゾンのにおいが漂っていて、室内の空気に満ちた静電気が両腕の毛をピシッと逆立てるのを感じた。部屋の奥のほうで、クートゥア将軍が、航空戦闘軍団《ACC》に配属された第四三二航空遠征航空団のユージーン・ブラッドショー大佐と話をしているのが見えた。ブラッドショーは空軍の連絡将校で、ラスヴェガスから四十数マイル北西にあるクリーチ空軍基地《AFB》とのコミュニケーションの調整を職務としている。

大統領は、壁面に取りつけられた巨大な高品位テレビに目をやり、ルクソール・ホテル・アンド・カジノの天井に設置された赤外線カメラの映像を見た。その映像は、クリーチ基地から発進して上空を周回している偵察無人機《UAV》経由で送られてきたものだ。作戦センターは、六人もの男女がヘッドセットをして小声でコミュニケーションをとりながら、猛烈な速さで指を動かし、各地の情報源と軍司令部から時々刻々と入ってくる情報をキーボードで打ちこんでいるとあって、活気づいていた。大統領はこのような環境に身を置くのは初めてだが、多少の困難はあったものの、なんとか驚きの感情を顔に出さずにすませることができた。

「大統領」大佐といっしょに近づきながら、クートゥアが声をかけてきた。「第四三二航空遠征航空団のブラッドショー大佐をご紹介します」

ブラッドショーは空軍の迷彩空軍戦闘服《ABU》に身を包んでいた。四十代半ばの、のっぺりした顔をした長身痩躯《そうく》の男で、砂色がかったブロンドの髪をフラットトップにカットしていた。

「初めまして、大統領」彼が片手をさしだす。「お目にかかれて光栄です」

「こちらこそ」と大統領は応じ、掌《てのひら》の汗をぬぐってから、大佐と握手をした。「準備はできているのかね、諸君？」

「イエス、サー」とブラッドショー。「ご覧のとおり、ＵＡＶがすでにターゲットの上空におります」

「ターゲット」小声で大統領は言った。「いやはや、まさか、わが軍の人間がその語をアメリカの都市に対して用いるのを耳にすることになるとはね」

「おいやであれば、別の語を用いるようにしますが、大統領」

「婉曲的な語をということか？」大統領は言った。「いや、大佐、その必要はない。わたしは一人前のおとなだからね——まあ、少なくとも母はそう言ってくれている」

将校ふたりが愛想笑いを返す。

「そういえば、ご母堂《ぼどう》のおかげんは？」クートゥアが問いかけた。大統領の母親がこの数カ月、入退院をくりかえしていることを知っているのだ。

「小康を保ってるよ」と大統領は応じ、テレビの映像のほうへ手をふってみせた。「あれにどんな映像が出現すると予想されているんだ？」

「それほどたいしたものではないでしょう」クートゥアが答えた。「侵入チームが表のドアを通りぬけていき、しばらくして、彼らが出てくる光景が見えるだけのことです」

「ホテルの防犯カメラに、ＡＱＡＰの犯行というわれわれの作り話と相容れない映像が残ってしまうのではないか」大統領は言った。「その問題をどう処理するつもりかね？」

「すでにポープの部下たちがホテルのセキュリティ・システムをハッキングしておりますので、大統領」クートゥアはこの作戦が一から十まで気にくわなかったが、残された時間が限られているとあって、よりよい計画を提示することができなかったのだ。「カメラが映像を記録することはありません」

「わかった」ため息をついて、大統領は言った。「これで、懸案事項がひとつ減ったようだ」

ブラッドショーが直属の上官をちらっと盗み見てから、全軍の最高司令官でもある男に目を向ける。

「大統領、わたしがお話ししてもよろしいでしょうか？」

クートゥアの眉がかすかに持ちあがった。

「いいとも」くだけた口調で大統領は言った。「いい気分転換になるかもしれない」

ブラッドショーがほほえむ。

「わたしのような階級の人間が申しあげるのはいささか差し出がましいでしょうが、われわれはいま、まったく予測不能な状況に置かれています。国内における切迫した核攻撃の危機から国家を守るための基本手順というものは、存在しないのです。この作戦はなにからなにまで、その手順をつくるための実戦演習となるでしょう。もし将来的にこのことが明るみに出ても、それはいたしかたのないことです。だれもわれわれを責めるわけにはいかないでしょう。今夜、われわれがやることは、完全にアメリカ国民のための行為であるからです。勝つか負けるか、引き分けになるかはさておき、われわれは起爆可能な核爆弾を追っているのであり、わたしは——もし議会の公聴会に召喚される事態になったとしても——誇りを持ち、大統領と肩を並べてその場に立つつもりでおります」

大統領はだれにも打ち明けるつもりはなかったが、じつのところ、この大佐のことばは気持ちを楽にしてくれるものだった。

「ありがとう、大佐。きみをそんな立場に置かなくてすむことを願いたいね」

35

ラスヴェガス
ルクソール・ホテル

アラビア音楽がステレオから流れるなか、コンマン・タッカーマンはファイサルのスイートのソファに、魅力的な長い脚を持つ二十三歳の黒人美女を膝にのせて、すわっていた。彼女がグラスの酒をひとくち飲む。それに満たされているのは、アルマン・ド・ブリニャック・ロゼ——ラベルに〝スペードのエース〟があしらわれている——という世界で二番めに高いシャンパンだ。彼女の名はミッシー。天国のようなにおいがし、目は茶色で大きく、カールした黒い髪を短くカットしている。タッカーマンには、彼女が自分といっしょにいるのを楽しんでいることがわかっていた。ラスヴェガスのコールガールを相手にしたことは何度もあるので、女がいつその気になったかぐらいは察しがつく。このスイートに入った直後、彼女はこちらになびいてきたのだ。

ファイサルが自分をカジノから離れさせないようにし、あすの夜、ポーカーに勝って二十万ドルを取りもどそうとたくらんでいることは承知のうえだった。それはカジノではよくある計略であって、気にするようなことではない。夜が明けるころには、ファイサルは死んでいるか、死を望むかになっているだろう。タッカーマンが案じているのは、ミッシーとほかの女たちがこの場にいることだった。この部屋に七人の女たちが居合わせることになるとは予想していなかった。これは、まったくの想定外だ。いや、女たちがいることを予想してしかるべきだったのだろう。なんといっても、ここはラスヴェガスで、ファイサルは〝女たらし〟として名を馳《は》せている男なのだ。

「いっしょに別室へ行かないか？」彼はミッシーの耳元でささやいた。

彼女がこちらを見て、ほほえむ。

「いいわ」彼女がグラスを置き、膝から床へおりて、彼の手を取った。

「ムハンマド、いいかな。おれたちはちょいと……」

「かまわんさ」向かいあうソファにすわっているファイサルが、目をあげて言った。その片手が、若いブロンド女のスカートの上に置かれていた。「楽しんでくれ、友よ」

タッカーマンはミッシーを連れて奥の部屋に入り、ドアを閉じた。

「あなたが来てくれてうれしい」彼女が黒のボディコンドレスを脱ぎながら、言った。「ほかの男たちは、見ただけで虫酸《むしず》が走るわ」

ミッシーが彼の首に両手をまわして、気持ちのこもったキスをする。

タッカーマンは彼女の唇の感触をたっぷりと楽しんでから、腕をのばして身を引き離した。

「いいかい、耳を疑う話だろうが、脱いだドレスをまた着てもらわなくてはいけない」

「どうして？　なぜ？　なにがいけないの？　あなたはお巡りじゃないんでしょ？」

「そうじゃないさ」

タッカーマンはジャケットから財布を取りだして、三千ドルの札束をひっぱりだした。まっさらの百ドル札ばかりで、そのすべてがCIAから与えられた工作資金だった。彼女のバッグを取りあげて、そのなかに札束を押しこむ。

「どういうこと？」警戒心より好奇心をあらわにして、彼女が問いかけた。

彼はジャケットの内ポケットから携帯電話を取りだした。

「ようく、おれの話を聞いてくれ」と言いながら、テキスト・メッセージを打っていく。〝室内に七名の娼婦《フッカー》！〟。メッセージをメールで送信して、電話をしまう。「おれはCIAの者なんだ」

彼女が声をあげて笑う。

「ベイビー、あなたのことはとっくに気に入ってるし、わたしは信用できる女よ」

彼は床に落ちていたドレスをつかみあげて、彼女に手渡した。

「聞いてくれ！　これを着直し、急いで部屋を出てほしい。約五分後に、連邦政府のエージェントたちがあのドアから突入してくるから、あんたがここにいてほしくないんだ」

彼女がまじめな話だと受けとめて、ドレスを身につける。

「あの男、テロリストかなにかなの？」

「そうだ」タッカーマンは、隠密工作ハンドブックのルールを完全に破っていることをじゅうぶんに意識しつつ、言った。

ポケットのなかで携帯電話が振動し、彼は電話を取りだして、メッセージを読んだ。

す。

「見えるな？」彼女に画面を向けて、メッセージを読ませる。〝作戦に集中せよ！　決行は六分後。秒読みに入る！〟

彼女が手早くドレスを身につけ、そのストラップを肩にかけてから、ハイヒールに足を通す。

「わたしも巻きこまれちゃうの？」

タッカーマンは彼女に軽くキスをした。

「なにをしてもいいが、今夜ここにいたことは、だれにも話すんじゃないぞ」

「オーケイ」熱をこめてうなずきながら、彼女が言った。「約束する」

「いっしょにこの部屋を出ていったら、気まずいことがあったように思われるだろう」彼はドアノブに手をのばした。「おれがあそこのみんなに、あんたの月のものが始まったと説明するから、あんたはまっすぐドアへ歩いていくんだ」

「オーケイ」

タッカーマンは彼女の手を取って、いっしょに部屋を出た。

「ワオ、えらく速かったじゃないか！」ファイサルが、あらわになったブロンド女の胸から顔をあげて、大声を出した。「つぎの女に取りかかりたいか、友よ？」

女たちの二、三人が笑い、ファイサルの配下たちのふたりも笑った。

マムーンが無言で見つめてきた。この部屋にいる男たちのなかで女を相手にしていないのは彼だけで、このときもバーのそばのストゥールにむっつりと腰かけていた。

タッカーマンは足をとめず、ミッシーをドアのほうへ連れていった。

「この淫売《ブロード》、月のものが始まってたのに、おれにそのことをひとことも言っていなかったんだ」

「そうか」とファイサル。「相手をしてくれる女はいっぱいいるさ」

ファイサル自身は、女の月のものなどはたいしたことではないと思っていたが、ホストの役割はきちんと務めようと考えていた。なんであれ、あの女がゲストの不興を招いたのであれば、さっさと彼女を立ち去らせるべきだろう。

タッカーマンはドアを開け、ミッシーを連れて廊下に足を踏みだした。

「階段を使うんだぞ」そう言いおいて、部屋にひきかえし、ドアを閉じる。

「あなた、ちょっぴり不作法だったと思わない？」ファイサルの膝の上にのっている女が言った。

タッカーマンはしかめ面を返した。

「シャンパンと血は、うまくミックスできないんでね」

室内に満ちていた官能的でなごやかな雰囲気が一変し、全員がなんとなく気まずい気分になった。

「すまない、友よ」重々しい口調でファイサルが言った。「わたしの落ち度だ」

「ばかを言うなよ」タッカーマンは手をふって応じた。「正直、本人も気がついていなかったんだと思う」肩をすくめて、〝ラヴシート〟のソファにすわりなおす。「おれが度の過ぎた反応をしてしまったんだろう。謝らなきゃいけないのはおれのほうだ」

「本人が気づいてなかったのはたしかよ」ブロンド女が言った。「わたしたち、いっしょに住んでて、周期が同じなの。彼女、まる一週間、早く来ちゃったのね」

「ヘイ！」ファイサルが言った。「もうたくさんだ！　血染めのヴァギナの話はこれっきりにしてくれ――頼むよ！」

ファイサルのボディガードも含めて、みなが笑いだし、部屋の雰囲気がよくなったが、それから二分ほどたつと、タッカーマンは不安になってきた。女が撃ち殺される光景は何度も目にしたとはいっても、やはりそれは受けいれがたいことなのだ。彼はまた腕時計で時刻をチェックした……あと九十秒。

36

ラスヴェガス
ルクソール・ホテル

ＣＩＡのスパイであるコンシェルジュはアラブ系移民の子孫で、この十八カ月、ルクソールに勤務して、アラブ系ギャンブラーたちの動静を探ってきた。そのあいだにファイサルをよく知るようになっていたが、彼がテロリストへの資金供給者かもしれないという疑いをいだいたことはなかった。そのコンシェルジュが、十九階でエレベーターをとめた。

「あんたたちの判断が正しいことを切に願うよ」

「それは同感」とギルは応じ、緑と黒のシュマーグを頭に巻いていった。率いている工作員は、アルファ、トリッグ、スピードの三名だった。シュマーグで顔を覆《おお》うと、全員がイスラム過激派のテロリストのように見えた。彼らが携行してきた小ぶりなスーツケースを開き、サプレッサーが装着されたＡＫ‐47ライフルを取りだして、武装する。

「部屋の外に張り番がいないのはたしかか？」ギルは問いかけた。

「もしいたら」とコンシェルジュ。「初めて目にしたことになるだろうね」

「オーケイ」ギルは部下の三人に声をかけた。「忘れるな。しゃべるのはガター・アラビア語だけにするんだぞ」

ガター・アラビア語というのは、中東に派遣された兵士たちが、自分たちがアメリカ人であることがすぐに露見しないようにするために、ひそかに発達させてきた言語だ。初歩的なアラビア語の集成にすぎないが、耳慣れないアメリカ人にはじゅうぶんにアラビア語のように聞こえるから、目撃者たちはテロリストと確信するだろう。

「それと、女はぜったいに撃たないように」

ギルは腕時計で時刻を確認した。

「オーケイ」コンシェルジュに声をかける。「九十秒前。行こう」

コンシェルジュがキーをまわし、斜行エレベーターが二十階へ上昇していく。あと五十秒という時点でドアが開くと、壁際の椅子にアラブ人警備員がすわっているのが目に入った。その男が目をあげた瞬間、両目のあいだに一発の七・六二ミリ弾が撃ちこまれた。頭部がぐいと後方へ動いて、血と脳漿《のうしょう》、骨の破片が壁に飛び散り、体が椅子から転げ落ちる。その銃弾は背後の壁も貫通したが、気づいた人間はいないように思われた。

彼らは、見込みちがいをしたCIAのスパイに文句をつけるようなことはせず、無言で斜行エレベーターを降り、指向性爆薬《ブリーチング・チャージ》をドアに仕掛けた。戦闘というのは絶え間なく状況が変化するものであって、いつまでも同じということはありえないのだ。

あと十秒となったとき、タッカーマンはターゲットに襲いかかるべく、ラヴシートから身をのりだした。そして、轟音とともにドアが爆破されると、ファイサルに飛びかかって、フライング・エルボーを鼻っ柱にたたきこんだ。ファイサルと女がすわっていたソファが後方へひっくりかえり、そのふたりが床へ落ちた。

女が悲鳴をあげ、ファイサルのボディガードたちが、大口径弾による完璧な銃撃を浴びて撃ち倒されながらも、必死に立ちあがろうとする。彼らは銃を抜きだすこともできず、血を撒《ま》き散らして倒れ伏した。マムーンだけはなんとか拳銃を抜きだしたが、その直後、三点射を顔面に浴びて、頭部をふっとばされた。拳銃が宙に舞い、マムーンの体が後方のバーへ激突して、床に落下する。

副次的ターゲットのすべてをかたづけたところで、ギルは前方へ走り、タッカーマンをファイサルから引き離して、ふたりが生きていることを確認してから、すばやくファイサルの両手首に手錠をかけた。女たちがすすり泣きながら、両手で頭を覆《おお》って床に伏せていて、そのうちのふたりは飛び散ったドアの破片を浴びて負傷していた。ファイサルの相手をしていたブロンド女だけは、声をあげていない。スピードとトリッグが女たちをひとりずつ寝室へひきずっていく。その間も、見せかけを演じつづけるために、彼らはガター・アラビア語で荒々しく女たちにわめきたてていた。

タッカーマンがブロンド女のかたわらに膝をついて、ようすを見ると、左目の真上に銃弾の射入口があるのがわかった。彼は女の死体に両手をかけて、かかえあげた。マムーンが射殺されたとき、筋肉の痙攣《けいれん》反射が生じて拳銃が暴発し、この女に弾が当たったのだろう。

ギルはタッカーマンの腕のなかから女の死体を蹴り落として、彼を立ちあがらせた。消音器付きのＵＳＰ45をタッカーマンの手に押しつけて、動きだせとどなりつける。スピードが、寝室に通じるドアを閉じた。そこに押しこめられたほかの五人の女たちは、いまはプラスティック手錠でベッドに拘束されており、やむことのない彼女たちのすすり泣きの声が、閉じられたドアごしにはっきりと聞こえていた。

タッカーマンが廊下の安全を確保するために部屋を出ていくと、ＣＩＡのスパイである男がエレベーターから洗濯物カートをひっぱりだしていた。アルファが麻酔薬のペントタールナトリウムをファイサルに注射して眠らせ、トリッグがファイサルを肩に担《かつ》いで廊下へ運びだし、カートに放りこむ。その上にベッドシーツをかぶせると、彼らはＣＩＡの男に案内されながら、カートを押して業務用エレベーターのほうへと廊下を進んでいった。

ミッシーが、ルームメイトを置いてけぼりにしていいものだろうかと迷って、階段にとどまっているうちに、ファイサルのスイートのドアが爆破される音が聞こえてきた。彼女がドア・ハンドルをつかんで、少しだけドアを開いたとき、彼女の目には、アラブのテロリストたちが機関銃を持って部屋に突入しているように見える光景が展開された。戦慄しつつ、ずっとドアの隙間からのぞきこんでいると、アラブ人たちが部屋から出てきて、その前にとめられた洗濯物カートを、アラブ系のコンシェルジュに案内されて押していくのが見えた。

ひとつ下にあたる十九階の、階段に通じるドアが一気に開かれ、拳銃を手にした六人の男たちが階段へなだれこんでいく。そのひとりが、胸にＬＡＰＤ——ロサンジェルス市警——のロゴが描かれたＴシャツを着ていた。彼らは、異動が決まった同僚の巡査部長のために、この街にやってきて、ファイサルのスイートの真下にあたる部屋で独身男だけの送別会を開いていた。そして、自分たちの真上で爆発音があがったのを聞きつけ、ようすを見に出てきたのだった。

「上でいったいなにがあった？」巡査部長が詰問した。ＬＡＰＤのＴシャツを着ている男だった。濃い口ひげとビヤ樽のような体をしていて、年齢は三十代半ば、彼らのなかではいちばんの年かさだ。

「テロリスト！」とミッシーが口走って、ドアから飛びのく。

巡査部長は新米たちを背後に引き連れて、階段をのぼっていった。二十階のドアの前で立ちどまり、口ひげ巡査部長がドアを少しだけ開くと、アラブのスカーフを頭に巻いた男たちが洗濯物カートを押して、廊下の奥へ進んでいくのが見えた。

「機関銃を持ったアラブ人どもがいるぞ！」押し殺した声で彼は言った。「あれはまちがいなくターゲット《タンゴ》だ！　いますぐ、われわれが撃ち殺してやる！」

タッカーマンが肩ごしにファイサルのスイートをふりかえったとき、階段に通じるドアが開いて、警官たちが廊下になだれこんでくるのが見えた。銃声がとどろき、彼は弾をくらって床に倒れたが、ＵＳＰ45で応射し、こちらに迫ってくる男たちを撃って、ＬＡＰＤのＴシャツを着ている口ひげの大男を倒した。

新米警官たちがパニックに陥り、狙いもつけず廊下に弾をばらまきはじめる。

ＳＥＡＬ隊員たちがさっとふりかえって、ＡＫ‐47を発砲し、残る五人の警官たちを、なにが起こっているのかと考える暇も与えず、撃ち倒した。CIAの男は頭部と喉を貫通する銃弾を浴びて絶命し、タッカーマンは腹部の銃創から血を流して、いまにも失血死しそうな状態だった。

「腹部大動脈をやられたんだ」小声でトリッグがつぶやき、洗濯物カートからホテルのタオルをひっぱりだして、タッカーマンの腹に押しつける。「このままでは失血死してしまう」ホテルの宿泊客のひとりが部屋のドアを開けて、廊下に頭を突きだしてきた。ギルがAK-47の銃口をそちらに向けると、宿泊客は頭をひっこめて、ドアをバシンと閉じた。

「AATが必要だ！」トリッグが言った。

AATというのは腹部大動脈止血帯の略語だ。それは空気圧で締めつけるヴェルクロ製の止血帯で、負傷した兵士の腹部に巻きつけると、空気圧式のリストバンドのように、腹部の血圧をさげる働きをする。

「彼を洗濯物カートに放りこめ！」ギルは命じた。

「このままでは失血死してしまう！」トリッグがカートからシーツをひっぱりだして、タッカーマンの腹に巻きつけはじめた。タオルは早々と、血でどっぷりと濡れていた。「タオルの上からこれをしっかりと締めつけておこう。救急車を呼ばなくては！」

「彼をエレベーターに乗せろ！」

ギルはハーネスからiPhoneを取りだして、電源を入れた。マリーがヴォイスメールを残していることには気づかなかったし、気づいたとしても、それに取りあっている暇はなかった。彼らはタッカーマンを業務用エレベーターに乗せ、スピードが、意識のないムハンマド・ファイサルが放りこまれているカートのほうへ駆けもどった。CIAの男の死体は、廊下に放置された。

戦闘のなかで兵士の死をいやというほど見てきたギルには、タッカーマンは地上におりるまでに死んでいるだろうと予想がついたが、それでも彼はクロスホワイトに電話を入れ、業務用出入口に救急救命士を待機させておく手配をした。

「さっきのやつら、どういう連中なんだろう?」スピードがシュマーグを頭から剝《は》ぎとりながら、疑問を口にした。

「ひどいことになったもんだ」ギルはタッカーマンのかたわらに膝をつき、彼の頭の下へ片手を差し入れた。「調子はどうだ、相棒? まだ、みんなについてこられるか?」

タッカーマンの手が、ギルのもう一方の手へのびる。

「刑務所で朽ち果てるはめにならないようにしてくれて、ありがとう」小声でタッカーマンが言った。「がっかりさせることになって、すまない」トリッグに目をやる。「もう手を離してくれていいぞ。締めつけがきつくて死にそうだ」

トリッグが感情を抑えきれず、顔をゆがめる。そして、シーツを巻きつけてつくった圧迫帯から手を離した。

タッカーマンの手を握りしめていたギルは、死に瀕した男の手から急速に力が抜けていくのを感じとった。

「この仕事がかたづいたときに、話をしたい相手はいるか? だれか、会いに行きたい相手はいるか?」

タッカーマンが首をふる。顔から血の気が失せていた。

「覚悟はできてるさ、チーフ。あんたらがおれの家族なんだ」

ギルは身をかがめて、彼の額にキスをした。

「安らかに眠れ、兄弟。おれたちもいずれ、あちらに行ったおまえに合流する。向こうで待ってくれよ！　聞いてるか？」

タッカーマンがウィンクをした。

「もちろん、そうする……」数秒後、彼はかすかな笑みを残して、逝《い》った。

37

ラスヴェガス
ルクソール・ホテル

二十階で撃ち合いがあったという噂があっという間にホテルとカジノのあらゆる場所にひろまり、業務用エレベーターが一階に到着したときには、すでにモレスカ保安官の部下たちが建物のなかに入りこんでいた。保安官はポープとともに、業務用出入口のすぐ外に立っており、そこでいま、SEAL隊員たちが謎めいた洗濯物カートを連邦政府のナンバープレートを付けた白いヴァンの後部に積みこんでいるところだった。積みこみが終わると、彼らがヴァンに乗りこみ、ギルがドアを閉じた。ヴァンのそばに駐車した救急車に、ラスヴェガスの二名の救急救命士がタッカーマンの死体を運びこんでいる。

モレスカがクロスホワイトに目をやった。

「あの上で生じた騒動はどの程度のものなんだ？　多数の死者が出たという報告だけは受けているが」

「ギル？」

ギルは保安官のほうに向きなおった。

「正体不明のガンマンが五、六人、階段からこちらに襲撃をかけてきて、おれの部下をひとり殺した。そいつらは全員が死んだ。娼婦がひとり、暴発した弾を頭部に浴びて、やはり命を落とした。それと、ホテルのコンシェルジュも命を落とした。すべて、二十階で起こったことだ」彼はクロスホワイトに目を向けた。「撤収しよう」

「ちょっと待った」モレスカが言った。「そのガンマンたちというのは？　そいつらはファイサルの配下なのか、そうではないのか？」

ファイサルがどういう人物であるかは、どのみち保安官もすぐに把握するだろうということで、ポープがすでに彼に伝えていた。

「きみらの知っているかぎりのことを教えてもらわないと困るんだ。きみらが姿を消したあと、わたしがこの騒動の収拾をやらねばならないんだからな」

「申しわけないが、保安官、その種の問題はおれの任務の範囲に入っていないんでね」

ギルは運転席の側へまわりこんで、ヴァンに乗りこんだ。クロスホワイトが助手席にすわったところで、車を発進させる。

ポープが保安官に片手をさしだした。

「モレスカ保安官、感謝するよ。われわれが間に合うように核を発見できたら、国家が感謝をささげるべき男はきみということになるだろう――もちろん、そうなっても秘密は永遠に守ってもらわなくてはいけないだろうが」

保安官はおざなりな握手しかしなかった。自分が、なにをすべきなのかもよくわからずに使いっ走りをさせられた間抜けな男でしかないことに気がついたのだ。

「それはまったくのたわごとだってことは、あんたもよくわかってるんだろう?」

ポープは立ち去ったが、その前に、大統領がじきじきにこの騒動の収拾に手を貸すことを確約しておいた。

38

ラスヴェガス
空港

ポープは、ギルとその部下たちに数分の遅れをとっただけで、空港の格納庫に到着した。そこに着いてすぐ、彼はNSA内部にいる情報源のひとりから、リージュアンがロサンジェルス国際空港で身柄を確保されたことを伝えられ、耐えがたいほどの罪悪感にさいなまれた。彼女がスパイであることをNSAが突きとめるのを許してしまったからだけでなく、彼女が中国のスパイであることを、彼女をCIAに引き入れたときから、ポープは知っていたからだ。この十年間、ポープは彼女を中国の情報網につながる〝導管〟として利用し、自分の大きな計画にそうとは知らず手を貸す共犯者にしてきた。そして、彼女はこちらの狙いどおりの行動をしてきたが、彼自身はそうではなかった。われ知らず、彼女を愛するようになってしまったのだ。そして、愛する女が、たとえ身から出た錆《さび》とはいえ、逮捕されてしまったことは、ひとりの男として――国家に対する責任とは関係なく――自分が最悪の裏切り行為をしでかした気持ちにさせるものだった。

「ところで、尋問はだれがやるんだろう？」クロスホワイトが問いかけた。

「ギルとわたし」ポープは答えた。

「おれも同席したいんですが」

「だめだ」

「理由を訊いてもよろしい？」

ポープは彼の視線を受けとめた。その青い目にはやさしげな感じがあった。

「きみは今夜、ひとりの友を失ったばかりだからだ。それに、きみはよく脱線する男として知られているからね」

「おれたち全員が、今夜、ひとりの友を失ったんです」自分だけは少し立場がちがうと思いつつ、彼は言った。「この隊員たちはみな、おれよりずっと前からタッカーマンの仲間だったんですよ」

ポープは表情を変えなかった。

「きみが反論したという事実は、わたしの決断が適切であることを裏づけるものにすぎない――この決断は最終的なものだ」

クロスホワイトはギルに見つめられているのを感じ、自分が刑務所送りにならなかったのはひとえにポープのおかげであることを思いだして、一歩あとずさった。

「そういうことなら、ファイサルがどんな情報を吐くにせよ、われわれはそれに基づいて行動にかかる準備をしておくのがいいでしょう」

「いい考えだ」とギルが言って、ウィンクを送る。

クロスホワイトが格納庫から出ていくあいだに、ギルはポープがひどく悩ましい顔になっていることに気がついた。

「今夜うまくいかなかったことの責任はすべて、おれが担《にな》いますよ」

ポープが首をふる。

「いや、任務は成功した。ファイサルがここにいるんだからね」

「民間人の死傷者が何人も出ました」ギルは言った。「いずれタッカーマンの身元が確認されるでしょうし、彼とシカゴにおける殺人事件とのつながりが明らかになるかもしれません。おれが、彼の死体をいっしょに運んでくることを主張すべきだったんでしょう」

「タッカーマンもクロスホワイトも、シカゴに行ったことは一度もない」とポープ。「そのように処理がなされているんだ。ルクソールにおける殺人については、大統領の雑務になったので、彼の部下たちが後始末をしてくれるはずだ。われわれの仕事は、RA‐115を発見することだ」彼は尻ポケットからボストン・レッドソックスの野球帽を取りだして、かぶった。「では、取りかかろうか。ミスター・ファイサルはなにをしゃべってくれるだろうね」


法を超越した尋問の第一のルールは、被疑者に嘘をつくことを恐れないというものだ。その序盤において、彼（または彼女）に対し、もとの生活に復帰できる見込みがあると信じさせるのが重要なのだ。つねに効果的とはかぎらないが、尋問者にとっては、情報を迅速に引きだすための最善の一手ではある。

そんなわけで、ギルはまず、ファイサルにこう言った。

「またああいうアメリカ女たちとお近づきになりたいのであれば、RA-115に関して知っていることを洗いざらいしゃべるようにしたほうがいいぞ」

ファイサルは後ろ手にプラスティック手錠をかけられたまま、パイロット用ロッカールームのベンチにすわらされている。あらかじめ外科医がファイサルにアドレナリン注射を打って、意識を回復させ、タッカーマンのフライング・エルボーをくらって鼻が折れた以外は、健康状態に問題はないと彼にはっきりと伝えていた。だが、ファイサルにすれば、健康状態に問題はないという診断はよき知らせとはとても思えなかった。ギルが、必要とあればファイサルを粗暴に扱うことが、はっきりとわかっていたからだ。

「なんのことか、さっぱりわからん」肩をすくめてファイサルが言った。「誓ってもいい」

「ソ連製のスーツケース型核爆弾」ギルは、ありふれたゴミ袋の箱の蓋《ふた》をむしり開けた。「われわれはそれがいったいどこにあるのかを知る必要があり、あんたは――どのみち――それをしゃべることになるんだ」

彼は束ねられているゴミ袋の一枚をひっぱりだし、箱をベンチの上、ひと巻きのダクトテープのかたわらへ放りだした。

「わたしはサウジ王族の一員だ」声を震わせてファイサルが言った。「弁護士と話をすることを要求する」

「王族はすでにあんたを見放している」ポープが嘘をついた。「われわれがあんたの居どころをつかめたのは、どうしてだと思う?」

ファイサルにとって、そのことを知らされるのは最悪の事態だった。王家が自分とアラビ《A》ア《Q》半島のアル《A》カイダ《P》のつながりを知っただけでなく、自分を完全に王族から排除してしまうとは。

ギルは、ファイサルが打ちひしがれた目になるのを見てとった。

「アブドラ王の同意なしに、われわれが王族の一員を拷問にかけると思うのか？」

ファイサルの目に涙があふれてくる。

「あんたらはなにを知る必要があるんだ？」

ギルは彼の頬を痛烈にひっぱたいた。

「それはもう言っただろう、ばか野郎！　核爆弾はどこにある？」

ファイサルが、失禁したのを感じながら首をふる。

「誓って、そのことは知らない！　わたしは資金を供給しただけなんだ。あんたに必要なのは、カシキン——あのチェチェン人だ！　あんたはカシキンを見つけださなくてはいけない。彼があの爆弾をメキシコから持ちこんだんだ」

ポープにはカシキンという名に心当たりがあったが、どこで耳にしたのかが思いだせなかった。そこで、彼はポケットから衛星携帯電話を取りだし、部屋の奥へ足を向けた。

「で、どこに行けば、そのカシキンを見つけられるんだ？」ギルは詰問した。

「見当がつかない」

「よく聞け、くそったれ。いまからちょっと、あんたをひどく不快にするQ＆Aをやってみよう」彼は黒いゴミ袋をひろげ、なかにたっぷりと空気を含ませた。

「やめてくれ！」ファイサルが言った。「カシキンも爆弾も、どこに行けば見つけられるかわからないんだ。わかっていたら、とうにしゃべってる！　わたしが好きこのんで、こんなところにいると思うのか？　彼はあの爆発事件の当日はラスヴェガスにいたが、いまどこにいるかはわからないんだ」

ポープが電話を終えて、ひきかえしてくる。

「あんたは、〝ニューメキシコ事件〟の当日にカシキンと話をしたのか？」

「した！」ファイサルが答えた。「それが最後になった」

ポープがその答えを聞いて、カシキンの電話の声が記録されているはずだと判断した。

「名前だ」ギルは言った。「関与していることがわかっているすべての人間の名前を教えろ」

ファイサルには、アラビア半島のアルカイダ《AQAP》に資金援助していたことを認めると、自分が王族から永久追放になることがわかっていた。そんな身の上になることだけは、なんとしても避けなくてはいけない。

「わたしが接触を持ったのはカシキンだけだ」

ポープが足を踏みだし、どこからともなくアイスピックを取りだして、ファイサルの顔の、折れた鼻のそばに深々と突き刺し、そのまま放置した。

ファイサルが恐怖の悲鳴をあげ、自分の顔になにが突き刺されたのかをたしかめようと目を左右に動かす。

ギルは、ふだんはとても温厚な男がこれほど残忍な行為をやらかしたことにぎょっとして、一歩あとずさった。そのまま放置していると、ファイサルは三十秒ほど悲鳴をあげつづけたあと、子どものように泣きだした。

ポープがアイスピックの柄をつかむと、ファイサルはまた悲鳴をあげた。

「シイッ!」ポープが、恐怖を浮かべたファイサルの目をのぞきこむ。「さあ、よく聞け。よく聞くんだ、ムハンマド。あんたが嘘をつくのをやめないかぎり、何度でもこれをやって、その顔をつぶれたトマトのようにしてやるぞ。わかったな?」

彼はリージュアンのことを考えていた。いまごろは、連邦捜査局の留置独房に収容されて、怯《おび》えていることだろう。

ファイサルは一度まばたきをしただけで、顔から突きだしている木製の柄をポープがつかんでいるのが恐ろしく、身動きひとつできずにいた。

「アルラシード兄弟の」すすり泣きながら、彼が言った。「アクラムとハロウン。AQAPに属するワッハーブ派の狂信者たちだ。彼らが四年前、資金を求めてわたしのところにやってきた。あの爆弾を購入する手助けはしたくなかったが、彼らに脅しをかけられて」

ポープはアルラシード兄弟のことを知っており、その名を耳にしたことでむかつきを覚えた。

「彼らはいまもカナダに住んでいるのか?」

「ああ」

「カナダのどこだ?」

「ウィンザー!」涙声でファイサルが言った。

「けっこう」穏やかにポープが言った。「では、ほかの連中の名前を教えてもらおうか？」

ファイサルが大泣きしはじめ、上目づかいになった顔が涙に濡れた。

「誓って、ほかの連中のことはなにも知らない」

「しかし、あんたはこれまでに何度も嘘をついた、ムハンマド。そんなことを言っても、わたしが信じると思うか？」

「いまは嘘をついていない！」ファイサルが泣き叫ぶ。「頼む、信じてくれ！」アイスピックにつらぬかれた副鼻腔から血と鼻汁が喉の奥へ流れ落ちてくるせいで、息が詰まって苦しく、もがくたびに、鋭いスチールの先端が神経を刺激して、顔面の筋肉をゆがませていた。

「これを抜いてくれ！」

「わたしの目をよく見るんだ、ムハンマド。あんたは嘘をついているとしか思えないので、またこれを顔面に突き刺してやるつもりだ」

「やめろ！」ファイサルが金切り声をあげた。「わたしはほんとうのことを言ってるんだ！」

ポープがファイサルの顔からアイスピックを引き抜く。

「頭を押さえておいてくれ、ギル」

ギルはしぶしぶファイサルの頭部を押さえ、しっかりと固定した。

「やめろ！」声帯がちぎれるのではないかと思えるほど力をふりしぼって、ファイサルが叫んだ。「ほかのことはなにも知らない！　神の愛に誓う！　ほかのことはなにも知らないんだ！」

ポープがちょっとあとずさって、ギルに目を向ける。

「きみはどう思う？」

ギルはもう、アイスピックにもファイサルの誓いのことばにもうんざりしていた。

「彼は洗いざらい吐いたにちがいない」

ふたりは、身も世もなく号泣しているファイサルを床に放置して、ロッカールームをあとにした。

廊下に出ると、ギルは考えこんでいるポープを、不快感を隠しきれない目で見つめた。自分としては、血を流させずにすむ窒息の拷問のほうが好みなのだが、ポープが顔面を刺すというやりかたできわめて迅速に結果を出したことは認めざるをえなかった。

「大統領に電話を入れるべきでしょうか？」彼は問いかけた。「あれを発見するには、カナダに協力を求める必要があるのでは――」

「いや」なかばうわの空で、ポープが言った。「カナダの協力は必要ない。アルラシード兄弟がどこに住んでいるかはとうにわかっている。デトロイトから、デトロイト川を渡ってすぐのところだ」

じっと立って、床を見つめている。

「なにかまずいことが？」

ポープが目をあげた。

「わたしは六カ月前、彼らを危険性の低い《ロー・リスク》人物に分類した」首をふる。「わたしの立場としては、究極の失策――ぜったいに許すことのできない失策だ」

「大統領にどう助言するつもりですか？」

「なにもしない。核爆弾の発見はわれわれの任務であり、われわれがそれをするんだ」

「それはいいとしても」ギルは言った。「大統領としてはカナダの協力を取りつける必要があるでしょう」

「それでは、カナダがことをだいなしにする危険性があるだろう？」ポープが首をふった。

「だめだ。きみときみのチームが川を渡って、アルラシード兄弟をアメリカに連行するんだ。そして、われわれが必要なあらゆる手段を講じて、彼らの処置にあたればいい」

「それは同盟国に対する戦争行為と見なされるおそれがありますが」ギルは言った。

「たしかに、そのおそれはある。まさにそうであるからこそ、大統領は、政府の関与を容易に否定できるチームを選抜したんだ。自分がどういう契約にサインしたかを忘れないように。われわれはみな、使い捨ての人的資産なんだ」

ギルはうなずいた。

「オーケイ。あなたは情報を集め、おれは部下たちにブリーフィングする」彼はロッカールームのほうへ手をふってみせた。「あの男はどうします？」

「あの男のことは忘れろ」心ここにあらずといった調子で、ポープが言った。「いまはもう、あの男はわたしが処理すべき問題だ」

39

ラスヴェガス
空港

　ギルは、カナダに侵入する可能性が高いことをチームにブリーフィングしたあと、クロスホワイトをわきへひっぱっていった。

「これはおれたちだけの話にしておいてくれ」

「オーケイ」

「ポープがファイサルの顔面にアイスピックを突き刺した」

　クロスホワイトが思わず上体をのけぞらせる。

「どういうことだ？　詳しく話してくれるか？」

「彼があの野郎の顔面にアイスピックを突き刺したってことだ」

「なんだって！　それでうまくいったんだろうな？」

「そう言っていいだろうよ」ギルは片手をのばした。「煙草を一本くれ」

「いつになったら自分で買うんだ？」

「あんたのを全部、吸ってからだな」ギルは煙草に火をつけた。「彼になにか起こってる」

「ポープに？　それともファイサルに？」

「ポープに。なにかにいらだってる。さっきはあの男の顔面を刺し、こんどは大統領に諮《はか》りもせず、おれたちにカナダへの侵入を命じたんだ」

「大統領の頭ごしにか？」

「おれたちはぜったい、川のあちら側で捕まらないようにしなくてはならないってわけだ」

数分後、装備を整えたところで、ギルは、もしかしてマリーが電話をかけていたかもしれないと思って、iPhoneをチェックすることにした。

入っていたヴォイスメールを聞き、すぐに彼女に電話を入れる。

最初の呼出音で、彼女が出てきた。

「ギル？」

「だいじょうぶか？」

「うん」とマリー。「いまどこにいるの？」

「ネヴァダだ」

「急いでこっちに来られる？」

「それはむりだ」彼は言った。「どうかしたのか、ベイビー？」

彼女は、すぐに答えようとはしなかった。

「マリー、どうかしたのか？」

「電話じゃ話せない。なぜ家に帰れないの？」

「それは――職務中だからだ」

「なによ!」彼女が言った。「いったいなにをやってるのか、一度ぐらいは教えてくれてもいいんじゃない? あなたはもう海軍のために働いてるわけじゃないんでしょ」

ギルは、はたと気がついた。なにかおそろしくまずいことが起こったのだろう。

「ママのことか? なにかあったのか?」

「ギル、いったいどんな重要な職務をやってるのか、教えて!」

その金切り声を聞いて、ギルは胃の腑《ふ》が冷たくなるのを感じた。

「おれは核爆弾を探してるんだ!」彼は思わず口走っていた。「これで満足したか? おれは機密情報を携帯電話でしゃべってしまったんだぞ! さあ、なにがあったんだ、ハニー? ぐずぐずしている暇はないんだ」

彼女が黙りこむ。キッチン・テーブルの前にすわり、両手で頭をかかえこんでいる姿が目に浮かんできた。そばの椅子にオツがすわって、悲しげな声を出しているだろう。

「マリー、頼むから、なにがあったのか話してくれ」

彼女が激しくすすりあげ、泣いていたのがわかった。

「ベイビー、頼むから話してくれ」

「ここにひとりの男がやってきたの」ようやく彼女が口を開いた。「あの尾根の上に――ライフルを持って」

脈がひとつ飛んだが、ギルはなんとか冷静さを保った。

「その男はまだそこにいるのか?」

「わたしが撃ち殺したわ、ギル。寝室の窓から撃って、厩舎《きゅうしゃ》のなかにその死体を隠したの」

ギルの目に涙があふれてきた。妻はもう二度と、これまでと同じ人間ではいられないことがわかったからだ。今後の人生はつねに過酷なものになるだろう。いままでは穢《けが》れのない女性でいられたのに、これからは過酷な人生を送らなくてはならないのだ。

「愛してるよ」そっと彼は言った。「どういうことだったのか教えてくれ」

二十分後、話を聞き終えたところで、ギルはiPhoneを切って、家族の旧友のひとりに電話をかけた。自宅の谷向こうにある土地で牧場を経営している、バック・ファーガソンという男だ。ギルは、なにがあったかをバックに伝え、自分がそこに行くまで、マリーとその母親の身の安全に気を配っておいてもらえないかと依頼した。

「もちろん、かまわんとも！」バックが言った。「いますぐ、息子たちを引き連れて出かけよう」

その手配をすませると、ギルは格納庫のなかを歩いて、ポープのところへ行った。ポープは衛星携帯電話で、国務省のだれかとなにやら話をしていた。

「いますぐ、話をする必要がありまして」

ポープがギルの目つきを読みとって、手短に電話をすませる。

「なにかあったのか？」

「モンタナに行かないといけないんです」

「どこにだって？」

「モンタナに」

ポープが、この予想外の展開を理解する手がかりを探し求めるかのように、格納庫のなかを見まわす。

「ギル、理解できない。われわれは一時間もしないうちに、空路でデトロイトに向かうことになっている。ついいま、グロッセ・アイルの飛行場に着陸する許可を得たところなんだ」

ギルは、牧場でなにがあったかをポープに説明し、死んだ暗殺者のノートPCをマリーが持っていることを話した。

「彼女はそれのハードディスクにアクセスできるのか？」

「パスワードで保護されているそうです。それと、その暗殺者はアラブ人ではないらしい。マリーの話では、ドイツのパスポートを持つ白人だとのことで。となると、おそらく、そいつはチェチェン人でしょう。もしそいつが――」

「そいつが核爆弾とつながってくるかもしれない」ポープが、ギルに代わって推測をおこなった。「オーケイ、よく聞いてくれ。きみをモンタナに行かせるわけにはいかない。このようにしよう。州兵空軍のヘリを牧場へ派遣して、そのコンピュータを回収させ、モンタナ州のグレイトフォールズ州兵空軍基地へ搬送させる。そこで、オレゴン州兵陸軍第一八六連隊のF‐15に積み替えて、デトロイトに着いたわれわれのもとへ運ばせる。それが、そのコンピュータをわれわれが入手するための最速の方策だ。マリーに、いつでも出発できるようコンピュータとパスポートを持って、ヘリの到着を待つようにと伝えてくれ」

ギルは、マリーの精神状態はもとより、法的な部分についても案じていた。

「マリーが男を射殺したことに関して、大統領にどう説明するつもりですか？　彼女は警察を呼ばなかったんです」

「事実を話す」肩をすくめてポープが言った。「ほかに手があるかね？」

「それで、もし大統領が司法長官に彼女の訴追を命じたら？」

ポープが笑みを浮かべて、ずれていた帽子をかぶりなおす。

「彼はそんなことは考えもしないだろうよ。それどころか、おそらくは彼女をホワイトハウスに招いて、名誉勲章を与えようとするだろう。きみにも予想がつくはずだが、彼は英雄的なシャノン家の家族によろこんで国家最高の栄誉を授けるにちがいない」

ギルはそっけない笑みを返した。

「たまにはおれをもちあげておこうって魂胆ですか？」

ポープが笑った。

「きみはわたしの父を連想させる男だね」

40

デトロイト

黒いライフル・ケースを携えたアクラム・アルラシードが、デトロイトのとある倉庫に入っていき、テーブルの上にそれを置く。テーブルの前には、アメリカで生まれ、みずからの意志でアルカイダに参加した十八名の男たちがいた。彼らのほとんどが、広大なデトロイト都市圏に居住するムスリムたちのなかからリクルートされた〝新兵〟だった。全員がアラブ系で、その半数ほどはアメリカ軍に所属した経験がある。最年少は十八歳のタヒールで、もとは無神論者だったのを、アクラム自身が説得して、サラフィー主義者に改宗させたのだった。改宗した狂信者ほど過激な狂信者はいないというわけで、アクラムはだれよりもタヒールを信頼しており、タヒールはすでに、自爆テロ用ヴェストの着用を志願していた。

その新兵たちに混じって、もうひとり、十九人めの男がいたが、彼はアラブ人ではなかった。ムスリムですらなかった。緑色の目と赤毛の持ち主で、デュークのニックネームで通っている。彼はカネのみで動く、アメリカ人傭兵なのだ。そのため、彼はこの集団のなかでもっとも信頼されない男ではあるが、元アメリカ海兵隊隊員およびデトロイト市警ＳＷＡＴチーム巡査部長という経歴によって、価値ある男と見なされていた。
デュークが市警をクビになったのは、デトロイト市が財政破綻《はたん》を来《きた》して連邦破産法九条の適用を申請してまもないころだった。市が退職公務員年金に関する組合との調停を拒否し、給料と給付金の削減を決めたことに、彼は嫌気がさし、ファビュラス・ジェイと自称する地元のならず者のために、週末に内緒でナイトクラブのボディガードをするようになった。それは実入りのいい仕事でもあったが、やがて、ある男がナイトクラブのＶＩＰルームでファビュラス・ジェイを撃ち殺してやろうという気になった。その男の放った一発めの弾がジェイの肩に当たり、デュークはそいつの胸板に四〇口径弾を二発連射《ダブルタップ》でたたきこんで、撃ち倒した。

その撃ち合いが徹底的に捜査されて、デュークがその夜、ナイトクラブに居合わせた理由は嘘であったことが判明し、その結果、彼は十九年間にわたって勤めあげた職をクビになり、年金や給付金のすべてを失うことになったのだ。

アクラムが警察内部にいるスパイからデュークのことを聞きつけ、デュークがフォークリフトの運転という職にありついた廃棄物処理場《ジャンクヤード》を訪れた。雇われガンマンの仕事をすれば週給二十五万ドルがもらえるという取り決めは、デュークにはすばらしいものに思えたので、その場ですぐ話にのり、ボスにひとことの断わりもなく職場を立ち去ったのだった。

いま、その赤ら顔の元警官は、両手を頭の後ろで組んだ格好で、折りたたみ椅子にもたれてすわっている。黒のズボン、戦闘ブーツ、黒いアンダーアーマーのＴシャツという姿だった。チームのほかの面々は、彼とかなり間隔を開けてすわっている。彼を恐れているからではなく、ムスリムたちのなかに異教徒がいることが気にくわないからだった。彼らが不信感を持つ理由はほかにもあった。デュークは、彼らの全員が核爆弾に関わっていると信じていることをあからさまに示すのだ。かといって、そのことで彼らに憤慨しているようには見えなかった。それどころか、そのことをジョークの種にする始末だった。

「ヘイ、アクラム」デュークが問いかけた。「木っ端微塵《みじん》になるのはどの都市なんだ？　好奇心でそれを知りたがってるやつが何人もいるだろう」

アクラムはライフル・ケースを開きながら、そっけない笑みを返した。

「前に言ったように、あの爆弾の扱いはチェチェン人が担《にな》っている。われわれはあれにはまったく関与していないんだ」

「へえ？　じゃあ、いったいどうやって、デトロイトはターゲットにならないことを知ったんだ？」

アクラムの目が、爬虫類《はちゅうるい》のように無感動になる。

「われわれはなにも知らない」

デュークは一瞬しらっとしただけで、すぐにそれを笑いとばした。

「おれはどの都市がやられるのかが知りたくて、うずうずしてるんだ。映画よりずっとすごいことになるだろうしな」

チームにはほかにもひとり、元海兵隊員がいて、その男はいまも自分が傭兵の身になったことに強い不満を覚えていた。アバドという名の男で、いまだに軍人風に髪を短くカットしている。

「あんたはなにも気にかけちゃいないってことを、われわれが真に受けると思っているのか？」アバドが完璧なアメリカ英語で問いかけた。

デュークがそちらへ顔を向ける。

「おれが気にかけてるのは、たったひとつでね。カネをもらって、ブラジルに移り住み、あそこのホットな女たちをたっぷりとものにすることさ。そうなったときにゃ、この国がまるごとばらばらにふっとばされようがどうなろうが、おれの知ったことじゃない。十九年も勤めあげたあげく、おれはいったいなにをもらった？　金持ちどもが街を破産させやがったんだ。くそ野郎どもが！　だから、おれはなにも――」

「もうじゅうぶんだ」穏やかにアクラムが口をはさんだ。「デュークは、ほかのみんなと同じく――本人は気づいていないとしても――アラーの戦士なんだ。神の意志が働かないかぎり、なにも起こりはしない」

新兵たちの全員がアラビア語が流暢《りゅうちょう》というわけではないので、彼は主に英語で話すようにしていた。

アクラムはケースからライフルを取りだし、それの二脚をのばして、テーブルに置いた。

デュークがひゅうと口笛を吹いた。

「ほう、できのいい武器じゃないか」

アクラムはほほえんだ。

「この銃に詳しいのか？」

「詳しいに決まってるだろう。そいつはマクミランTAC‐50だ」TAC‐50は、主としてカナダ軍に用いられているが、アメリカで製造されている五〇口径のスナイパー・ライフルだ。デュークがそれをよく見ようと、荷箱にのせていた両足を床におろして、身をのりだす。「しかも、油圧式反動軽減銃床が取りつけられたTAC‐50A1R2のように見える。当ったか？」

アクラムは感心した。

「これを撃ったことがあるのか？」

「R2はないが」デュークが言った。「A1なら、何度も撃ったことがある。この肩に担《かつ》ぐ大砲みたいな銃でだれをふっとばす計画なんだ？ 大統領か？」

「もしイエスと答えたら、あんたはなんと言う？」

「こう言うさ。〝水平および垂直微調整《ウィンデージ・アンド・エレヴェーション》、ミセス・ラングドン！〟」彼は大声で笑った。ほかの連中もつられて笑うだろうと予想していたが、目に入ったのは無表情に見つめてくる顔ばかりだった。「あ、そうか、そうだった」残念そうに彼は言った。「おまえらは若すぎるから、あのデュークのことを知らないんだな」

「だれのことだ？」タヒールが尋ねた。

「ジョン・ウェインのことさ、このうすらばか。いまのは『大いなる男たち』って映画に出てくる台詞《せりふ》だ！ ここには乳離れしてないガキみたいなやつしかいないのか！」

若いタヒールが、怒りに目をぎらつかせて立ちあがる。

「すわれ！」アクラムは命じた。

タヒールがすぐにすわりなおし、両脚のあいだから床を見つめる。

アクラムは、父親が息子に不快を感じたようなまなざしをデュークに向けた。

デュークがぎょろっと目をまわし、椅子にもたれこんで、また荷箱に両足をのせる。

「ウィンデージ・アンド・エレヴェーション」くくっと笑いながら、彼がつぶやいた。

「全員、傾聴せよ」アクラムは、元サウジ海軍の将校らしい姿勢を取りなおした。「われわれのターゲットはきわめて危険なやつだ。われわれは高度に熟練した工作員にその男を追わせてきたが、その工作員は報告を送りかえすことができずじまいになった」

デュークが急にまじめな顔になって、足を床におろした。

「ターゲットは軍人なのか？」

「ああ、そうだ」アクラムはそのようすを見て、やはりこの男は、デュークと呼ばれるだけのことはあると判断した。「それどころか、元SEAL隊員――あんたの国で最高の兵士のひとりだ。名前は、ギル・シャノン」

「冗談はよせ。あれは名誉勲章を授与された男だろう？」

「それがなにか支障になるのか？」

デュークの目がぎらつきだす。偉大なギル・シャノンを仕留めることを考えて、アドレナリンを注射されたように全身に力がみなぎってきたのだ。

「このTAC‐50をおれに持たせてくれたら、そんなのはなんの支障にもならんことをわからせてやるぜ」

「いいぞ」アクラムは満足して言った。「この銃はおれが持っておくが、万が一、おれになにかあったときのために、みんなにもこれに慣れさせておきたい。デューク、あんたは自分のライフルを持参してるよな?」

デュークが椅子の上で姿勢を正す。

「M40A3ボルトアクション・ライフル。海兵隊時代に携えていたのと同じ銃だ」

アバドが彼をもっとよく見ようと、身をのりだしてきた。

「あんた、海兵隊だったのか?」

「ああ。それがなにか?」

「どの師団?」

「第二」

「おれは第一だった」

「それなのにジョン・ウェインを知らないってのは、どういうことだ?」

「ジョン・ウェインを知らないとはひとことも言ってない——ひとに悪態をつくのはやめてくれ」

「なにが気になるんだ? おまえはムスリムだと思ってたんだが」

「それでも、悪態は悪態だ」

「いいかげんにしろ!」アクラムは言った。デュークの不作法さは困ったものだが、それに関しては手の施しようがないことはわかっていた。「いまこの時点から、軍人としての規律を求める。それがどういうものかは、みんなにもよくわかっているはずだ。われわれはこの朝、私有ジェット機でモンタナへ飛ぶ」

彼はデュークに目を向けた。

「あんたの友人のパイロットは、報酬の半分を前渡しされているはずだが？」

「よし。さっきおれに話したことを、いまみんなに話してもらうようにしたほうがいいだろう」

デュークがうなずいた。

デュークが椅子をまわして、ほかの面々のほうへ顔を向ける。

「よく聞け。そのパイロットはオーストラリア人《オージー》で――おれと同じ傭兵だ。この土地の人間じゃないし、残金をもらったら、ここにはいなくなる。だが、われわれがもくろんでいることは、いっさい口にするんじゃない。オージーの連中は、なにをするかわからんからな。やつらはべろんべろんになると、だれかれなしに仕事のことをしゃべってしまう。だから、彼に知られることが少なければ少ないほど、われわれには好都合ってことだ。口に蓋《ふた》をして、任務に専念するんだ」

「よきアドヴァイスだった」アクラムは言った。「いまの助言をしっかり守るように」

彼は、デュークにもうひとつ建設的なことをやらせることに決めた。

「デューク、こっちに来て、この銃の扱いかたをみんなに教えてやってくれないか？　おれよりあんたのほうが適任だろう」

デュークがにやりとして、立ちあがる。

「やっと、おれにもよくわかる話をしてくれたな」

アクラムは部屋の後方にすわり、デュークが銃を分解して、その作動のしかたを実地に教えるのを見守った。そうしているうちに、心が別のところへさまよいはじめた。中東のひとびとは古代から、西欧列強との戦いにおいて西欧人の傭兵を雇ってきた。その始まりは、ギリシャとペルシャの戦いにおけるギリシャ人だ。アクラムは、自分たちが助けを必要としていることを認めるのは癪《しゃく》に障ると思ったが、カシキンの爆弾のことを考えて、その気持ちは胸におさめておいた。

あの爆弾で力の均衡を生みだしてやるのだ、と彼は自分に誓った。西欧経済を崩壊させるための最初のドミノが倒れ――つぎからつぎへとドミノが倒れていく。自分が究極の勝利を目にすることはないだろうが、そんなことはどうでもいい。おれが一個分隊を率いて、その戦いの火ぶたを切ってやる。

銃の扱いかたの指導がすむと、アクラムはタヒールを別室に連れていった。内々で礼拝をおこなうためという口実だったが、その若者がドアを閉じるなり、彼は平手打ちをくらわせた。

「おまえはなにを考えてるんだ？　あんなにやすやすと異教徒の挑発にのってしまうとは」

タヒールが床に目を落とす。

「なにも考えていませんでした。すみません、先生」

「思慮のない狂信者は、わたしの役に立たないし――ましてやアラーのお役には立たないぞ。理解したか？」

「はい、先生」

「おまえは殉教者になりたいんだろう？　それなら、誇りが心を満たしていて、ただのばかでしかないやつから子どもじみた侮辱を受けても無視できるのではないか？」

アクラムは失望したように首をふったが、内心では、この若者が無害な失態をやらかしたことをよろこんでいた。それが、この若者を辱《はずかし》めるための口実になったからだ。こうしておけば、いざその時が到来したら、若者はさらに決然と自爆攻撃を遂行できるようになるだろう。

41

アイオワ州上空

アイオワの上空にさしかかったころ、ギルとポープはパイロットと話をするため、貨物室のラダーをのぼって、C-5ギャラクシーのコックピットに入っていった。空軍少佐がシートから腰をあげて、コックピットの後方へ歩いてくる。

「どういうご用件でしょう、おふたかた？」

ギルは彼にデトロイトの地図を見せ、デトロイト川の中州、グロッセ・アイルを指さした。長さ六マイル、幅二マイルほどの島だ。

「デトロイトの上空に達したら、少佐、グロッセ・アイルの海軍航空基地《NAS》に着陸してもらいたい」

パイロットが見つめてくる。

「グロッセのNASは四十年以上前に封鎖されましたが」

「いまも市営空港として使われているよ」ポープが言った。「着陸許可はすでに得ている」

「しかし、ミスター・ポープ、あそこの滑走路は長さが不足しています。川のほんの少し上流に、セルフリッジ空軍基地があります。そこに着陸してはいかがでしょう」

「セルフリッジは、ターゲット・エリアの五十マイル北にあたる。グロッセ・アイルは三マイルと離れていない」ポープがあの少年のような笑みを浮かべた。「単純な算数の問題だよ、少佐」

「しかし、申しあげておりますように、あそこは滑走路の長さが不足していますので」

ポープが地図を航空士《ナヴィゲーター》のコンソールに置き、肩にかけた黒いサッチェルバッグからiPadを取りだした。

「このなかに、C-5ギャラクシーの操縦マニュアルがまるごとおさめられていてね。この機が着陸に必要とする滑走路の長さは三千六百フィートたらずで、グロッセ・アイルの滑走路の長さは四千八百フィート以上ある」

「それは事実ですが、離陸する際には八千四百フィートの長さが必要になります」

「離陸はわれわれの問題じゃない」ギルは言った。「われわれは所在不明の核爆弾を見つけださなくてはならないんだ」

パイロットが見つめてくる。

「わたしが受けた命令には、この機を危険にさらすことは含まれておりません」

ポープが尻ポケットから衛星携帯電話を取りだした。

「少佐、わたしはこのボタンのひと押しで、アメリカ大統領と話ができるんだ。じかに顔を合わせたこともあるが、彼は気持ちが動揺しているときは、あまり理性的になれない男でね。わたしは若いころ、エア・アメリカに所属してC-130を飛ばしていたから、この機を安全にグロッセ・アイルに着陸させられることはわかっているし、それはきみにもよくわかっているはずだ。いま大統領のそばにいるブラッドショー大佐にも、そのことがわかっていると考えるのが妥当だろうね」

少佐が腰に両手をあてがう。

「それは、二十億ドルもする航空機を中古車置場ほどしかないちっぽけな島に座礁させるようなものであることは、ご承知でしょうね」

「これが参考になるかどうかはさておき」ポープが言った。「わたしは適切な長さのないジャングルの滑走路に着陸したことが何度かある。きみたちがこの機の重量をぎりぎりまで減らして、エンジンを限界までまわせば、滑走路の終端で離陸することができるにちがいない」

「わたしがコックピットにいるかぎり、そんなことはさせません」

ポープが衛星携帯電話をさしだした。

「これで電話をかけたら、どういうことになるだろうかね、少佐？」

パイロットが肩をすくめた。

「命令は命令です、ミスター・ポープ。グロッセの空港に着陸しましょう」

42

南カリフォルニア
エドワーズ空軍基地

「デトロイトのどこかに、アルラシード兄弟はいるのだろう？」大統領がティム・ヘイゲンに問いかけている。「あそこへＦＢＩを派遣して、追わせてはどうだ？　すでに一度、ラスヴェガスで危険な作戦をやったわけだから、失敗を恐れず、またやってみる必要があるのではないか？」

　そのそばで電話に出ていたクートゥア将軍が、受話器を置いた。

「大統領、たったいまＮＳＡが、アルラシード兄弟はデトロイトにいないとの情報を伝えてきました。彼らはいま、デトロイト川の島、グロッセ・アイルの対岸にあたるオンタリオ州アマーストバーグにおります。ＮＳＡは彼らを監視人物リストからはずしていたそうで、どうやらポープも今年の初めごろ、このテロリストどもを——ロー・リスクの人物に分類していたようです」

「つまり、ポープも失策を犯すというわけか」苦い胃液が食道に逆流してくるのを感じつつ、大統領は言った。「わかった。で、例の航空機はいまどこを飛んでいるのかね？」

「グロッセ・アイルに着陸しようとしているところです」

大統領はブラッドショー大佐に目を向けた。

「ポープに電話を入れてくれ」

「イエス、サー」

ブラッドショーが電話をかけ、六十秒後にポープが出てきたところで、大統領が通話を引き継いだ。

「ポープか？」

「はい、大統領」

「きみたちは、カナダに入ってはならない――くりかえす、入ってはならない。了解したかね？」

ちょっと間があった。

「はい、大統領」

「このあとすぐ、わたしがカナダの首相に電話を入れる。きみたちは、カナダの当局がアルラシード兄弟の身柄を確保して、グロッセ・アイルにいるきみたちに引き渡すのを待つんだ。わかったか？」

「はい、大統領」

「これは真剣な話だ」大統領は言った。「今回、われわれが相手にするのはアフガニスタンではない。カナダなんだ！」

「われわれはここで待機します、大統領」

「そうしてくれ」大統領は電話を切って、クートゥアに目を向けた。

「彼がわたしの言うことを聞く見込みはどれくらいのものだろう？」

クートゥアは考えた——あの御しがたい連中をひきずりこんだのはあなたですよ。彼らのことはあなたにお任せするのが筋というものでしょう。

「大統領、彼がいまの命令に従うだろうと想定できる根拠はなにもありません。即刻、FBIに、あのチーム全員の身柄を確保せよとの命令を下し、その要員をグロッセ・アイルへ派遣することをお勧めします」

大統領は椅子から立ちあがって、ズボンをずりあげた。

「それをしよう」

彼はティム・ヘイゲンに目をやって、ドアのほうへ顎をしゃくった。ふたりが廊下へ足を踏みだす。

「いまから、これはFBIの作戦とする」大統領は言った。「CIAのシュロイヤーに連絡を入れ、ポープに与えた許可はすべて取り消しになったと伝えるように。あの男は、いまこのときをもって解任した。それと、FBIに対し、リージュアン・チョウとの関係について尋問するために、彼の身柄を確保するようにと伝えてくれ。いいか、ティム！」彼は声を低めた。「彼はまた、本気で他国への侵入をくわだてているんだぞ！」

「もしカナダが失敗したらどうされます、大統領？」

「なんだって？」

「大統領、これは時間の浪費です。RA‐115がいつなんどき爆発するか、われわれにはまったくわからないのです。ポープはいま、アルラシード兄弟と川をはさんですぐのところにおります。彼に任せれば、一時間以内に彼らをつかまえてくれるでしょう」

「まさか、きみの助言は──」

「大統領、わたしは、ポープがあなたの直接命令をはねつけるのを許すことを助言します。ターゲット・エリア上空に監視ドローンを配することは、一時間たらずでできます。そのようにすれば、カナダの首相に電話を入れて、わが国の特殊作戦チームが逸脱行為をしたことを伝えるのは、ぎりぎりまで先送りにできるでしょう。われわれの通達を受けて、RCMPがターゲット・エリアに入ってくるころには、シャノンのチームはすでにアルラシード兄弟を確保してグロッセ・アイルにひきかえしているはずです」RCMPというのはカナダ騎馬警察隊の略称だ。「そして、われわれはあの兄弟を確保して、核に関する情報を可能なかぎり引きだせるようになるだけでなく、ポープとシャノンの両名を本来の居場所へ戻らせることもできるというわけです」ヘイゲンがにやりとする。「もちろん、そのようにはせず、両名をカナダに引き渡すという選択もあります。そうなれば、このあと二、三十年ほど、われわれが彼らに悩まされるおそれは完全になくなるでしょう」

「まったく、きみは腹黒い男だな」大統領は手で腹を押さえた。あの焼けるような感触が喉まであがってきていた。「オーケイ。ポープはわたしの命令に従わないと想定するんだな？で、どうなると？」

「それは一時間以内にわかるでしょう。彼が命令をはねつけたら、われわれはぎりぎりまで待って、カナダの首相に電話を入れ、最善の結果となるのを待つだけのことです」

大統領はその計画をじっくりと考え、欠陥はどこにも見当たらないと判断した。

「クートゥアは快く思わないだろうな」

「失礼ながら、大統領、あの将軍が快く思うかどうかなどと気になさるいわれはなにもありません。彼は兵士であり、あなたに命じられたことをなすのが彼の職務なのです」

43

モンタナ

六十七歳になったバック・ファーガソンは、マッガスリー牧場の谷向こうにある土地で三人の息子たちとともに牧場を経営している。ファーガソン家は、バックの父親の代からの海兵隊一家であり、第二次世界大戦時にガダルカナル島の激戦を経験した父親を含め、全員がかつては第一海兵師団の兵士だった。バックはヴェトナム戦争に遠征して、クアンティン省で戦った。長男のハルは第一次湾岸戦争で〈砂漠の嵐作戦〉に従事し、弟のふたり、ロジャーとグレンはどちらも、少し前にイラクとアフガンに遠征した経験がある。

彼らが赤いニッサン・キングキャブに乗ってマッガスリー牧場に到着したちょうどそのとき、州兵空軍のヘリ、カイオワが、カシキンのコンピュータとパスポートをグレイトフォールズ州兵空軍基地へ搬送するために飛び立っていった。カウボーイ姿の彼らが、AR-15を手に持って立ち、ヘリが飛び去っていくのを見送る。ファーガソン家の男たちは、ほかのなによりもハンティングとフィッシングが大好きという、スポーツと銃の愛好家なのだ。

オソがマリーのそばを離れて玄関ポーチを駆けくだり、彼らを出迎える。昨夜とは打って変わって、吠えたり跳ねまわったりと、熱狂そのもののようすを見せた。

　バックがポーチへの階段をのぼっていき、マリーとハグをした。

「調子はどうだい、ダーリン？」

「だいじょうぶ」彼女は言った。「あなたに会えて、ほんとうによかった。来てくれてありがとう。そんな必要はないとギルに言ったんだけど、彼が電話をかけると言い張って」

「電話をしてくれてよかった」とバック。「もし彼が電話してこなかったら、かんかんに怒ってたところだよ」

　マリーは笑みを返して、彼の腕を取り、家のなかへ導いた。ジャネットが、ハグと頬へのキスで彼を歓迎する。そのふたりは何年も前、まだバックの息子たちがハイスクールの生徒だったころ、しばらくデートを重ねた間柄だった。

　彼女がバックの背中をぽんとたたく。

「いまもよく引きしまってるみたいね、カウボーイさん」

　バックがくくっと笑う。

「見かけ倒しかもしれないぞ、ジャン。えらく歳を食ったような気がしてる――しかし、今夜はちがう。今夜は四十年ばかり若返ったような気分なんだ」

「コーヒーを淹《い》れるわね」

「いいね」バックがマリーに目を向け、声を低めてつづけた。「あんたが仕留めたという異教徒がどんなやつなのか、見てみようと思うんだが？」

「そうね」重い声でマリーは言った。「ママ、わたしたち、ちょっと外に出てくるから」

「いいわよ!」ジャネットがキッチンから声を返してきた。

マリーはバックを連れて裏手にまわり、牧場を通りぬけて、木の枝が山のように積みあげられている場所へ行った。息子たちがあとにつづいてやってきたところで、バックがビニルシートをはがし、フラッシュライトの光でカシキンの顔を照らす。シートをかけなおして、フラッシュライトを消した。

「わしと同じくらいの歳の男を送りこんできたというのは、妙な話だ」彼がつぶやいた。

「それがそいつらにとって最善の策だったってことなんだろうか?」

「だれが引き金を引こうが、銃弾にとっちゃ関係のないことさ」ハル・ファーガソンが言った。「こいつはどんなライフルを持ってたんだ、マリー?」

「ギルに説明したら、モーゼルだと言ってた」

ハルがうなずき、嚙《か》み煙草の汁をぺっと吐きだす。

「いい銃だ。この老いぼれは自分の仕事をよく心得てたんだろうが」弦月《げんげつ》の光の下で、彼がほほえんだ。「あいにく、あんたのほうが上手《うわて》だったってわけだ」

マリーは、誇りも達成感も覚えておらず、自分がたいせつにしているものを守るために必要なことをやっただけだと感じていた。

「だれかライターを持ってないかしら?」

バックがポケットからライターを取りだす。彼女はそれを受けとり、木の枝の山の中央に準備しておいた火口《ほくち》と焚《た》きつけに点火した。ビャクシンの枝はすでに乾燥しているが、樹液は残っているので、すぐに枝の山に火が移って、燃えはじめた。

「わしがなにか祈りのことばを言ったほうがいいか？」バックが問いかけた。

マリーは首をふった。燃えさかる炎がその顔を明るく照らしていた。

「こいつはわたしの夫を殺しに来たの——その報いを受けて、地獄へ直行すればいいのよ」

44

ミシガン州
グロッセ・アイル

ポープがC-5の貨物室に立ち、考えこむように、手に持った衛星携帯電話を見つめている。

「彼はなにを言ったんです?」ギルは問いかけた。

「われわれがやろうとしていることが、あちらに知られてしまった。大統領がカナダの首相に電話を入れるので、それまで待てという命令を受けたんだ」

「くそ」クロスホワイトがつぶやいた。「こっちは、一時間たらずでアルラシード兄弟を確保できるようになったのに。カナダの連中を急がせるためだけでも、かなりの時間がかかるでしょう。大統領は時が刻々と失われていくことがわかってるんでしょうか?」

「当然、わかってるだろう。だから、わたしはこれは罠だと考えている」

ギルはちらっとクロスホワイトに目をやった。

「どんな罠だと?」

「アフガニスタンであの任務を成功させたあと」ポープが言った。「われわれは、従うべき命令に応じない傾向のある連中だと思われるようになっているにちがいない。そうであるからこそ、あの爆弾を追う役目がわれわれに押しつけられたんだ。航空機は不安定になるにつれ、操縦の技術がより必要になってくる。それと同じ理屈だ」彼は野球帽を脱いで、頭をかいた。これはティム・ヘイゲンの差し金であることが見えはじめてきた。「きみはどう思う、ギル？　なんであれ、彼らのところへ忍び寄って、かっさらうのがいいか？　わたしの考えを率直に言うならば、大統領はそんな命令を出すことはできないと知りつつ、われわれがそれをするのをあてにしているのだろう。そうしておけば、もしなにかまずいことがあっても、彼は政府の関与を否定できるからね」

「おれが二名を引き連れ、ゾディアック・ボートで行きましょう」

「いや、それより、きみに代わって、クロスホワイトを行かせたほうがいい」ポープが言った。その意味合いは明らかだった。

クロスホワイトが無頓着《むとんちやく》に、にやっとギルに笑いかけてくる。

「おれがこのなかでいちばん、関与を否定しやすい男だからな」

「トリッグとスピードを連れていけ」ギルは言った。「この隊のなかでは、彼らがいちばん操船に秀でている。あんたは泳げるんだろう？　〝スネークイーター〟の訓練所では水泳を教えないなんてことはないだろうな？」

〝スネークイーター〟というのはグリーンベレーの俗称だ。

クロスホワイトがさも憤慨したように中指を立ててみせてから、アルファに声をかける。

「ゾディアックをふくらませて水に浮かべるのに、どれくらいの時間がかかる？」

「十五分」

「トリッグとスピードに準備をさせてくれ！」

「アイ、アイ！」

クロスホワイトがギルとポープのほうへ向きなおる。

「この分遣隊にはどういう装備が許されるんだ？」

「丸腰」ギルは言った。「川向こうの土地に行き、アルラシード兄弟の居場所を偵察するだけだ。もしやつらのどちらかをかっさらえそうに見えたら、そいつをひっぱってくる。そうでない場合は、手出しはいっさいするな。いかなるリスクも冒してはならない。手ぶらで帰ってきても、どうということはない。われわれはなんの任務も遂行していないふりをして、大統領がカナダの首相をうまく丸めこめるかどうか、結果を待つだけのことだ」ポープのほうへ身を向ける。「F‐15はあとどれくらいでここに到着するでしょう？」

「もうまもなくだ」とポープ。「それが到着するまでに、われわれがアルラシード兄弟のどちらかを確保できているかどうか。もしできていなければ、例のノートPCが最終的かつ唯一の有望な手がかりということになるだろう。わたしは、われわれの持ち時間は急速に失われていると考えているんだ、諸君」

45

デトロイト川

三名のSEAL隊員が黒いゾディアック・ボート、F470CRRCを夜の闇のなかへ漕ぎだす。クロスホワイトがリーダーとして前方左舷側に、トリッグが前方観測員として艇首に乗っていた。クロスホワイトがリーダーとして……スピードが艇尾に乗って、舵取りと五十五馬力のエンジンの操作にあたることになった。全員が黒ずくめの身なりで、その下には、捕獲をまぬがれる必要が生じた際に備えてアンダーアーマーのコンプレッション・シャツとパンツをつけていた。足に履《は》いているのは、アビスのコア77ブーツ。これは、特にSEALのために設計されたもので、両側面と底に水抜き穴がしつらえられている。全員が暗視ゴーグルを装着していたが、武器はなにも持っていなかった。

彼らがエンジンを駆動し、航跡をほとんど残さずに狭い入江を通りぬけていく。クロスホワイトが、アルラシード兄弟の現住所の位置が正確にプログラムされた携帯GPSをモニターしていた。対岸までの距離は二マイルほどだが、陸が視認できてからの距離は半マイルもない。作戦計画は単純だった。兄弟のどちらかを――なんであれ必要な手段を講じて――かっさらい、手足をプラスティック手錠で拘束して、口にダクトテープを貼《は》り、丸めた絨毯《じゅうたん》を運ぶようにしてボートに乗せる。

スピードがゾディアックを操船して、高架道路のイースタンリヴァー・ロードの下をくぐりぬけたところで、エンジンの回転をあげ、デトロイト川の開けた水面に乗り入れた。対岸へ直線コースで行くことはできない。彼らは北へ四分の三マイルほど迂回して、ボブロ島の先端をかすめすぎ、それからふたたび南へ転じて、川岸の住宅地区に設定した上陸地点に到達した。ゾディアックを、私有ドックの小型キャビン・クルーザーの陰に係留する。そこなら、人目につきにくいだろう。

彼らはクロスホワイトを先頭に、ときおり裏庭のフェンスを飛びこえたり、三軒の民家のスイミングプールをまわりこんだりしながら、猫のように音もなく迅速に闇のなかを移動していき、ようやくアルラシード兄弟の住まいの裏庭にたどり着いた。家は暗く、見たかぎりでは監視カメラはなく——最低限のプライヴァシーを守るためのフェンスすらなかった。

庭の物置のそばにいるクロスホワイトのかたわらに、スピードがやってきて、地面に膝をついた。

「おれたちが目当ての家をまちがえたのか、それともあの野郎どもは完全に安全だと思いこんでいるのか」

「そのどっちなのか、すぐにわかるさ」クロスホワイトは言った。「きみらはここで待っていてくれ」

彼は裏庭の芝生を通りぬけて、ひろびろとした木造のデッキにあがり、窓から家のなかをのぞきこんだ。暗視ゴーグルを通して、こざっぱりと整頓されたキッチンが見えた。レンジの上に、アラブ諸国でラクワとかカフワとかと呼ばれる小さなシルヴァーのコーヒーポットがひとつ。長い注ぎ口と、まっすぐな長めの柄があるポットだ。アラビア風コーヒーを淹《い》れるための専用ポットで、クロスホワイトは中東にいたときに何度もそれを目にしていた。

彼はあとのふたりに、進んでこいと合図を送った。

「防犯システムがあるかどうか調べてみよう」

五分ほどの時間をかけて探してみたが、その家には防犯システムの存在を示すものはなにもなかった。

「容易には信じられない」クロスホワイトはささやいた。「ここは金持ちの住宅地なんだ。どの家も防犯設備を備えているはずだ」

「もしあんたがテロリストだったら」とトリッグ。「アラームが誤作動するたびに、お巡りが家に姿を現わすなんてことは避けたいと思うんじゃないか？　あるいは、自分がこの地区でいちばん大物の犯罪者だったら、その必要性を感じないんじゃないか？」

クロスホワイトが裏口のドアのあたりをのぞきこんでみたところ、ドアの横手の壁にキーパッドは見当たらなかった。彼はそのドアのノブを試してみたが、ロックがかかっていた。

スピードが家のそばから少しあとずさって、二階のようすをじっくりと観察する。ケープコッド様式の住宅で、二階には切り妻窓がふたつあった。窓のひとつが、ちょっと開いていた。秋の夜とあって、空気は涼しく、季節が季節だけに、飛びまわっている虫はいない。スピードがトリッグの力を借りて屋根にあがり、慎重にその窓のところへ進んでいって、なかをのぞきこんだ。黒い髪の女がベッドで眠っているのが見えた。彼はほかのふたりに、ついてこいと合図を送った。

トリッグの力を借りて、クロスホワイトが屋根にあがったが、傾斜がきつすぎて、トリッグをひっぱりあげることはできなかった。

「おれは下にいるから、あんたらは急いでなかに入ってくれ」

ふたりはゆっくりと窓を開けて、なかに忍びこみ、眠っている女のそばに立った。クロスホワイトがスピードに、片手で自分の喉をつかむしぐさをして見せる。女を支配下に置くようにという合図だ。

スピードが女の喉をつかみ、その両手をひとまとめにつかんで、馬乗りになった。女がすぐに目を覚まし、恐怖に襲われてベッドの上でもがきだしたが、スピードの体重は優に女の二倍はあり、力は十倍もある。女が悲鳴をあげようとしたが、空気を吸うことすらできなかった。脳への酸素の供給を断たれて、ものの数秒で意識を失う。彼らは、女の口にテープを貼りつけ、手足にプラスティック手錠をかけて拘束した。どちらも、クロスホワイトが腰の黒いパウチに入れて、携行してきたものだ。

クロスホワイトがドアのほうへ歩いて、それを少し開く。暗視ゴーグルを通して見える緑と黒の光景のなかに、短い無人の廊下が浮かびあがった。廊下の突き当たりにあるドアが開けっ放しになっていて、そこはバスルームになっているらしく、男が小便をしている音が聞こえてきた。水を流す音がしたので、クロスホワイトは寝室のドアを閉じ、その横手に立った。

「男が寝室にひきかえしてくる」彼はささやいた。

「おれがそいつの喉を締めあげるから、そのあいだにぶん殴って昏倒《こんとう》させてくれ」

ふたりは闇のなかに立って待ち受けたが、部屋に入ってくる者はいなかった。そうはならず、廊下の反対側にあるドアのひとつが開いて、閉じる音が聞こえてきた。

SEAL隊員ふたりは、しばし無言で目を見交わし、男がベッドに身を落ち着けるのを待った。

女が意識を取りもどして、喉の奥で悲鳴をあげはじめ、静まりかえった暗い部屋のなかにその声がひどく騒々しく響いた。

スピードが身をひるがえしてベッドのそばに行き、手の甲で女を殴りつけて失神させたが、もはや手遅れだった。

廊下の反対側にあるドアが開き、ひとつの人影が部屋に飛びこんできた。

クロスホワイトが背後から男に裸締めをかけ、スピードが飛びかかっていく。

拳銃の銃声がひとつ鳴り響き、スピードが床に倒れこんだ。クロスホワイトは、またスピードのほうへ拳銃が発砲されるのを妨げようと、男の体をひねると同時に、その両脚をはらった。両者が、クロスホワイトが男の背中にのしかかる格好で床に倒れこむ。クロスホワイトは男を這《は》いつくばらせ、片腕で男の喉を強く締めあげて、すぐに意識を失わせた。

スピードが腹を押さえながら立ちあがり、拳銃を拾いあげて、廊下へ出ていく。ちょうどそのとき、トリッグが階段の上に姿を現わした。ふたりがすばやく屋内のほかの場所を捜索して、危険がないことを確認する。彼らが寝室に戻ってきたときには、クロスホワイトは拳銃を発砲した男を確保し、撤収の準備をすませていた。

彼は寝室のカーテンを閉じて、ゴーグルをはずした。

「トリッグ、灯りをつけてくれ」

トリッグが灯りのスイッチを入れると、スピードが腹部からひどく出血しているのが見えた。

「おれはちゃんとボートまでひきかえせる」負傷したSEAL隊員が言った。「さあ行こう」

トリッグが首をふる。

「そんなに出血してるのに、走っていくってのはむりだぜ。半分も行かないうちに、失血死してしまう。病院に行かなきゃいけない」

「ガレージに車があるかどうか調べてくれ」クロスホワイトはドレッサーの抽斗《ひきだし》から白のTシャツをひとつかみひっぱりだし、スピードのほうに向きなおった。「おれが傷の処置ができるように、じっとすわってろ。これ以上、仲間を失うわけにはいかないんだ!」

スピードがTシャツの束を腹部にあてがい、クロスホワイトがその上からダクトテープを巻きつけて、しっかりと固定した。

「大動脈はやられてない。おれはひきかえせる」

「途中で病院に寄って、おろす」クロスホワイトは言った。

「よせよ。カナダでムショ入りするはめにはなりたくない。いや、どこであれ、ムショ入りするのはまっぴらだ。ふたりであのボートに連れ帰ってくれ」

「ひきかえすのは、ぜったいにむりだ！　グロッセの元海軍航空基地《NAS》に行き着くには半時間はかかるし、おまけにあそこに病院はないんだ」

「あそこにはドクがいる」

「ドクはただの衛生兵だ。きみに必要なのは外科医なんだ」

スピードが肩をすくめた。

「彼に処置を覚えてもらうしかないね。とにかく、おれはムショ入りするはめにはなりたくない」

クロスホワイトは立ちあがった。

「まったく頑固な野郎だな。おれたちはすでにコンマンを失ったんだぞ」

スピードが、床に倒れているアラブ男に目をやる。腹這《はらば》いにされている男が、目をぎらつかせて見返してきた。

「いくら〝ムショ入りしたくない〟って言っても、わかってくれないのか？」

トリッグがキー・リングをぶらさげて、寝室に戻ってきた。

「ガレージに、着色《ティント》ガラスの黒いレクサスがあった」

「いいぞ！　よし出発だ」クロスホワイトは震えあがっている女をベッドから持ちあげて、肩に担《かつ》いだ。「〝やたらと悲鳴をあげたがるご婦人〟もいっしょに来てもらう。ふたりまとめてトランクに押しこめるだろう」

数分後、レクサスがバックで車寄せを動きだしたところで、クロスホワイトはパウチから衛星携帯電話を取りだして、グロッセ・アイルにいるギルに連絡を入れ、まずい状況になったことを報告した。

「ああ」彼は言った。「またひとり、腹を負傷したんだ。そういうわけなので、ドクに全血輸血の準備をさせておいてくれ」

40

南カリフォルニア
エドワーズ空軍基地

クートゥア将軍は、作戦センターの椅子にもたれてすわっていた。無人機《UAV》がグロッセ・アイルの上空に到着して、ポープが大統領の待機命令に従うかどうかを確認できるようになるのを、そこにいる全員がどっちつかずの状態で待ち受けているのだ。将軍は内心、大統領がカナダの首相に電話を入れるのを先延ばしにさせた首席補佐官を殺してやりたいと思っていた。あの妙にすましかえった顔つきからして、ヘイゲンがなにか策略を弄《ろう》しているのは明らかであり、それはおそらく、シャノンとポープに関係するものだろう。

彼は腕時計で時刻をたしかめた。ＵＡＶはあと十分たらずでグロッセ・アイル上空に達するだろう。

ブラッドショー大佐が部屋に入ってきて、クートゥアに目を向け、彼だけが見てとれる程度に眉をわずかにあげてから、部屋の後方へ歩いていく。将軍がその意図を察するのに手間取って、しばらくブラッドショーを見つめていると、大佐がまた将軍に目をやり、並んでいるコンピュータ・コンソールの向こう側へまわりこんでいった。

「ちょっと失礼させていただいてよろしいでしょうか、大統領？」

「いいとも」と大統領が応じた。

クートゥアは部屋の奥へ歩いていくと、コンピュータ・コンソールの手前で、大統領に背を向けた格好で足をとめ、画面につぎつぎに表示されるデータをモニターしている空軍少佐の頭ごしに、ブラッドショーに目を向けた。

「どういうことかね、ジーン？」

少佐の背後に立っているブラッドショーが、少佐の左右の耳を手でふさいだ。少佐がそのことに気づいたかどうかは、顔を見たかぎりではなんとも判断がつかなかった。

「わたしのオフィスにボブ・ポープから電話が入りまして。大統領の耳に届かないところで、あなたと話がしたいとのことです」ブラッドショーが少佐の耳から両手を離し、その肩をぽんとたたく。

クートゥアはうなじの毛が逆立つのを感じた。背後に目をやると、ヘイゲンが大統領のほうへ身をのりだし、ふたりが押し殺した声でなにかを話しあっているのが見えた。

「すぐに戻る」とクートゥアは言いおいて、部屋から忍び出た。

ブラッドショーのオフィスに入り、そのデスクに置かれている受話器を手に取る。

「クートゥア将軍だが」

「ビル？　ボブ・ポープだ」

「どういうことなんだ、ロバート？」

「ここと最短距離にある救命ヘリの所在地を見つけだし、可能なかぎり早急にヘリをグロッセ・アイル市営空港に着陸させてもらう必要があるんだ。ヘリにO型Rhマイナスの血液をたっぷり積んでくるようにさせてくれ」

「なにがあったんだ？」

「きみがヘリの手配をするあいだ、電話を切らずに待っている、ビル。一刻の猶予もない事態なんだ」

クートゥアがいらだたしげにため息を漏らして、受話器をデスクに置いたとき、ブラッドショーがオフィスに入ってきた。

「ジーン、ポープが、O型Rhマイナスの血液をたっぷり積みこんだ救命ヘリをグロッセ・アイルの空港によこしてくれと要求してきた。大至急、その手配をしてくれるか――大統領《POTUS》に聞きつけられないようにしてだ」

「イエス、サー」

ブラッドショーが立ち去ると、クートゥアはふたたび受話器を手に取った。

「オーケイ、ロバート。われわれを引きこまざるをえなくなったのは、どういうわけなんだ？」

ポープの説明によれば、チームがゾディアックを使ってオンタリオ州アマーストバーグに侵入し、そのボートが二十分後にはグロッセ・アイルの元海軍航空基地《NAS》にひきかえしてくるとのことだった。

クートゥアは口にしかけた悪態のことばを押しもどして、話をつづけた。

「ロバート、気はたしかか？」

「ビル、大統領がわたしを裏切ろうとしていることはわかっている。しかし、きみが彼の気を変えてくれなくてはいけない——彼を説得して、われわれに任務を続行させる気にさせてくれなくてはいけないんだ」

「ロバート、そんなことはやってみようとも思わんね」

「きみが当初からST6／Bに反対だったことは知っているし、ビル——論理的にはわたしも反対なんだが、きみは老練の兵士だから、川を渡っている途中で馬を乗り換えるわけにいかないことはわかるだろう。とりわけ、もう一頭の馬が泳げないとなれば」

クートゥアには、ポープのFBIに対する偏見の根拠は誇張が大きいことがわかっていたが、このCIAの男が言った、川を渡っている途中で馬を乗り換えるわけにいかないという意味は理解できた。FBIが、それまではなにも知らなかった作戦に突如として組みこまれ、事態の進行に追いついて、態勢を整えるには、何時間もかかるだろうし——そんな時間をかけていたら、状況は一変してしまうだろう。

「POTUSがきみを裏切ろうとしていることが、どうしてわかったんだ？」

「彼はもうカナダの首相に電話を入れたのか？」

「いや」

「FBIがわれわれの身柄の確保に動きだしているんだろう？」

「そうだ」将軍は、FBIの出動を提案したのは自分であることを言おうとはしなかった。

「で、きみはその理由はなんだと考えているんだ、ビル？」

「きみは危険なゲームをしてるぞ、ロバート」なぜわれわれはファーストネームで呼びあっているのか？　たがいに敬意をはらうため？　それとも見下すため？

「むろん、これは危険なゲームさ」ポープがやりかえした。「われわれは、狂った連中が持つ所在不明の核を探しているんだからな」

「大統領の説得はやってみようと思う。きみのつぎの行動はどういうものだ？」

「それは、アルラシードを尋問する時間が持てるようになるまではわからないね」

「きみが尋問する？　ムハンマド・ファイサルは、きみにアイスピックで顔面を刺されたと主張しているんだぞ！　外科医の話では、命が危うくなるところだったそうだ」

「それがこれとどう関係するのか、理解しようという気にもなれないね」ポープが応じた。

「ファイサルは、アルラシード兄弟のことをしゃべった。彼らは核爆弾がどこにあるかを知っているかもしれない。われわれはまさにここでその線を追っているのであって、むだにしている時間はないんだ」

「それはわかりきったことだ」クートゥアは言った。「グロッセ・アイルを離れて、任務を継続するために、どういう計画を立てているんだ？　短い滑走路でC‐5を離陸させるためにJATOを装備するのは――たとえそれができたとしても――まる一日がかりの作業になるだろう」

JATOというのは、航空機を離陸させるための補助ロケットのことで、燃料が尽きたところで廃棄される。

「C‐5は用ずみにした」とポープ。「わたしのガルフストリームが半時間以内にここに着陸する予定になっている。われわれはそれを使う。おっと、それで思いだした……きみに、大至急それに給油をする許可を出してもらう必要があるんだ。ここは民間空港で、わたしはそれほどの大金は持ちあわせていないからね」

クートゥアはやれやれと首をふった。

「ほかにまだなにかあるか、ロバート？」

「ある。ＦＢＩに出動を中止させ、大統領に、カナダの首相に連絡を入れる必要はないと伝えてくれ。わがチームは、目撃者も死体も残さず――チームのひとりが負傷して血を流しただけで――あの国をあとにしたんだ」

「できるだけのことをやってみよう。約束はできないが」

「ありがとう、ビル。きみの知らせを待っているよ」

クートゥアは受話器を戻して、作戦センターにとってかえし、ふたたび大統領と向かいあう椅子にすわった。

「大統領……たったいま、ＳＴ６／Ｂがアルラシード兄弟のひとりを確保したとの知らせが入りました。その男が三十分以内にグロッセ・アイルに連行される予定なので、カナダの首相に連絡を入れる必要はなくなったというわけです。この新たな進展を鑑《かんが》みて、いまわたしの軍人としての見解を表明するならば、大統領――純粋に時間的観点からして――われわれの取りうるもっとも賢明な方策は、ＳＴ６／Ｂに任務の継続を許可することではないでしょうか」

大統領がひとつまばたきをして、呆然とクートゥアを見つめた。

47

ミシガン州
グロッセ・アイル

日の出の数分前、ちょうどスピードが救命ヘリに乗せられたとき、モンタナ州兵空軍のF-15がグロッセ・アイルの空港に着陸した。チームの一員で、ドクのニックネームで呼ばれているメキシコ系アメリカ人衛生兵は、スピードが出血よりショック症状で命を落とす可能性が大きいと案じていた。

「その瀬戸際にある」彼がギルに言った。「ショック症状というのはやっかいなものなんだ」

ギルは、もっとひどい容態になっても生きのびた兵士を何人も見てきたし、スピードはその兵士たちにひけをとらないタフな男だと考えていた。彼はポープに目を向けた。

「あなたのおかげで、彼は命をとりとめそうです、ボブ。ありがとう」

「いや、われわれはそろってクートゥアに感謝しなくてはいけない」ポープが言った。「彼があのヘリを急派してくれたんだ」

「すぐに戻りますので」とギルは言って、F‐15のほうへ走っていった。

パイロットがコックピットを離れ、主翼のかたわらに立って待機していた。パイロットがノートPCを手渡してくる。

「蓋《ふた》を開けたら、パスポートがある」

ギルはノートPCを開き、パスポートを取りだして、尻ポケットにつっこんだ。

「おおいに感謝だ」

「そう来なくては」とパイロットが応じ、巨大なC‐5のほうへ手をふってみせる。「どうやってあのしろものをもう一度、飛び立たせるつもりなんだ？」

ギルは肩をすくめた。

「おれの知ったことじゃないんでね、大尉。ぶじに帰投してくれよ！」

「ありがとう」パイロットが応じ、F‐15のコックピットに戻っていった。

ギルは、滑走路のはずれで待っているポープのところへひきかえし、彼にパスポートを手渡した。ポープがパスポートの写真を、だれの顔だったかを思いだそうとするように、長いあいだ見つめていた。

「そうか……これはニコライ・カシキンだ」

「それは、ファイサルがわれわれに、見つけだす必要があると言った男ですね」

「くそ」まだ写真の顔をまじまじと見ながら、ポープがつぶやいた。「きみの奥さんが彼を殺さざるをえないはめになっていなければ、よかったのだが。おそらく、彼が全作戦の首謀者だったのだろう」ギルに目を向けてくる。「カシキンの父親は、ソ連機甲大隊の大佐だった。彼は父親の指揮下でパンジシール渓谷の戦闘に従事し、そのときムジャヒディンの捕虜になった。噂では、彼は旧体制時代のジョージア（グルジア）人工作員を通じて、KGBとのつながりを持ったという。その男の名は……ムリンコフ。ダニエル・ムリンコフだ」

ギルは首をふった。

「どうしてそんな細かなことまで憶えているんです？」

「ひとつには、映像記憶があるから――これは父から受け継いだものでね。父は第二次世界大戦時、マジック情報プログラム（日本軍暗号の解読・分析・評価をおこなったアメリカ陸軍情報部の活動で、日報形式で政府・軍・情報関係者に配布された）に従事していて、山本元帥の乗機撃墜につながる日本軍の暗号解読は彼がやったんだ。まあ、わたしの記憶力は父ほどではないにせよ、似たようなものではあるだろう」

胴体にUSAF――アメリカ合衆国空軍――の文字がステンシルで描かれたガルフストリームVが滑走路に着陸し、機首をこちらにまわしてくる。

ポープがほほえんだ。

「整備の行きとどいた優秀な空軍機だ。部下たちを、各自の武器を携行させて集めるように。ほかのものを積みこむ余地はないだろう。ただちにラングレーをめざして飛び立つ。わたしはあそこで、ノートPCに力ずくの攻撃をかける必要があるのでね」

コンピュータに対する力ずくの攻撃というのは、暗号化されたデータへの網羅的なキー・サーチのことで、それは――理論的にはビット暗号のサイズによりけりだが――三十ギガワットの電力を消費するスーパーコンピュータを使って、まる一年がかりになる可能性もあるのだ。

ギルはノートPCを小脇にかかえた。

「最初にアルラシードの尋問に取りかかったほうがいいのでは？」

「彼の尋問もするつもりだが」とポープ。「わたしはもう、彼を尋問しても核爆弾の所在を探りだすことはまずむりだろうと考えるようになっている」パスポートを身ぶりで示す。

「作戦の首謀者はカシキンだ。彼がすべての要《かなめ》であり、彼を生け捕りにする必要があったんだ。もしこのノートPCのデータが256ビットの暗号キーで暗号化されていたら、破ることはぜったいにできないだろう。となれば、捕虜たちを連行する必要もあるので、チームに指示して彼らを航空機に乗せるように。さあ、出発だ」

ギルとしては、ラングレーにだけは行きたくない気分だった。

「ちょっと待ってください」

ポープが歩きだした足をとめる。

「なにかね？」

「それは時間の浪費ではないでしょうか？　アルラシード兄弟は袋小路でしかないということでは？」

「アルラシード兄弟は資金源だったんだ、ギル。それで、カシキンは――資金提供の見返りとして――きみを始末するために牧場へ行ったというわけだ」彼はノートPCを指さした。「これが、われわれの最後のチャンスだ。だから、もしこれの暗号を破ることができたら、マリーはまちがいなく自由勲章を授けられることになるだろう」

ギルはぎょろっと目をまわした。

「それを聞いたら、マリーはぞくっとするでしょうよ」

48

ラングレー

ポープは正午になるまでに、カシキンのコンピュータのデータが１８０ビットの暗号キーで暗号化されていることを突きとめていた。研究所《ラボ》のなかを見まわすと、ギルがクロスホワイトとともにデスクの椅子にすわって待ち受けているのが見えた。チームのほかの面々はいまもＣＩＡの格納庫に駐機中の航空機に残って、ハロウン・アルラシードとその義姉メロニーの監視にあたっていた。

「この暗号を破ることはできないだろう」ポープは言った。「破れるとしても、一年以上かかる。アルラシードの尋問に取りかかったほうがよさそうだ」

ギルがいらだちの表情をあらわにして、デスクの椅子から立ちあがった。

「先にそれを許可してくれていたらよかったでしょうに」

「彼は爆弾のありかを知らないよ、ギル。いまそれを許可したのは、ほかに希望がなくなったからだ」

黒髪を短くカットした三十五歳の日系アメリカ人女性、ミドリ・カガワが、ラボの奥にあるデスクの前から立ちあがる。

「リージュアンに訊いてはいかがでしょう？」カリフォルニア州サクラメントの生まれとあって、完璧な英語で彼女が持ちかけた。「なんといっても、彼女は暗号分野の専門家ですので」

ポープはラングレーに着いた直後、リージュアンがNSAに逮捕されたことをミドリに明かしていたのだ。

「それは不可能なことはわかってるだろう」

「大統領がお命じになれば、可能です」とミドリが応じた。「それに、現状を考えれば、彼にほかの選択肢はありません。電話を入れてみる価値はあります、ロバート。彼女は、あなたが考えつかなかったようなことを考えつくかもしれません」

「考えつくようなことはなにもないよ。180ビットの暗号を破るのは、ほぼ完全に不可能なんだ」

「ほぼ完全にでしょう」とミドリが言って、またデスクに身を向ける。「それに、ふだんのあなたなら、ひとつの挑戦としてそれを試みるでしょう。あなたは、あんな仕打ちをしたあとで彼女と話をするのを恐れているだけとしか思えません」

ギルはリージュアンのこともポープが彼女になにをしたかも知らなかったし――彼にとっては、どうでもいいことだった。

「おれはアルラシードと話をしに行きます。なにか役に立つことがつかめたら、あなたに電話を入れましょう」

彼が立ち去ると、ポープは受話器を手に取って、エドワーズ空軍基地に電話をした。

「大統領と話をする必要があるんだ」

ほんの数秒後に、大統領が電話に出てきた。ポープが全軍の最高司令官と会話を交わすのはこれが二度めのことで――前回、ST6／Bがカナダへの侵入作戦をやったときの会話は、じつのところ大統領をいらいらさせただけのことだった。

「コンピュータの暗号を破ったのか、ロバート？」ひどく気づかわしげな声で大統領が尋ねた。

「いえ、大統領。困ったことに、袋小路に入りこんだようです。なにかわたしが見落としていることがないかぎり、この暗号を解読することはできないでしょう。シャノンがアルラシードの尋問に取りかかっていますが、あの男が爆弾のありかを知らないのは確実と思われます」

「そういうことなら」疲れた声で大統領が言う。「われわれは手をこまねいて、核爆弾が爆発するのを待つしかないというわけか」

「FBIかNSAがなにかをつかんだということはありませんか、大統領？」

「どちらも、手がかりを追っている最中とのことだ」

「最後にひとつ、確認すべきことがありまして、大統領――たんに、まちがいないかどうかをたしかめるだけのことですが」

「それはどういうものだ？」

「もうすでに、大統領、NSAから、わたしの助手リージュアン・チョウがスパイ容疑で逮捕されたことが伝えられておりますでしょう。彼女の専門は暗号解読でして。わたしが彼女と電話で話ができるように手配していただければありがたいのです。見込みは薄いでしょうが、彼女が、わたしが考えついていないことを考えつく可能性もありますので」

大統領はなにも言わず、長い沈黙がつづいた。電話が切れたのだろうかとポープは思いはじめた。

「大統領？」

「彼女がわれわれの助けになると考える理由は？」

「い、いいえ、われわれの助けにではありません、大統領。わたしの助けにです」

「ちょっと待ってくれ」

大統領はポープを待たせ、クートゥアとブラッドショー、そしてヘイゲンのほうへ目を向けた。その四人は基地の将校ラウンジに集まって、ランチをとっているところだった。

「彼が暗号を破れないと言ってきてね。スパイをしていたガールフレンドと話をしたいそうだ。自分が考えつかなかったことを彼女が考えつくかもしれないと主張している。わたしがそれを拒否すべき理由はあるだろうか？」

ヘイゲンが咳払いをして、口を開く。

「大統領、なにかのたくらみかもしれません。彼女になんらかの暗号符丁を渡すための」

「彼女になにかをしろと指示するのか？」辛辣《しんらつ》な口調でクートゥア将軍が言った。

「わたしにわかるわけがないだろう？」ヘイゲンが言いかえした。「あの男は天才で——あの女もそうなんだ！　そんなふたりが前もってなにをたくらんでいたか、わかるわけがないだろう」

大統領は思わず、あざけるような笑い声を漏らし、電話に手をのばして、スピーカーのボタンを押した。

「そのまま待ってくれ、ロバート。いまからあちらに電話をかけて、彼女がきみに電話を入れる手配をしよう。それと、さっき話をしているときに思ったんだが、きみはどうしてNSAが彼女の身柄を拘束したことを知ったのかね？」

「わたしは何年も前から、彼女の身柄を拘束させるつもりでおりまして」

大統領はさっとヘイゲンのほうへ目を向けた。

ヘイゲンが、ヘッドライトを浴びた鹿のように見返してくる。

「よければ詳しく説明してくれるか、ロバート？」

「電話でですか、大統領？」

「これはセキュア回線だ」

「それは、大統領、手短に申しあげますならば……わたしは彼女を、グオジア・アンチュエン・ブーへのアクセスを得るために利用していたのです」

大統領はクートゥアに物問いたげな目を向けた。

「中国の国家安全部のことです」クートゥアが応じ、ヘイゲンが気の抜けたような顔になっていることに気づいて、思った。ほう、知らなかったのか？　この神童君は中国には弱いらしい。「中国版CIAといったところでしょう」

「いったいどうしてそんなことをやろうとしたのかね、ロバート？」

「その話は別の機会に取っておくのがよろしいでしょう、大統領。RA－115を見つけだす手がかりとなる駒が、まだひとつふたつ残っています。わたしは自分のオフィスで、リージュアンから電話がかかってくるのを待つことにしましょう」

「よろしい。待機してくれ」大統領は電話を切って、ヘイゲンに目をやった。「その電話の手配をするように、ティム」

「イエス、サー」

彼が立ち去ると、大統領は椅子にもたれこんだ。

「あのろくでなしを、この先いったいどう扱ったものやら？」

「それはポープとヘイゲンのどちらでしょう？」

ブラッドショー大佐がそう問いかけて、かすかに笑い、大統領は自分もおもしろがっていることを懸命に押し隠した。

「じつを言うと、将軍、わたしは当初、きみのことをそれほど高く買っていなかった。自分の売りこみに熱心な目立ちたがり屋でしかないと考えていたんだ。なにしろ、きみはあの二挺拳銃の少佐を自分の護衛役につけているほどだからね」

クートゥアがにやっと笑い、顔の左側にあるぎざぎざした傷痕がくっきりと浮かびあがった。

「たしかに、わたしは人生を通して自分を見せびらかすようにしてきましたし、大統領――これまでのところ、それがおおいに役に立ってくれたというわけです」

49

ラングレー

薄暗い灯りのなか、ポープがデスクについて待ち受けていると、やがて電話が鳴った。

「ボブ・ポープだ」

「ハロー、ロバート」リージュアンの声はやわらかく、とても悲しげに響いた。

「だいじょうぶか？」やさしく彼は問いかけた。

「ずっと虐待されてるわ。訊きたかったのはそのことかしら」

「うん、そういうことだ」

「いつから知ってたの？」彼女が尋ねた。「最初から？」

「うん」彼は受話器を握りしめた。「すまない」

「いいのよ」とリージュアン。「怒ってないわ。わたしは逃げようとして、逮捕され、あなたを巻き添えにしてしまった。そのことは知らされてる？　それとも、あなたがわたしを追わせたの？」

「わたしのことはよくわかってるだろう」彼は言った。「どうしてわたしの胸の内が見通せないんだ？」

「あなたの愛がわたしを盲目にしたの。あなたのようなひとが、裏切りをたくらんでいるかもしれない女を愛せるなんてことがあるとは、思っていなかったんだけど。でも、あなたは、わたしが思ってたより明敏で——より冷徹だった」

「わたしはきみに、告白する機会を何度となく与えたんだよ」

「ええ。そして、わたしはばかみたいに、そのすべてを逃してしまったのよね？」

ふたりのあいだに、しばし沈黙が訪れた。

「ひとつ、頼みたいことがあるんだ」ようやく彼は切りだした。

「同胞を裏切るようなことはしないわ、ロバート」

「それは」彼は言った。「訊くまでもなく、よくわかっている。きみの助けを必要としているのは、180ビットの暗号にまつわる問題でね。この国に核爆弾をひそかに持ちこんだチェチェン人のノートPCに、その暗号が施されている。その男は死に、ほかにはなにも手がかりがない。われわれの持ち時間は尽きようとしているんだ」

「それが、わたしに電話を入れさせた理由なのね。愛よりもっと大事なことにちがいないと思ってたわ」

「わたしもひどく心苦しく感じているんだ、リージュアン」

「あなたもほかのひとたちと同じように苦しみを感じるのかしら」考えこむように彼女が言った。「そうは思えないけど」

「助けてくれないのか？」

彼女は長いあいだ黙りこんでいた。

「１８０ビットの暗号を破るには一年以上の時間がかかることは、ロバート、あなたも知ってるでしょ。それを八カ月に短縮するかもしれないアルゴリズムをつくりだすことはできるとしても、それはあくまで理論上のことよ。どうかラングレーを離れて、ロバート。核爆弾を見つけだせる可能性はないわ。これまでもそうだったように」

「リー、わたしを助けてくれないか」

「わたしがどこの刑務所に送りこまれるかは知らないけど、そこに面会に来ると約束してくれる？」

「許可されれば、うん、もちろん、そうする」だが、許可されるはずがないことはわかっていた。

「じゃあ、そのチェチェン人のことを話して」

彼は数分をかけて、カシキンに関してわかっていることをすべて話した。そして、口をつぐみ、彼女が考えをまとめるのを待った。

「あなたは幸運だったかも」ようやく彼女が言った。

彼は薄暗いオフィスの椅子の上でしゃんと背すじをのばし、デスクのランプをつけて、ペンを手に取った。

「どういうことなんだ？」

「なんというか、彼はあなたと同じ年ごろの……単純な古参兵タイプの男で――コンピュータおたくではなかった。となると、用いられたプログラムが市販品のＡＥＳ１８０ビット暗号化キー・ジェネレーターで、彼が自分でそれをコンピュータにインストールしたとしたら、キーを生成するのにデフォルトのセッティングを使ったでしょう。つまり、理論的には、あなたがそれを再生成できる可能性があるかもしれないということ」

デフォルトのセッティング！　ポープは思った。なんということだ！　どうしてわたしはそれを思いつかなかったのか？　そのわけを教えてやろう。おまえは人生を通じて、常識を排除してきたからだ。もしこの女性がいなかったら、おまえはどうなっていたことか？

「早々と、自分のちっぽけな世界に閉じこもってしまったの？」彼女が言った。

「わたしのことはなんでもわかるんだね」ポープは言った。「ことを急がなくてはいけないが、リリー、ほんとうにありがとう。許可がもらえしだい、きみに会いに行くよ。約束する」

「わたしが前に、親知らずの話をしたことを憶えてる？」彼女が問いかけた。「ゆがんで生えた親知らずの話だけど？」

実際には、彼女がゆがんだ親知らずの話をしたことはなかった。

「どういうことだ？」

「それが悩みの種になってきてるの。ここに歯科医を派遣するようにしてもらえないかしら」

「必ずそうさせよう」自分の声がかぼそく、震えて聞こえた。

「愛してるわ」彼女が言った。「また会えるのを楽しみにしてる、ロバート――いつの日か」

「わたしも愛してるよ」声がしわがれた。いまはもう、察しがついていた。彼女は義歯の親知らずに青酸カリのカプセルを忍ばせているのだ。

「幸運を祈るわ、ロバート」彼女が受話器を戻す音が聞こえ、その直後、電話が切れた。

彼はすぐさまデスクの前から立ちあがり、受話器を戻しもせず、ラボへとってかえした。

50

ラングレー

ハロウン・アルラシードはパジャマ姿のまま、輸送機の後部にあるシートに拘束されていた。その前のシートに、彼の義姉がやはりパジャマ姿で、背後で両手を拘束されたまま、機の尾部に顔を向けた格好ですわらされている。

「英語がしゃべれないふりをしてもむだだ」ギルは言って、黒いゴミ袋のロールから一枚をひっぱりだし、箱をクロスホワイトに手渡した。「おまえと兄のアクラムは過去八年間、カナダに住んでいて、その大半の期間、監視下に置かれていた。だから、英語がしゃべれることはわかってるんだ。どこに行けば、カシキンがこの国にひそかに持ちこんだ核爆弾を見つけられるかをさっさと話せば、これはひどい尋問にはならないだろう」

ハロウンがにやっと笑った。アラビア半島のアルカイダ《AQAP》のネットワークを通じて彼と兄のもとへ届けられた資料を見ていたので、ギルの顔に見覚えがあったのだ。

「おまえはもうすぐ死ぬんだ」ハロウンが言った。

ギルは顔をしかめた。

「カシキンは死んだんだぞ」

その知らせを聞いても、ハロウンは驚いたようすは見せなかった。

「カシキンが最後のひとりだと思ってるのか？　イスラムのすべてに打ち勝てると思ってるのか？」ハロウンが首をふった。「遅かれ早かれ、おまえは殺され——おまえの女房も殺されることになるんだ」

ギルはクロスホワイトに目を向けた。

「これで形式的な手順はすませたと思うんだが？」

クロスホワイトが袋のほうへ手をのばす。

「おれがやろうか？」

ギルがゴミ袋を手渡すと、クロスホワイトはそれをすっぽりとハロウンの頭にかぶせ、袋を顔に押しつけて、空気のほとんどを抜いた。ハロウンが袋ごしに指に嚙《か》みつこうとしたので、ギルはその顔面にパンチをたたきこんで、鼻をへし折った。クロスホワイトがハロウンの首のところで袋にダクトテープを巻いて、封をする。

「後ろ側もぶん殴ってやろう、この野郎」クロスホワイトがハロウンの後頭部を殴りつけた。

袋のなかの空気が早々に尽きてきても、ハロウンはたいていの捕虜とはちがって、パニックに陥らなかった。冷静さを保ち、息を浅くして、わずかに残った空気を少しずつ吸うようにしていた。

「それなりの訓練を受けたやつらしい」そのようすを見て、クロスホワイトが言った。

ギルはハロウンのみぞおちに強いジャブを入れた。ハロウンが息を詰まらせ、拘束を解こうと身をもがきながら息を吸おうとした。そうするたびに、ゴミ袋がその口にへばりつく。

「これで話が進むだろう」上機嫌でクロスホワイトが言った。

「核爆弾はどこにある？」穏やかな声でギルは問いかけた。「正直にしゃべれば、ハロウン、これをやめてやる」

ハロウンが、袋のなかのどこかに残っているかもしれない空気を探して、こうべをめぐらしたが、そんなものはどこにもなかった。呼吸がいよいよ速くなり、袋がくりかえし口にへばりつく。まもなく、その顔ががっくりと胸に垂れ、意識が失われた。

クロスホワイトが袋を引き裂いて、ハロウンの頭部から抜きとる。へし折れたアルラシードの鼻から、唇と顎へ血が滴《したた》っていた。

ハロウンの義姉がその光景を見て、大きなうめき声をあげた。つぎは自分の番だとわかったのだろう。

なんの成果もなく六十分が過ぎたとき、ギルとクロスホワイトは煙草を一服しようと、捕虜たちの監視をほかのＳＥＡＬ隊員たちに任せて、機外へ出ていった。

「どう考える？」ギルは問いかけた。

クロスホワイトが肩をすくめて、煙草に火をつける。

「あんたがやめろと言うまで、つづけるだけさ」

「そんなことを訊いたんじゃない」

クロスホワイトが煙を吐きだす。

「あいつは核爆弾のことはなにも知らないんだと思う。まる一時間、地獄の責め苦を与えて

「も、あの野郎はなにもしゃべらなかったからな。とはいっても、おれになにがわかるというんだ、ギル?」

「アクラムの妻に関してはどうだ?」ギルは言った。女を拷問するというのは、考えただけで胸くそが悪くなる。

「彼女はギリシャ語しか話せない」

ふたりはポープから、アクラムがアテネで路上暮らしをしている彼女を見つけ、イスラム教徒であることを隠して彼女と結婚したことを知らされていた。

「ポープがなにを考えているのかたしかめてみよう」

三十分後、彼らはメロニー・アルラシードを格納庫内のオフィスへ連行していき、デスクの前の椅子にすわらせてから、両手の拘束を解き、ボトルの水を与えた。数分後、デスクの上の電話が鳴り、ギルが受話器を取って、メロニーに手渡した。

彼女がいぶかしげにギルを見やってから、受話器を受けとって、耳にあてがう。

「もしもし?」ギリシャ語で彼女が言った。

「メロニー・アルラシードさん?」ヨシフ・ホッジャが、かすかななまりのあるギリシャ語で問いかけた。

「はい」彼女が答えた。「そちらはどなた?」

「わたしの名はヨシフ・ホッジャ。アルバニア人ですが、あなたの国との境に近いカカヴィアの育ちでして」

「そのなまりは聞き覚えがあります」

「あなたは危害を加えられましたか？」

「一度、殴られたけど、たいしたけがは——いまのところは、してません」

「それはよかった」愛想のいい声を保って、彼がつづける。「アメリカ人たちはあなたに危害を加えたくないと思っていますが、それには、あなたの夫と友人たちがアメリカに持ちこんだ核爆弾に関して、あなたが知っていることを洗いざらいしゃべらなくてはいけないんです。それが、あなたの身の安全を保証するための唯一の道でして」

「どの核爆弾？」

「メロニーさん、ばかを演じるのはやめなさい。そうでないと、彼らはハロウンと同じように、あんたを痛めつけるでしょう」

「それはたしかでしょうね」身を震わせて彼女が言った。「でも、核爆弾なんて知らない。アクラムはアメリカ人の暗殺者——スナイパーを殺しに行ったんです」

「アクラムはいまどこに？」

「アメリカのどこか。お願い、このひとたちに、わたしは爆弾のことはなにも知らないと言ってやってください！　知っていたら、とっくにしゃべっています。わたしはアテネに帰りたい。国に帰るのに手を貸してくださいます？」

また三分ほどそんな調子で会話をつづけたあと、ホッジャは、アクラムが妻には仕事の大半を秘密にしていたのだという確信を得た。

「わかりました、メロニーさん。アメリカの指揮官に電話を入れて、あなたがわたしに話したことを伝えましょう。幸運を祈ります」

「ありがとう」と彼女が言い、ホッジャが電話を切った。

彼女は受話器を戻し、そのときになってやっとボトルを開けて、水を飲みほした。

「彼女はいまの電話で、われわれの役に立つようなことはなにも言わなかったんじゃないだろうか」ギルはクロスホワイトに言った。

「なにか大事なことを言ったんだろう」若い女の目をのぞきこみながら、クロスホワイトが応じた。「どういう役に立つかはわからないが、なにか大事なことを言ったんだろう」

51

モンタナ

あたりが暗くなってきたころ、マリー・シャノンは家の裏のポーチに立って、尾根を見あげた。そこにバック・ファーガソンとそのふたりの息子たち、ロジャーとグレンが、この牧場を監視するためにキャンプを設営していたのだ。西から嵐が近づいていて、彼女は遠くで鳴り響く雷鳴が気がかりになってきた。

バックが裏手のドアから出てきて、彼女のかたわらに立った。腰にコルト45を携えている。

「強い風が吹きそう」彼女は言った。「息子さんたちを呼びもどして、夜のあいだはここにいてもらうようにしたらどうかしら。雷にやられちゃったら困るし」

「あいつらなら、だいじょうぶ。幼いころからずっと、ここの山のなかでキャンプをしてきたからな。イラクでもアフガニスタンでも死ななかったんだから、この山で死ぬなんてことはありえんさ」

マリーはほほえんだ。

「くりかえしになるけど、来てくれてありがとう、バック」

「立場が逆だったら、ギルもわれわれに同じことをしてくれるさ。この土地の人間はいつもそんなふうにしてきたんだ。あんたはまだ幼かったから憶えてないだろうが、わしがヴェトナムに行ってたときは、あんたのおやじがわしに代わって、女房のリディと息子たちの面倒を見てくれていた。あんたのおやじはすばらしい男だった」

「そして、リディはすばらしい女性だったわ。よく焼きたてのチョコレートチップ・クッキーを持ってきてくれたのを憶えてる」

「ああ、あいつは最高だった」くすっと笑って、バックが言った。「どちらもずっと前に逝《い》ってしまったのが残念でならん。だがまあ、考えてみれば、永遠につづくものなど、なにもないんじゃないか？」

「ええ、ないんでしょうね」悲しげに彼女は言った。

ふたりがポーチにすわって話をしているあいだに、風が吹きはじめ、雨の気配が強まってきた。

「息子さんたちをここに呼びもどしてくれたら、わたしはぐんと気が楽になるんだけど、バック」

ポーチの灯りが、彼の返してきた笑みを浮かびあがらせる。

「ハニー、あいつらは一人前の男なんだ。ものがよくわかってるから、雨で体が濡れてきたら、なにも言われなくてもこっちにおりてくるんじゃないかね？」

「せめて、声だけでもかけてもらえない？」

バックがポケットから携帯電話を取りだして、画面を見る。

「例によって」彼が言った。「電波が受信できていない。わしの土地に建てさせてやった塔は、くその役にも立たんらしい」

「嵐のせいかもしれないわ」

「それはあまり関係ないだろう。とにかく、このあたりの携帯電話の電波は、天気がいいときでもよく途切れるんだ」

尾根の上では、ロジャーとグレンがテントのなかに入って、雨に濡れることなく快適にすごしていた。どちらも、戦地でいつも使っていたのと同じ寝袋に体を包んで、横になっている。それぞれがAR‐15カービンを持参し、カシキンのものだったスコープ付きのモーゼルも持ってきていた。闇のなかに横たわって耳を澄ましていると、雷鳴と、テントを揺さぶる風の音が聞こえてくる。ときおり稲妻が光ったが、危険なほど近いようには思えなかった。

弟のロジャーは二十二歳で、最初の遠征でイラクに行ったときにタリバン兵を三人殺した経験があるが、二十五歳になった兄のグレンのほうは、少なくとも本人にわかるかぎりでは、まだ敵に血を流させたことはなかった。戦闘で発砲した弾の数は何千発にもなるが、それがだれかに当たったかどうかは本人にはわからない。当たっていなければいいのだがという思いが、多少はあった。

「ひと晩じゅう、強風が吹くんだろうか？」ロジャーが疑問を口に出した。

「ウェザー・チャンネル（アメリカの天気予報専門テレビ局）は、山岳地の天気には鼻もひっかけないからな」

グレンが第一海兵師団のジッポのライターで煙草に火をつけ、煙草の箱を弟に放り投げる。

「このチェリーみたいな煙草の光は、テントごしに外から見えるんだろうか？」

「こんな夜に外に出てくるやつがいるもんか？」

グレンが腹這《はらば》いになって、肘をつき、かすかな光のなかにその顔が浮かびあがる。

「おれたちが出てきてるじゃないか」

ロジャーが仰向《あおむ》けになって、煙草をとんとやると、灰がカーハートのジャケットの胸に落ちたので、彼はそれをたたき落とした。

「もしひと晩じゅう、強風が吹くとなると、尾根をおりて、あの家に戻るようにしたほうがいいかもしれない。どのみち、ここにいたんじゃ、なにも見えやしないし」

「一時間ほど待とうぜ」グレンが言った。

「おやじが推測したように」ロジャーが言った。「風がおさまってくるかもしれない」

「ろくでなしどもがまたすぐにギルの殺害を試みることはないだろう。それほど躍起《やっき》になっているとすれば、最初の試みのときに、ひとりじゃなくもっとおおぜいを送りこんできたはずだ。おおかた、今夜はマスをかくかなにかしてるさ。やつらの優先事項は核爆弾だろう」

「くそったれどもが」グレンがつぶやいた。「やつらの狙いはどこだと思う？　おれはニューヨークにちがいないと考えてる。ああいう連中はニューヨークを狙いたがるもんだ」

「いや、だからこそ、おれはＤＣだと考えてるんだ。どう考えても、ＬＡには手を出さないだろう。チェチェンのやつらにしても、ハリウッドをぶっとばそうとするほどばかじゃない。アメリカ映画が大好きなのは、どこの人間も同じだからな」

「偽善者ばかりときたもんだ」グレンが鼻から煙草の煙を吐きだした。

ふたりはまたしばらく、そんなふうにむだ話をし、さらに二本の煙草を灰にしたところで、この雨はひと晩じゅうつづきそうだと判断した。

「おさまったら、またいつでものぼってこられることだし」

ふたりは、銃口を下に向けたカービンを肩にかけて、テントから這いだし、雨が降りしきるなか、尾根筋を歩きだした。

そのときロジャーが、兄の後頭部に赤いレーザー・ドットの光が浮かびあがったのを、強い雨のなかで目にとめた。最初、それは目の錯覚だと思ったが、本能が即座に行動を起こさせていた。

「伏せろ！」彼はグレンを前に押しやって、肩からカービンをおろした。

その最中、音もなく飛来した五・五六ミリNATO弾がロジャーの額に命中し、彼を倒した。グレンもまた銃声を聞くことなく、背中に弾を浴び、銃をつかむ間もなく地に倒れ伏した。

五十ヤードほど離れたところにあるビャクシンの低い茂みから、ずぶ濡れになったデュークが身を起こし、ぶらぶらと歩いてきて、ぬかるんだ山道に倒れているふたつの死体を見おろす。サプレッサー付きのM40を肩に吊し、赤外線ゴーグルを額に押しあげていた。

アクラムが、身をひそめていた岩のあいだから立ちあがり、そこへやってくる。

「ほら、言ったとおりになっただろう」嵐の音に負けない大声でデュークが言った。「こんなばかどもでも高い場所を確保するのが大事ってことはわかってたようだが……たぶん、おまえらのような砂漠の住民には高い場所の利点がわからんだろう。そうじゃないか？」

彼は笑って、身をまわし、ふたつの死体を山道からビャクシンの茂みにひきずっていくように、と、ほかのふたりに命じた。

「長い雨の夜になりそうだ。おまえらはみんな、雨に打たれつづけることにいますぐ慣れるようにしたほうがいいぞ。それと、両手をポケットにつっこんで、ぼうっとつったってるのはやめるんだ」彼はそこを立ち去りながら、口のなかでつぶやいた。「できそこないのイスラム教徒どもが」

52

モンタナ

家への電力の供給が断たれ、それまでカウチにすわって、核爆弾の捜索が強化されたというインターネットのニュースを読んでいたバックが、立ちあがった。稲妻がひらめき、その一瞬の光のなかに彼の姿が浮かびあがるのが、ジャネットの目に映る。彼の手が拳銃にかけられていた。

「たぶん、嵐のせいよ」彼女は言った。「ここではよくあることだし」

「それはうちも同じだが、これが真っ暗な一夜になってしまうのはまずい」

マリーがギルのスプリングフィールド・アーモリー四五口径拳銃を手に持ち、うなっているオソを連れて、階段を駆けおりてきた。

「なにかがおかしい」彼女がささやいた。「オソがいらだってるの」

オソが裏手のドアへ直行し、ロックされている犬用のドアをひっかきはじめた。

「ハルを起こしてくれ!」バックが言って、拳銃を抜きだす。「ジャネット、あんたとマリーは二階へ行くんだ。オソを連れていけ」

ハルはそのときにはすでに、左右の手にそれぞれカービンを持って、下におりてきていた。部屋をつっきってきて、その一挺を父親に手渡す。

「厩舎の外でなにかの動きが見えた。あれは弟たちじゃない」

電線と電話線を切断したあと、アクラムは二十名から成る自分のチームを厩舎《きゆうしや》のなかに集合させ、雨に濡れたジャケットを脱ぎ捨てた。馬の排泄物《はいせつぶつ》のにおいが不愉快で、不潔な感じがした。彼はアバドに命令して、ほかの面々に出入口の監視をさせた。そのムスリムたちは市販されている第一世代の暗視ゴーグルをつけていたが、デュークだけは軍用の第三世代の暗視双眼鏡——赤外線ゴーグル——を装着していたので、周辺光に加え、それが照射する赤外線の光によって、より明瞭にものを見ることができた。

「もしだれかが家から出てきたら」アクラムは言った。「すぐに撃て」

デュークが干し草の山に腰をおろす。

「さて、つぎの行動はどんなもんだ？」

「どうしたものか」むっつりとアクラムは言った。「雨のなかでやる計画は立てていなかったんだ」彼の国では、雨が問題になることはけっしてなかったのだ。「おれはTAC‐50を持ってここの屋根裏へあがり、あんたは下で準備をする。そして、どちらも、シャノンが姿を現わすのを待つことにしよう」

「家に襲撃をかけてもいいんじゃないか」デュークが言った。「こっちには人員がおおぜいいる」

「待って、ようすを見よう。もしなかにシャノンがいて、われわれを待ち受けていたら、悲惨なことになってしまう。何人がシャノンに同行しているか、こっちにはわからないんだ」

「いいか、あんたは朝になる前にこの〝アヒル狩り〟をすませたいのか、それとも、この土砂降りのなかで、ひと晩ここでぐずぐずしているのがいいのか、どっちなんだ？」

「べつに悪態をつく必要はないだろう」

デュークがくくっと笑う。

「おれはユダヤの神と話してるのさ」

「前にアバドが言ったように……悪態は悪態だ」

「あんたはあの野郎を殺したいのかそうでないのか、どっちなんだ？」

アクラムは、いまこのアメリカ人を殺してやれたらと思って、眉をひそめながら、相手を見た。

「話を聞こう」

「あの若造に自爆用のヴェストを着せて、送りだす必要がある。その爆発でシャノンを仕留められなくても、あそこに設定されていた防衛態勢が壊滅し、家に火がつくだろう。そのとき、外に逃げだしてきたやつらを、撃つんだ」

「タヒール！」闇のなかでアクラムが声をかけ、ひらめいた稲妻が一瞬、その顔を照らした。

「こっちに来てくれ」

自爆要員を家に送りだすというのは、絶妙の発想だった。だが、アクラムは、そのことを思いつかなかった自分に腹が立っていた。

やってきたタヒールは、暗視ゴーグルを顔に装着し、ＡＫ－47を肩に吊していた。

「おまえの待ち望んでいた時が到来した」アクラムが若者の両肩に手をかけて、ぎゅっと握りしめる。「あの家に入りこんで、爆弾を爆発させてもらう必要があるんだ。おまえは即座に天国に行き、アラーの愛に包まれるだろう」

タヒールは身震いし、温かい尿が脚を伝ってブーツのなかへ流れ落ちるのを感じた。

「はい、先生」声がかすれ、彼はこのときになって急に、自分が死にたくないと思っていることを悟った。だが、いまさら背を向けることはできない。

アクラムがタヒールのジャケットのジッパーを開いて、自爆ヴェストを着せ、起爆スイッチの設定をして、若者の手のなかへ押しこむ。

「しごくかんたんなことだ」と彼は保証した。「おまえはそのハンドルを離すだけでいい。あとのことはアラーがやってくださる」

「痛みはあるでしょうか？」

「なにもない」アクラムが保証した。「そして、おまえの名は永遠に残るだろう」

タヒールは膝に力が入らなくなり、馬がバケツに入れられたオート麦を食《は》んでいる厩《うまや》のドアにもたれかかった。

「忍び寄るのか走っていくのか、どちらがよいのでしょう？」

「まずはこっそりと」アクラムが言った。「あの赤いトラックのところまで進み、そこから可能なかぎり全速力で家の裏手へ走っていけ。ドアをぶち破れなかったら、窓から突入するんだ。どっちにしても、屋内に入りこんで、爆発の圧力波が最大の損傷を与えられるところに進むまで、生きていなくてはならない。もしターゲットが見えたら、できるだけ距離を詰めて、起爆装置から手を離すんだ」

「失敗はしません」無感動な声で、タヒールは言った。自分の体がもぬけの殻になったような気分だった。

アクラムが干し草の山を崩して、地面にひろげ、そこに両膝をつく。そして、若者をそこに来させて、同じことをさせた。

「さあ、ともに祈ろう。この藁《わら》がわれわれの礼拝絨毯となって、馬たちの排泄物からわれらを守ってくれる」

数フィート離れたところにいるデュークが、赤外線ゴーグルを通して、そのようすを見ていた。ふたりが干し草の上に膝をつき、地面に額を押しつけて、祈りだす。彼はそのふたりに侮蔑の念をいだいただけだった。

まだカネを全部もらっていないのが残念だ、と彼は思った。おまえら狂信者どもにもらったカネは残らず使いきってから、家に帰るとしよう。

53

モンタナ

雨が降りしきるなか、グレン・ファーガソンが意識を取りもどした。木イチゴの藪《やぶ》にうつぶせに倒れていて、背中に弟ロジャーの体があり、左目の下のところに、ぎざぎざしたビャクシンの枯れ枝が深く突き刺さっていた。これほどの寒さは生まれて初めてのことで、彼はまる一分近いあいだ、まったく動くことができなかった。最初は、銃弾に背骨をやられて体が麻痺《まひ》したのかと思ったが、手足の指はいまも動かせることがわかった。そのうち、やけに重いものが背中にのっている感触が伝わってきた。彼は両手を体の下に入れて身を持ちあげ、ごろんと仰向《あおむ》けになった。顔に突き刺さっていた枯れ枝を引き抜くと、そこの肉がひとかけら、いっしょにもぎとられてしまったが、ひどく寒いせいで痛みはほとんど感じなかった。冷たい雨が顔を打つのを感じつつ、じっと横たわり、しばらくしてロジャーの体をまさぐってみた。

「まさか！」彼は息をのみ、急に頭がしゃんとなって、懸命に身を起こした。自分が弾を何発かくらったことがわかってきて、骨や筋肉の損傷の有無が確認できるようになってきた。

ロジャーの頸動脈《けいどうみゃく》を探ってみたが、雨の勢いがあまりに強く、指が冷えきっているせいで、脈をとろうにも、なにも感じることができなかった。水で親指が滑って、後頭部の射出口に入りこみ、彼は恐怖のあまり、さっと両手を引きもどし、ずぶ濡れになったカーハートのジャケットで手をぬぐった。

弟がろくでなしどもに殺された。彼は最初、そのことが信じられず、雷鳴が鳴り響くなか、ロジャーの死体を膝にのせて呆然とすわっていることしかできなかった。そのうちようやく、われに返り、殺し屋どもがいまもどこかそのあたりにいて、父と兄を殺そうとしているにちがいないと気がついた。腕時計で時刻をたしかめると、自分とロジャーが下の家にひきかえすことを決めたときから一時間が経過していることがわかった。

彼はロジャーの死体をかかえあげ、弟の死に顔を目のあたりにするのは恐ろしいので、見ないようにしながら、わきに置いた。立ちあがろうとすると、ひどいめまいに襲われて、木イチゴの藪につっこんでしまいそうになった。その場にすわりなおし、自分のAR-15はどこかと闇のなかを目で探ってみる。どこにも見当たらなかったので、彼は山道のほうへ這《は》いずりはじめた。稲妻がひらめいて、五十フィートほど向こうにあるテントを浮かびあがらせる。グレンはそちらへ這っていき、雨を逃れて、なかに入りこんだ。

ずぶ濡れになったコットンの着衣を脱いでいく。素っ裸になると、急激な低体温症をもたらしていた原因がなくなったことで、すぐに体温があがりだすのが感じられた。真っ暗闇のなかで自分の体を手探りしたところ、胸の上部に三カ所の射出口があるのがわかった。どれも、鉛筆の直径ほどしかない小さなもので、出血もたいしたことはなかった。肩をまわすと、両方の鎖骨がきしむのが感じられ、左手の指がいつもほどうまくは動いてくれないことがわかった。だが、腕と手は左右ともちゃんと動かせるので、なんということはない。

ゴアテックスのブーツのおかげで靴下は濡れていなかったから、靴下は脱がずにブーツを履《は》きなおし、三層構造の極寒冷地用《ECW》寝袋を巻きあげる。そのあと、ロジャーのバッグからスコープ付きのモーゼルを取りだして、装弾子《ストリッパー・クリップ》に手探りで五発の弾を入れた。残りの四発は弟のキャメルバック・リュックサックに入れ、リュックサックを丸めて、巻きあげた寝袋のなかへつっこんでおく。数分後、テントから這いだしてみると、まだ立ちあがるのはむりなことがわかった。

ブーツ以外は素っ裸のまま、右手でモーゼル、左手で寝袋をひきずりながら、尾根のほうへ這っていく。雨が背中をたたき、泥水が目に飛び散ってきたが、寒さはぼんやりとしか感じなかった。この寒さが、これまで出血を抑えてくれていたのにちがいない。彼は尾根にたどり着くと、カシキンがスナイパーの潜伏場所にしていたところまで這っていった。そこで寝袋を解き、ジッパーを開いて、防水ゴアテックスの寝袋のなかへ身を押しこむ。

体温があがれば出血がひどくなるだろうが、体を温めてやらないと先に低体温症で死んでしまうだろう。グレンはモーゼルの銃口を丘の下にある牧場に向けて、スコープをのぞいてみたが、ひとの動く気配は見てとれなかった。稲妻が三度ひらめいたが、その光に浮かびあがるものはなかった。危機感が募り、牧場へ這いおりていく気になって、彼は寝袋のジッパーを開いた。が、そのとたん、むきだしの体に冷たい風と雨がたたきつけてきて、これまでに経験した発熱による寒気の十倍はひどい苦痛が襲いかかってきた。彼はジッパーを閉じなおし、この場にとどまる決心を固めた。

　寝袋のなかを手探りして、リュックサックから折りたたみナイフを取りだし、肩から下をむきだしにすることなくライフルを操作できるように、寝袋の二カ所に穴を開ける。そのあと、リュックサックからロジャーのウールの縁なし帽《ウオッチキャップ》を取りだし、頭にかぶった。スニッカーズのチョコレートバーを一本食べ、水を一クォートほど飲んで、気分がぐんとよくなったところで、ライフルを構える。家の裏手の窓は──マリーの寝室の窓に板張りがされているだけで──どれも割れていなかったので、おそらくまだ戦闘は始まっていないのだろうと察しがついた。

「いまも監視をしてくれてるんだろうな、おやじ」

　そのとき稲妻がひらめき、ひとつの人影が厩舎から駆けだして、スチールの水桶の陰に走りこむのが見えた。

　グレンはすばやくボルトを操作して、銃床を肩に押しつけた。

「神よ」雷鳴がとどろくなか、彼は口のなかでつぶやいた。「お願いだ。頼むから……もう一度、稲妻をひらめかせて、おれがあの野郎の頭をふっとばせるようにしてくれ」

54

モンタナ

二階の窓から少し離れたところに、ハルがマリーと並んで立ち、ふたりは稲妻がひらめくつど、厩舎《きゅうしゃ》のようすを目で探っていた。AK-47を持つ男たちが内部で動きまわっているのが垣間見えただけで、敵の大半は視野に入ってこないとあって、そこに何人いるのか見当がつかなかった。

マリーは銃保管庫からギルのブローニングを取りだし、ハルに使わせていた客用ベッドの上に置いていた。

「やつらが先に動きだすのを待つことにするの？」

「当面はおれたちが有利な立場にある」ハルが言った。「まもなく太陽が出てきて、こちらの助けになってくれる。もしやつらが家の包囲に取りかかったら、おれたちにはやつらの姿が見えないので、困ったことになるだろう」

「あなたの弟たちはどうしてると思う？」

「わからん」とハル。「おれたちは敵を見くびっていた。いやな感触があるんだ。弟たちはあそこで不意打ちをくらったんじゃないだろうか」

「どうか、その感触がまちがっていますように。そんなことになったら、あなたのお父さんがけっして許してくれない——見て！」彼女は窓の外を指さした。「だれかが厩舎から駆けだして、水桶の陰に走りこんだわ」

自分が熱源にならないよう、上半身と頭部をポンチョでくるんでいるハルが、窓の枠に近いところから、ちらっと外をのぞいてみた。稲妻がひらめき、波形鉄板の水桶の陰にかがんでいるタヒールの姿が完全に見てとれた。

「武器はなにも見えなかった。あんたはどうだった？」

「見えなかったけど、両手でなにかをつかんでたのはたしかよ。それを落とすのを心底恐れているような感じで」

「手榴弾だとか？」

「わからない」

ハルが階段の上に行った。

「おやじ、手榴弾に備えてくれ！」

「あいつが家のほうへ走ってくる！」マリーが叫んだ。

厩舎の屋根裏で腹這《はらば》いになったアクラムが、TAC‐50の銃床を肩にあて、それの暗視スコープをのぞいていると、タヒールが水桶の陰から跳びだし、家のほうへまっしぐらに走っていくのが見えた。物陰から物陰を伝うように指示しておいたのに、そんな動きはまったくない。その愚かさと臆病さにあきれて、彼は悪態を漏らした。いまになって、あの若者はこの任務に適した精神の持ち主ではないことが明らかになったのだ。指示されたとおりに動いて、できるだけ迅速に家にたどり着くだけの任務だというのに。

稲妻がひらめき、ライフルの銃声が鳴り響いた。若者がぬかるみのなかへ倒れこみ、片手で脚をつかんで横たわったまま、苦痛の悲鳴をあげたような感じで口を開く。悲鳴は風にさらわれて、届いてこなかった。

アクラムは膝立ちになり、口の前に両手を筒のようにあてがって、叫んだ。

「立ちあがって、走れ!」

その叫び声が聞こえたはずはないのだが、タヒールはなんとか立ちあがり、跳ねるような走りかたで、ふたたび家のほうへ進みだした。負傷した脚を片手でつかんだまま、家の裏手のデッキへ近づいていく。

一瞬、牧場全体が真っ昼間のように明るく照らされた。また銃声が鳴り響き、目のくらむ閃光のなかで、若者の体が爆発する。

爆発の衝撃波が家の裏側の窓をひとつ残らず粉砕し、デッキをかたちづくっている2×6インチの木材をめくりあげて、破片が嵐のように家に襲いかかったが、建物の骨組みは無傷で残り、火災はどこにも生じなかった。

アクラムは激怒し、屋根裏のドアのほうへひきかえそうとしたが、デュークがそこにやってきて、彼のかたわらにしゃがみこみ、M40スナイパー・ライフルの銃口を丘のほうへ向けた。

「シャノンは家にはいない。あの尾根にいるんだ。あそこに目を凝らして、銃口炎があがった地点を確認しろ。一度めに見つけないと、二度めにはもう、おれたちは生きちゃいられないだろう」

アクラムはTAC-50を構えなおした。丘の高みから、SEALスナイパーの〝全能の眼〟がそのスコープごしに、死に神のようにこちらを見つめているような気がした。反射的にすくみあがりそうになったのを――いまにも弾が飛んでくるかもしれないと思うと、すくみあがるものだ――必死に抑えこみ、かさばるライフルの震える銃口を尾根に沿って少しずつめぐらし、ターゲットを探し求める。

「リラックスしたほうがいいぞ」デュークが警告した。アクラムのスコープの動かしかたがぎくしゃくしていることが感じとれたらしい。「そんな調子じゃ、ぜったいにやつを見つけられん。なめらかに銃口をめぐらすんだ。やつはおそらく、あのあほうなガキを撃ったときに銃口炎を見られた可能性を考えて、場所を移動しているだろう。だから、やつが別の地点に陣取るまで、こっちは一、二分待つんだ。とにかく冷静さを保っておけば、やつを仕留められるだろう」

その落ち着きはらった態度にアクラムは怒りを覚えたが、射撃の腕前はデュークのほうが上だとわかっていたので、自分のTAC-50をアメリカ人にさしだした。

「トレードしたほうがいいだろう」

デュークがにやっと笑う。

「ほう、日に日におれの国のことばがうまくなってるじゃないか」銃を交換し、それの高価な暗視スコープに目をあてがう。「才能のある男がこの上等な銃でなにができるか、よく見とけ――そのあいだ、そっちは引き金から指を離しておくんだぞ。いまから、あんたはおれの監的手《スポッター》だ。あんたが撃ってはずしたら、こっちはそろっておしまいになっちまう。だから、あんたはおれがあの野郎を見つけだして、そのケツをまっぷたつに引き裂いてやるのに手を貸すんだ」

それから四分ほど、彼らは上方の岩場の観察をつづけた。

「なにか見えたぞ！」アクラムは言った。「ライフルだ」

「どこだ？」

一分後、アクラムはターゲットの位置を確認して、デュークに教えた。

「あ、あそこにいやがったか」デュークが言った。「なんでかわかるか、駱駝《らくだ》乗りの友よ？」

アクラムはもう、デュークの侮辱的な言辞を受け流せるようになっていた。

「なにがだ？」

「おれたちがまだ生きてる理由がだ。それは、やつにはおれたちが見えないからだ。あそこにいるあいつは、暗視スコープを持ってない。稲妻が光らないかぎり、やつはなにも見えやしないんだ」

「だったら、さっさと殺してしまえ！」

デュークがくくっと笑う。

「辛抱しろ、キモサベ。おれに急いで撃たそうとするな。もしおれがミスったら、やつはその銃口炎を見るなり、反射的にここに撃ってくるだろう——そうなったら、おれたちのどっちが弾をくらうことになるかわかったもんじゃないだろう？」

アクラムは、シャノンが射殺されたらすぐにデュークを殺してやろうと考え、さりげなく自分の脚のほうへ手をのばして、ホルスターのスナップをはずした。

「それと、こざかしくも、おれの頭に弾を撃ちこむなどということを考える前に」デュークがスコープから目を離して、言った。遠い稲妻の光のなかに両者の顔がおぼろげに浮かびあがる。「あそこにのぼって、やつが死んだことを確認する必要があるだろう。獲物があそこでくたばってるのがわかるまでは、最高の射手を殺したくはないんじゃないか？」

アクラムは笑みを返した。

「そんな考えを持ったことはないよ」

デュークがスコープに目を戻す。

「おれの背中に小便をかけて、それは雨だと言うのはやめておけ」

スコープを通して相手の顔が見えたので、彼はその鼻にレティクルを重ねた。そのシューターはウォッチキャップを目深にかぶっているせいで、目鼻立ちがよくわからず、スコープを通してとあって、顔つきはぼうっとしか見えなかった。

「公平な撃ち合いにできないのが残念だ」彼はつぶやいた。「やつが気の毒に思えるほどだ」

ライフルの引き金を絞ると、肩に衝撃が来た。といっても、銃床の油圧式ピストンが反動の大半を吸収したので、驢馬に蹴とばされたような強烈なものではなかった。

一瞬後、スコープをもとの位置に戻すと、シューターのライフルがいまも岩のあいだから突きだしているのが見えたが――その向こうにあった頭は消えていた。

「命中！」

「やつを仕留めたのか？」アクラムにはそれを見分けることができなかった。デュークのM40についている光学スコープは、TAC‐50のスコープほど優秀ではないからだ。「まだライフルが見えているが」

「おれはライフルを狙って撃ったんじゃない、この野郎」デュークが膝立ちになり、TAC‐50の銃口をアクラムのほうへめぐらした。「よし、いまからやることはこうだ、ザトーイチ。おれたちはあそこにのぼって、死体を確認する……おれとあんただけでな。やつが死んでいたら、おれたちは、この下にいるあほうどもは放置し、尾根の向こう側をくだって、車のところに行く。車でホテルに戻ったら、あんたは大至急、残金をおれの口座に振りこむ。それがいやだってことなら、いますぐあんたを撃ってやるぜ」

アクラムはM40を置いて、あとずさり、膝立ちになった。

「おれはここに銃を置いていくんだろう？」

「ちゃんとわかってるじゃないか、バスター・ブラウン（リチャード・フェルトン・アウコールトが二十世紀の初めに新聞に連載した人気漫画『バスター・ブラウン』の主人公である少年の名）。さあ、拳銃を捨てるんだ。さっさとすませてしまおうぜ」

55

モンタナ

　バックがジャネットを二階へ運んでいって、ベッドに寝かせた。彼女は爆発で飛散した2×6インチ材の破片を額に浴びて、なかば意識を失ってしまったのだ。暗がりのなか、マリーはそのそばにすわり、アイスパックを傷口にあてがった。

　マリーがどこに行っても、オソが影のようについてきていた。屋内に漂うアドレナリンのにおいを嗅《か》いで、なにか悪いことが起こっていると察知したのだろう。

「外でなにがあったの？」彼女はバックに尋ねた。「あなたには見えた？」

　彼がいらだったようにうめく。

「家に駆け寄ってきたやつが自爆したんだ」

　廊下の向こう側にある客間で、300ウィンチェスター・マグナム弾を使用するギルのブローニングを持って厩舎の監視をつづけているハルが、そのやりとりを聞きつけた。

「なんであいつは、もっと近寄ってから自爆しようとしなかったんだろう？」

　バックが廊下を這っていき、ハルのそばで射撃体勢をとる。

「それは、おまえの弟たちのどちらかがあいつを撃ったからだと思う。ライフルの銃声がひとつ聞こえたのはまちがいない」

そのとき、厩舎のほうからTAC‐50の銃声がとどろき、ふたりは身をかがめた。

「だれか撃たれたか？」バックが声をかけた。

「こっちはみんなだいじょうぶ」マリーが答えを返してきた。

「いまのは家を狙った射撃じゃない」ハルが言った。「尾根を狙って撃ったんだ」

「おまえの弟たちが撃たれたってことだぞ！」バックがちらっと窓の外をのぞきこんだ。

このときになって初めて、ハルは弟たちがまだ生きているのではないかと思いはじめた。

「やつらがずっとあそこを監視しているとすれば、もう一度撃つために、厩舎から頭を突きだすだろう」

バックがブローニングを持ち、廊下を這って、マリーの寝室へひきかえす。部屋の窓がひとつ残らず粉砕されたために、風雨がなかに吹きこんできていた。彼はそのライフルの強力なスコープをのぞきこみ、マリーが昼間に、カシキンが設定したスナイパーの潜伏場所であることを示した地点を目で探った。また稲妻がひらめき、岩のあいだからモーゼルの銃床前部と銃口が突きだしているのがはっきりと見てとれた。

「弟たちだ！」彼は大声で言った。「モーゼルが見える」

「だれが構えてるんだ？」ハルが大声を返してきた。

「ライフルしか見えん」

マリーが母親のそばを離れ、客間へ這いずってきた。

「ハル、やつらが家を包囲する気になる前に、助けを求めに行ってもらわないといけないわ。こんな雨だからといって、やつらがいつまでもぐずぐずしていることはないでしょうし」

「お母さんのぐあいが悪いのか？」

「母はだいじょうぶだと思うけど、もし銃撃が開始されたら、この家がＡＫ‐47の銃弾を食いとめることはできないでしょう。わたしでも、銃撃を集中したら壁を一面ずつ破っていけることぐらいはわかるわ」

バックが客間に這ってきて、ブローニングを壁に立てかけた。

「そのとおりだ。しかし、助けを求めに行くのはあんたがやるべきだ、ハニー。徒歩でも、急げば一時間たらずでチャタムのところまで行き着けるだろう」

「ダスティに助けを求めに行くのは気が進まないわ。彼とはここ何年か話をしたことがないのよ」

「いまは、そんなことはどうでもいい」バックが言った。「こういうときは、意見のちがいはわきへおくようにしなくてはいかん」

そのあと十分ほどをかけて、マリーはいやいやハイキングブーツを履《は》き、ゴアテックスの雨具をつけて、身支度を整えた。それから、キャメルバックの水筒に水を満たし、四五口径のスプリングフィールド拳銃をホルスターにおさめて腰につけた。

「わたしがいなくなったら、オソはわがままな子どものようになっちゃうから、ずっとそばにいてやってね」

「南へじゅうぶんにまわりこんでから、東へ向かうようにするんだぞ」バックが言った。

「くそったれどもに姿を見られてはいかんし、尾根にいる息子たちに敵と見まちがわれてもいかんからな。わしらは、あんたが応援を連れて戻ってくるまで、ここに踏みとどまる」

マリーは下におりて、居間に入ると、厩舎の反対側に面する窓のほうへ行って、膝をつき、オソをハグした。

「いまから、あなたがおばあちゃんの面倒を見てね」オソにそう話しかけて、頭を撫《な》でてやる。

立ちあがって、窓を開けると、チェサピーク・ベイ・レトリーバーがくんくん鳴きはじめた。自分が置いていかれることがわかったのだ。

「この子を押さえておいて、バック。そうでないと、わたしを追って跳びだしてくるでしょうから」

バックが犬の首輪をつかむ。

「よし、行っていいぞ、ハニー。気をつけてな！」

彼女が夜の雨のなかへ忍び出ると、バックが窓を閉じた。オソが玄関ドアへまっすぐ駆け寄って、吠えはじめる。

「彼女はだいじょうぶだ」ファーガソン家の主《あるじ》が言って、首輪をつかんだ。「二階にあがって、ジャンの面倒を見よう」

そこに行き着くまでのあいだ、その大型犬は身をひねったりまわしたりの連続で、まるでタスマニアデビルに階段をのぼらせているようなぐあいだった。

「こら、この強情者！」最後の一段になったところで、バックはよろめいてしまった。

バックがバランスを失ったのを感じとったオソが、首輪をつかんでいた手をふりほどいて、階段を駆けおりていく。バックが階段をおりきる間もないうちに、オソは居間をつっきって家の裏手へ走っていき、割れた窓のひとつを跳びこえて、外の闇に姿を消した。

マリーは一刻もむだにせず、家から遠ざかっていった。障害物や穴ぼこのある場所がすべてわかっていたので、暗くても歩くのに困ることはなかったのだ。だが、庭の向こう側にある馬用運搬車の下からひとつの人影が現われ、ナイフを抜いて、追跡を始めたことにはまったく気づいていなかった。

闇を抜けてあとを追うその人影は、アメリカ生まれのアルカイダの一員で、雨が降っているために、彼女と同様、足音を立てることはなかったのだ。そいつは夜の闇の奥へと彼女を追っていき、やがて彼女が東へ方向を転じると、その姿を見失いそうになったものの、彼女が地所の南の境界をなす有刺鉄線フェンスにたどり着いたときに追いついていた。

マリーがフェンスを乗り越えようとしているあいだに、そいつは彼女のジャケットのフードをつかんで、荒々しくフェンスから引き離した。彼女は背中から地面に落ちて、肺の空気をたたきだされ、悲鳴をあげることもできなかった。黒い人影が彼女のわき腹を蹴りつけて、腹這《はらば》いにさせた。そして、彼女の背中に飛び乗って、雨に濡れはじめた髪に指を深くつっこみ、強引に仰向《あおむ》かせて、喉を露出させた。マリーは、冷たいスチールの刃が頸静脈《けいじょうみゃく》に押しつけられるのを感じた。

そのムスリムは、夜のあいだずっと運搬車の下のぬかるみで凍えるような思いをしていたせいで腹を立てていたが、いまそのみじめさを埋めあわせる時が来たのだ。男が彼女の耳元で、怒りの声を発する。

「この首を掻《か》き切って、おまえの亭主に見せつけてやるぜ！」

「やめて！」彼女は喘《あえ》いだ。両腕が体のわきで男の脚に押さえつけられているせいで、身動きできなかった。

男が髪をつかんでいる手にさらに力をこめて、彼女の顔を限界まで仰向かせ、勝利の雄叫びをあげる。

「アラーは偉大《アラー・アクバル》なり！」

マリーが悲鳴をあげたとき、体毛をどっぷりと濡らした百ポンドの体重を持つ狼の亜種《カニス・ルプス・ファミリアリス》が、うなりをあげてムスリムに背後から襲いかかり、彼女の頭の向こう側までふっとばして、四つん這いにさせた。オソ・カサドールが男のうなじに牙を食いこませ、荒々しくうなりながら、男をぼろ人形のようにひっぱりまわす。

犬に首をくわえられた襲撃者は無力に手足をばたつかせるだけで、仰向けになることも、犬から身をふりほどくこともできなかった。男は必死に身を跳ねあげようとしたが、延髄《えんずい》の第四頸椎と第五頸椎のあいだに犬の牙が食いこんできて、突然、体が意志に反応しなくなったことを感じとった。

オソはこれと同じやりかたで、小動物を何度となく――それどころかコヨーテも――仕留めてきた熟練の〝殺し屋〟であり、餌食の体がぐにゃっとなったのはなにを意味するかをよく心得ていた。そこで、オソは男の首から牙を抜いて、すわりこみ、マリーに褒《ほ》めてもらおうと、尾をふりながら彼女を見つめた。マリーがなかなか身を起こさないのを見てとると、犬はそのそばに行って、彼女の顔をなめ、ぐずるような声を漏らしはじめた。アドレナリンを使い果たしたマリーは、動くこともままならないほど力が入らず、ぬかるみに顔を伏せた格好で横たわっていた。

「いい子ね」と彼女はつぶやき、懸命に手をのばして犬の頭を撫《な》でた。「よくやってくれたわ、カサドール」

犬がまた彼女の顔をなめ、その舌のぬくもりが体内の熱源に火を点じて、かすかな温かさが全身にひろがっていった。しばらくして力が蘇《よみがえ》ってきたところで、身を起こして、フェンスにもたれこみ、背中まで入りこんでくる雨を避けようとフードをかぶりなおす。まだ気乗りしないまま、立ちあがろうとすると、体の左側に刺すような痛みが走った。なじみのない痛みではなかった。これまでにも、肋骨《ろっこつ》を折ったことは二度ある。落馬したときと、馬に蹴られたときだ。

「長い歩きになるわ」彼女は犬に話しかけた。

ぬかるみにうつぶせに倒れている男がうめきだす。彼女は自分のジャケットの内側に装着したホルスターから四五口径拳銃を抜きだし、男の背中に這いあがって、そのわき腹に銃口を押しつけた。

「おまえたちは何人いるの？」彼女は問いつめた。

「動けない」男が泣き声で言った。「医者が必要だ」

「おまえに必要なのは医者じゃなく、地獄《ヘルヴァ》よ」彼女は男の背中に顔をあずけた。それは地面よりずっと温かく、自分を殺そうとした男の体のぬくもりがこれほど心地よく感じられるのは妙なことだと思った。「何人いるの？」

「二十人。病院に行かなくては……頼む」

「検視医のところに行かせてやるわ」

彼女は銃口をわずかに下向きにして、引き金を引いた。わき腹に銃口を押しつけているために、くぐもった銃声があがり、フェデラルのホローポイント弾に内臓を引き裂かれた男がびくんとなるのが感じとれた。銃弾につらぬかれた衝撃が全身におよんで、男がほぼ即死する。男が絶命したのを感じたところで、彼女は身を転がして、起きあがり、有刺鉄線フェンスにもたれかかって、犬のほうへ手をのばした。

「こっちに来て、ボーイ」彼女は言った。「ママが立ちあがるのに手を貸して」

56

モンタナ

アクラムがアバドに無線を入れて、自分たちはシャノンの死を確認するために丘へのぼっていくことを伝え、だれかが家から出てきたら撃つようにと指示を出した。彼はデュークとともに屋根裏から厩舎の裏側へおりていき、そこから丘をのぼりはじめた。

雨が激しいために、マリーの悲鳴を聞きつけた者はいなかった。

彼らは丘をのぼりきったところで、頭部がほとんど失われたグレン・ファーガソンの死体に出くわした。その体は極寒冷地用《ECW》寝袋に包まれたままで、間に合わせに開けた穴から両腕だけが突きだしていた。

デュークがモーゼルを丘の下へ蹴とばして、赤外線ゴーグルを額へずりあげ、タクティカルタッチ・フラッシュライトの光で足もとの死体を照らして、あざけり笑いを漏らす。

「こいつ、自分で死体袋に入りやがったか。なんとか言ったらどうだ、アクラム？　こいつは死んでると思うだろう？」

アクラムは笑みを禁じ得なかった。いきさつはどうであれ、極悪の殺人者ギル・シャノンは死に、未来永劫《えいごう》にわたって地獄《ジャハンナム》の業火《ごうか》に焼かれる定めとなったのだ。

「こいつは地獄の火に焼かれるだろう」

「けっこう。では、このくそったれな雨を逃れて、ホテルにひきかえし、取り引きにけりをつけてしまおう」

「残金を振りこんだとたん、あんたはおれを殺そうとするだろう。なにか、そうはしないわけでもあるのか？」

「そのわけは、おれはあんたのような安っぽい野郎じゃないから——それだけのことさ」

「失礼なことを言ってすまないが、デューク、あんたは同胞を裏切った男なんだぞ」

「それは、やつらとおれのあいだのことさ。おれは十九年間、忠実に職務に励んできたってのに、やつらはおれのクビを切りやがったんだ。さあ、どうする、タフガイ。行くのか、死ぬのか？」

アクラムは熱い液体が顔に降りかかってくるのを感じ、その直後、遠方からライフルの銃声が届いてくるのを聞いた。

デュークがフラッシュライトを取り落とし、肩に吊されていたTAC-50が滑り落ちる。デュークの手が腹を押さえ、その指が野球ボールほどの大きさに開いた射出口に触れた。

「くそ」とデュークがつぶやき、顔面から地面に倒れこむ。

アクラムが岩のあいだに身を伏せたとき、つぎの銃弾が大岩に当たって跳ねかえった。彼はTAC-50のストラップをつかんで引き寄せ、そうしながらアバドに無線を入れて、シャノンが家のなかから撃っているようだと伝えた。

下方でオートマティック・ライフルの発砲が開始されたところで、アクラムはデュークの頭から赤外線ゴーグルをひったくり、寝袋に包まれた死体からドッグタグ類をもぎとってから、丘の東側を通る山道を急いでくだっていった。途中で無線を入れて、射撃を停止させ、十分後、厩舎のなかにいる仲間たちに合流すると、全員が狂乱してつったっていた。

「デュークはどこに？」アバドが問いかけてきた。

「シャノンに射殺されたらしい」アクラムはもぎとったドッグタグ類を彼に放り投げた。

「われわれはやつにはめられたんだ！」

アバドが赤いペンライトでタグのひとつを照らし、そこに記されているグレンの名と〝USMC〟──アメリカ合衆国海兵隊──の文字を読む。殺されたのは海兵隊員だとわかって、彼はいやな気分になり、自分がこの失態の全責任を負わされることになりそうだと考えた。

「ウダイがいなくなったんだ」

「彼がいなくなったというのはどういう意味だ？」

「言ったとおりさ。彼はずっと、家の前にある馬用運搬車の下に隠れてた。それが、いまはいなくなって、どこにも姿が見当たらないんだ。おれは前に、無線がもっと必要だと言っただろう」

「彼の携帯電話にかけてみたのか？」きつい口調でアクラムは問いかけた。

「ここは電波がまったく入らないんだ」

アクラムは濡れた髪を指でかきあげた。

「つまり、こう言いたいのか？　だれかが家から出てきて、彼をなかにひきずりこんだと？」

アバドは敬虔《けいけん》なムスリムではあっても、アメリカで育った男なので、アメリカ的な部分を持っており、アクラムのアラブ的なもってまわった言いかたに我慢がならなくなった。

「おれは、彼がいない、いなくなったと言ってるだけだ！　ちゃんと聞けよ！」

「だれに向かって話してるつもりだ？」

「あんたにだ」とアバドが言って、足を踏みだす。「あんたに、あんたの部下のひとりがいなくなったと言ってるんだ。こんなやりとりは終わらせなくては、アクラム、それも、さっさと終わらせなくてはいけないだろう」

銃撃がやんだとき、バックがジャネットのようすを見るために、ブローニングを持って廊下を這いずり、バスルームにひきかえしてみると、彼女は鋳鉄製の台でつくられているバスタブのなかで、毛布をかぶって丸くなっていた。

「だいじょうぶか、ジャン？」

稲妻がひらめき、バスタブの端の陶器部に当たった銃弾が破片を飛び散らせていたことが見てとれた。

「ぴんぴんしてるわ」彼女が答えた。「あなたたち男性陣はどうなの？」

「オーケイだ」起きあがって、バスタブに身をもたせかけながら、彼は言った。「尾根にいるやつらのひとりを仕留めた」

「よくやったわね！」

「ジャン、わしはグレンとロジャーは死んだのだろうと思ってる」

彼女がバスタブの縁からのぞきこんできた。

「まだそうとはわからないでしょ」

「尾根の上に、あのくそったれどものふたりがなんの心配もしていないような調子で、フラッシュライトをつけて立っていたんだ。そいつらは足もとにあるなにかを見ていた。それは息子たちのひとりだったと、わしは思ってるんだ」

闇のなか、彼女が手をのばして、彼の顔に触れた。

「もしそうだったら、バック、彼はいまもっとよき場所にいるのよ。でも、希望は捨てないでね」

57

ラングレー

カシキンのノートPCのハードディスクに設定されていたファイアウォールを破って、暗号化されていたデータに完全なアクセスができるようになったとき、ポープには、チェチェン語のテキストを翻訳するまでもなく、どの都市がターゲットになっているかがすぐにわかった。ワシントンDCの写真が山ほどあったので、どの言語で書かれているかなどは関係なかったのだ。

彼は受話器をつかみあげた。エドワーズ空軍基地に電話をかけると、最初の呼出音で相手が出てきた。

「大統領首席補佐官のティム・ヘイゲンだ」

「こちらはポープだ。大統領を呼んでくれ」

アメリカ合衆国大統領が電話に出てくる。

「なにがつかめた、ロバート？」

「大統領、ただちにワシントンDCに退避命令をお出しになる必要があります。まだチェチェン語のテキストを英語に翻訳してはいませんが」——JPEGファイルの形態でハードディスクにおさめられているテキストにすばやく目を通しながら、彼は言った——「首都およびその周辺の写真が多数、見受けられます。重要な建築物のすべてが、細部にわたって撮影されています。ホワイトハウスおよび国会議事堂周辺の各警備ポイントを望遠で撮影した写真もいろいろとあります」

「こちらでそのファイルを評価しようと思うんだが、どれくらいの時間で送付できる？」

「ただちに翻訳しますので、半時間以内に送付できますが、それはそれとして、大統領、退避命令をお出しになることを強くお勧めします」

「ただちにそれをしよう。では、そのファイルを大至急、送ってくれ」

「イエス、サー。あとひとつ用件がございまして、大統領」

「なにかね？」

「ハロウン・アルラシードの尋問ではなにも出てきませんでしたが」ポープは言った。「その義理の姉が夫のアクラム・アルラシードのことをしゃべってくれました。アクラムはギル・シャノンを暗殺するために、彼の牧場へ向かったとのことです」

「わかった」と大統領。「シャノンがきみといっしょにいたのは幸運だった。彼の妻は安全な場所へ移動しているんだろうね？」

「そうではないようです、大統領。彼女はいまも牧場におり、電話をかけても応答がありません。わたしはシャノンに、ガルフストリームVでモンタナへ飛ぶことを許可しました」

例によって、また大統領が長い間をとってから、返事をする。

「率直に言って、ロバート、わたしは怒りをぶつけることに――とりわけきみに怒りをぶつけることに――うんざりしかけている。だから、どなりつける前に、ひとつはっきりさせておこうと思う……シャノンとそのチームは、きみの私兵ではない。了解したかね？」

「はい、大統領」

「彼らはもう飛び立ったのか？」

「飛び立ちました、大統領。モンタナ州のハイウェイパトロールと、ヘレナにあるＦＢＩ現地事務所には、すでに通報を入れています」

「よろしい」大統領が言った。「そういうことなら、現地の各当局に対し、各自の職務を果たす許可を与えよう。シャノンのチームがラスヴェガスにおける作戦で六名の非番警官と一名の若い女性を射殺したことを、しっかりと認識しておくように」

「大統領、若い女性を射殺したのはファイサルの配下の男であり、他地区の法執行官が関与してくるというのは予期しようのないことだったのです。戦闘にはそのような不確実性がつきものでして、大統領」

大統領がうめく。

「まあ、不確実性があろうがなかろうが、シャノンとそのチームは目的を果たしたということか。彼らには、帰還したときに完全な事後報告をせよとの命令を出すことにしよう」

58

モンタナ

マリーとオソは、二匹の濡れ鼠《ねずみ》のようなありさまになって、チャタムの牧場にたどり着いた。寝ていたせいで髪の毛がくしゃくしゃになっているダスティ・チャタムが、素足で玄関に出てきた。ブルージーンズを穿《は》いているだけで、上半身は裸だった。チャタム家とマッガスリー家には、一九四〇年代後半からの長い確執があり、その原因はすべて土地にからむ論争だった。といっても、マリーとダスティのあいだに私的な怨恨があるわけではなく、悶着《もんちゃく》はどれも彼らの父と祖父のあいだで生じたものだ。

「マリー?」ダスティの顔に不信の色が浮かんでいた。

「ダスティ、こんな遅い時間におじゃまして、ほんとうに申しわけないんだけど、ひどい災厄に巻きこまれちゃって。電話を使わせてもらえるかしら?」

「いいとも」と彼が応じ、あとずさって、マリーとオソをなかに通す。

「おい、でかい犬じゃないか」

「彼がついさっき、わたしの命を救ってくれたの」

彼がドアを閉じる。

「どうやってやったんだ？　なにが起こってるんだ？」

「信じられないでしょうけど、アルカイダがわたしの家を爆破しようとしたの」肋骨《ろっこつ》が折れているために呼吸が苦しく、両手で胸を押さえて圧力をかけるようにしなくてはいけなかった。「やつらはギルを狙ってやってきたんだけど、いま彼は留守にしていて。すでに、ファーガソン家のグレンとロジャーが殺されたようなの」

彼が息をのんで、見つめる。

「なんだって？　マリー、気を落ち着けて、ほんとうのところを説明してくれ」

「誓って、これはほんとうのことよ」

「アルカイダ？　この土地に？　何人？」

「二十人ほどだと思う。わたしは電話のあるところに行くためにこっそり外に出てきて、バックとハルがあとに残って母を守ってくれているの。母はけがをしてる。手遅れにならないうちに助けに来てもらえるよう、ギルに電話しなくちゃいけないの」

「わかった。あそこの壁に電話があるから使ってくれ。それはともかく、どうしてアルカイダだとわかったんだ？」

「説明している時間はないけど、神に誓って、それは真実よ。彼らは、ギルが名誉勲章をもらった直後、彼の首に賞金を懸けたの」

モンタナ州には、ギルが戦争の英雄であることを知らない人間はめったにいない。

「電話をかけてくれ。おれは身支度をして、ライフルをとってくる」

マリーは電話のほうへ足を運んだ。

「ダスティ、あなたを巻きこむわけにはいかないわ」

「ばかを言うんじゃない、マリー。おれはあんたになんの恨みもない。仲良くやろうとしなかったのは、おやじたちなんだ」

彼女は電話のフックから、旧式なプッシュボタン式の受話器を取りあげた。

「仲良くするのはいいけど、ダスティ、撃たれることになっちゃいけないから」

「とにかく、旦那に電話をかけろ」と彼が応じ、階段を駆けあがっていく。「すぐにおりてくるよ」

一分ほどしたところで、ギルが電話に出てきた。

「もしもし？」

「ギル、わたしよ！」

「よかった！」彼が言った。「ずっと家に電話をしてたんだが、通じなくてね。みんな、ぶじか？」

「いいえ。またアルカイダが、こんどは二十人ほどでやってきて。すでにグレンとロジャーが殺されたようなの。わたしはいま、オソを連れてチャタムの家に来てる。バックとハルはいまも牧場に残って、ママの面倒を見てくれてるわ。ママは、やつらが家を爆破しようとしたときに、けがをしたの、ギル」

「きみはどんなけがをしたんだ？」ギルの声が厳格な感じになり、まさに兵士の口調になった。「無傷だと言ってもだめだぞ。声の調子でわかるんだ」

「肋骨が折れただけで、どうということはないわ。嵐をついて忍び出てきたら、やつらのひとりに捕まってしまったんだけど、オソが救ってくれたの」

ギルは恐怖の感情を抑えこんだ。

「いまは安全なのか？」

「ええ」

「オーケイ。おれはすでにチームを引き連れて、空路でそちらに向かっている。そこを動くんじゃないぞ」

「ダスティがライフルを取りに行ったの。バックを助けに行くつもりなんだと思う」

「冗談だろう！　彼はバックを憎んでるんだぞ」ダスティとバックはこの十年ほど、牛の競売に参加する際、相手に競り落とさせないようにするためだけに値をつりあげていると非難しあって、延々《えんえん》と口論をしてきた間柄なのだ。「できれば、首をつっこまないようにと彼を説得してくれ。彼が殺される結果にしかならない。なんにせよ、きみはそこを動くんじゃない。わかったね？」

「でも、ママが――」

「ママはいいひとたちに守られている、マリー。そうだろう！　きみはそこを動くんじゃない！」

「わかったわ」

「いまから機首のほうへ行って、パイロットと話をする。愛してるよ」

「わたしも愛してるわ」

彼女が電話を切ったとき、ダスティがカーハートの雨具を身につけ、三〇‐〇六弾が装塡《そうてん》されたスコープ付きのボルトアクション・ハンティングライフルを持って、階段を駆けおりてきた。

「ダスティ、あなたはあそこへ行かないほうがいいとギルは考えてるわ。彼はいま、チームを連れてこちらに向かってるの」

「どういうチームを？」

彼女は顔に垂れかかってきた濡れ髪をかきあげた。

「SEAL。航空機に乗りこんで、こちらに向かってるの」

「そうか。おれはSEALじゃないが、銃は撃てるし、バックの息子たちのふたりがすでに射殺されたってことなら、彼には応援がやってくるまで砦をもちこたえるための助けが必要だろう」ダスティが壁のペグからカウボーイ・ハットをはずして、頭にかぶる。「おれは幼いころ、あんたのママに学校まで迎えに来てもらったことがあるんだ。おれの継母の車がブリザードにあって、ひっくりかえり、みんなが彼女を見つけだすのに大わらわになって、おれのことをすっかり忘れてしまった。だが、あんたのママだけは忘れず、おれを迎えに来てくれたんだ。家へ送ってもらう途中で彼女が言ったことを、おれはいまもよく憶えてる。牧畜の民は、たとえふだんは仲が良くなくても、助けあわなくてはいけない。彼女の言ったことは正しいと思うぜ」

「ダスティ、ママは、雪の日にあなたを家まで送ってあげたからといって、命を危険にさらしてまでお返しをしてほしいとは思わないでしょう」

彼がドアを開いた。

「ダスティ、待って！」

彼が見つめてくる。

「伸縮包帯の持ち合わせはある？」

「馬に乗るやつはみんな伸縮包帯を用意しているさ。なんで？」

「折れた肋骨の上にそれを巻くのを手伝って。それがすんだら、いっしょに行くわ。わたしがあそこを離れたときに、どこにやつらがいたかを教える人間が必要でしょ」

「それはいい考えだとは思わないな、マリー。悪くとらないでほしいんだが、あんたは女だし、けがもしてるんだ」

「あなたはアルカイダの連中を殺したことがあるの、ダスティ？」

「ないが、これはそういう話じゃないと――」

「あのね、わたしはすでにそのふたりを殺したの。だから、包帯を巻くのを手伝ってもらえるかしら？　わたしは手遅れにならないうちに、あそこにひきかえしたいと思ってるの」

59

ワイオミング州上空

「マスターチーフ、申しわけない」ガルフストリームVのパイロットが言った。「ほんとうに申しわけないんだが、針路を変えてクリーチ空軍基地《AFB》へ向かえとの命令が来たので、そうせざるをえなくなってね」

「おれの家が、自宅が襲撃されているんだ」ギルは言った。「その意味はわかるだろう？アルカイダがあそこにやってきて、おれの家族を殺そうとしているんだ」

「それはわかってる」空軍大尉であるパイロットが言った。「しかし、これはブラッドショー大佐からの直接命令で、彼は大統領自身から直接命令を受けているんだ。わたしにはどうしようもないだろう？」

「針路を維持すればいいんだ！」

「いや、そうはいかない。ただちに軍法会議にかけられることになってしまう。きみは命令に逆らっても困りはしないのだろうが、わたしはそういう立場じゃないんだ。それに、FBIとモンタナ州警がきみの牧場に向かっているから、すべてうまくいくだろうよ」

ギルには、自分がモンタナに行かねばならないことがわかっていた。ヘレナにあるFBIの現地事務所には、すぐに出動させられるヘリコプターはないし、まして人質救出チームなどあるわけがない。モンタナ州警の連中はいいやつぞろいだが、そのほとんどは交通関係の訓練しか受けておらず、よく訓練されたアルカイダの部隊に――とりわけ、それがAQAPの工作員どもとなれば――対抗できるはずがないのはたしかだった。

彼は副操縦士《コ・パイロット》に視線を転じた。

「きみはどう思う、中尉？」

コ・パイロットがパイロットを指さす。

「自分は彼に命令される身なので」

ギルは、だれかれなく撃ち殺したいほどの怒りに駆られつつコックピットを離れ、ドアを閉じた。

クロスホワイトが待っていた。

「どういう話だったんだ？」

ギルは首をふった。

「彼らはおれとは立場がちがうんだそうだ」

「ジョン・ブラックスはどうだろう？」クロスホワイトが持ちかけた。「彼なら助けになってくれるんじゃないか？」

ギルは物問いたげに片方の眉をあげた。

「彼を引きこもうってのか？」

るだろう」

「いいか、この手の航空機には必ず自動操縦装置がついてるんだ」クロスホワイトが言った。「ブラックスに電話を入れたら、この機のコンピュータをプログラムする方法を教えてくれるだろう」

「それはまさしくグッドアイデアだ」ギルはくっと笑った。「あんたはときどき、そばに置いておく値打ちがあると思わせてくれる男だな」

数分後、彼らは衛星携帯電話でジョン・ブラックスをつかまえ、ギルが状況を手短に説明した。ブラックスは元空軍パイロットで、ギルが無許可で彼の妻のサンドラ・ブラックス救出任務をやったときに上空支援をしてくれた男だ。

「われわれはきみに測り知れない借りがある」電話に出てきたブラックスが言った。「だから、もちろん、イエスに決まってる。きみがパイロット・シートにすわることができたら、それのコンピュータをプログラムする方法を教えよう」

「待ってくれ」ギルはチームの面々のほうを見やった。「パイロットたちが降参しなかったら、コックピットを乗っ取ることになるが、それに異論のあるやつはいるか?」

SEAL隊員の全員が、さっとシートから立ちあがった。

クロスホワイトが、コックピットに通じるドアに手をかける。

「いいから、命令を出してくれ、チーフ」

ギルはしぶしぶうなずいた。

「この機を乗っ取れ」

クロスホワイトがドアを開けて、コックピットに踏みこむ。

「失礼、大尉」

パイロットがふりかえって、彼を見る。

「なんだ？」

その肩に、クロスホワイトがそっと手を置いた。

「この機を自動操縦《オートパイロット》にして、コックピットから退去してもらおうか。われわれに抵抗を試みるという手もあるが、それをすると、おそらくこの機は墜落することになるだろう。どっちを選ぶ？」

「ばかな！　この機を自動操縦で着陸させようとしたら、全員が死ぬことになるぞ」

「こっちは、ガルフストリーム《G》Vの操縦ができるパイロットを電話に呼びだしてる。だから、さっさとシートを離れるんだな」

パイロットがコ・パイロットを見やった。

「わかっただろう？　さっき言ったとおり、このクレイジーな連中はなにかをたくらんでたんだ」

コ・パイロットが肩をすくめる。

「逆らうのはお勧めできません」

「くだらんことをぬかすな！」大尉が吐き捨てるように言って、クロスホワイトに目を戻した。「わたしがボーズマンに着陸させよう。とにかく、きみらにこの機を操縦させることはぜったいにできない」

クロスホワイトがにやっと笑った。

「そういうことを言われるたびに、そうですかと応じるわけにはいかないんでね」

彼は、機がしかるべき方角へ飛行しているかどうかを確認して、ブラックスに伝えることができるよう、電話を切らずにおいた。

十分後、無線が入ってきた。

「……空軍機168へ。こちらはネリスAFB。そちらが正しい針路をとっていない理由を説明してもらいたい」

クロスホワイトがパイロットの肩に手を置いた。

「この機を撃墜する理由になるようなことは言わないように。わかったな?」

パイロットがちらっと彼を見る。

「空軍機168より、ネリスへ。われわれはボーズマン・イエローストーン国際空港への飛行を継続する」

「待機されたい、168」九十秒ほどの間があった。「168へ、それはネガティヴ。その機には、クリーチAFBへの針路変更命令が出ている」

「エンジン・トラブルだと伝えるんだ」クロスホワイトが言った。

パイロットが、油圧計にトラブルが生じたと伝え、クリーチは着陸するには遠すぎるとつづけた。

「あー、待機されたい、168」

三分が過ぎたころ――

「168へ、ボーズマン・イエローストーンへの飛行の継続が許可された。北西から進んでくる寒冷前線の端を通過することになるので、突風に備えておくように」

「ラジャー、ネリス。感謝する」パイロットがクロスホワイトに目を戻して、にやりと笑った。「勝ったと思ってるんだろうが、あそこでモンタナ州の全警官がこの機を待ち構えることになるだろうよ。楽しみにしておくんだな」

ドアの内側にもたれて立っているギルが、咳払いをして声をかけた。

「だからこそ、そこから十マイルほど離れた民間飛行場に着陸するんだ」ギルは一枚の紙片をパイロットにさしだした。「そこに正確なGPS座標が記されている」

パイロットが紙片を受けとって、コ・パイロットにまわす。

「その座標を入力してくれ、中尉」

60

モンタナ
民間飛行場

パイロットたちが風防ガラス《ウインドシールド》から外を見ながら、ガルフストリームVを滑走路のはずれへタキシングさせていく。そこに、ミッドナイト・ブルーに塗られたダグラスDC-3ツインターボプロップ輸送機が待機していた。胴体に明るい黄色で、〝ダイヴ・ザ・スカイ!〟の文字が描かれている。DC-3のパイロットたちのひとりが、機体のそばに積まれたパラシュートと降下ハーネスのかたわらに立っていた。まだ雨雲が分厚く夜空を覆《おお》っていたが、雨はやんでいて、空気は冷たく、湿気が多かった。

ギルは、地上にいるそのパイロットに親指を立ててみせた。数秒後、DC-3のエンジンが息を吹きかえし、プロペラがまわりだす。

「あのC-47はだれのもの?」中尉が問いかけた。

C-47というのは、アメリカ軍のDC-3の軍用輸送機型を指す名称だ。

「おれの仲間のひとりで」ギルは言った。「海兵隊航空団を退役した男だ。いまは、スカイダイヴィングの指導員をやってる」背後へ目をやる。「準備しろ、みんな！　彼が輸送機のそばの台にパラシュートを用意してくれている」

空軍大尉のパイロットがブレーキをかけ、エンジンを停止させてから、シートの上で身をまわした。

「まじめな話、こんな行動はだれも予期できないだろう。こうすれば、本拠地の利点を生かせるということなんだろうな」

「それはいずれわかるさ」むっつりとギルは言った。

コックピットを離れ、SEAL隊員たちのひとりから三〇八口径のレミントン・モ《M》ジュラー・ス《S》ナイパー・ライフ《R》ルを受けとってから、階段をくだり、地上にいるDC－3のパイロットに挨拶《あいさつ》を送る。クロスホワイトとほかの八名のSEAL隊員たちが、すばやく降下装備《ギア》を身につけた。

「ジャック」とギルは呼びかけて、片手をさしだした。「ことばでは表わしきれないほど感謝しているよ」

「ばか言え」五十歳になった元上級曹長、ジョナサン・フロストが言った。髪の毛も口ひげも灰色で、ミズーリなまりがあった。「予備のM4が入り用だろう？　おれもいっしょに降下するぞ。この機はバートに任せても、ちゃんと元のところへ飛ばしてくれる」

「そんなことをさせるわけにはいかないよ、ジャック。奥さんが家で待ってるってのに」

「だったら、自分のARを持っていってもいいぞ」フロストがにやっと笑った。「おれが自分の機から降下するのをとめることはできないぞ、ギル」

「くそ」ギルはつぶやいた。「クランシー！　キットからM４を一挺出して、ジャックに持ってきてくれ！」フロストのほうへ顔を戻す。「あんたは無責任な亭主だね、ジャック・フロスト」

フロストがギルの背中をばしんとやる。

「そいつは自分のことを棚にあげた台詞《せりふ》だろう」

「言ってくれるじゃないか、海兵隊員《ジャーヘッド》さん」

六分後、彼らを乗せたDC - ３が、うなりをあげて滑走路を走りだした。

61

モンタナ
ギルの牧場から五マイル南の地点

特別捜査官カーソン・ポーターは五年前にFBIに入局して以来、モンタナ州《ビッグスカイ》の全土で犯罪の捜査に従事し、大物の悪党を逮捕した経験も一、二度はあるが、銃撃戦が予想される作戦を率いるのはこれが初めてとあって、熟慮せねばならない要素が思っていた以上に数多くあることに気づきはじめていた。

ちょうどそのとき、ハイウェイパトロールの地区隊長、クエンティン・ミラー警部補が、背後に四台のパトカーを引き連れて、そこに到着した。ギャラティン郡保安官局の人間は、いまのところはまだひとりも姿を見せていなかった。

ポーターはフォード・クラウンヴィクトリアの覆面パトカーをおりて、道路を横断していった。雨がやんできて、冷たい霧が早々と立ちこめはじめていた。

「クエンティン、調子はどうだ?」

地区隊長がハイウェイパトロールのパトカーの運転席にすわったまま、それに応じる。

「しんどくてたまらん。あそこにやってきた悪党は何人なんだ？　われわれはなにも知らされていないんだ」

「自動火器を持ったやつが二十名ほど。ほかの面々は？」

「ほかの面々とはだれのことだ？」

「きみの部下たちのことだが？　それと、保安官局の連中は？」

「わからん。保安官との連絡はあんたのところがやったんじゃないのか？」

ポーターは両手をひろげた。

「おいおい、クエンティン、きみはあそこの連中と密接に協力して仕事をしてるんだろう。それなのに、彼らに電話の一本も入れてないってことなのか？」

「そんな言いぐさはないだろう！　眠ってる最中に、リード警視監がミズーラから電話してきて、大至急この地点に来て警戒態勢をとれと命じたから、言われたとおりにしただけなんだ。彼の話では、この作戦は連邦政府の管轄下にあるとのことだった。わたしをばか呼ばわりするのは勝手だが、この作戦の調整を担当するのはFBIってことになるんじゃないのか」

ポーターは、道路を横断してくる特別捜査官スペンサー・スタークスのほうへ目をやった。スタークスはアフリカ系アメリカ人で、湾岸戦争の初期にM1エイブラムズ戦車の装塡手《そうてんしゅ》を務めていた。彼の乗り組んでいた戦車がRPGの攻撃を受けて砲塔がふっとばされ、彼は左肩にかなり大きな破片を浴びて本国に送りかえされ、そのまま退役を迎えたというわけだ。

「もうすでに混乱状態になってるぞ、スペンス」

スタークスが、やれやれといった感じで首をふる。

「驚きはしませんがね」

「オーケイ」特別捜査官ポーターは言った。「われわれの担当であるらしい。きみの部下たちはどんな武器を準備してきたんだ？」

ミラーが親指で背後のトランクを示す。

「各自がトランクに、標準支給品のARを一挺と、弾倉を四個、入れている」

「ボディアーマーはない？」

「通常の防弾ヴェストだけだ。われわれはSWATじゃないんでね」

「きみはどう思う？」ポーターはスタークスに問いかけた。

スタークスが、スキンヘッドにした頭を手でさする。

「いますぐ現地に行くというのでなければ、わざわざボディアーマーを装着する必要はないと思いますね」

「おい、その牧場に電話を入れることはだれも考えていないのか？」ミラーが割りこんできた。「これはスナイパー狩りじゃないってことを確認するためだけでも、電話したらどうなんだ？　シャノンが戦争の大英雄なのはたしかだが、これはそれとはまったく無関係なことのように思える。アルカイダがこのモンタナにやってきた？　いいかげんにしてくれよ」

「DCが核の脅威にさらされてるという話と同じくらい、信じがたいことではあるね」スタークスが言った。

「核爆弾はもう発見されたのか？」ミラーが問いかけた。

「いや。だが、こうやって話をしているあいだにも、あそこの住民は街から退避している」

「牧場に電話を入れるというのはいい思いつきだが」ポーターは言った。「電話番号がわからない」

ミラーがくくっと笑う。

「だとしたら、ＦＢＩってのは……忘れっぽい連邦脅迫局《フォーゲットフル・ビューロー・オヴ・インティミディション》の略語ってわけか」

「おい、わたしは可能なかぎり最善を尽くそうとしているんだ。一時間前、ＤＣの本部がわたしにお鉢をまわしてきたんだが、もらえた情報はほとんどなかった。あちらはあちらで、街の住民を退避させる仕事に大わらわという状況なんだ」

ポーターとミラーが顔を見合わせた。どちらも、少ない人員と貧弱な装備で霧に包まれた田舎道を進んでいくのは避けたいという思いでは共通していた。

「わたしは一度、あそこに行ったことがある」ミラーが話しだした。「ずっと開けた土地がつづいていた。ヘッドライトを点灯して、あそこに近づいていったら、やつらに見られてしまうだろう。パトカーに乗ったまま撃ち殺されるはめになるかもしれん」

「それはそうだろうが、ライトを消していたら」ポーターはあとを受けた。「道路から飛びだしてしまうおそれがある。保安官に電話を入れて、彼がＳＷＡＴチームをここによこすのを待つようにするのがよさそうだ。デイド郡の事件の二の舞になるのはごめんこうむりたい」

彼が口にしたのは、一九八六年にマイアミのデイド郡で起こった事件でＦＢＩがしでかした大失敗のことだ。そのとき、二名のＦＢＩ捜査官が大胆不敵な西部のアウトロー・タイプの二人組に射殺されてしまったのだ。

ミラーが運転席のシートにもたれこみ、革製のガン・ベルトのぐあいをぎしぎし音を立てながら調節する。

「まあ、指揮を執るのはあんただ。さっき言ったように、この作戦は連邦政府の管轄下にあると伝えられているんでね」

スタークスの運転するFBIの黒いクラウンヴィクトリアが動きだし、土の道へ入りこんでいく。

ポーターが身を転じてそちらへ目をやると、車のテールランプが霧のなかへ没していくのが見てとれた。

「あのばか、なにをやらかすつもりだ？」ミラーが言った。

「くそ！」ポーターは地面に唾《つば》を吐き、両手を腰にあてがった。「あそこへ行くのは自殺行為だというのに」

「まあ、そうだが、あんたの落ち度じゃないさ」ミラーが言った。「ああいう連中のことはあんたもよくわかってるだろう」

ポーターはミラーのほうに向きなおった。

「クエンティン、それはいったいどういう意味だ？」

ハイウェイパトロールの地区隊長が肩をすくめる。

「いや、べつに。保安官に電話を入れたほうがいいんじゃないか」

ポーターは携帯電話はどこだったかと、尻ポケットをたたいてみた。

「しまった！　シートに電話を置きっぱなしにしていたんだ」

ミラーが自分の電話を取りだして、保安官の番号を押し、窓からそれをさしだしてきた。

「ヘイ」にやっと笑って、彼が言う。「あの〝恐れ知らずの隠密潜入者〟のために死体袋を持ってきてくれと、念を押しておいたほうがいいぞ」

地区隊長は自分のジョークをおもしろがって、運転席にすわったまま笑いだした。

携帯電話を耳にあてがったポーターは、げらげら笑っている警官を見おろした。

「きみはだれかに下司《げす》野郎と言われたことがあるんじゃないか？」

62

南カリフォルニア
エドワーズ空軍基地

エドワーズ空軍基地の作戦センターで、大統領が国家安全保障担当補佐官ジェレミー・ルーコウィッツと内密の話しあいをしながら、顧問団の到着を待っていると、クートゥア将軍が入室してきた。

「パトルーシェフ大統領から電話が入っております」

大統領はちょっとどころではなく驚いて、受話器を取りあげた。

「また悪い知らせでないことを願いたいね」

彼がボタンを押して、口を開く。

「はい、アメリカ合衆国大統領です」

「大統領、お元気ですか?」ロシアの大統領が陰鬱な声で切りだした。その英語はじつに流暢だ。

「非常に、非常に多忙にしております、パトルーシェフ大統領。どのようなご用件でしょう？」

一個ならず二個の核爆弾が盗まれてアメリカの国土にひそかに持ちこまれるのをロシア政府が看過したことを、アメリカ政府がきわめて不快に感じていることは、すでに駐米ロシア大使に明白に伝えられていた。

「遺憾《いかん》ながら、悪い知らせがありまして」とパトルーシェフ。「わたしが直接、あなたにお電話したいと考えたのです」

アメリカ大統領はクートゥアを見つめた。

「うかがいましょう、大統領」

「北朝鮮にいるわが国の情報員のひとりが、ワシントンDCにおいて核爆弾が爆発したことが報じられた瞬間、北が南に対して奇襲攻撃をかける予定にしていることを確認したのです」

大統領は椅子にすわり、ペンを取りあげて、メモをとった。〝爆発直後、北Kが南を攻撃する〟

「その情報の確度はどれほどのものでしょう、パトルーシェフ大統領？」

「情報源の信頼性はきわめて高い」とパトルーシェフ。「朝鮮半島に配備しているそちらの部隊を開戦に備えさせるべきでしょう。わたしが電話を入れたのは、われわれにはその状況につけこむ意図がないことを直接、あなたに保証したいと考えたからです。われわれは、平壌がそのような行動に出ることを容認するものではありません」

「感謝します、大統領。あなたが平壌を説得して、そのような行動に出ないようにさせることは可能でしょうか？」

「もうすでに中国がそれを試みていますが、わたしはそれほど期待しておりません。金正恩というのは——あなたもおわかりでしょうが——安定した精神の持ち主ではありませんので」

「パトルーシェフ大統領、このことはすでにご承知でしょうが、わが国は万が一に備え、全軍にデフコン1の警戒態勢をとらせています」

「ええ、そのことは知らされています」

「では、その点を念頭に置き、大統領、いまあなたから伝えられた重大な知らせを考慮したうえで、申しあげましょう。そちらの海軍艦艇を朝鮮半島から離れた安全な海域にとどめておいていただけるでしょうか？　その理由は、大統領、わが国の首都がソ連の製造した核爆弾によって破壊される可能性がきわめて高いからです。われわれ両国のあいだで戦争が勃発することだけは、なんとしても避けたい——それは、われわれ双方がなんとしても避けたいことでしょう」

クートゥアがぐいと眉をあげて、ルーコウィッツを見やる。アメリカ大統領が——これほど多くのことばを費やして——ロシア大統領に核戦争の脅威を告げるのは、一九六二年に起こったキューバ・ミサイル危機以来のことなのだ。

長い間があったのち、パトルーシェフ大統領がそれに答えた。

「この危機が解消されるまで、すべての水上艦を日本海から撤収させておく命令を出しましょう。これなら申し分ないのではありませんか、大統領？」

「ええ、申し分ないです。この件に関するご配慮に感謝します」

「では、そのように」とパトルーシェフ。「その爆弾が――どこで製造されたものにせよ――首尾よく発見されることを願っています」

「ありがとうございます。ほかになにか、現時点においてわたしにできることはないでしょうか、大統領？」

「わたしはいつなんどきでも、あなたのお役に立てるようにしておきましょう。もしまたなにかご助力できることがありましたら、どうか躊躇《ちゅうちょ》なくお電話ください」

「ありがとうございます」

「どういたしまして」とパトルーシェフ。「では、また」

アメリカ大統領は受話器を戻して、クートゥア将軍に目を向けた。

「彼は、ロシアの水上艦を日本海から撤収させることに同意した。きみはそのことからなにを推測するかね？」

クートゥアがためらうことなく、それに答える。

「そのことから推測できるのは、彼は例の核爆弾がソ連製であることを知っており――第二の核爆発による戦争の勃発を危惧《きぐ》しているということです。朝鮮半島の状況はどうなのでしょう？」

「北朝鮮は、DCで核爆発があったことを聞きつけるなり、韓国に攻撃をかけるつもりでいる。中国がそれをやめさせようと説得しているが、成功は期待できないと、パトルーシェフは言っていた」

ティム・ヘイゲンが部屋に入ってきた。

「モンタナから知らせがありました、大統領」

「シャノンの家族はぶじか?」

「まだ不明ですが、ガルフストリームは、針路を変更せよとの命令に応じず、モンタナ州のとある民間飛行場に着陸しました。シャノンのチームはそこで民間機に乗り換えて、飛び立ったとのことです」

大統領は、朝鮮半島で戦争が勃発する可能性にどう対処するかで頭がいっぱいになっており、ギル・シャノンがどこでなにをしているかを考えるどころではなかった。ワシントンDCが壊滅し、その数分あるいは数時間後に遠方の地で北朝鮮との戦争が始まるというのは、兵站《へいたん》を考えれば悪夢でしかない。金正恩は安定した精神の持ち主ではないにせよ、その軍事顧問たちは抜け目がないだろう。北朝鮮が、半島統一のこれほどの好機を見逃すはずはない。

「なるほど。それにはかまうな。シャノンの件を案じるのはあとまわしにしよう」

「しかし、大統領――」

クートゥアがさえぎった。

「いまのは、アメリカ大統領がきみに下した命令だろう、ミスター・ヘイゲン。それに従うことを勧める」

ヘイゲンが、助けを求めるように大統領を見る。

「まもなく顧問団が到着するから、出迎えに行くように、ティム」大統領はため息をついて椅子にもたれこんで、こめかみを揉《も》みはじめた。「いまはなすべきことが多すぎて、ほかの案件にかまけてはいられないんでね」

63

モンタナ

オソ・カサドールをチャタムの家に閉じこめてから、マリーとダスティは二頭の馬にまたがり、濃い霧をついて牧場をめざした。肋骨《ろっこつ》のまわりに伸縮包帯を巻いたおかげで、マリーはかなり呼吸が楽になっていたが、馬に揺られると、ときおり刺すような痛みが走った。

「あんたがひきかえしてくれたほうが、おれはぐんと気が楽になるんだが」ダスティが言った。

マリーは片手で手綱《たづな》を握り、もう一方の手をジャケットの内側に入れて、折れた肋骨のところを押さえていた。

「北へ迂回したほうがいいと思う」

「昔、インディアンが使っていたあの山道はまだ残ってるんだろうか？」

「ええ。あの道を知ってるの？」

「おれはガキのころ、あの道を使ってファーガソンの牧場へ行ってたんだ。おれはちびの不法侵入者だったってわけさ、マリー」

マリーは痛みと恐怖を感じていたにもかかわらず、笑ってしまった。いつどこで友ができるかは、だれにも予想がつかない。

「おれはいつも、あの道であんたのおやじと出くわすんじゃないかと心配してた」彼がつづけた。「あのおじさんが死ぬほど怖かったんでね」

「父はむっつり屋だったけど、無害なひとだったのよ」

ふたりは霧をついて馬を進めていった。馬たちが鼻孔をふくらませて、湯気を噴きだしている。マリーは寒さで身を震わせていて、両脚に感じる馬のぬくもりをありがたく思っていた。

チャタム牧場の北西のはずれに達したところで、ダスティが馬をおり、ペンチで有刺鉄線フェンスの一部を切断した。

「前はこのフェンスが二百ヤードほどあちら側にあったことを、いまもよく憶えてるぜ」マッガスリー牧場の方角を彼が指さした。

マリーは笑みを返した。

「もしふたりとも生きのびられたら、フェンスをそのころのように戻してもいいわよ」

ダスティが笑い、破ったフェンスを馬の脚が傷つかないところまで押しひろげる。それから、ふたりはそこを越えて、古いインディアンの山道へ馬を乗り入れ、丘陵地のすぐ下の岩場を抜けるその道を通って、マリーの牧場をめざした。

そのころ、チャタムの家では、オソが早々と、マリーはすぐには戻ってこないだろうと結論を下していた。その家と住民のにおいはオソには異質なものであり、異質な環境にひとりでいるせいで不安を募らせていった。自分の革張り椅子という、なじんだ快適な居場所がないとあって、そろそろ立ち去る時だと判断し、裏口に近い床から身を起こして、狩りに出かけることにした。

裏手の廊下から新鮮な空気のにおいが漂ってくるのが感じとれたので、そのにおいのみなもとをたどって廊下を突き当たりまで進んでいくと、洗濯室に通じるドアが開けっ放しになっているのがわかった。オソはそのなかに入りこみ、暗がりのなかで耳を澄ました。洗濯機の上方にある半分ほど開いた窓から、遠い稲妻のひらめきが見えた。網戸はおろされていたが、そんなものは気にならなかった。オソは若いうちに、自分が本気になれば、この世には自分を閉じこめておける網戸やドアはどこにもないことを学んでいた。マリーとギルも、オソを引きとってほどなくその事実を知ったのだが、そんなのは腹を立てるほどのものではないと思っていたのだ。

洗濯機の上に飛び乗って、頭で網戸を押すと、それが外側へ曲がった。そこで、ぐいとひと押しすると、網戸が古い木枠からもぎ離された。あとは、肩で木枠を押しひろげて、霧のなかへ飛びだすだけのこと。オソは外に鼻面を突きだしてみたが、霧のなかにマリーのにおいを嗅《か》ぎとることはできなかった。そんなことはどうでもいい。帰り道はわかっているのだ。

64

モンタナ
ギルの牧場

特別捜査官スペンサー・スタークスは、ヒーローになりたがっているわけではなかった。そんなことは考えてもいない。そもそも、ヒーローというのはたいていの場合、負傷して死ぬものであって、彼には三十七歳で殉職して、ＦＢＩの〝名誉の殿堂〟に祭られることになるつもりは毛頭なかった。その一方、軍隊で基礎訓練を受けたときに頭にたたきこまれた、古くからの兵士としての原則を彼は強く信じてもいた。なにかをやれ——たとえそれがまちがっていたとしても！

あの道路の合流点にいた連中は、かすかな手がかりすら持ちあわせていなかった。だからといって、彼らが悪いわけではない。彼らはこの仕事には不適格な連中というだけであって、自分がそれを察したのはおそらくいいことだろう。スタークスにとっての問題は、自分自身も、ほんとうにこの仕事に適した男なのか、ほんとうは不適格な男なのか判断がつけられないことだったが、どちらにせよ、道路を五マイルほど行ったところで住民たちが命を守るために撃ち合いをしているときに、あそこでぶらぶらして、ああでもないこうでもないという話に耳をかたむけてはいられなかったのだ。

まあ、そこへたどり着いても手遅れになるかもしれないが、だれかがやってみなくてはならないし、実戦の経験者は自分だけとなれば、自分が責任を負うしかないだろう。

なにはともあれ、彼はそのように事態を見ていたのだった。

駐車灯《パーキングライト》を点灯しているだけでも、車をかなり速く走らせることはでき、走行距離計の数字から、まもなく牧場にたどり着けることがわかった。霧が出ていてよかったとスタークスは思った。霧が姿を隠してくれるおかげで、銃撃されることを心配せずに近づいていけるだろう。霧のなかにメインゲートが浮かびあがってきたので、彼は道路際に車を駐め、ライトとエンジンを切った。ヘッケラー&コッホのMP5短機関銃《サブマシンガン》を二挺、車から出して、一挺を背中に担《かつ》ぎ、もう一挺を、銃床をのばしてから両手に持つ。

夜はしんと静まりかえり、どの方向に目をやっても五フィートより先は見てとれなかった。エイブラムズ戦車とその装甲という防護物はないので、この土の道を直進しつづけるのは賢明でないことはわかっていた。そこで、ポケットからiPhoneを取りだし、そのコンパス・アプリが正確に作動していることを確認する。方位をつかんだところで、特別捜査官スタークスは、めざす家はメインゲートのおおむね真北にあるはずだと見込みをつけて、道を東へはずれた。

携行している弾倉は、短機関銃用のものが六個、レーザー・サイトのついたSIGザウアー用の四〇口径拳銃弾のものが三個だ。もし短機関銃の弾を撃ちつくすことになって、それでもまだ生きているようなら、そのときには撤収しようと彼は心に決めていた。短機関銃の弾を九十発撃ってもまだ決着がついていないとしたら、一挺の拳銃でその流れを変えるのはまずむりだろう。

やがて有刺鉄線のフェンスに行きあたったので、それに沿って北へ進んでいく。そのとき突然、スタークスはなにかにつまずいてしまった。かがみこみ、iPhoneの淡い青の光を照らしてよく見ると、それは死体で、まず目にとまったのは、首の後ろ側に無残な嚙《か》み傷があることだった。

「モンタナ州の伝説に出てくる狼男に嚙み殺されちまったか」死体を仰向《あおむ》けに転がすと、アラブ人の顔立ちであることがすぐに見てとれた。「アメリカにようこそ、くそ野郎」

スタークスは死体の頭部から暗視ゴーグルをもぎとって、前進を再開しようとした。そのとき、だれかが霧のなかをこちらに走ってくる足音が聞こえた。

彼は腹這《はらば》いになり、MP5のレーザー照射ボタンに親指をかけた。

霧のなかから、AK-47を持つ人影が出現した。スタークスのレーザー・サイトが照射した赤外線を浴びて、暗視ゴーグルのなかに男の姿が緑色に浮かびあがる。彼が六発を連射すると、男は後方へふっとんだ。

スタークスは跳ね起きて、死体のそばへ駆け寄り、兵士として受けた訓練に従って、MP5の銃床をその顔面にたたきつけた。死体からすばやくライフルと弾薬パウチをもぎとり、MP5を肩に吊して、進みはじめる。AK-47を手に入れたこともあって、彼はにわかに無敵の男となった気分になり、おじのスティーヴから教えられた、とうの昔に忘れ去られた戦争のキャッチフレーズをつぶやいていた。

「ヴェトコン《チャーリー》は夜を支配するが——おれたちはそれを奪いとってやるぜ」

65

ラングレー

二名の警備員に左右を守られつつ、CIA長官ジョージ・シュロイヤーとその補佐官クリータス・ウェブがコンピュータ・ラボに入っていくと、ポープはまだ、カシキンのPCのハードディスクから吸いだしたデータを精査していた。

ポープはコンピュータから目をあげて、笑みを浮かべた。

「わたしへの許可を取り消すために来たのかね、ジョージ？」

シュロイヤーが首をふる。

「いや、まだだが」彼は二名の警備員に、外の廊下で待つようにと手ぶりで示した。「いずれそうするだろう。ついさっき大統領と話をしたところでね。彼は、爆弾のターゲットがDCであることをつかんだきみの助力には感謝するが、きみはそろそろ政府の職を辞することを考えるべきだと判断したと言っていたよ。われわれがここに来たのは、きみに事後報告をしてもらうためなんだ」

ポープは壁の時計をちらっと見た。

「午前二時に事後報告をさせるのか、ジョージ？」

「いやまあ、率直に言うと、ボブ、われわれはみな、きみがまだなにかをもくろんでいるんじゃないかと、いささか神経質になっているんでね」

　ポープはウェブに目をやって、笑みを浮かべた。

「きみも神経質になってるのか、クリータス？」

　ウェブが首をふって、笑みを返してくる。

「いや、ボブ。わたしはあなたの最大のファンですからね。とはいっても、大統領の考えは正しい。あなたはなにかにつけ、やりすぎてしまう。なにをやらかすかわからない存在になっているんですよ」

「なにをやらかすかわからない存在という言いまわしには、双方にとって危険な人物という意味が含まれるが、それは事実じゃない」

「それは当たっていますね。ことばの選択がまずかったです」

　シュロイヤーが咳払いをして、口を開く。

「こうやって話をしているあいだにも、国防総省《DOD》がＩＳＩＳマシンをＤＣのダウンタウンへ移動させている。一時間以内に、それが市街地全体の捜索を開始するだろう。われわれは成功を強く確信しているというわけだ」

　ＩＳＩＳというのは電離層観測統合システム《インテグレーテッド・スタンドオフ・インスペクション・システム》の略称で、特にＳＮＭ――プルトニウムおよびある種のウランが用いられた核物質《スペシャル・ニュークリア・マテリアル》――を遠距離から探知するために設計されたものだ。一基が何百万ドルもするそのマシンは、全長五十三フィートのトレイラーの内部に収納され、それを牽引車がひっぱる。探知は、SNMが入れられているのではないかと疑われたコンテナにガンマ線を照射することによって、おこなわれる。怪しいコンテナを貫通した、ガンマ線の高エネルギー光子《フォトン》が核物質内部の放射性粒子に当たると、光崩壊と呼ばれる反応を生じさせる。その結果、放出された高エネルギー粒子を、ISISが百ヤード以上離れたところから探知するという仕組みだ。とはいっても、このマシンの主たる用途は、海上輸送されてきたコンテナの検査なのだ。

「ISISはよくできたマシンだが」ポープは言った。「この種の用途に試されたことはない。街全体を捜索して隠された爆弾を探知するという設計にはなっていないんだ」

「DTRAが、それを使えばうまくいくと言ってるが」シュロイヤーが言った。

DTRAというのは国防脅威削減局《ディフェンス・スレット・リダクション・エージェンシー》の略称で、国防総省の内局にあたる。

ポープは腕を組んだ。

「はてさて、どうなることやら。われわれとしてはそれをあてにするしかないんだろうな」

「大統領はきみの詳細な説明を求めている。きみが、中国国家安全部にアクセスできるようにしたと彼に言ったのは、正確にはどういう意味なのかということだ」

ポープは椅子にもたれこんだ。

「その情報は直接、大統領の耳に入れるよ」

「いまこの時にかぎっては、彼とわたしは同じ人間と考えてくれ。嘘だと思うのなら、彼に電話を入れてもいい」

ポープは、最後のエースをくりだすべき時が来たと思った。

「この数年間、わたしはリージュアンに、微妙な情報を中国に引き渡すようにさせてきた。彼らに技術的優位性をもたらすものではないが、彼らが信頼に足るものだと思いこんで、さらなる情報の提供を彼女に継続させようとするようにね」

「その微妙な情報というのはどういうものなんだ？」

「コミュニケーションズ・ソフトウェア、パスコード、CIAの大型汎用コンピュータ《メインフレーム》へのアクセスなどなどだ」

「気でも狂ったか？」シュロイヤーが怒りをあらわにした。「それは国家反逆罪だぞ！」

ポープはふたりを代わるがわる見やって、笑みを浮かべた。

「それに相当するかどうか、証明してみたらどうだ、ジョージ」

「なんだと？」

「証明してみろと言ってるんだ。きみには、どのような情報が引き渡されたのかはわからないし、ましてや、それがどのようにおこなわれたのかとなると、さっぱりわからないだろう」

「ほう、そういうことか？　われわれはリージュアン・チョウを取り調べて、彼女がなんと言うかを確認するだけでいいんだ。彼女はテロリストとして身柄を拘束されている。そのことは知っていたか？　彼女の刑務所暮らしはひどく悲惨なものになるだろうよ」

ポープは胃がむかむかしてきた。

「最後にだれかがリージュアンと話をしたのは、いつのことだ？　彼女は常時、監視下に置かれているのか？　それとも、監視なしで独房に収容されているのか？」

「それはどういう意味だ？」

ポープは肩をすくめた。

「ただの質問さ」

シュロイヤーがウェブに目を向ける。

「拘置所に電話を入れて、彼女が常時、監視下に置かれているかどうか確認してくれ」

ウェブが部屋を出ていく。

シュロイヤーがポープに向きなおって、人さし指を突きつけた。

「足もとに気をつけていないと、きみも彼女と同様、刑務所送りになってしまうぞ。理解したか？」

ポープは首をふった。

「いやいや、ジョージ。わたしはいまいる場所にこれからもずっといるし、これからも国の安全を守る仕事をしっかりとつづける――過去十年間、そうしてきたようにね」

シュロイヤーが首をふった。

「正気を失ったようだな。きみの持つ膨大な秘密ファイルがわが身を守ってくれるだろうと本気で考えているのか？」

ポープは、相手が落ち着きを失うほど長いあいだ、じっと見つめていた。

「きみはその秘密ファイルというやつを見たことがあるのか、ジョージ？　それはだれかにとって脅威になるとわたしが言うのを、実際に聞いたことがあるのか？　きみはほかのみんなと同じく、たんなる風評としてそのことを耳にしているだけなんじゃないのか？」

シュロイヤーがまばたきをした。

「わたしはこれからもずっと、ここにいるだろう。なぜなら、わたしは〝エージェンシー〟が中国のグオジア・アンチュエン・ブーのメインフレームにアクセスできるようにしたからだ。これはつまり、われわれはいま彼らのメールを読むことが、ジョージ、それもリアルタイムで読むことができるようになったことを意味している。いいかね、わたしは刑務所送りになるより、きみの地位に就くことになる可能性のほうが高いんだ」

シュロイヤーは、もしポープの言ったことが事実なら、大統領にはポープをそばに置いておくという選択肢しかないだろうと悟った。中国の情報網に関する彼の知識を、アメリカ政府が失うわけにはいかないからだ。

「いったいどうやって、それをやってのけたんだ？」

「わが国の防衛システムのひとつとして設計されたものと中国が思いこむコミュニケーションズ・プログラムを、彼らに盗ませるようにさせたんだ。リージュアンがそれを彼らに引き渡したんだが、彼女はわたしが中国に入手させるためにのみ、そのプログラムを書いたことも——きわめて複雑な裏の侵入口《バックドア》を組みこんでおいたことも——まったく知らなかった」

「彼らはいずれ、そのことを突きとめて、消去するだろう——というか、プログラムをまるごと廃棄するだろう」

ポープは首をふった。

「彼らはプログラムの精査すらせず、すぐに使用しはじめたんだ。彼らはとうの昔に、リージュアンのもたらす情報を疑うのをやめていた。わたしがつねに、完全無欠な情報になるようにしておいたからだ。その信頼を得るために、きわめて価値の高いいくつかの情報をくれてやらなくてはならなかったが、つまるところそれだけの価値はあったというわけだ」

シュロイヤーが唖然《あぜん》とした顔で、見つめてくる。

「きみだったのか！　この十年ほど中国に情報をリークしてきた人間は、き、きみだった、のか」

「くりかえすが」ポープは言った。「それを証明してみろよ」

ウェブがひきかえしてきた。

「三十分ほど前、リージュアンが寝棚で死んでいるのが発見されたそうです。拘置所の医師は、青酸カリによるものと考えています」

ポープは急に気分が悪くなったことをあらわにし、眼鏡《めがね》をはずして、デスクに両肘をついた。

ウェブが、怒りではなく同情のまなざしで彼を見つめた。

「わかっていたんですか、ボブ？」

ポープは鼻梁《びりょう》を揉《も》んだ。

「そうなるだろうと、きわめて強く予想していた」

「それなのに、われわれに警告しようとは考えなかったのか？」シュロイヤーが非難するような口調で問いかけた。

ポープは取りあわなかった。

「訊いてるんだぞ、ロバート」

ポープは不気味なまでに穏やかな声で答えた。

「彼女には死んでもらわねばならなかった……そうなれば、彼女が尋問を受けることはなくなり、中国は彼女から渡された情報の信憑性《しんぴょうせい》に対する確信を持ちつづけるだろう――すべて、わたしが最初に計画したとおりになるということだ」

「なんと冷酷非情な男であることか」シュロイヤーがつぶやいた。

ポープは彼を見やった。

「中国が世界の他の諸国に対して最大の優位性を有しているものがあることは知っているかね？　その膨大な人口を別にしてだ」

シュロイヤーが見つめてくる。

「それは忍耐さ、ジョージ。彼らは無限の忍耐力を持つ連中だ。そして、忍耐は知恵の大きな温床となる。彼らは世界を支配しようと考えており、それにまた百年がかかろうと気にとめはしない。彼らの唯一の弱点は知的傲慢《ごうまん》であり、わたしはそこにつけこんだ。自分の魂を悪魔に売り渡すのと引き換えに、そこにつけこんだんだ。わたしがそうしたのは、この国が時を稼ぐためになにかをせねばならないと考えたからだ」

「なんのための時を？」

「われわれが怠惰《たいだ》になっていることを……怠惰は弱体の前触れであることを……そして、われわれはものごとの進めかたに根本的な変化を加える必要があることを、認識させるためだ」

66

モンタナ
ギルの牧場

ハルが二階の窓から外をのぞきこんだとき、突然、霧のなかから武装した男たちの一団が出現し、AK‐47を構えて家に突進してくるのが見えた。

「やつらがやってくる！」

彼が窓ごしに発砲すると、そいつらは霧のなかへ逃げこんでいった。

「やつらが家の横手へまわりこんでいく！」

「撃ち殺せ！」主寝室にいるバックが発砲を開始した。

七・六二ミリ弾が隕石の嵐のように飛来して、壁をつらぬき、窓やライトや食器や鏡を粉砕する。

バスタブのなかにいるジャネットは、両手で頭を覆《おお》って、できるだけ小さく身を丸めていた。雨あられと飛んでくる銃弾が、漆喰《しっくい》やタイルを砕き、ときおり鋳鉄製のバスタブに当たって、周囲を跳ねまわる。

この少し前、FBI特別捜査官スタークスがMP5を連射する銃声が家に届いていた。そのため、彼らは、マリーが捕まって殺されてしまい、自分たちが救出される可能性は潰《つい》えたのだろうと考えるようになっていて、ジャネットもまた生きる希望をほとんど失っていた。連射される銃弾が壁を引き裂いていくなか、ハルが床に身を伏せて、廊下を這《は》いずっていくと、主寝室の戸口で父親のバックが待ち受けていた。

「やつらがいつなんどき家に侵入してくるかもしれん」父親が言った。「栄えある戦いだったね、おやじ」

バックが息子の手を握りしめる。

「これほどおまえたちを誇りに思ったことはないぞ。さあ、肩を並べて戦いつづけよう。くそ野郎どもをできるだけおおぜい道連れにしてやるんだ」

彼らが廊下を這って、階段の上にたどり着いたちょうどそのとき、玄関ドアが蹴り開けられるのが見えた。彼らは発砲し、銃を構えて戸口から入ってきた男を撃ち殺した。ほかの連中が退却していく。

そのとき、FBI特別捜査官スタークスは、玄関ポーチから五十ヤードほど離れたところに駐められている馬用運搬車の背後まで来ていたので、多数のオートマティック・ライフルが発砲される銃声を聞きつけ、銃口炎を目にしていた。霧であたりがよく見えないため、発砲しているのが敵なのか味方なのか判断しずらかったが、AK-47の銃声にはなじみがあったし、なにもしないよりはなにかしたほうがいいに決まっていると彼は考えた。

玄関ポーチのそばに見えた銃口炎に狙いをつけて、奪ったAK‐47を発砲すると、だれかの脚に命中し、そいつが悲鳴をあげて倒れた。やつらのひとりが応射してきて、馬用運搬車のスタークスの頭に近いところに銃弾が当たり、小さな破片が顔に突き刺さってきた。彼は急いで移動し、家の西側にある古びた石の井戸の陰に身を伏せた。霧が深いために、死体から奪った暗視ゴーグルはあまり役に立たなかった。となれば、おそらくは敵の連中もこちらと同様、周囲がよく見えていないのだろう。

しばらく馬用運搬車に銃撃が浴びせられたあと、スタークスに撃たれた男が悲鳴をあげ、アラビア語と英語の混じったことばで仲間に助けを求めた。銃撃が徐々にやみ、敵の連中が家のそばを離れて、前後に大声で呼びかけながら霧のなかへ消えていく。どうやら、家の外部から銃撃を受けたせいで混乱を来《きた》しているようだ。

この隙にと、スタークスは井戸の陰を離れて、家の西側の奥へまわりこんでいった。大きなプロパンガスのタンクに背中をあずけてから、身を沈めて、しゃがみこむ。数秒後、石の井戸に銃撃が浴びせられた瞬間、身を起こして、窓からなかをのぞきこもうとすると、窓が少し上に開いていて、下側の窓枠とのあいだに三インチほどの隙間があるのがわかった。彼はそこにAK‐47の銃口をつっこんで、窓を持ちあげ、叫びかけた。

「FBIだ！　だれか生存者はいるか？」

「あれをどう受けとったものか？」バックがささやきかけた。

「外のポーチにいたテロリストをだれかが撃った。おれたちじゃない、だれかが」ハルが言った。

「いるぞ！」バックが声を返した。「われわれはまだ生きてる！」

「なかに入ってもいいか？」スタークスは叫んだ。

「入ってくれ！　われわれは二階にいる！」

ふたりが耳を澄まして待ち受けるなか、スタークスは窓からなかへ身をこじ入れ、暗視ゴーグルをしているおかげで、苦もなく居間をつっきって、階段を見つけだすことができた。階段を駆けのぼり、身を伏せているふたりの男たちのあいだに膝をつく。

「特別捜査官スペンサー・スタークス」彼は片手をさしだした。「ＦＢＩだ」

「バック・ファーガソン。第一海兵師団。こっちは長男のハルだ。きみらは何人いるんだ？」

「わたしだけ」スタークスはふたりのあいだに身を伏せた。「同僚たちはまだ、道路の合流点のところでぐずぐずしている。警官の増援も来るだろうが、おそらくは日の出になってからだろう」

「ここでわれわれが銃撃を浴びていることを、彼らは知らないのか？」

「いまはもうわかってるだろうが、あのハイウェイパトロールの地区隊長は明るくなるまでは動こうとしないだろう」

バックがうめいた。

「そいつはクエンティン・ミラーにちがいない」

「図星だね」くくっと笑って、スタークスは言った。

「わしの息子たちのひとりが、あのろくでなしと同級生だった。あれはくその役にも立たん

「こざかしい男でもあるけどね！」バスタブのなかからジャネットが叫んだ。みんなが笑う。

「外はどんなようすだった？」ハルが問いかけた。

「いまは、やつらはひどく混乱している」スタークスは背中に担《かつ》いでいたMP5をおろした。

「外からだれが撃ってきたのか、突きとめようとしているところだろう」

「外でだれかアメリカ人の姿を見かけなかったか？」バックが尋ねた。「ひとりの女とか、二十代の男のふたり連れとか？」

スタークスは首をふった。

「はっきり見てとれたのは、ゲートのそばで首を嚙《か》み裂かれて死んでいるテロリストだけ——狼男に殺されたように見えたよ」

「オソがやったにちがいない。となると、マリーはなんとかやってのけたんだろう」

「マリー・シャノンのこと？」

「ああ。一時間半ほど前、彼女が包囲網をくぐりぬけて、チャタム牧場へ向かったんだ。おれたちは彼女のママ、ジャネットの面倒を見るために、あとに残った。ジャネットは、くそったれ野郎どもが家を爆破しようとしたときに、ひどい脳震盪《のうしんとう》を起こしてしまってね」

「きみらが耳にしているかどうか知らないが」スタークスは言った。「やつらは核爆弾をDCに持ちこんだ。そのために、FBIの指揮系統がおそろしく混乱を来《きた》しているんだ」

一階の窓が割れる音がし、その数秒後、居間の床に炎がひろがるのが見えた。

「テロリストどもめ！」ハルが悪態をつき、さっと立ちあがって、階段のほうへ動きだす。

「ハル、こっちに戻ってこい！」

「おやじ、なんとか火を消さなくては！」

「それで自分が撃たれてもいいのか？　それこそ、やつらの思うつぼだ。さあ、戻ってこい。わしはもうすでに、息子をふたりも失ってしまったんだぞ！」

ハルが戻ってくると、バックはバスルームに這《は》いずりこんだ。

「すまんが、ジャン、バスタブから出てもらわにゃならなくなった。やつらが家に火をつけやがったんだ、ハニー」

「わたしはだいじょうぶ」彼女がうなるように言って、バスタブの縁をつかみ、身を持ちあげる。「こんなふうに寝そべってるのは、もううんざり。わたしのウィンチェスターはどこ？」

「すぐそこ、シンクのそばさ」バックは彼女に手を貸して、バスタブから出させた。「ただし、床に伏せておくんだぞ。もうすぐ、煙が階段を昇ってくるだろう」

バックはバスタブの鉤爪《かぎづめ》状の台座をつかんで、ぐいと横へ押しやった。床からのびている水道管がはずれ、水がバスルームのなかにひろがっていく。彼が便器をたたきはずすと、それにつながっていた水道管から床へ水が噴きだしてきた。最後に、シンクを壁からもぎ離すと、一分としないうちに、水が着実にバスルームから廊下へあふれだして、階段を流れくだりはじめた。

「いい思いつきだ」スタークスは言った。

また銃弾が横殴りの雨のように壁をつらぬいてきて、全員がやむなく、水浸しになった床に伏せた。

「やつらがこんな連射をつづけることはできないと思う」スタークスは言った。「わたしがライフルを奪ったテロリストは、予備弾倉を二個しか持っていなかったんだ」

「暗殺にも予算があるってわけね」苦々しげにジャネットが言った。

バックがげらげら笑いだす。

「わたしたち、ちょっとは休ませてもらえるのかしらね？」彼女が問いかけた。「銃撃を浴びつづけた壁の熱が水をあったためて、湯気が立ち、こんなふうに水のなかに寝そべったまま窒息死するなんてのは、あんまり考えたくもないけど」スタークスの手を取って、小声で話しかける。「わたしたちを助けに来てくださったあなたに、神の祝福がありますように」

「それが自分の仕事なので、奥さん」

「そんなことはどうでもいいの。わが家にようこそ。あなたはもう、マッガスリー家の一員よ」

67

モンタナ
ギルの牧場

アクラムは、アバドらほかの面々と並んで立ち、家に火が移るようすをながめていた。

「やつらはすぐに出てくるだろう」アバドが言った。「あんたは生け捕りにしたいんだろう？　やつらが降参しなかったら、脚を撃つようにしてもいいぞ」FBI特別捜査官スタークスに撃たれた男が玄関ポーチのところから叫んでいて、いまもその声が聞こえていた。

「あそこに放置していたら、あいつは焼け死んでしまう。家のすぐそばにいるんだからな」

「助けに行きたければ、そうすればいい」

アバドも、命を懸けてまでそうする気はなかった。

「おれには、あのなかにシャノンがいるとは思えないんだが」なんの気なしに彼は言った。

アクラムがいぶかしむように横目で見る。

「なにが言いたいんだ？」

「おれたちのほとんどが、まだ生きてるからさ。なんとなく、はめられたような気がしてるんだ」

アクラムは取りあわなかった。

「そんなことは何の意味もない」

アバドが肩をすくめた。

「まあ、こういうことはあんたの専門だからな」

マリーとダスティが牧場の東端で馬をとめると、霧を通して、家がオレンジ色の炎に包まれているのが見えた。

「なんてことを！」マリーが言った。「やつらが家に火をつけた！」

彼女は馬の横腹をかかとで蹴りつけ、霧のなかへ走らせた。

ダスティがすばやく追いついて、鞍から飛びおり、彼女の手綱《たづな》をつかんで急停止させた。

「馬に乗ったまま、向こう見ずなインディアンの二人組みたいにあそこへつっこんでいくわけにはいかないんだ、マリー！　殺されたいのか？」

「あそこにママがいるのよ！」

「そうとはかぎらないだろう。いまはもう、なにがあってもおかしくない状況になってるんだ。頭を使うようにしないと、死んでしまうことになりかねないぞ」

彼女はジャケットの内側へ手をのばし、スプリングフィールド45を抜きだした。

「あなたの言うとおりね」彼女は言った。「わたしはなにも考えていなかった。頭を使うようにしましょう」

「わかればいいんだ」

ダスティは彼女の手綱から手を離して、鞍の上に身を戻そうとした。その瞬間、彼女がまた馬の横腹を蹴って、疾駆させた。

「こんちくしょう！」彼は悪態をついて、馬に飛び乗り、三〇－〇六弾が装填《そうてん》されたライフルを鞍のスキャバードから抜きだした。「なんで女は理屈を聞き入れないんだ？」

彼はマリーを追って、馬を走らせた。馬がなにかにつまずいて脚を折ったりしないよう、慎重に闇を抜けていく。すぐにマリーの姿が見えなくなり、やがて、自分の馬の足音に重なって聞こえていた彼女の馬の足音が聞こえなくなると、彼は手綱を引いて、馬をとめた。これほど不安な気持ちになったことはなかった。

そのとき、家の方角から銃声がとどろいた。発生地点はかなり遠方だったので、マリーに危害がおよぶとは思えなかったが、深刻な事態になっていることを明白に物語るものではあった。

「くそ」ダスティは恐怖が湧きあがるのを感じつつ、つぶやき、手綱をふって、馬を歩かせにかかった。「行くぞ、シャイロー。いまさらひきかえすわけにはいかないだろう」

バック・ファーガソンとスタークスが両手をあげて玄関ポーチに足を踏みだしてくると、アクラムは部下の三人と並んで立ち、そのふたりに銃口を向けた。

「撃つな！」とバックが叫び、ポーチの上で失血死してしまった男を見おろす。彼はスタークスのすぐ後方、左側に立っていた。「われわれは降伏する！」

アクラムはデュークのものだった赤外線ゴーグルを通して、彼らを見ていた。

「シャノンはどこだ?」

「二階だ。頭に弾をくらった」バックが言った。「彼はさっきの一斉射撃で被弾して、死んだ。残ったのはわれわれだけだ」

「なかに入って、確認してこい」アクラムは部下のひとりに命じた。

その男が、驚いたように彼を見つめる。

「だけど、家は燃えてるんだ!」

「確認してこい!」アクラムはどなりつけた。

バックが両手をおろして、スタークスの腰の後ろからSIGザウアー拳銃を抜き、同時にスタークスが背中に担《かつ》いでいたMP5を胸の前へ引きおろした。ふたりが跳ねるようにポーチを駆けぬけながら、発砲する。

アクラムの部下のひとりが撃ち倒された。ほかの部下たちは、半数がバックとスタークスのほうへやみくもに応射し、あとの半数は遮蔽物《しゃへいぶつ》の陰に身を隠していた。ポーチを走りぬけたふたりの男たちが、地面に飛びおりて、姿を消す。

「追いかけろ!」アクラムは叫び、五人の部下たちが霧を抜けて彼らを追う。

家の裏手にまわりこんでいたアバドが銃声を聞きつけたが、彼は自分の率いるグループに、ここを動くなと命じた。家はまだ完全に火に包まれてはおらず、裏口から出てくるやつを取り逃がすわけにはいかなかったからだ。炎の熱で、家の西側から二十フィートほどのところまで霧が晴れていたので、その周辺はよく見通すことができた。

そのとき、背後からなにかの轟音が聞こえ、さっとふりむいた瞬間、アバドはクォーターホース（アメリカで改良された強健・敏捷な短距離競走馬）の蹄《ひづめ》に踏みにじられた。彼はよろよろと立ちあがろうとしたが、側頭部を蹄に強打されて、仰向《あおむ》けに昏倒《こんとう》した。

ほかの男たちが跳びのいて逃げ場を探しているうちに、マリーが荒々しく手綱をふって馬に向きを変えさせながら、スプリングフィールド45を発砲して、彼らのひとりを撃ち、つぎの瞬間、たくみに馬を後退させて、その蹄でアバドの胸を押しつぶした。彼女はさらに二発撃って、またひとりを倒したが、あとのひとりが難を逃れて銃を連射し、彼女が乗っている馬を撃ち殺した。

馬が地面に倒れこんだとき、彼女は身を転がして横手へよけたが、そのはずみで銃を取り落としてしまった。

巨漢が彼女の髪をわしづかみにして、強引に立ちあがらせる。顔面にパンチをたたきこもうとして男が腕をひいたとき、家の裏口からハルが発砲して、そいつをふっとばした。

マリーは拳銃を拾いあげて、裏のデッキに駆けあがり、ドアからよろめき出てきたジャネットの手を取った。彼女の髪や衣服がひどく焼け焦げて、煙をあげていた。ハルがデッキの端から地面に飛びおり、撃ち倒した男の頭部にMP5の銃口を押しつける。そのとき、その左方から連射の音がとどろき、ジャネットが膝をついた。一発の銃弾に左右の臀部《でんぶ》をつらぬかれたのだった。ハルが身をまわして、その銃撃をやった男の腹に弾を撃ちこみ、倒れた男のそばへ駆け寄って、短機関銃の銃床で殴りつけ、昏倒させた。そのとき、彼は背中に一発の弾を浴びたが、くるっとふりむいて応射し、倒れこむ前に、自分を撃ったやつを撃ち倒していた。

彼が倒れるのを見たマリーが、ジャネットをひきずって家の西側の端をまわりこみ、闇のなかへ姿を消していく。

家の表側では、バックとスタークスが石の井戸の陰に身を隠し、そこに釘付けになって、敵と銃撃戦をおこなっていた。

「これはあまりうまくない」スタークスが言った。「後ろのほうのどこかに、隠れられる場所はないか？」

「ない」バックがちょっと頭を突きだし、最後に銃口炎が見えたあたりへ一発撃ちこんだ。

「この後ろは開けた土地がつづいていて、二百ヤードほど行ったところに木立がある。この霧のなかで、そこまで行き着けると思うか？　わしはここに踏みとどまって、くそったれどもをこちらに引きつけ、ハルとジャネットが逃げだすための時間を稼いでやるんだ」

スタークスはまた二、三発、発砲した。

「そのふたりが家から出られたかどうかもわからないんだぞ」

バックがまた発砲した。

「それがなんだというんだ？」

「この井戸の深さはどれくらい？」

「十フィートほど――もう何年も前から涸《か》れ井戸になってる。なんで？」

「いや、なんというか」スタークスは言った。「弾が尽きたら、ここに飛びおりるというのはどうだろうと思ってね。そうすれば、われわれの墓を掘る手間を省いてやれるだろうし」

背後の霧のなかからマリーの声が聞こえてきた。あきらめないでと母親を急《せ》き立てている声だ。

「マリー、こっちだ！」バックが押し殺した声で呼びかけた。「井戸のそば！」

霧のなかから女たちが現われ、そろって地面に倒れこむ。

「ああ、助かった！」マリーが言った。

「ハルはどこだ？」バックが問いかけた。

マリーが彼の腕に手を置く。

「ごめんなさい、バック。ほんとうにごめんなさい」

バックは、自分が一千回も死んだような気持ちになりながらも、彼女の頬に手をあてた。

「あんたのせいじゃない」きっぱりと彼は言った。「さあ、元気を出せ。あんたらご婦人ふたりは、いまから井戸のなかへおろす。そのあと、わしとスタークスはここを離れて、くそったれどもの注意をこっちに引きつけるようにする」

マリーがスタークスに目をやる。

「あなたはだれ？」

「FBIです、ミセス・シャノン」

「来てくださってありがとう」マリーは彼の手を取った。

「彼はいい男よ」ジャネットが、意識を失うまいとつとめつつ、つぶやいた。

敵が銃撃を再開し、スタークスがMP5で応射する。

「あまり時間がない。あなたがたは井戸におりてもらうのが最善だろう」

「いやよ」マリーが首をふった。

「マリー、言い争ってる場合じゃない」バックの声には断固とした響きがあった。必死に感情を抑えこんでいるのだ。「あんたらが生きのびてくれなかったら、わしの息子たちは犬死にしたことになってしまうんだ。さあ、あんたらは井戸におりて、わしらがくそったれどもを地獄への道連れにできるようにしてくれ」

彼は拳銃を地面に置いた。

「よし、あんたが先だ、ハニー。おりたら、ママを受けとめてやってくれ。さあ、急ぐんだ！」

そのとき、家の西側に置かれているプロパンガスのタンクが爆発して、巨大な火球を生みだし、あたりを包んでいた霧を吹き飛ばした。目のくらむ閃光が襲来し、彼らはみな両手で頭を覆《おお》って地に伏せるはめになった。

68

ギルの牧場の上空

降下ギアを装着したジャック・フロストが通路を通って機体の後部へ行くと、先陣を切って飛びだす予定になっているギルがドアのそばに立っていた。

「降下地点《DZ》に近づいているぞ！」彼はギルの耳元で叫んだ。「下は霧が深くて見えにくいが、家が燃えているように見える」

「燃、燃えている？」

「降下する前に、上空をひとまわりしたいか？」

「お断わりだ！」とギルは叫びかえした。上に目をやって、降下ライトを確認すると、それはまだレッドのままだった。「急いであそこに降りなくてはいけない！」

「ラジャー！ コックピットにもどって、その意向を伝えよう。おれは最後に飛びだすことになってるから、また地上で会おう！」

一分後、機がゆるやかにバンクして北西に機首を向け、心臓が凍りつきそうなわが家の光景がギルにも見えるようになった。家はいま、完全に炎に包まれているのだ。その十秒後、ライトがグリーンに変じた。彼はドアから空中へ飛びだし、すぐにチームの面々があとにつづいた。降下した高度が五千フィートを切っていたので、彼らはみな、数秒後にはパラシュートを開いていた。霧が深いせいで下方がろくに見えず、赤外線ゴーグルを装着していても、それは最良の環境であってすら奥行き知覚はほとんどもたらしてくれないので、降下所要時間を目測するのは困難だった。

69

モンタナ
ギルの牧場

家がごうごうと燃えあがるなか、バックが意識を取りもどすと、目の前にAK‐47の銃口があるのが見えた。FBI特別捜査官スタークスは、額にガチョウの卵大のこぶをつくって、気絶していた。そこをライフルの銃床で殴りつけられたのだ。ジャネットは井戸のそばで気を失っており、マリーは膝立ちになっていた。その喉に、アクラムがナイフを突きつけている。

「ギル・シャノンはどこだ?」アクラムがバックに叫びかけた。「言わないと、この女の首を切るぞ!」

「ここにはおらん!」バックは激怒し、自分にライフルを突きつけている男にいつでも飛びかかれる姿勢をとった。「彼は政府に協力して、おまえらの核爆弾を探しているんだ! さあ、彼女を離せ。さもないと、わしがおまえの首を掻《か》き切ってやるぞ!」

彼が立ちあがると、アルカイダのテロリストは、もう一度地面に膝をつけとどなった。

「くそくらえだ、この野蛮人めが！」

「バック、やめて！」マリーが懇願した。「こいつらにあなたを殺す理由を与えないで！」

「あいにくだが、ハニー、わしらはもう死んだも同然なんだ」彼はアクラムをにらみつけた。

「そうじゃないか、この下司野郎《げすやろう》？」

アクラムが、バックの目に狂乱の光があるのを見てとり、あれは精神に変調を来《きた》した男の目だと考えた。

「こいつを撃て」アラビア語でアクラムが言った。

ＡＫ−47を突きつけていた男が正面からバックの胸に銃弾をたたきこみ、元海兵隊員の老人が後方へふっとんで、死体と化して地面に落ちる。

マリーが悲鳴をあげた。アクラムが彼女の髪をつかんで強引に立ちあがらせ、彼女の鼻のそばにナイフの刃を押しつける。

「さあ、しゃべれ。おまえの夫はどこにいるんだ」

「知らない」涙声で彼女は言った。「あんたたちが電話線を切ったんでしょ。それで、彼と連絡がつけられなくなったの」

「カシキンを……最初にここに来た男を、殺したのはだれだ？」

「わたしよ」

アクラムが彼女の髪をわしづかみにし、頭部を激しくふりまわして痛めつける。

「嘘をつきやがって！」

「嘘じゃないわ！」挑むように彼女は言い放った。急に怒りが募って、恐怖をわきへ押しやっていた。「寝室の窓から二発撃って、あのろくでなしを仕留めた。そのあと、死体をあそこで焼いてやったわ！」

彼女は、木の枝が積みあげられている場所を指さしてみせた。

その目が怒りにぎらついているのを見たアクラムが、この女は真実をしゃべったのだと気がつき、彼女を地面にたたきつけた。

「おまえは夫がここにいなかったのをひどく後悔することになるぞ」

「地獄に堕ちるがいいわ！」彼女は母親のようすを見ようと、這《は》って井戸をまわりこんだ。

アクラムが、アバドの後釜《あとがま》として副官に任じた男と協議に取りかかる。

「こちらの生き残りは何名だ？」

「十三名です」

「彼らに出発の準備をさせろ。来たときと同じ経路を使い――この三人を連れて――ここを離れる」

男が身をひるがえし、撤収のための隊列をつくれと命令を送る。

そのとき、アクラムが頭上に航空機のエンジン音を聞きつけた。デュークの赤外線ゴーグルを額から引きおろし、それを通して、霧に覆《おお》われた空を見あげる。旧式のC‐47とおぼしき航空機が見え、ゴーグルを通して、その飛行経路を後方へたどっていくと、牧場の北東端あたりの上空に、開かれたパラシュートがいくつも見てとれた。

「空挺部隊だ！」アラビア語で彼は叫び、上空を指さした。「やつらが地上に降り立つ前に、撃ち殺してしまうんだ――行動にかかれ！」

男たちが急いで集結し、予備の弾薬を可能なかぎり見つけだして回収してから、空挺兵たちがどこに降りてくるかよくわからないまま、敵を迎え撃つために走りだした。

アクラムは、彼らがかなり遠くに行くのを待ってから、TAC－50を背中にぶらさげ、ふたたびマリーの髪をわしづかみにした。彼女が抵抗したので、アクラムは彼女を地面に押し倒し、TAC－50を背中からおろして、彼女の母親の頭に銃口を押しあてた。

「やめて！」

「だったら、言われたとおりにしろ！」

マリーが命令に従うと、アクラムはスタークスのブーツの紐《ひも》を使って、彼女の両手を背後でひとまとめに縛りつけた。それから、彼女を前に押しやりながら、西の方角をめざし、急いでその場を離れていった。マリーには、パラシュートが牧場の上空から降りてくること以外、なにもわからなかった。

火災の光が届かないところまで来ると、アクラムは彼女の体をまわして、こちらに向かせ、腹に短いジャブを打ちこんで、地面に膝をつかせた。その体を仰向《あおむ》けに押し倒して、パンツを一気に引きさげ、ナイフで下着を切り裂いて、それを彼女の口に押しこむ。そのあと、彼女のシャツの袖を切り裂き、切りとった布を顔にまわして、強く縛った。

「よし、立ちあがれ！」アクラムは彼女のパンツを元どおりに引きあげ、尻を蹴りつけて、前進を再開させた。「憶えておけ……音を立てたら、すぐさまその腹にナイフを突き刺してやるぞ」

70

モンタナ
ギルの牧場

ＳＥＡＬ隊員たちは、地上に降り立ちもしないうちに銃撃を浴びることになった。ギルはボディアーマーに銃弾が食いこんでくるのを感じつつ、両足でしっかりと着地して、降下ハーネスをはずした。すぐさま腹這《はらば》いになり、敵の銃撃を阻止すべく、ゴーグルの視野のなかに見てとれる熱源を狙って銃口を水平にめぐらしてＭ４を連射しながら、遮蔽物《しゃへいぶつ》を探す。その行動はチームの面々に、地上に降り立つまでの貴重な時間的余裕を与えることになった。それでもやはり、ギルの左手の地面に生命を失った肉体が落ちてくるのが見え、部下のひとりが早々と命を奪われてしまったことがわかった。

ギルは弾倉を交換して、敵に応戦し、その間に、部下のＳＥＡＬ隊員たちが水桶や木材の山、馬用運搬車や畜舎の柱などの陰に身を隠した。彼らが声を交わしあって、集結し、前進の準備に取りかかる。

ジャック・フロストがギルのそばに這いずってきた。

倉を取りだした。

「降下中に弾をくらったか？」

「くらってないと思う。あんたは？」

「左足のほとんどを失った」フロストが弾倉の残弾を撃ちつくし、ハーネスから新たな弾倉を取りだした。

フロストの左足にちらっと目をやると、実際にその甲から先が失われていることが見てとれた。

「楽ができたのはきのうまで」ギルはSEALのモットーのひとつを口にし、そのとき厩舎《きゆうしや》を出て水桶のほうへ向かってきた敵に一斉射を加えて、そいつを撃ち倒した。「あそこに、おれの部下のひとりが死体となって転がってる」

「撃たれるのを見た」フロストが言った。「だれなのかはわからなかったが」

ギルの左側にクロスホワイトが駆け寄ってきて、地に伏せた。

「ギル、あんたは突撃にかかり、われわれはくそったれどもを西のほうへ追いやるってのはどうだろう？　あんたはマリーを見つけに行き、そのあいだに、われわれは敵の数を減らしておくようにするんだ。どうやら、やつらは赤外線ゴーグルを持ってないようだからな」

チームはすでに隊列を形成して、猛烈な銃撃を浴びせ、敵を釘付けにして殺戮《さつりく》すべく、進撃を開始しようとしていた。

ギルはM4を手放して、吊していたレミントンMSRをおろし、その暗視スコープのレティクルを、厩舎の屋根裏から撃っている男の銃口炎に重ねた。引き金を絞ると、ラプア・ナチュラリス三〇八口径弾がその男の鼻の左側に命中し、頭蓋骨《ずがいこつ》の内部をずたずたにしつつ頭部のほとんどをふっとばすのが見えた。ギルはすぐさま立ちあがり、家をめざして開けた土地を走りだした。走っているあいだに、右足の爪先のどこかが中足骨の一部もろとも失われたのが感じられたので、右足を内側へひねって、ちょっと跳ねるような走りかたをせざるをえなくなった。

片足を負傷しても、ギルはなんとか家までの百ヤードの距離をすばやく駆けぬけていった。そして、霧のなかから飛びだすと、家が完全に火に包まれているのが見えた。屋根の東半分が内側へ崩壊し、無数の火花が空へ舞いあがっている。裏手の芝生の上に、一頭の馬と数人の人間の死体があった。家のなかに生存者がいるはずはないので、走って表側へまわりこむと、ダスティ・チャタムが愛馬のそばに、ブローニングのハンティングライフルを肩に吊して立っていた。その顔が汗で濡れ光っている。

「なんと！　あんたなのか、ギル？」

「ダスティ！　マリーはどこだ？」

ダスティが、いくぶん恥じ入ったように肩をすくめた。

「わからん。いまここに来たばかりなんでね。バック・ファーガソンは死に、ジャネットは尻を撃たれた」ジャネットらが身を伏せている、火炎の光が届かない場所を指さしてみせる。「彼女はあそこに、FBIの男といっしょに隠れているんだ。その男もこっぴどくやられちまってる」

ギルが義母のもとへ駆け寄ると、彼女は意識を失っていて、脈が弱くなっているのがわかった。FBI特別捜査官スタークスはなかば意識があったが、ひどい脳震盪《のうしんとう》を起こしているせいで、ギルが急を要する質問をしても、混乱した答えをつぶやくことしかできなかった。

「あっちで銃撃をやってるのはだれなんだ？」ダスティが問いかけた。"騎兵隊"が応援に駆けつけてくれたのか？」

「ああ。まる一日、手遅れになってしまったが」ギルはつぶやくように言った。自分に嫌気がさし、妻の身が案じられてならなかった。「マリーが家のなかにいる可能性はあるのか、ダスティ？」

 ダスティが家に目をやり、またギルに目を戻す。

「なんとも言えない、ギル。いるとは思わないが、なんとも言えない。おれたちがあの小高い場所を越えたとき、すでに家は燃えていたんだ」

「マリー！」とギルは叫び、甲斐もなく周囲を見まわした。「マリー！……マリーーー！」ダスティのほうへ向きなおる。「最後に彼女を目にしたのはどこだ？」

「あの小高い場所のすぐ向こう側」ダスティが、背後にある自分の牧場の方角を指さす。「彼女はおれをふりきって、馬を走らせていった。申しわけない、ギル。おれは……あの猛烈な銃撃のなかで彼女を追っていくのが怖くて……凍りついてしまったんだ」

 彼女は、あの死んだ馬に乗っていたのか？」

 ダスティがうなずく。

 ギルが馬が死んでいるかどうかを再確認するためにそこに駆け寄ると、ハル・ファーガソンが懸命に立ちあがろうとしているのが見えた。ハルは咳きこんで血を吐き、左胸の銃創から出血していた。

「ハル！」

ギルを目にしたハルが、また地面にへたりこむ。

「くそ、あんたに会えたことをよろこんでいいものかどうか」

ギルはそのそばに片膝をつき、ぶじなほうの肺に血が流れこまないよう、負傷した側が下になるように男の身を横向けに転がした。

「マリーを見かけなかったか？」

「撃たれたあとは見てない」ハルがうめくように言った。「あの戦いぶりを見せてやりたかったよ、ギル。彼女はまるで騎兵隊員のように45を撃ちまくっていたんだ」

「ハル、彼女の姿が見えないんだ。撃たれたんだろうか？」

「わからない。最後に見かけたとき、彼女はジャネットといっしょに逃げていたが」

そのことばがギルに希望をもたらした。

「オーケイ、海兵隊員。じっとしてろ」ギルはハルの腕をつかみ、その下に自分の肩を入れて、彼の身を持ちあげた。

「おれのおやじは死んだのか？」

「ああ」ギルはつぶやいた。よぶんな重みが加わったせいで、傷めた足に激痛が走った。

負傷した元海兵隊員を家の表側へ運んでいき、バックの死体のかたわらに寝かせる。

「あんたの家族をこんなことに巻きこんでしまってすまない、ハル」

父親のそばへ身を寄せたハルが、胸の銃創を確認し、安らかな死に顔になっていることを見届ける。

「おれたちは海兵隊員だ、ギル。おれの家族はガダルカナルの戦い以来、こんなふうなことに関わってきたんだ」ハルは血まみれの指で顔をぬぐって、恐怖をふりはらおうとした。弟ふたりもおそらくは死んでいるであろうことを、ギルはまだ知らないにちがいないと彼は思った。「急いで奥さんを見つけに行ったほうがいい。このすべてが徒労に終わることがないようにしてくれ」

ギルはジャネットの両脚を持ちあげて、井戸の縁にのせた。重要な内臓の血液が失われないように、それだけはやっておかなくてはならなかった。そのあと、彼はダスティに目を戻した。

「もうすぐ、おれのチームがここにやってくる。それまで、ハルの負傷した側を下にして、ぶじなほうの肺に血が流れこまないようにしておいてくれるか」

ダスティがうなずく。

「ギル、すまない――」

「謝ることはない」ギルは彼の肩に手を置いた。「あんたはここに来てくれた。それだけで、じゅうぶんだ」

そう言うと、彼は厩舎のほうへ移動していった。そこでは、部下たちが生き残りの敵のひとりを表口からひきずりだしているところだった。

その生き残りは尻を撃たれて、歩けなくなっていた。

「さっさと撃ち殺せ」アメリカ英語でその男が言った。「もう祈りはすませた」

ギルは当面その男は無視することにして、アルファのほうへ身を向けた。

「降下中に死んだのはだれなんだ？」

「クランシー」アルファが言った。「頭に一発くらって」

ギルは身をひるがえし、アルカイダの男の折れた骨盤を踏みつけて、遠吠えのような悲鳴をあげさせた。

「なんでおまえはそんなに流暢《りゅうちょう》に英語がしゃべれるんだ？」男が答えられるようにするために、負傷箇所から足を離す。

「それは、おれがアメリカ人だからだ！」アルカイダの男が喘《あえ》ぎ声で言った。「おまえと同じ――」

ギルはまた骨盤に足をのせた。

「おれの妻はどこにいる？」

男が苦痛に歯を食いしばりながら、あざ笑う。

「おまえなんかくそくらえだ！」

ギルは男の臀部《でんぶ》を踏みにじった。折れている骨盤が、ぎしぎしと音を立てて砕けていく。

「言っただろう。おれの妻はいったいどこにいるんだ？」

アルカイダの男が激痛に襲われて、悲鳴をあげる。

「おまえのおふくろもくそくらえだ！」

ギルは血にまみれた足を持ちあげて、あとずさった。

「こいつはしゃべろうとしない」

クロスホワイトがナイフを抜きだした。

「おれがしゃべらせてやろう」

　ギルは首をふった。

「こいつはだめだろう」

「だったら、死んでもらうか」

「いや、この男はFBIに任せよう。厩舎の安全は確認したか？」

「した。彼女は厩舎のなかにはいなかったよ、ギル」

　SEAL隊員のひとりが井戸のほうを指さした。そこでオソが、意識のないジャネットのにおいを嗅《か》いでいた。

「あれはあんたの犬かい、チーフ？」

　ギルは身を転じた。

「まちがいなくそうだ」

　口の前に両手を筒のようにあてがって、口笛を吹く。犬が動きをとめて、厩舎のほうに目を向け、ギルの姿を見つけて、駆け寄ってきた。

　ギルは厩舎のなかへ入りこみ、マリーのカーハート・ジャケットの一枚を手に取って、外に戻ってきた。そのジャケットを犬の鼻先へ持っていく。

「ママはどこにいる？　さあ、ママを見つけるんだ！」

　犬が井戸のほうへ駆けもどったので、ギルはそのあとを追った。犬が地面に鼻を押しつけ、ジグザグのパターンを描きながら北西の方角へ進みだす。四、五十秒においを嗅いだあと、犬が立ちどまって、ギルのほうにふりかえり、ひとつ吠えて、彼女のにおいを嗅ぎつけたことを知らせた。

ギルはダスティのほうに向きなおった。

「あんたの馬を貸してもらえるか？」

ダスティが手綱《たづな》を手渡す。

「もちろん、いいとも」

ギルは馬にまたがって、クロスホワイトを見おろした。

「この一帯の安全をできるだけ確保してから、周辺防御の態勢をとるように。至急、ポープに連絡を入れ、進行中のすべての作業を加速させるようにするんだ。ここにＦＢＩを来させても安全だとも伝えてくれ。おれはマリーのあとを追う」

「ひとりでもだいじょうぶなのか？」

「そうするしかない。ほかのみんなは馬に乗れないし、徒歩でついてくるのはむりだからな」彼はチームの全員に目をやった。「みんな、いくら礼を言っても言いきれないほどよくやってくれたな」そう言うと、彼は手綱を引いて雄馬に向きを変えさせ、その横腹をかかとで押した。「オソ、ママを見つけに行くぞ！」

犬が駆けだし、ギルは馬を疾駆させてあとを追った。

クロスホワイトとほかの面々が、駆け去っていく彼らを見送る。

「彼はあっちでなにを見つけることになるんだろう？」アルファが疑問を声に出して言った。

クロスホワイトが首をふって、叫ぶ。

「ドク！」その衛生兵は厩舎の入口の近辺で、負傷したアルカイダの男の手当てにあたっていた。「当面、そのくそったれはほうっておけ。こっちに、手当てが必要な仲間が三人いるんだ！」

71

モンタナ

クロスヘアのど真ん中に相手をとらえてその死を思い描くとき、スナイパーはまぎれもなく、自分は無敵であるという感覚をいだくものだ。自分はだれよりも強いというその感覚を味わうのは、アクラムにとっては初めてのことだった。馬にまたがって斜面をのぼってくるギルの姿が、赤外線スコープを通して見えていた。レミントンのスナイパー・ライフルを、腿《もも》に銃床を置いて携行し、すましかえった顔をしている。シャノンの殺害を計画してから、ほぼまる一年がたったいまようやく、あのアメリカ人をその本拠地で殺害する特権を自分に与えてもよいとアラーが判断してくださったのだ。

彼はTAC-50の銃床でマリーを殴打して、地面に転がすと、花崗岩《かこうがん》の大岩の陰で片膝をつき、百ヤードの距離まで迫ってきたギルの胸にレティクルを重ねた。重い引き金に指をかけ、少し息を吸ってから、自分のライフルがだしぬけに銃声を発するのを予期しつつ、そろそろと引き金を絞っていく。

マリーは、アクラムに脅されながら岩のあいだを抜けて斜面をのぼってくるときに、背後の牧場であがる銃声を聞いて、だれが助けに来てくれたのだろう、どこからやってきたのだろうと考えていた。母は医療処置をしてもらわなければ、まもなく死ぬことがわかっていたが、アクラムにどんどん遠くへ連れていかれるあいだに襲ってきた絶望の感情は、必死に抑えこむようにしてきた。あの銃声は十五分ほど前に途絶え、下の牧場でおこなわれた戦闘の結末は想像するしかなかったが、牧場の状況がどうであれ、明白にわかっていることがひとつあった。自分をとらえた男は、だれかを撃ち殺そうとしている——だが、自分には、呆《ほう》けたように地面に転がったまま、あの男がそれをするのを見過ごすつもりは毛頭ない。

マリーは両足をふりあげ、ブーツのかかとでアクラムの尻を蹴りつけた。大型のライフルが火を噴き、男がふりかえって、怒りの罵声《ばせい》を浴びせてくる。

「このばか女が！」男が戦闘ブーツで彼女の脛《すね》を踏みつけた。それからまた、斜面の下方へライフルをめぐらし、急いでボルトを操作して、二発めを撃った。

「よし！」英語で声を発し、ふたたびボルトを操作して、三発めを撃つ。

そのあと、男はさっと立ちあがり、ライフルを頭上にかざして歓呼した。

「〝アラー・アクバーーーール！〟」天に向かって、彼が叫ぶ。「アラー・アクバーーーール！」——神は偉大なり！

男がふりかえって、マリーの頬を踏みつけた。

「おまえの人殺しの夫は脳を砂にまみれさせ、その魂は地獄で焼かれるのだ！」空薬莢《からやっきょう》を排出し、次弾を薬室に送りこむ。「まさしくアラーは慈悲深い！　その偉大さに疑問の余地はないのだ！」

マリーは自分の命が尽きようとしているのを感じ、戦う意志を失っていった。ギルが死ぬなんてことがあっていいものか？　そんなことがあっていいものだろうか。

アクラムが、十人力の男になったかのように、また彼女の髪をわしづかみにして、ぐいと自分のほうへ引き寄せる。その顔が目の前に来たので、マリーにはコーヒーの残り香の混じる口臭が感じとれた。

「おれはおまえの夫を打ち負かしたんだ」男が侮辱の念をこめて、彼女を前へ押しやる。「車のところにたどり着いたら、おれは、敵の女をとらえた男として、おまえを連れていく。それで、おれの勝利は完璧なものとなるだろう。母国に帰ったら、おまえをおれの妻のひとりにしてやろう。おまえは神の栄光のために、おれの子どもたちを産むんだ」

彼女は口にパンティを押しこまれているせいで息が苦しく、頭がぼうっとしていて、つまずきながら闇のなかを歩かされていった。背後で手首を硬く縛りあげられているために、手の感覚がなくなっていた。

アクラムがくくっと笑う。歓喜のあまり、気持ちを抑えきれなくなっていた。この勝利は――敵の女を奴隷にしたことは――自分がアラーの意志をこの世でなしたことに対して、アラーが栄光として授けてくださったご褒美《ほうび》なのだ。そのような栄光の話を少年時代に何度も書物で読み、自分もそれに浴せることを夢見てきたが、それが実現すると信じたことは一度もなかった。西欧世界は何世紀ものあいだ、その優位なテクノロジーの力をもって東方世界の発展を妨げてきたが、いまついに、その状況を――アラーの不朽の栄光のために――激変させる時が来たのだ。

「いまここで、おまえをわがものにしたいところだが」欲情が募ってきたのを感じて、アクラムは言った。「これでは暗すぎて、自分のやってることが見えないからな」

彼はまた、耳障りな笑い声を漏らした。

マリーがさっと身を転じて、彼を蹴りつけ、カウボーイ・ブーツの爪先がもろにその股間をとらえた。

アクラムの目のなかで、宇宙のすべての星を集めたような光が炸裂《さくれつ》する。彼はTAC－50を取り落として、両手で股間を押さえ、きわめつきの苦痛に襲われてうめきながら、地面にくずれ落ちた。

マリーは、男をどれほど痛めつけたかわからなかったので、身をひるがえし、できるかぎりの早足で霧のなかを走りだした。肋骨《ろっこつ》が折れているのと、鼻でしか息ができないせいで、吸える空気はごくわずかとあって、暗い斜面をくだりだすと、すぐに足の力が抜けてきた。狭い山道に転がっていた花崗岩のかけらにつまずいて、なすすべもなく体が前に投げだされ、岩に側頭部がぶつかって、意識が失われる。

山道の上方では、地面に倒れたアクラムが子どものように泣きながら、身もだえていた。こんな痛みに襲われたのは、生まれて初めてのことだった。骨の髄までこたえる激痛のせいで、息を吸うのも苦しく、生きながらえるために必死に呼吸をしているように感じられた。彼は嘔吐《おうと》して、身を震わせた。息を吸うと、嘔吐物が喉に詰まり、胸を焼く熱いものを吐きだそうとすると、息が詰まって、咳きこんでしまう。

永遠とも思える時間がすぎたあと、ようやく痛みが鎮まってきたので、彼は両膝を引き寄せて、四つん這いになり、横隔膜を上下させて、喉に詰まった胃液まじりの熱いかたまりを吐きだした。頭がすっきりしてくると、この苦しみ、この屈辱的な経験は、ひとえに自分の落ち度であることがわかってきて、ひどく恥ずかしくなった。自分が勝利におごっていたことをアラーがお見通しになり、任務の完遂に専念すべきときに異教徒の女に欲情するという怠慢《たいまん》に対して、罰を与えることになさったのだ。地上の快楽にふける時間は、あとでいくらでもとれる。だが、いまは、敵が自分を捜索にかかっているのはほぼ確実なので、真っ先になすべきことは、脱出して、追跡を逃れ、アラーにさらなる奉仕ができるようにすることだ。

あたりを手探りすると、ライフルが見つかったので、それを支えにして立ちあがる。睾丸《こうがん》の痛みが残っていたので、一度ならず、むっつりと下に目をやらざるをえなかった。赤外線ゴーグルを額へずりあげてから、女の姿を求めて、山道をよろよろとくだっていく。五十ヤードほど行ったところで、女がお粗末にも、木イチゴの茂みのなかに倒れこんでいるのが見えた。その枝と葉に髪の毛がぐしゃぐしゃにからみつき、顔の横が裂けて、血が流れていた。

彼は女に平手打ちをくわせて目覚めさせ、またその髪をわしづかみにして、立ちあがらせた。山道に彼女を押しやり、尻を蹴りつけて、前に進ませる。この女は逃げるために当然のことをやったのであり、それに関しては敬意をはらおう。だが、女は失敗を――それも、ばかげた失敗を――しでかしたのだ。

72

モンタナ

オソが鼻面を地面にすりつけながら、炎上する家から北西の方角へ導いていったので、ギルはまもなく、マリーが向かったのは、牧場を見おろす尾根の西にある岩だらけの上り斜面だと気がついた。家と丘のふもとのあいだには、開けた地形が四百ヤードほどつづいているが、赤外線ゴーグルを通しても、そこに人影はまったく見てとれない。ギルは、彼女が自力で逃げたという空想をもてあそんだりはしなかった。彼女が母親を見棄《みす》てるというのは、たとえ自分の命を救うためであっても、けっしてありえないことだ。となれば、人質として連れ去られたか、もっとまずいことになったかであって、自分を偽って、彼女を生きて取りもどせる可能性があると信じるわけにはいかなかった。連れ去った男たちは、自分の命と引き換えにしてでも彼女を生きて返さないようにするだろうし、彼らの教義からして、敵に苦痛のないすみやかな死を与えることはまずないだろう。彼らは復讐に凝り固まっていて、その復讐の本質は、可能なかぎりの苦しみを相手に課すことにあるのだ。

世界の果てへと馬にまたがって向かう男のような気分で、レミントンを持っていることはろくな慰めにならなかった。こんな調子では、まもなく丘のふもとで上に目をやったとき、そこに水鉄砲が見えただけで、あれは核爆弾だと思って顔を伏せることになってしまうだろう。ギルは生まれて初めて、真の恐怖とはなんであるかを理解した。真の恐怖とは、愛する者を守ってやれないことなのだ。それでも彼は、あえて祈ろうとはせず、最善の結果を願いもしなかった。死や悲惨さはこれまでにいやというほど見てきたから、そんなことをしてもしょうがないとわかっている。遅かれ早かれ、だれもが弔《とむら》いの鐘を鳴らされるものであり、自分の場合だけはその例外であってくれと頼むのは卑劣で無意味なことだ。

自分にひとつの約束をさせることだけはできる。このあとあの上の闇のなかでまたなにが起ころうと、自分は妻に妙なまねをしたくそったれどもをひとり残らず殺してやるのだ。もしその渦中で神が自分の首を刎《は》ねる気になったら、それはそれでしかたがないことだ。命乞いをするつもりはないし、敵を容赦するつもりは毛頭ない。

ギルはオソを追って、斜面をのぼっていった。レミントンを、腿《もも》に銃床を置き、引き金に指をかけた状態で携行し、左手で手綱《たづな》を取っていた。自分の大きな強みは、装着しているボディアーマーをおおいに信頼できることだろう。いや、それがなんだ。馬に乗っているのは、敵に自分を見つけてくれと言っているようなものではないか。だが、ほかになにを信頼すればいいものか？

斜面をのぼっていく途中、オソが、マリーの汗に混じったアドレナリンのにおいを嗅《か》ぎつけ、彼女が危機にあることを察知して、くんくんと鼻を鳴らしはじめた。においが強くなったのを感じて、焦燥感《しょうそうかん》を募らせているのだろうとギルは思い、徒歩で進むようにしたほうが安全だと判断して、馬をおりることにした。

その瞬間、手のなかのレミントンが、爆発したかのようにまっぷたつに折れ、合成樹脂製の銃床が痛烈に首にぶつかってきた。雄馬が驚いて、棹立ちになる。ギルは、すぐに二発めが来るだろうと予想しつつ、必死に鞍にしがみついた。そのとき、雄馬が五〇口径弾で心臓を撃ちぬかれ、射殺されたバッファローのように倒れこんだ。ギルは谷間にこだまする銃声を聞きながら、死んだ馬から飛びおりていた。三発めの銃弾がＩＢＨヘルメットに斜めに当たって貫通し、左側頭部の耳から一インチほど上の頭皮を前から後ろまでまっすぐにえぐりとった。頭蓋骨《ずがいこつ》が浅く削られたせいで、焼けるような痛みが走り、意識が失われる。

一分ほどして、意識が戻ると、血まみれになった顔をオソがなめたり前脚でさすったりしていた。ギルは立ちあがり、破壊されたヘルメットを頭からむしりとった。赤外線ゴーグルは完全に壊れていて、レミントンの暗視スコープも、ひと目見ただけで、やはりだめになっていることがわかった。一歩足を踏みだすと、世界がぐるぐるまわりだした。バランスを失って、へたりこんでしまう。腹這《はらば》いになって、ふたたび立ちあがり、懸命に一歩二歩と足を運んでみたが、こんどもまたへたりこんでしまった。

ギルは膝の近辺を手探りした。意識を失うまいとつとめつつ、手に触れたオソの体を引き寄せ、首輪をはずして、わきへ放り投げる。犬が上方で敵に遭遇したときに、それをつかまれることがないようにするためだ。

「ママのもとへ行け！」犬を死地へ追いやることになると知りつつ、彼は言った。「ママのもとへ行くんだ、カサドール！　くそったれどもを殺せ！」

でかいチェサピーク・ベイ・レトリーバーの尻をひっぱたくと、オソは斜面の上をめざして駆けだしていった。

「おれもすぐあとにつづく！」

世界がまたぐるぐるまわりだし、彼はその場に倒れこんだ。

その直後、斜面上方のどこかで男の悲鳴があがった。数秒後、ぞっとするほど悲痛なオソの泣き声が届き、ギルは全身にアドレナリンが横溢《おういつ》して、乱れていた脳の配線が修復されるのを感じとった。彼は身を押しあげて立ちあがると、四五口径拳銃を抜いて、山道をもがきのぼっていった。

73

モンタナ

マリーは、いずれアクラムにレイプされて殺されることになるにちがいないと思い、生きのびるには、だれかが助けに来てくれるまで時間を稼いでおくしかないと考えた。

そこで彼女は、気絶して、地面に倒れているふりをした。

だが、アクラムはよけいな手間はかけず、すぐに彼女の臀部《でんぶ》を蹴りつけてきた。

「目を覚ませ!」

その蹴りはたまらなく痛かったが、彼女は意識を失ったふりをつづけた。

「目を覚まさないようなら」やんわりと彼が言った。「その顔に小便をかけてやるぞ」

そんなのはぜったいにいやだとマリーは思ったが、殺されるよりはましなので、オポッサムの仮死状態のようにじっとしていた。

「ばかな女め」とアクラムがつぶやき、下へ手をのばして、ジッパーをおろす。

霧のなかから犬のうなり声が届き、彼がそちらをふりむいた瞬間、全速力で走ってきたオソが彼に飛びかかってきた。股間に牙を食いこませて、彼を地面に押し倒し、狂乱したアオザメのように荒々しく首を左右に打ちふる。

アクラムは悲鳴をあげ、怒り狂った犬の頭にナイフを突き立てた。ナイフが頭部を滑って、耳の一部を切り裂いたが、オソは首を打ちふるのをやめなかった。陰嚢のなかにあるものがもぎとられたのを感じたアクラムは、パニックに陥って、また犬の頭部にナイフを突き立てようとした。こんどは、犬の肩にナイフが深々と突き刺さった。あまりの痛みに、オソが吠え、肩にナイフが突き刺さったまま、逃げだしていく。

アクラムは膝立ちになり、TAC‐50のほうへ手をのばした。

手遅れだった。自分の顔にマリーの足が迫ってくるのが見えた。顎の下へ彼女のブーツの爪先が蹴りこまれて、顔がのけぞる。アクラムは身を転がし、また蹴りつけようとしてきた足をつかんで、その膝をねじり、彼女を地面に転がして、その上に飛び乗った。体のわきに装着しているホルスターから、ベレッタを抜きだす。

「つぎは、あのくそったれな犬を殺してやるぞ！」

「機関銃——左側面！」斜面の頂《いただき》から、霧を通して大声が届いてきた。「動くものはなんであれ射殺しろ！」

アクラムは周囲に目をやったが、犬と格闘しているあいだに赤外線ゴーグルを失っていたので、なにも見えなかった。すでに包囲されたと信じこんだ彼は、ベレッタの銃口をマリーに向けたが、引き金を引く寸前になって、思いなおした。銃声をあげると敵はすぐにこっちに撃ってくるにちがいないし、自分にはまだ死んでアラーのもとへ行く準備はできていないと気がついたのだ。彼は拳銃をホルスターに戻し、TAC‐50をつかみあげて、丘の斜面をくだりだした。頭にあるのはただひとつ。わが命を守ることだ。股間を押さえ、ズボンの内側で傷めた睾丸が跳ねまわらないようにしながら、斜面を駆けくだっていく。ようやく東のかたに曙光《しょこう》が射してきたとき、ギルはキンバー製の拳銃デザートウォリアーを手にして、霧のなかから姿を現わした。マリーが岩にもたれこんで、咳きこみ、血を流しているのが見えた。彼はマリーのもとへ駆け寄ると、猿ぐつわとして顔に巻きつけられていた布切れを引きおろし、口に押しこまれていたパンティを茂みのなかへ投げ捨てた。

「だいじょうぶか？」

「よかった、生きてたのね！」ギルの頭部にできたむごい傷を見て、彼女が泣きだす。

「やつらはどこにいるんだ、ベイビー？」

「敵はひとりだけよ。山道をくだっていったわ。縛《いまし》めを解いて！」

ギルは小さなペンライトを口にくわえ、折りたたみナイフをハーネスから取りだして、彼女の両手首を縛っているブーツの紐《ひも》を慎重に切断した。両手が紫色になって、腫《は》れあがっていた。

「なんにも感じない」指を曲げようとしながら、彼女が言った。「ろくに動かせないし」

「血流が戻ってきたら、ひどく痛みだすぞ」ギルは、血と土がまみれついた彼女の顔に垂れかかっていた髪を押しあげて、キスをした。

「すぐに戻ってくる」

「あいつのことはほうっておいて」ギルの腕をつかんで、彼女が言った。「オツを助けて。あそこの藪《やぶ》のなかにいるわ」

ギルがその藪のところに行くと、オソが肩にナイフを突き立てたまま、横倒しになってい るのが見えた。荒い息をつき、胸を激しく上下させている。ギルは、刺さっているナイフを ゆっくりと抜いていった。犬は泣き声を漏らしたが、いったんナイフが抜きとられてしまう と、ごろんと腹這《はらば》いになって、立ちあがり、傷《いた》めたほうの前脚を宙に浮かせて、ギルの顔を なめ、あぶなっかしくぶらさがっている彼の左耳や左の側頭部もなめていった。

痛めつけられた妻と、ナイフに刺された犬を目のあたりにしたことで、銃弾がわが身にも たらした痛みなどは完全に消し飛んでいた。これほどの怒りを覚えたのは、生まれて初めて のことだ。ギルは立ちあがって、ハーネスから緊急発炎筒《フレア》を取りだすと、それに点火して、 牧場の方角へ向けた。そのあと、同じパウチからストロボ・ライトを取りだし、岩の上に置 く。

「すぐにチームがここにやってくるだろう。おれはそのくそったれを追跡する」

「やめて。あいつはライフルを持ってるのよ」

「おれが奪いとって、そいつに突きつけてやる」

「どうして、男たちはそういう強がりを言うの?」

「いや、べつに」彼は肩をすくめて、笑みを浮かべた。「昔、アラモ砦の戦いで、ディヴィ ー・クロケットがやった空威張《からいば》りみたいなもんさ」しゃがみこんで、彼女の顔に手を触れる。

「頼むから、そいつを殺しに行かせてくれ。やつは材木運搬用の林道をめざしたんじゃない か?」

彼女がうなずいて、ギルの頭の傷に手を触れる。白い頭蓋骨《ずがいこつ》が露出しているのが見えた。

「車がどうのとか言ってたわ」

彼は立ちあがった。

「それなら、やつは長い道を歩くことになる。おれが先まわりできるだろう」

彼女が下へ目を向け、彼のブーツの先がかなり大きく失われていることに気がついた。

「その足はどうしたの、ベイビー？」

彼はにやっと笑った。

「爪先がちょっぴり、どこかへ飛んでいってね」

74

モンタナ

アクラムは、山道をはずれて材木運搬用の林道に出たころには、ピューマから必死に逃げてきた男のような見かけになっていて、彼自身もそんな気持ちになっていた。頭からビャクシンの茂みにつっこんで、くぐりぬけてきたせいで、顔が傷だらけになって出血し、傷ついた睾丸には脈打つような痛みがあった。緑色のフォード・エクスカージョンにたどり着くと、彼は後部ドアを開き、TAC-50を後部シートに放りこんだ。そのあと、運転席のドアへ手をのばしたとき、そちら側のタイヤが前後ともぺしゃんこになっていることに気がついた。信じられない気分で、こんどはトラックのほうへ目をやると、それもまた同じやりかたで無力化されているのが見えた。

「まずいんじゃないか?」という声が聞こえた。ギルが、トラックの二十フィートほど前方にあたる道路際に立っていた。

アクラムは目をあげ、敵がそこに立っているのを見て、愕然《がくぜん》とした。曙光《しょこう》が射してきているので、頭部の傷から血が流れているのが見てとれた。彼は拳銃に手をのばそうかと考えて、利き手の指を曲げたが、ギルのホルスターのフラップがはずされているのが目に入ったので、相手の出方を見ることにした。時間を稼いで、傲慢《ごうまん》なアメリカ人がへまをやらかすのを待つのだ。

「おまえが出血しているのがわかって、いい気分だ」彼は言った。「おまえの妻も出血している。その母親もだ」

ギルが道の真ん中へ足を踏みだしてくる。

「ゲーリー・クーパー主演の映画を観たことはあるか？」

アクラムはにやっと笑って、しゃんと背すじをのばし、ギルと真正面に向かいあって立った。

「おれを殺しても、つぎからつぎへとだれかがやってくるぞ——おまえと妻の両方が死ぬまでな」

「それがどうした」

アクラムは拳銃に手をのばした。

その手がベレッタに届きもしないうちに、ギルがデザートウォリアーを発砲し、手首を撃ちぬく。

アクラムは愕然として、撃たれた腕を押さえた。人間がこれほど速く、これほど精確な射撃をやってのけられるとは、とても信じられない気分だった。彼はだらんとなった左手を押さえて、呆然と立ちつくした。橈骨《とうこつ》と尺骨《しゃっこつ》の先端が完全に撃ち飛ばされて、まったく使いものにならなくなっていた。膝の力が抜けて、フォードのボンネットにもたれこんでしまう。

ギルはそばに近寄って、アクラムの腰からベレッタを奪いとり、茂みのなかへ肩ごしに投げ捨てた。デザートウォリアーをホルスターに戻し、その銃床に手の付け根をかけて、アクラムを見つめる。

「いまからなにが起こるか、おまえにも推測がつくだろう」ギルは言った。

アクラムが顔に唾《つば》を吐きかけてきた。

「まもなくあの爆弾が爆発する。いまから起こるのはそれだ……そして、おまえはそれをどうすることもできないのだ」

ギルは手をのばし、被弾して、もげそうになっているアクラムの手をつかんで、ひねった。

アクラムが悲鳴をあげ、トラックのタイヤのそばに膝をついて、へたりこんだ。

「アラーがおまえを罰してくださるだろう！　おまえたち全員を罰してくださるだろう！」

ギルはアクラムの手を離さず、周囲に目をやった。

「まあ、そうなる前に、爆弾がどこにあるかをしゃべらせればいいことだ」

「くそくらえだ！」

ギルはうなずいた。

「そう言うだろうと思ってたさ」

ギルはアクラムの手を痛烈にひねった。かろうじてつながっていた骨の先端部がちぎれて、靭帯《じんたい》が飛びだしてくる。

アクラムが悲鳴をあげ、切断されて出血した手首をつかんで、胸に押しつける。

ギルは、ただの手袋と思っているような感じで、もぎとった手を持ったまま、その前にしゃがみこんだ。

「取り引きといこう、相棒。おまえは正しい行動をとり、爆弾がどこにあるかをしゃべるんだ。さもないと、おれはおまえにもっと恐ろしいことを——おまえらのような人間にとっては、もっと恐ろしいことをしてやる。そんなことをされたいか？　自分の体がばらばらになって、この林道に放置されることになってもいいのか？　しゃべらないと、神がありとあらゆるものを創造したのと同じく、まちがいなくそうなるんだ」彼はもぎとった手を道に投げ捨てた。掌《てのひら》が下になって地面に落ち、一度はずんで、裏返る。「あれが見えるな？　これは手はじめだ」

アクラムがにらみかえしてくる。挑むように目をぎらつかせていた。

ギルはその目に親指を突き入れた。アクラムがびくっと顔をのけぞらせ、後頭部がボンネットにぶつかる。

「ほら、ぶざまなことになっただろう？　人間の尊厳ってやつは、あっさりと失われるもんだと思わないか？　こうなるのは、おまえが生きのびようとしないからなんだ」ギルは首をふった。「核爆弾はどこにあるのか、さっさとしゃべれ」

彼はアクラムのもう一方の目に親指を突きこみ、アクラムの頭がまたボンネットに激突して、『三ばか大将』（一九三〇〜五〇年代にアメリカで人気を博したドタバタ喜劇）のパロディのような、不気味な光景が展開した。

なかば盲《めし》いたアクラムがギルの目を殴りつけようとしたが、ギルはその手をつかんで痛烈にひねり、手首を折った。アクラムが悲鳴をあげる。ギルは握りかたを変え、そのままアクラムの腕をひねりながら立ちあがって、肘《ひじ》をボキッと折り、その腋《わき》の下に血まみれのブーツを強引に押しこんで、肩を脱臼させた。アクラムがうつぶせに土の道に倒れこみ、大声でわめきたてる。ギルは手を離し、破壊した腕が地面に落ちるにまかせた。

「これはまだ序の口だ」ギルはまたしゃがみこみ、小石をつかみあげて、道路の先へ投げやった。「ここはグアンタナモじゃないと言ったら、その意味が理解できるか？　ここはアフガニスタンですらないと。そう、おまえはダウンタウンの地獄に堕ち、メインストリートとブロードウェイの交差点で悪魔に首根っこを押さえつけられているようなものなんだ」

　彼は、震えだしたアクラムの体をつかみ起こして、タイヤにもたれさせ、KA-BAR《ケイバー》ナイフを抜いて、アクラムの鼻の横に刃を押しつけた。

「さあ、くそったれな爆弾はどこにあるのか——いますぐさっさと——しゃべるんだ。さもないと、熾烈な拷問《VIPトリートメント》の一式を最後まで受けることになるぞ！　おれが本気じゃないかもしれないと思うんじゃない！」

　アクラムは、開けていられないほどひどく目を痛めつけられていたが、冷たいスチールが顔に押しつけられていることは感じとれ、それがなにを意味するかを理解した。動転したために、体がどうしようもなく震えだし、彼はごくんと唾《つば》をのんで、つぶやくように言った。

「サンディエゴ」

　ギルが鼻を切り落とすと、アクラムは悲鳴をあげた。

「嘘をつくな！」ギルはアクラムの耳をひっつかみ、頭の横にナイフを押しあてた。「DCにあることはわかってるんだ！　さあ、どこにある！」

アクラムが自分の顔を押さえて、苦痛と恐怖の悲鳴をあげる。

「ワシントンは第一ターゲットだったが、爆弾はまだそこへ持ちこまれていないんだ！」

ギルが耳を切り落とすと、アクラムは甲斐《かい》もなく怒りを湧きあがらせて、猛り狂い、ギルの脚を蹴りつけたが、なんの効果もなかった。ギルはアクラムの髪をわしづかみにし、ゆっくりと頭皮を剝《は》ぎにかかった。

「くそったれな爆弾はどこにあるんだ、この野郎？」

「サンディエゴ！」アクラムが叫んだ。「サンディエゴ！　サンディエゴ！」

ギルは手を離して、アクラムの前にしゃがみこんだ。

「サンディエゴのどこだ？」

アクラムがぼそぼそとアラーに祈りはじめる。頰に血が伝い落ちていた。

「おれは知らない」人前で小便をしようとしている女のように震え、ろれつが怪しかった。「カシキン。カシキンの仲間が持ってる。チェチェンの連中が。あの爆弾はカシキンの計画……カシキンの計画だったんだ」

ギルは立ちあがって、デザートウォリアーを抜いた。

「おまえはおれの妻の口にパンティを押しこんだ。それだけでも、おまえは最悪のばかげた行為をやらかしたことになるんだぞ」

彼はアクラムの頭部に銃口を突きつけた。

そのとき突然、クロスホワイトが二名のＳＥＡＬ隊員を引き連れ、Ｍ４をいつでも発砲できる態勢をとって、茂みから出現した。

「待て！」クロスホワイトが叫んだ。

ギルは引き金を引き、アクラムが顔面から地面に倒れ伏す。

「なにを待てと？」

「いったいなんのためにそんなことをやったんだ？」クロスホワイトが言った。山を駆けのぼって駆けおりてくるという伝説になりそうなことをやったせいで、胸が大きく上下していた。

ギルはホルスターに拳銃を戻した。

「当然の処置としてやったまでだ。マリーを見つけてくれたか？」

「ああ、彼女はだいじょうぶだ。犬もな」クロスホワイトが道に転がっている手を蹴とばして、近寄ってきた。「アルファとシアラーが彼女と犬を牧場に運んでいった」死体を指さす。「こいつ、脳みそをふっとばされる前に、なにか吐いたのか？」

「ああ。衛星携帯電話をよこしてくれ。ポープに電話を入れなくてはいけない」

彼はクロスホワイトから衛星携帯電話を受けとって、ポープに電話をかけた。

「ボブ、ギルです。よく聞いてください。爆弾はDCにはない。サンディエゴのどこかにある。ニューメキシコで爆発したやつが、DCに持ちこまれる予定になっていた爆弾なんです」

「どうしてそれがわかった？」

「ついさっき、アクラム・アルラシードがしゃべったからです」

「ギル、確認をとる必要がある。彼が真実を語ったという確信はあるのか？」

ギルは、アクラムの無残な死体を見おろした。

「真実であることにおれの命を賭けていいですよ、ボブ」

75

ラングレー

ポープはギルとの通話を終えると、ただちに大統領に電話を入れた。

「サンディエゴにあるというのはどういうことだ？」大統領が腹立ちをあらわにした声で、問いかけた。「いったいどうして、シャノンにそのことがわかったんだ？」

ポープは、自分にもわずかにしかわかっていない話の内容を大統領に告げた。

「それで、アルラシードは自発的にその情報を吐いたのか？」

「それほど単純なことではなかったでしょう、大統領」

「いいかね」と大統領。「NSAとFBIの双方がカシキンのファイルに目を通し、それはDCにあるとの合意に達したんだ。われわれは人員と装備のすべてを東海岸へ移動させたというのに、強制された自供があっただけで、きみは方針変更しろと言うのか？」

「大統領、核爆弾が二個あったことはわかっています。敵が東西両海岸にそれぞれターゲットを設定したというのは筋が通っていますし、サンディエゴには太平洋艦隊の基地があります。いまこのときも、そこの港には二隻の原子力空母が停泊しており――それは敵の目には計り知れぬほどの価値があるものに見えるでしょう」

「われわれはすでに、ありとあらゆるものをDCへ移動させているんだ。それをいまもとに戻し、もしきみがまちがっていたら……いや、そんなことは考えたくもない！　どうすれば、ターゲットが反対側でないことがわかるのか？　どうすれば、ニューメキシコで爆発したのがサンディエゴを狙ったものではなかったことがわかるのか？　アルラシードが嘘をついたということも、じゅうぶんにありうるだろう」

それは空母があるから……ポープは、ターゲットがサンディエゴであることを——なかでも、サンディエゴ湾であることを——骨の髄から確信していた。

「どうか、この件に関してはわたしを信じてください、大統領」

「NSAとFBIに、ファイルを再読させよう」大統領が言った。「わたしは当面、北朝鮮の韓国侵攻に対処するための方策を練ることに追われていて、手がまわらないんだ」

そのあとまもなく、ポープは電話を終え、カシキンのファイルを再読にかかった。だが、一時間を費やしても、サンディエゴがターゲットであることをうかがわせる証拠はひとかけらも見つからなかった。

テーブルの向こう側にすわっている助手のミドリがカシキンのPCのブラウザー履歴を調べていたが、西海岸に結びつくようなものはなにも見つからなかった。

「もしかすると、彼はターゲットごとに異なるコンピュータを使っていたのかも」彼女が示唆した。

ポープはそちらに目をやった。

「ありうるね」

彼はカシキンのEメール・アカウントをふたたび開いてみた。メールのファイルがコンピュータごとにちがうということはないはずだからだ。三十分ほどかけて、毒にも薬にもならない数十通のメールを調べたあと、彼は〝無題〟のマークがある一通のEメールをクリックした。カシキンが一カ月ほど前、チェチェンのだれかに宛てて送ったものだ。前にも開いたことがあるのだが、DCに関する記述はなにもなかったので、すぐに閉じて、つぎのメールを調べたのだった。

本文を開き、ページを下へスクロールすると、十カ所の物件を集めたリストがあり……そのすべてが、サンディエゴ湾に面するコロナド地区のものだった。

彼はすぐ電話に手をのばし、大統領の番号を押しかけたが、ふと思いなおして、それはやめ、ギルに電話をかけた。

「ギル、ポープだ。ひとつ訊きたいことがあってね。もしきみが切羽詰《せっぱ》まって、窮状を解決するために西海岸のSEALに電話を入れるとしたら、それはだれになるんだろう?」

76

サンディエゴ湾
コロナド島　USS〈ロナルド・レーガン〉（CVN-76）から半マイルの地点

カシキンの甥《おい》であるブウォルツが、狭い居間の隅にあるリクライニング・チェアにすわって、テレビを観ながら、キッチンの話し声に耳を澄ましている。そこには彼の部下たちがいて、そのうちのふたりが冷蔵庫の食料を食べつくしたあと、なにやら言い争いをしていた。二寝室しかない小さな家に八人もの男たちが暮らしていて、近所のひとびとに疑惑を持たれないようにするために、外出は夜間しかできないとあって、圧迫感が募り、男たちはいらだちを強めつつあったのだ。

ブウォルツはバスルームに入って、ドアを閉じると、鏡をのぞきこんで、上唇を持ちあげ、きのうから出血が始まった歯茎《はぐき》のぐあいを確認した。放射能に汚染されたのにちがいないと思って、最初は恐ろしくなったが、よく考えれば、どうでもいいことだった。死ぬことは怖くない。歓迎したいほどだ。妻と息子は数年前、自分を捨ててロシア人になり、自分はジハードのためだけに生きてきたのだ。

しかも、おじのカシキンはモンタナから戻ってこず、ギル・シャノンが死んだというニュースはどこにも見当たらなかったので、カシキンは死んだか逮捕されたかのどちらかだろうと結論せざるをえなかった。そうだとすれば、自分と部下たちは爆発の瞬間が訪れるまで、ここにとどまっているしかない。おじは勇敢で献身的な男だったが、拷問に耐えきれる人間はいないし、アメリカは必ず、核爆弾のありかを聞きだすために彼を拷問にかけるだろう。

唯一の懸念は、部下たちが自分の歯に血がついているのを見て、爆弾から放射能が漏れているにちがいないと気がつくことだ。もしそうなれば、彼らは自分を見棄《みす》てるだろうから、話をする前には水を飲むように心がけておかなくてはいけない。

彼は小便をすませると、まだふたりの男たちが口論をしているキッチンに行き、水道の水をグラスに注いでから、そのふたりのほうへ顔を向けて、ようすを見た。水をひとくち飲んで、グラスを置く。

「黙れ。ふたりともだ。もう言い争いは聞き飽きた」

ふたりが口論をやめて、彼を見つめる。

「カシキンはいつ戻ってくるんだ？」そのひとりが、いらだたしげに問いかけた。名前はトマス。

「彼は戻ってこない」

「どうしてそうとわかる？」もうひとりが言った。「電話をしてきたのか？」

ブウォルツは首をふった。

「彼は、この場所がＮＳＡに露見するような危険は冒さないさ」

「だったら、おれたちはここを離れるべきだろう」トマスが言った。「おれたちは爆弾の設置をすませた。つまり、おれたちの仕事は終わったってことだ」

「われわれの仕事は終わっていない」ブヴォルッツは言った。「いまから最後まで、爆弾といっしょにいなくてはいけない――カシキンが捕まって、白状させられた場合に備えてだ」

ほかの五人の男たちが居間で話し声を聞きつけ、あわただしく、ぞろぞろとキッチンに入ってくる。

「いまのはなんの話なんだ？」そのうちのひとりが問いかけた。

「カシキンが戻ってこなければ」五人と順に目を合わせてから、ブヴォルッツは言った。「われわれは全員、その日が、その瞬間が来るまで、ここにとどまっていなくてはならないということだ。おれのおじは信心深い男だが、拷問にそう長く耐えられる人間はいないし――おまえたちのなかには、個人的経験としてそのことがわかっているやつがいるだろう。われわれは危険を冒すわけにはいかないんだ」

「だったら、タイマーの設定を変えればいい」トマスが言った。「五時間後に設定して、爆発させてしまおう」

ブヴォルッツは口のなかに血の味を感じて、また水を飲んだ。

「タイマーの設定を変える方法はカシキンしか知らないんだ」

「ふうん、それはご都合主義の弁解としか思えないね！」イギリス英語でトマスが言った。

彼はロンドンの学校を出た男だ。ここにいる男たちの半数ほどしか、彼の言ったことは理解できなかっただろう。

ブヴォルツは彼をにらみつけた。

「恐れてるのか、トマス？」

「おれが恐れてるのは、アラーと」トマスが言った。「その審判だけだ。おれたちは、もし死ななくてはならないのなら、死ななくてはならない。しかし、なんのために死ななくてはならないのか？　それが現実的な疑問だ。おれたちには爆弾を爆発させられないのであれば、この家が敵に露見した場合に備えて、ここに居残ることになんの意味があるのか？」

「爆弾を守るため」ブヴォルツは言った。「あるいは、よそへ移すためにだ」

「気にくわないな」別の男が言った。「軍隊の攻撃からこの家を守れるわけがないし、やつらはここに爆弾があると考えたら、必ず攻撃してくるだろう」

「それは問題じゃない」一か八かに賭けて、ブヴォルツは言った。「立ち去ることにはなんの意味もない。われわれはみな、死んだも同然なんだ」

「それはどういう意味だ？」トマスが問いかけた。

ブヴォルツは歯をむきだして、そこについている血を見せた。

「われわれはみな、すでに放射能に汚染されている。あの爆弾は放射能漏れを起こしているんだ。おれがあのそばにいた時間はおまえたちより長かったが、それほど長かったわけでもない。そこで、全員に個人的選択をしてもらうことにしよう。おれといっしょに、苦しむことなく、アラーの栄光のために、ここで死ぬか、臆病者として逃げだし、臆病者として死ぬか。なぜかといえば、兄弟たちよ……われわれは全員が、すでに癌《がん》に冒されているからだ。そして、それから救済されるには死ぬしかないのだ」

男たちのひとりが床に目を落として、つぶやく。

「それが神の意志なら」

ブウォルツは水のグラスをカウンターに置き、彼らのあいだを通りぬけて、居間へ足を向けた。

「選択はおまえたちに任せよう。おれはいまから礼拝をする」

77

サンディエゴ

SEALチーム3の指揮官である海軍中佐ジェディダイア・ブライトンが、サンディエゴの真北にある自宅で妻と息子とともに朝食をとっていると、テーブルに置かれている彼のiPhoneが鳴った。彼はむしゃむしゃやりながら、画面に親指を滑らせて、メッセージをチェックした。

iPhoneをわきに置くと、妻のリーがしかめ面を向けてきた。

「なんだったの？」

「コロナドの住所リスト。不動産屋のだれかが、国じゅうのだれかれなしにくそったれな《シット》スパム・メールで送りつけたにちがいない」

「パパ、いまきたないことばを使ったよ」六歳になった息子、トニーが言った。両親と同じく、ブロンドの髪と明るいブルーの目をしている。

ブライトンは息子にウィンクを送った。

「パパは許されるんだよ」

「ええ、パパには許されるんだけど」とリー。「だからといって、使ったほうがいいってわけじゃないでしょ？」

「パパがシットって言ったんだよ！」トニーが誇らしげに言い放った。

ブライトンは笑った。

妻が顔をしかめる。

「パパをいい気にさせるのはやめなさい」

「たいしたことじゃないだろう」

「そうなの？　だったら、こんど、この子の先生が電話をかけてきたときに、あなたがそう言ってくれる？」彼女がテーブルの前から立ちあがって、冷蔵庫のほうへ足を運ぶ。「まだ幼稚園に通いはじめて二週間しかたたないのに、彼女は二度も電話をかけてきて、この子がほかの子どもたちに悪態をついたと言ったのよ」

ブライトンは笑みを噛《か》み殺して、息子に目を向けた。

「もう幼稚園ではきたないことばを使わないように。いいね？」

少年がうなずき、チーリオズのシリアルを口に運ぶ。

「ところで、この子はどんな悪態を言ったんだ？」ＳＥＡＬチームの指揮官は、いたずらっぽく目を輝かせた。

リーが顔をしかめた。

「その話は、またこんどにして」

ｉＰｈｏｎｅが鳴り、ブライトンは画面に表示された名前を読んだ。

「いったい《ヘル》、彼がなんの用で?」

「彼って、だれ?」

「ギル・シャノン」

「あ、あのヒーロー?」彼女が自分のパンケーキにナイフを入れる。「大きなチャンスなんだから、取り逃がさないうちに電話に出たほうがいいんじゃない」

「パパがヘルと言ったよ!」

リーが息子をにらみつける。

「いいかげんにして! 黙ってシリアルを食べなさい」

ブライトンは電話を手に取って、太い声で言った。

「指揮官のブライトンだが」

「ジェド、ギル・シャノンだ。いまサンディエゴにいるのか?」

「朝飯を食ってるところでね。なんの用だ?」

このふたりのSEAL隊員のあいだには、もともと深い友情というものがあるわけではなかった。ギルは東海岸のDEVGRU――旧称ST6――に配転される前はブライトンの率いるSEALチーム3に所属していて、そのころはまだ、東西両海岸のチームのライヴァル関係が問題になってはいなかったが、それでもこのふたりは意志強固という点ではいい勝負とあって、うまくやっていくことはできなかった。さらにまずいことに、ブライトンはギルが無許可でやったサンドラ・ブラックス救出任務の詳細を知りつくしていて、ギルがその功績によって名誉勲章を授けられたことをずっと不快に感じていたのだ。

「ジェド、所在不明の核爆弾がコロナド島のどこかにあるんだ。いましゃべってるあいだにも、ボブ・ポープがその疑いのある住所のリストをＥメールでそっちへ送ってくるだろう。あんたは大至急、クルーを集めて、それらの住所をチェックしてくれ。きょうは九月十一日なんだ」

「それはなんの話だ？」ブライトンはフォークを置いた。「十二時間前から、ＤＣの住民の退避が開始されているんだぞ」

「それは知ってるが、ターゲットはＤＣじゃない。ＮＡＳＮＩなんだ」

ＮＡＳＮＩというのは、ノースアイランド海軍航空基地の略称だ。

「それを裏づけるような情報を、わたしは持っていない」ブライトンは椅子にもたれこんだ。「きみはもう、チームの一員ですらない。これはいったいどういうことなんだ？」

「彼、なんの話をしてるの？」リーがささやきかけた。

ブライトンは片手をあげて、彼女を制した。

「おれはいま、隠密《ブラック》任務に従事してる」ギルがつづけた。

「ファック、意外なことを言いだすじゃないか。きみは除隊したんじゃないのか」

「パパがいま、ファック、ファックって言ったよ！」

リーがほっそりした人さし指をテーブルごしに突きつけてくる。

「性懲《しょうこ》りもないひとね！」

「ジェド、聞いてくれ……やつらはその基地を焦土と化して、空母を奪おうとしている。あんたとおれは仲がいいわけじゃないが、あんたが西海岸きってのＳＥＡＬ隊員だからこそ、おれはあんたに電話を入れたんだ。あんたもおれのことはよく知ってるだろう。おれがほかに策があると考えていたら、こんな話を持ちこむわけがないことがわかるはずだ。いまから二時間以内に、その島でソ連製の二キロトン核爆弾が爆発するんだ」

「ＦＢＩはどうした？　国土安全保障省《DHS》は？　彼らがその情報を想定して動きを起こしていないのは、なぜなんだ？」

「詳しく説明している暇はないが、彼らはポープとのくだらない競争意識にとらわれてるんじゃないだろうか。情報機関《G2》によくあるばかげた話で、ジェド、そのつけを太平洋軍が払うことになってしまうんだ」ギルがうんざりしたようなため息を漏らす。「ジェド、聞いてくれ……おれはいまモンタナの牧場にいて、ついさっき、ここでアラビア半島のアルカイダ《AQAP》のテロリストのひとりから話を聞きだしたところなんだ。そいつらはおれの家を焼きはらい、おれの妻をおそろしくひどい目にあわせやがった」

「なんだって！　いったいなにがあったんだ？」

「詳しく説明している時間はない。重要なのは、おれがそのくそ野郎にＶＩＰトリートメントを加え、そいつがサンディエゴがターゲットだとしゃべったということだ。さあ、あんたはこの件についておれを信じるのか、それともＧ２のあほうなやつらに任せて、西海岸のＳＥＡＬチームを全滅させるほうを選ぶのか？　そこの連中が軟弱者ばかりなのは知ってるが、西海岸のフロッグのひとりだけは、彼らより賢明だと思いたいもんだ」

　ブライトンとしては、ギルは正気を失っているのだと考えたいところだったが、そんなことがあるわけはないとわかっていた。

「政治的プロパガンダの道具として名誉勲章を与えられた男から、こんな話が舞いこんでくるとは」

ギルがくくっと笑う。

「ほう、われわれが同意できることもあるってわけだ」

「ファック」ブライトンは、過去を水に流して和解すべき時が来たようだと思い、短く刈りこんだ頭をさすりながらつぶやいた。「マリーはだいじょうぶなのか？」

「ああ。ひどいけがをしたが、回復するだろう。さあ、おれはしかるべきフロッグに電話を入れたのか、そうじゃなかったのか？」

ブライトンは立ちあがった。

「すぐに動きだす。追加の情報が得られたら、また電話を入れてくれ」

「ラジャー。幸運を」ギルが電話を切った。

ブライトンは電話をわきに置き、尻ポケットから財布を取りだして、五百ドルの現金を抜きだし、妻に手渡した。

「これ、いったいなんのため？」

彼は息子を椅子からかかえあげて、頬にキスをした。

「きみはこの子といっしょに、車で東へ向かうんだ。暗くなるまで、もしくはわたしから連絡が入るまで、車をとめてはいけない。ラジオをつけっぱなしにしておくように。なにか悪いニュースを聞いたら、南のテキサスへ方角を転じて、わたしの両親の家に向かってくれ」

「悪いニュースって、どんな？　どんなニュースなの、ジェド？」

「ここに——この町のなかに——核爆弾があって、わたしがそれを見つけださなくてはいけなくなった。指揮系統を通している暇はないんだ」

「いまいましい、いまいましいギル・シャノン！」リーが目に涙をあふれさせて、テーブルの前から立ちあがる。「なぜ、あなたに電話をしてこなくちゃいけなかったの？　サンディエゴにはＳＥＡＬ隊員がいっぱいいるのに、なぜよりによってあなたに電話を？」

ブライトンは息子を固く抱きしめ、声を詰まらせながら言った。

「それは、わたしが最高のＳＥＡＬ隊員だからさ、ベイビー」

78

サンディエゴ湾
コロナド島　ホテル・デル・コロナド

海軍上級上等兵曹《シニアチーフ》のエディ・コックスとビリー・キャラウェイが、ホテル・デル・コロナドの前に並んでいるビーチラウンジャーに寝そべって、うとうととしていると、コックスのiPhoneが鳴りだした。軍がデフコン1を発令し、島を離れてはならないという命令が下されたとあって、SEALチーム3に所属する隊員のかなり多数がこのホテルに宿泊しており、この前夜、DC住民の退避がおこなわれたということで、コックスとキャラウェイはひと晩じゅう飲み明かしたといういきさつだった。

コックスは電話に目もくれず、つかみあげて、砂の上へ放り投げた。が、そのとき、キャラウェイの電話も鳴りだしたので、ふたりは身を起こし、疲れた目を見交わした。

「いったいなんだ？」コックスがつぶやいた。「だれがかけてきたのかチェックしたほうがよさそうだ」

キャラウェイがサーファーパンツのポケットから電話をひっぱりだす。

「くそ、ブライトンだ」

「上級上等兵曹キャラウェイです」昨夜テキーラを痛飲した男にしては意外なほど元気な声で、彼は電話に出た。「どういうご用件でしょうか？」

「きみとコックスは、いまもデル・コロナドにいるのか？」

「アイ、サー」

「よく注意して聞いてくれ、上級上等兵曹――それと、これは公表してはならない……所在不明だった核爆弾がコロナド島のどこかにあることが判明し、われわれが〇八四五時までにそれを発見しなくてはならない。そんなわけなので、きみの分隊はそのホテルの前のパーキングロットに集まって、わたしの到着を待つように。こちらはいま、橋を渡っているところだ」

「アイ、サー！」

「人目を引かないようにするんだぞ。これは隠密《ブラック》任務なんだ。了解したな？」

「アイ、サー！」

キャラウェイはビーチラウンジャーから跳ね起き、携帯電話をポケットに戻す前に、それで時刻を確認した。

「くっそう！　もう〇七〇〇時じゃないか！　起きろ、相棒！　動きださなくてはならない」

コックスがラウンジャーから片足をあげて、砂の上におろす。

「いったいなんの話だ？」

「例の核爆弾がこの島にある！　おれたちは〝ブラック〟として出動するんだ！」

コックスが、不信感をあらわにした目で見あげてくる。

「おまえ、かつがれたんだろう？」

「ちがう！　さっさと起きろ！　彼が五分後にはここに来るから、それまでに分隊を集めておかなくてはいけない」

一分後、ふたりはホテルのなかをきびきびと動きまわっていた。ここの朝食は手の込んだ料理が用意されるとあって、多数の外国人観光客がバッフェルームに出入りして、混みあっていた。この六百八十室を擁する、ほぼ全体が木造のビーチフロントの豪華な宿泊施設は、一八八八年に一般に公開されたときには、世界最大のリゾート・ホテルだった。それ以来、このデル・コロナドは、マリリン・モンロー主演の『お熱いのがお好き』など、さまざまな映画の舞台に使われてきた。

階段を二階へ駆けあがったところで、キャラウェイは廊下を左へ、コックスは右へ折れた。キャラウェイがひとつの部屋のドアをぶち破って、なかに入りこむと、前の晩、チームのメンバーのふたりに誘いこまれたフランス人の若い女ふたりが、メンバーのひとりといっしょにベッドで寝ていた。

「気をつけ！」

女たちがあわててシーツで身を覆《おお》い、SEAL隊員たちのひとりが四五口径拳銃を手に、便所から出てきた。

「いったいどうしたんですか、上級上等兵曹？　あやうくあんたを撃っちまうところでしたい！」

「出動命令が来たんだ、サンティアゴ！　ふたりそろって、三分以内にホテルの表に出てこよ！」

キャラウェイが廊下へ姿を消す。

五分後、ぼさぼさ頭のSEAL隊員が七名、ビーチサンダルに短パン、Tシャツという姿で、ホテル・デル・コロナドの表に集まってきた。

「オーケイ、これは極秘情報だ」声をひそめて、キャラウェイが言った。「所在不明だった核がこの島にあり、われわれがそれを発見しなくてはならないが、あまり時間がない。もうすぐブライトンがここに到着して、詳細を話してくれるだろう。とにかく、これは〝ブラック〟と言われているので、誰にも電話をしてはならないし、ここの住民たちにわれわれの任務を口外してはならない」

「その爆弾はDCにあると思ってたんですが」ひとりが言った。

「おれもそのあたりの事情は知らない」とキャラウェイは応じた。「CIAがまちがってたのかもしれない。おれたちが探すのは第二の爆弾ってことなのかもしれない。おれにわかってるのは、ブライトンが言った、〇八四五時までにそいつを発見しなくてはならないということだけなんだ」

「きょうは9・11だ」別のSEAL隊員が言って、腕時計で時刻を確認する。「一機めが貿易センタービルにつっこんだのは、東部時間の〇八四六時だった。東部のDCは、いまはもう十時を過ぎてる。これはきっと、なにかのまちがいだぜ」

そのときコックスが、上級兵曹アダム・サミールの姿を目にとめた。ゴージャスな黒髪の女と腕を組んで、ホテルから出てくるところだった。彼はキャラウェイの背中をばしっとやった。

「あそこを見ろよ。あれはEODのサミールじゃないか?」

EODというのは、爆発物処理の略語だ。

「ああ。ひっぱってきてくれ!」キャラウェイが言った。「あいつが必要になるかもしれない」

コックスが人混みをすりぬけていき、駐車係ブースのほうへ足を踏みだそうとしたサミールの肘に手をかけて、つかまえた。

「サミール、ちょっと話があるんだが」

サミールが、ブースのなかにいる係員に自分の車のチケットを手渡しながら、彼を見つめた。

「どうしたんだ?」

「内密の話でね」とコックスは言って、こわばった笑みを女に向けた。

「ちょっと待っててくれ」サミールが結婚したばかりの妻に言い、コックスを歩道へ連れだす。そこで彼は、駐車場の反対側にほかのSEAL隊員たちが並んでいるのを目にとめた。

「手早くすませてくれ。おれはハネムーンの最中なんでね」

コックスは胃が重くなるのを感じた。

「この島に例の核爆弾があり、われわれがそれを見つけださなくてはならなくなった。もうすぐ指揮官のブライトンがやってくる。おまえが必要になるかもしれないんだ」

「それはなんの話だ？　核はDCにあるんだぞ」

コックスは首をふった。

「だれかがへまをやらかしたらしい。核はここにあるんだ」

ブライトンが黒塗りの二〇一二年型フォード・ブロンコを駐車場に乗り入れ、SEALの面々がそれに乗りこんでいく。

「あれが彼だ」コックスは言った。「いいか、これは演習でもなんでもない。これは現実であり、われわれが〇八四五時までに核爆弾を発見しなければ、どのみちおまえのハネムーンはおじゃんになるんだ」

「くそ！」サミールが悪態をついた。SEALがこの種のことでジョークをとばすはずはないと察したのだ。「一分だけ待ってくれ」

彼は妻のもとへひきかえした。

「ベイビー、きみはこの島を出なくてはいけない」

「なぜ？」恐怖に顔を引き攣《つ》らせて、彼女が言った。「なにがあったの？」

「例の爆弾がここ、このコロナド島にあるんだ。駐車場係が車をまわしてきたら、それを運転して、ロサンジェルスにいるきみのママのところへ行くように。ガソリンを入れるために――いや、なんのためであれ、けっして車を停めてはいけない。おれもできるだけ早く、そこへ行くから」

「アダム、わたしたちハネムーンの最中なのよ！　ほかのだれかに行かせたらいいじゃない！」

「ほかのだれか？」彼は問いかけた。「彼らが、おれの仕事をやれるやつをほかにだれか見つけられると思うか？ 彼らはもう動きだしていて、ここにいるEOD隊員はおれだけなんだ」妻の腕をとって、キスをする。「愛してるよ！」

駐車場係が車を運んできて、運転席を降り、そのドアを開いたままにして、彼女が乗りこむのを待つ。

「できるだけ早く電話を入れるよ」彼は約束した。

彼女は怒りと傷心のあまり、なにも言えず、黙って車に乗りこんで、バタンとドアを閉じた。

サミールは生まれてこのかた、これほど落ちこんだ気分になったことはなかったが、それでもブライトンのブロンコのほうへ駆け寄っていった。コックスが助手席のシートを前に押し、ほかの隊員たちがぎっしりと乗りこんでいる後部シートに彼が入りこめるようにした。

「きみがここにいてくれたのは幸運だった」ブライトンが言って、ギアをドライヴに入れ、車を発進させた。

「失礼ながら、おれはまったく幸運とは感じていません。いったいなにがどうなってるんです？」

「わたしも、ラングレーにいる特殊作戦グループ《SOG》のチーフから電話で概略を説明されただけでね」ブライトンが言った。「このコロナド島のどこかにRA‐115スーツケース型核爆弾があり……それはガン・バレル方式で、二キロトンの威力があり、一九七〇年代のテクノロジーで製造されたものだが、おそらく改良が施されているだろうとのことだ」

「ＲＡ-１１５にまつわる陰謀話はずっと前から出まわっていますよ」

「では、きみも聞いたことがあるというわけだ。それはよかった。つまり、多少は知っていると」

「自分が知っているのは、それはただの神話ということでして」

「じゃあ、アルバカーキ郊外に並んでるでかい白のテントで避難民暮らしをしているひとびとに、それは神話だと言ってやるか。〝ニューメキシコ事件〟の現場で発見されたアイソトープは、ソ連で精製されたウランであることが確認されている――これは機密事項だぞ」彼はダッシュボードに置かれている紙片を、助手席とのあいだのシートにすわっているキャラウェイに手渡した。「われわれは、そこに記されている十カ所の住所をチェックしなくてはならない。さて、きみらのなかにだれかひとり、不法な武器をつねに車のトランクに積んで携行している者がいるんじゃないか？　そんなやつはいないとは言わせんぞ！」

後部シートにすし詰めになっている六名のＳＥＡＬ隊員が、いっせいに上級上等兵曹コックスに目をやった。

「あのう、それはたぶんおれのことでしょう」コックスが認めた。「ですが、その理由は説明できます。その大半は軍の払い下げ品として売りに出されたもので、半分ほどは以前に別の人間から――」

「やめろ」ブライトンが言った。「きみの罪は大目に見てやろう。どこに車を駐めてるんだ？」

「あそこ、ホテルの駐車場にブレーザーを駐《と》めています。あの赤いやつです」

「シェビーか」ほかの隊員たちのひとりがつぶやいた。「古き良きGMの車じゃないか」

「クライスラー《モパー》なんぞはくそくらえだ！」

サミールがくすっと笑う。

コックスのブレーザーの後ろで車が停められると、コックスが飛びおりて、後部ドアを開き、クナーク社のスチール製工事現場用収納ボックスのロックを解いた。

ブライトンがボックスのなかをのぞきこむ。

「なになに、上級上等兵曹《シニアチーフ》。海軍基地の武器を全部、ここに詰めこんだのか？」

「これだけあれば、なんにでも立ち向かえると思いたいもんです」

「そのように見えるな」ブライトンがボックスに手をつっこみ、二挺あるベネリの十二番径ドアロック破壊散弾銃《エントリー・ウエポン》の一挺を取りだして、キャラウェイに手渡した。「わたしのトランクに入れてくれ」

それ以外にも、M4カービンが二挺、Mk48分隊支援火器《SAW》が一挺、セミオートマティックの七・六二ミリSR-25スナイパー・ライフルが一挺、海軍の五・五六ミリMk12特殊射撃《S》任務用《P》ライフル《R》が二挺あった。彼らはそれらの銃を二群に分割し、その一群をブライトンのブロンコに積みこんだ。

「コックス、きみは三名を率い、SAWを携行していけ」ブライトンが住所の記載された紙片を半分に切って、下側の半分を彼に手渡し、腕時計で時刻を確認した。まもなく〇七三〇時。「そこに住所が記されている、南側にあたる五カ所をきみが受け持つ。わたしはキャラウェイとほかの三名を率いて、北側の五カ所を調べる——EODの男はわたしに同行する。よく頭にたたきこんでおくように」彼がつづけた。「さりげなくやるんだ。戦闘に臨んでいるように見られてはならない。ドアをノックして、すばやく周囲のようすを見るだけでい い。おそらく、そいつらはチェチェン人だから、なにかそれらしいものが見えたり、チェチェンなまりの話し声が聞こえたりしたら、こちらに連絡を入れるように。SOGがFBIのチームをひそかにここへ送りこませるようにしているが、彼らが装備を整えるのは手間がかかるので、法執行機関の応援はあてにするな。当面、これはわれわれだけでやるしかないというわけだ。なにか質問は？」

「あります。もしたまたま、実際に爆弾を発見してしまったら、どうすればいいんでしょう？」コックスが問いかけた。

ブライトンがサミールに目を向けた。

「さわってはいけない」サミールが言った。「周辺の安全を確保して、おれに連絡を入れてくれ。もしタイマーが見えたら、だれかひとりの腕時計の時刻をそれの時刻と合わせるように。しかし、ぜったいにそれに手を出してはいけない。やつらがそれになにをしたかは推測がつかないし、放射能がしっかりと遮蔽《しゃへい》されているかどうかもわからないんだ。もしほんとうにRA-115だったら、かなり古いものってことになるので、いまごろは腐食が進んでいるだろうから、放射能にさらされないように気をつけるんだ」ブライトンに目をやって、首をふる。「困ったことに、ガイガー・カウンターがないってことなので」

ブライトンが彼の肩に手をかけた。

「それで気が楽になるようなら、わたしがきみのそばにいるようにしよう——なにがあってもだ」

79

サンディエゴ湾
コロナド島

ブライトンがオレンジ・アヴェニューを北へ車を走らせていくあいだに、キャラウェイが紙片に記されている住所を詳しく調べていった。

「ひとつ博打を打って、二番ストリートとアラメダの交差点へ直行しましょう」彼が言った。「そこは、基地のメインゲートのすぐ外と言っていい地点で——空母〈レーガン〉が停泊している場所から三千フィートほどしか離れていません」

「まずは、六番ストリートに面している住所をあたろう」ブライトンが右側車線を維持して、スプレックルズ公園を通りすぎる。「なにしろ、もうすぐそこだからな」

白塗りのスプリット・レベル住宅（中二階などがある階層構造の家）の前で、彼は歩道に車を寄せて停めた。住宅の前に、〝売り物件〟の看板が出ていた。

キャラウェイが車を降りて、ぶらぶらと煉瓦《れんが》造りのポーチにあがっていき、ドアをノックする。一分ほど待って、また、こんどは強めにノックした。ドンという物音が聞こえ、彼は、拳銃を持っていたらと思いながら、ドアのわきへよけた。一分後、またノックする。たっぷり三分が過ぎたところで、彼はブロンコのほうへひきかえして身をかがめ、開いた窓からブライトンに声をかけた。

「だれも出てきませんが、なかにだれかがいるのはたしかです。物音が聞こえました」

「どんな物音だった？」後部シートにすわっているSEAL隊員たちのひとりが問いかけた。

キャラウェイは肩をすくめた。

「よくわからんが……なにかの物音だった」

「きみはどう推測する？」トラブルの発生を警戒して、こうべをめぐらしながら、ブライトンが問いかけた。「こうしているあいだにも時間が過ぎていくんだ」

キャラウェイが身を起こし、その家のほうをふりかえる。そのあと、車の中へ手をつっこみ、十四インチの銃身を持つベネリの十二番径散弾銃を取りあげた。

「裏手にまわって、ようすを見ます。もしこれの銃声が聞こえたら、ここがしかるべき場所だったってわけです」

後部シートにすわっているSEAL隊員たちが、各自の銃を手に取った。

キャラウェイが家の裏手へつづく通路に入りこみ、それに沿って生えている頭ほどの高さの茂みのなかへ姿を消していく。ブラインドがすべておろされていて、空家のように見えた。キャラウェイは、裏口のノブを試してみた。ロックがかかっていたので、一歩あとずさって、蹴り開ける。防犯ベルが設置されているのかどうかはわからないが、とにかく警報は鳴らなかった。

キャラウェイは散弾銃を肩づけして屋内へ踏みこみ、引き金に指をかけて、無人のキッチンに入りこんだ。冷蔵庫から、腐った食べもののにおいがかすかに漂ってきた。薄暗い無人の居間を忍び足で通りすぎ、階段の下へ足を向ける。玄関ドアのそばの床に、〝わが家とは心のあるところ〟と悪趣味な赤の文字が記された、木製のおもちゃの看板が落ちていた。それを拾いあげて、裏返すと、裏側にちっぽけなワイヤの輪がついていた。彼はその輪を、玄関ドアから突きでている飾り釘にひっかけると、通りすぎる車から見られないよう、散弾銃を脚の後ろに隠しながら、急いでブロンコにとってかえした。

車に乗りこみ、ダッシュボードに置いていった自分のサングラスを取りあげる。

「行きましょう。ここは目当ての家ではないです」

「さっきの物音はなんだったんだ？」サミールが問いかけた。

「おもちゃの看板がドアからはずれて、落ちた音だった」彼は助手席の窓から外へ目をやり、首をふりながらつぶやいた。「こんちくしょう」

ブライトンがシフトレバーに手をかける。

「なにかまずいことでも？」

キャラウェイは片脚を持ちあげてみせた。

「ドアを蹴り開けたときに、ビーチサンダルが傷《いた》んでしまって」

後部シートでSEAL隊員たちのひとりがくすっと笑い、ブライトンが歩道際から車を出す。

「〝戦闘用サンダル〟だけは用意していなかったのか、シニアチーフ？」

キャラウェイはビーチサンダルを両方とも脱ぎ、うんざりしたように窓から外へ放り投げた。

そのあとまもなく、彼らは二番ストリートとアラメダ・ブールヴァードの交差点に到着し、そこに面する民家の向かい側に車を駐車させた。壁の半分が煉瓦《れんが》でできた、なんの変哲もない住宅だ。カーテンはすべて閉じられていて、横手に立っている柱にアメリカ国旗がひるがえっていた。ポープがEメールに添付して送ってきたリストでは、賃貸物件となっていたが、いま、その庭にそのことを示すような看板は立っておらず、車寄せには、テキサス州のナンバープレートがついた、一九九〇年代後半の型式のジープ・チェロキーが駐められていた。

「ここがそうだと思ったのはわたしだけかな？」ブライトンが言った。

キャラウェイは後ろをふりかえり、ホテルで自分を撃ちそうになったSEAL隊員に目を向けた。

「サンティアゴ、おまえの銃をよこしてくれ。おれがあのドアへ足を運ぶ」

サンティアゴがSIGザウアー45拳銃を手渡した。

「ちょっと待った」ブライトンが言った。コロナド市警のパトカーが二台、ノースアイランド海軍航空基地《NASNI》のアラメダ・ブールヴァードに面する側に停止したのだ。「くそ《シット》、あれはいったいどういうことだ？」

そのあとすぐ、彼は息子が〝パパがシットって言ったよ〟と言うのを想像して、かすかににやっと笑った。

「秘密が暴露されたんだ」サミールが言った。「SOGが警察に連絡を入れたにちがいない」

「いや」キャラウェイは言った。SOGはそんなことはしない。なにかほかの理由があるはずだ。きっと、FBIのだれかがここの市警に通報を送ったんだろう」拳銃をチェックし、薬室に実包が装填《そうてん》されていることを確認する。「急がないと、まずいことになってしまいそうです。どうしましょう？」

「はてさて」とブライトンがつぶやいて、ドアを開けた。「きみらはみな、じっとしておけ」

キャラウェイはサンティアゴに拳銃を返した。

「だれかコックスに電話を入れて、こっちに車をまわすようにと伝えてくれ」

彼らが見守るなか、ブライトンは街路を横断して、パトカーのほうへ歩いていった。SEAL隊員たちのひとりが、怪しい民家の監視をつづけていた。カーテンが一瞬、少しだけ開き、またすぐに閉じるのが見えた。

「なかに動きがあったぞ」

「全員、いつでも車を降りられるようにしておくんだ」キャラウェイが命じた。

ブライトンが笑みを浮かべたまま、パトカーの前側をまわりこんで、運転席のほうへ行く。

「おはよう、巡査部長。わたしはSEALチーム3の指揮官、ブライトン中佐だ」

巡査部長がブロンコのほうへ目を向けたが、暗い着色ガラスが日射しをさえぎっているために、車内のようすを見てとることはできなかった。ブライトンの上腕にSEALのシンボル、骸骨蛙《ボーン・フロッグ》のタトゥーがあり——それに加え、態度がいかにも軍人らしいということで、巡査部長は、おそらく本人の言ったとおりの人物なのだろうと受けとめた。

「妙な話に聞こえることはよくわかってるが、巡査部長、わたしはきみたちがここでなにをするつもりなのかたしかめに来たんだ」

巡査部長は、このSEALの指揮官は基地内で起こっていることを自分よりよく知っているにちがいないと察して、じっと相手を見つめた。

「われわれは、あの角の民家を監視するためにここに派遣されまして。それに関して、詳しいご説明をしていただけますでしょうか？」

ブライトンは、だれかがひそかにこちらを監視しているような気配を感じつつ、笑みを浮かべたまま応じた。

「巡査部長、ラングレーの特殊作戦グループが、あの民家のなかに核爆弾があることを示唆する情報を得たんだ。さらにまずいことに、一時間以内に爆発が起こるようにタイマーがセットされているおそれがある」

巡査部長がそちらに目をやる。

「ここで爆発するという意味でしょうか？　このコロナド島で？」

「半マイルと離れていない地点に二隻の原子力空母が停泊していることを考えれば、理屈に会う話なんじゃないか？」

巡査部長が無線機を取りあげ、後ろに駐車しているパトカーに連絡を入れる。

「マイク、おれの車の横を通過して、このブロックの先へ行き、あの家から見られない場所に駐車してくれ」

後ろのパトカーが動きだして、東へ走っていくと、巡査部長はまたブライトンを見あげた。

「あそこに駐まっているあなたの車にSEAL隊員たちが乗りこんでいるんでしょうか？」

「そうだ」ブライトンは言った。「われわれがあの民家に向かおうとしたときに、きみたちがやってきたというわけだ。よければ、きみたちはどこから情報を得たのか、聞かせてもらえるかね？」

巡査部長は首をふった。

「おれは無線係から指令を受けただけでして。無線係がどこから情報を得たのかはわかりません。おれはいまから車を動かして、部下の車の後ろに駐車し、隊長に連絡を入れます。自分に判断できるかぎりでは、これは軍事作戦ってことでしょう——なにしろ、ここは基地から三十フィートと離れていない場所なので。すでに海軍の兵士が私服でここに来ているから、首をつっこんで混乱を起こさないようにと、同僚のみんなに伝えておきます」

「ありがとう、巡査部長。われわれはEODの要員を伴っていることも伝えておいてくれるかね？」

巡査部長がうなずく。

「いまからなにをなさるおつもりで？」

ブライトンは笑みを浮かべた。

「あの民家に入りこんで、例の爆弾を無力化するんだ」

「センパーファイ（海兵隊のモットーのひとつで、"つねに忠誠を"という意味）」巡査部長がウィンクをして、アクセルペダルを踏みこみ、道路際から車を出した。

ブライトンがひきかえしてきて、ブロンコに乗りこむ。

「時間切れだ。いつなんどきこの一角に多数の警官がやってくるかもしれないので、いますぐやるしかない。なにか疑問のある者は？」

「いません」キャラウェイが言った。「あのなかにやつらがいて、窓からこちらを盗み見ているんです」

「では、あの角をまわりこみ、徒歩でこちらにひきかえすことにしよう」

その角をまわりこんでいくとき、黒塗りのSUVが三台、南の方角からあの民家のほうへ街路を走っていくのが見えた。民家の玄関ドアが開き、AK-47を持つ白人の男がふたり外に出てきて、ドライヴァーたちが車を停止させる間もないうちに、歩道からSUVを狙って銃撃を開始した。ブロンコが角をまわりこむ寸前、SEAL隊員たちは後部の窓を通して、それをはっきりと目撃していた。民家から見えない地点に達したところで、ブライトンがブレーキを踏んで車を停止させ、チームの面々がサンダルもしくは素足で車を降りた。

キャラウェイがサミールの腕をつかむ。

「ここに残れ。もしおまえが撃たれたら、爆弾を処理する人間がいなくなってしまう」

SEAL隊員たちが並んでいる民家のあいだを駆けぬけて、二番ストリートにとってかえすと、血まみれになった四名のFBI捜査官たちがタイヤの陰にうずくまっているのが見えた。捜査官たちの何人かは、車のなかで死んでいた。パニックに陥った生き残りのひとりがSEAL隊員たちを目にとめて、M4を発砲し、サンティアゴが胸に被弾して、即死した。

「銃撃停止！」とブライトンが叫び、キャラウェイがそのFBIの男を撃ってしまわないよう、彼のMk12の銃身を横手へ押しやる。「アメリカ海軍だ！　銃撃を停止しろ！」

「いったいここでなにをしている？」引き金を引いた捜査官が問いかけた。

「死んでる！」SEAL隊員のひとりがサンティアゴの首の脈をとって、叫んだ。「あのくそ野郎め！」

キャラウェイがその男のシャツをつかみ、ぐいと引き寄せて、どなりつける。

「敵が目の前にいるんだ——気をつけろ！」

そのSEAL隊員が、しばしFBI捜査官のことを頭からはらいのけて、遮蔽物《しゃへいぶつ》の陰に移動したとき、民家からAK‐47による猛撃が開始されて、並んでいるSUVがずたずたに引き裂かれ、SEAL隊員が被弾した。さっきの巡査部長ともうひとりのコロナド市警巡査がM4を握りしめて、街路の角に現われ、民家の庭へと移動してくる。そのふたりが連射を浴び、急いで遮蔽物の陰に身を伏せた。

「あの家の下半分は煉瓦《れんが》造りだ」キャラウェイが言った。「あの連中の人員を削ぐのは容易なことじゃないだろう」

「最後尾の車に催涙ガスを積んできたが」FBIの男が言った。「あそこにたどり着くのは困難だ。われわれを撃ってきたあのふたりは、いまもあのあたりに野放しになってるんだ」

ブライトンが身を起こして、SR‐25を二、三発撃ってから、少し離れたところにいるキャラウェイに呼びかけてきた。

「シニアチーフ、いまも民家の外に野放しのターゲットが二名いる。コックスに電話を入れて、こっちにケツを運んでこいと伝えろ！」

「彼はすでにこっちに向かっています！」

街路の同じ側の二軒先にある民家の植え込みから、ジーンズに黒のTシャツ姿のチェチェン人が出現して、AK‐47を発砲し、生き残っていた四名のFBI捜査官を射殺し、SEAL隊員の別のひとりを負傷させた。ブライトンは、その寸前に身を伏せていた。

これで、戦闘が可能なのはブライトンとキャラウェイのみとなった。

「民家のあいだを抜けて、撤収！」ブライトンが叫び、負傷したSEAL隊員の手首をつかんで、ひきずっていく。「まだもうひとり、野放しのやつが背後にいるぞ！」

キャラウェイは歩道を走っていって、負傷したSEAL隊員のもう一方の腕をつかみ、ブライトンと力を合わせて、隣家の庭をひきずっていった。パトカーのところにたどり着くと、その一台の陰に、負傷した警官がふたり横たわっていた。

「もうすぐ応援が来る」巡査部長が腹を押さえたまま、うめくように言った。

「サミールはどこにいる？」ブライトンが言った。

「あのアラブ人みたいな男のことか？」もうひとりの巡査がそのブロックの先を指さした。「あそこからやつらのひとりがこっちに撃ってきたとき、彼はおれのM4をひったくって、そいつを追いかけていった」

そのとき、コックスの赤いブレーザーが北東の方角からアラメダ・ブールヴァードを疾走してきて、急停止したので、キャラウェイは彼を押しとどめるべくそちらへ駆けだした。街路の向こう側にある海軍航空基地が警戒態勢に入り、海兵隊員たちが五〇口径機関銃が突きだした装甲ハムヴィーに乗りこんで、ゲートの周辺に集まってくる。

　運転席にすわっているコックスが言った。

「FBIの身に降りかかったことがこの街路の向こうのほうから見えたので、こっちにまわりこんできたんだ」

「いますぐあの民家に突入して、制圧しなくてはならない」ブライトンが言った。「FBI《フェド》が大挙して押し寄せてきたら、われわれがフェドに撃たれるはめになるだろうし、フェドが作戦計画を練りあげるのにどれくらいの時間を費やすか予測がつかないんだ」腕時計に目をやる。「〇八一五時」

「なぜ、やつらは爆弾を爆発させてしまわないんだろう？」

「おそらく、やりかたがわからないんだ」サミールの声がした。

　ブライトンがふりかえると、EODの男が額に長い傷をつくり、M4を持って立っているのが見えた。

「いったいいままでどこにいたんだ、水兵？」

「チェチェン人をひとり殺しました」額の傷から流れてくる血を手でぬぐいながら、サミールが言った。「そいつが死んだのはたしかだと思います。このライフルの銃身で、こっぴどく殴りつけてやったんです」

　キャラウェイはにやっと笑った。

「そいつはカービンだぜ」

「どうでもいいさ」とサミール。「やつらが爆弾を爆発させないのは、タイマーのリセット方法がわからないからだ。それと、その爆弾にはデッドマン・スイッチはついていない」

「どうしてそんなことがわかるんだ？」

サミールが周囲に目をやる。

「おれたちがまだ生きてるから、つまり爆発してないからさ」

「やつらはスケジュールに忠実なだけかもしれないぞ」ブライトンが口をはさんだ。「最終的にどうにもならなくなる瞬間まで、それを守ろうとしているとか」

「まあ、そうかもしれませんが、あなたがその立場だったら、そんなばかなことをするでしょうか？」

コックスが前部シートから、SAWのMk48をつかみあげる。

「あの盛大なサイレンが聞こえるだろう？　動きだしたほうがよさそうだ」

七名のSEAL隊員たちは、EODの男を最後尾にして、民家の庭をつぎつぎに通りぬけていった。やがて角にある民家が見えてくると、その内部にいるチェチェン人たちがやみくもに撃ってきた。

コックスがSAWの二脚を煉瓦塀の上に据えつける。

「おれがやつらを釘付けにしておく。みんなは左右に分かれて、側面にまわりこめ！」

彼が民家の表側へ銃撃を開始し、上下に銃口を動かしつつ、制圧射撃の連射を浴びせていく。五・五六ミリ弾が雨あられと襲いかかり、敵の連中はやむなく遮蔽物の陰に隠れた。ブライトンがサミールとひとりのSEAL隊員を引き連れて街路を駆けぬけ、民家の北側へまわりこんでいく。キャラウェイとほかの三名はM4を持って、南側の側面へ行き、FBIの車のあいだに身をかがめた。

いまはあらゆる方角からサイレンが鳴り響いていて、パトカーだけでなく、救急車や消防車のサイレンも混じっていた。

キャラウェイとその部下たちは、フルオートで民家に銃撃を加えつつ、駆け足で裏口へまわりこんでいった。屋内では、包囲されかけていることを悟ったチェチェン人たちがパニックに陥って、叫び声を交わしはじめていた。

ブライトンと部下たちが北側に面する横手のドアにたどり着き、キャラウェイが迅速に裏口のドアをぶち破るだろうと予想して、いったん銃撃を停止する。

コックスの戦闘本能が、機が熟したと告げてきた。そこで、彼は街路をつっぱしって、玄関ドアを蹴り開け、負傷して床に倒れているふたりにオートマティックの連射を浴びせた。家の奥にあるキッチンから、チェチェン人が三人、怒声をあげて迫ってくる。コックスは彼らの銃撃の下をかいくぐって、身をひねり、跳弾を脚にくらいながら、ふたたび猛烈な連射を浴びせかけた。壁が引き裂け、銃撃から逃れようとした三人が弾をくらって絶命し、もつれあって倒れこむ。彼は弾切れになったSAWをわきへ放りだし、かたわらの死体からAK-47を奪いとった。

「突入した！」彼は叫んだ。「突入したぞ！」

よろよろと立ちあがり、両脚から血を流しながらも、急ぎ足で狭い家のなかを抜けていく。奥の寝室でだれかがごそごそ動きまわっている音が聞こえたとき、キャラウェイが部下を引き連れて裏口から突入してきた。コックスが足をひきずって廊下を進んでいくと、男がなにかをクローゼットの奥の空間へ押しこんでいるのが見えた。彼はAK-47でそいつを撃ち、足をつかんでクローゼットからひきずりだした。

キャラウェイが寝室に入ってきて、コックスが重傷を負っていることを見てとった。

「なにか見つかったか？」

「サミールを呼べ」苦痛のあまり床に膝をつきながら、コックスは言った。「爆弾はあのクローゼットのなかだ」

80

サンディエゴ湾
コロナド島　民家の内部

ブヴォルツとトマスがカーテンの隙間から外をのぞいていると、指揮官のブライトンがブロンコを降り、家の北側にあたる地点に駐車している二台のパトカーのほうへぶらぶら歩いていくのが見えた。

「あの男は、おれたちを探してここに来たにちがいない」トマスが言った。「やつのSUVには、兵士がぎっしり乗りこんでるぞ」

「あいつらが兵士であるもんか！」ブヴォルツは肩にAK-47を吊したまま、皮肉な口調で言った。「あの男の身なりを見ろよ。頭を使え。やつらが送りこんでくるとしたら、それはサンダルを履《は》いた男なんかじゃなく、海兵隊だぜ。街路のすぐ向こうに、そいつらが何百人といるんだ」

「じゃあ、SUVに乗りこんでる男たちは何者なんだ？　おれには、あいつらも海兵隊に見えるぞ」

「そりゃまあ、この島は軍人だらけだからな。気を楽にしろよ」

ブライトンが角を曲がって、姿が見えにくくなったが、観察をつづけるためにカーテンを大きく開くと、向こうから見られるおそれがあるので、それはできなかった。

「だれかが家の向こう側へ行って、あいつがどこへ行くのか確認してくれ」

男たちのひとりが家の北側にある寝室に入りこみ、すぐにひきかえしてきた。

「街路のすぐ向こうにパトカーが二台駐まってて、あの男はそれに乗ってる警官と話をしてた」

全員が肩から銃をおろし、ブウォルツは場所を移動して、射撃体勢をとった。

「認めろよ！」トマスがブウォルツに言った。「おまえのおじきが吐かされたんだ。やつらはここにおれたちがいることを知ってる」

ブウォルツは内心、それは真実にちがいないと思ったが、あのアメリカ人たちがあんなに気楽にしている理由が理解できなかった。

「なんで、海兵隊じゃなく警察を送りこんできたんだろう？」

トマスが肩をすくめる。

「それが重要なことか？」

「ああ、このばか、重要なことだ！　おまえが原爆を回収しようとしたら、警官ふたりとサンダル履きの男を送りこもうとするか？　海兵隊を送りこむだろう！　しかも、街路のすぐ向こうに、そいつらが何百人といるんだ。なにかがおかしい。カシキンは吐かされたのだろうが、彼が吐いても、たぶん、やつらはその情報を信じきれなかったんだろう。しっかり頭を回転させろ——おまえたち全員がだ！」

彼はカーテンの隙間を閉じて、腕時計に目をやった。アメリカ人が爆弾を無力化しようとしても手遅れになるようにするためには、自分たちはそれほど長くもちこたえる必要はなかった。カシキンが起爆装置にさまざまなブービートラップや見せかけの手がかりを仕掛け、たとえ爆発物の専門技術者であっても、複雑に張りめぐらされた配線を三十分程度で読みとるのは不可能なようにしておいたのだ。残り時間が二十分かそこらを切れば、ブヴォルツとその部下たちが生き残っているかどうかは問題ではなくなるだろう。

「やつがSUVのほうへひきかえしてくる！」別の部屋から叫び声が届いた。「それと、警官どもはあそこを離れていくぞ」

ブヴォルツはトマスにほほえみかけた。

「な？　やつらは確信を持ちきれず、時間を浪費してるんだ。あのままほっておいて、もっと時間を浪費させてやろう。三十分後には、おれたちはアラーの前にいて、ここの異教徒どもは地獄の業火に焼かれることになるんだ」

「おい！」家の南側にある寝室から、だれかが叫びかけてきた。「黒塗りのSUVが三台、街路を走ってきた！　まっすぐこの家に近づいてくる！」

トマスがブヴォルツをにらみつけて、玄関のドアを開くと、黒塗りのSUVが三台、家の真ん前で急停止するのが見えた。彼が銃を肩づけして発砲しながら家の前の芝生へ駆けだし、もうひとりのチェチェン人がそのあとにつづいたところで、ブヴォルツがドアを蹴って閉じた。

外へ走り出たトマスが先頭のＳＵＶを迎え撃って、車を降りようとしていたＦＢＩのＳＷＡＴチームに近距離から銃撃を加え、もうひとりのチェチェン人が、あとの二台のＳＵＶに弾倉が空《から》になるまで銃撃を浴びせた。そのあと、ふたりが歩道を移動して身を隠し、弾倉の交換に取りかかったときには、ＳＷＡＴチームの半数ほどが死ぬか死に瀕するかというありさまになっていた。

81

南カリフォルニア
エドワーズ空軍基地

エドワーズ空軍基地の作戦センターでは、アメリカ大統領が立ったまま、コロナド島の五千フィート上空にあるUAVから送られてくるライヴ映像を観ていた。閣僚の大半が顔をそろえ、統合参謀本部議長クートゥアとFBI長官ドン・ラシター、そして国土安全保障省《DHS》副長官アンドルー・スローンもそこに来ている。

クートゥア将軍は腕を組んで、少し離れたところに立っていた。彼をはじめ、統合参謀本部の将軍たちはみな、大統領に対して、怪しい住所を調べさせるために海兵隊の数個分隊を——もともとコロナド島に駐留しているというわけで——送りこむようにと進言したのだが、FBI長官とDHS副長官がそれに反発して、海兵隊が国内において武力を行使するのは憲法に違反する、そしてFBIはこの状況に対処する準備ができていると主張した。

大統領はまる一分間、迷いに迷ったあげく、FBI長官にうなずいて承諾を与え、FBIの捜査官たちが行動を起こしたのだった。

そしていま、全員がそこに立って、FBIの黒塗りの車が三台、二番ストリートを走ってきて、例の民家のほうへと角をまわりこんでいくのを見つめていた。

クートゥアは腕時計で時刻を確認した。FBIの到着を待ったために、少なくとも三十分が浪費され、いまその要員たちがメタンフェタミン密造所への捜索令状を執行するような調子で、大胆に街路をつっぱしってきたのだ。

この少し前、すでにその民家の前に駐車していた黒塗りのSUVのなかでなにやら不審な動きがあったが、その直後、サンダル履《ば》きの男が車を降りて、街路の向こうに駐まっているパトカーのほうへ歩いていったので、FBI長官が、あれはFBIの先乗り要員のだれかにちがいないと断言した。

クートゥア将軍とブラッドショー大佐は、それは筋が通らない話だと判断して、疑わしげに目を見合わせた。サンダル履きで襲撃の場に姿を現わすFBI捜査官など、いるわけがないだろう？

そのとき、民家からだしぬけにふたりの男が出現して、FBIの車にAK-47の銃撃を加え、作戦センターにいる全員が息をのんだ。そのあいだにも、内部にいるチェチェン人たちが、惨殺を生きのびた要員たちに銃撃を浴びせ、民家の表側から硝煙が立ちのぼるのが見えた。生き残りの要員たちが歩道に身を伏せて、車の反対側へまわりこんでいく。

クートゥアはFBIの無謀な行動にほとほと嫌気がさして、我慢がならなくなった。

「こうなってしまうからこそ、海兵隊を送りこむべきだったのだ！」彼はこの国の最高司令官の面前でその判断を否定するという、前例のないことをやった。

全員がぎょっとして、彼のほうをふりかえる。

クートゥアはFBI長官をまっこうから見つめた。

「あの男たちはあそこへなにをしに行くつもりでいたんだ、ドン？　バーベキューか？」

「そんな話に耳を貸すつもりはない。これは高度に——」

「どうせ、あんたはそうだろうよ！」クートゥアはやりかえし、大統領をも含めて部屋にいる全員を、すさまじい形相でにらみつけてから、またFBI長官に目を戻した。「これは戦争なのだ！　そして、あんたの部下たちには戦争をする準備ができていないのであれば、そもそも首をつっこんでくるべきではなかったのだ！　これは単純なことだ、紳士諸君……指揮する者と従う者がいなければ、作戦は脱線してしまうということだ！」

大統領が咳払いをし、全員が即座にそちらに注意を向ける。

「将軍」画面を指さして、大統領が言った。「あの男たちは何者なのか、きみには見当がつくかね？」

すべての銃撃の発生地点である民家のほうへ、ブライトンとSEAL隊員たちが移動しつつあるのを見て、クートゥアは目を見開いた。そして、その行動様式から、あれは特殊部隊の兵士たちだと即座に見抜いた。

「わたしの推測では、あれは海軍SEAL隊員たちです、大統領」

「ポープの手配ということか？」

クートゥアは首をふった。

「そこまではわかりかねます。作戦がこれほど混乱を来《きた》しているとなれば、だれの手配でもありうるでしょう」

そのときまた、閣僚たちの全員が息をのんだ。黒のTシャツを着た男が茂みのなかから足を踏みだしてきて、生き残っていたFBI捜査官たちを撃ち倒し、そのあとSEAL隊員のひとりに射殺されたのだ。

大統領がその光景を目撃して吐き気をもよおし、DHS副長官のほうに向きなおった。

「動員可能なあらゆる法執行機関の諸資産をあの一帯へさしむけるんだ。現場に私服の特殊部隊員たちがいることを、警官たちにきっちり知らせておくように」

DHS副長官がうなずき、部屋を出ていく。

その直後、SEAL隊員たちが民家へ突撃していき、数台のパトカーが現場へ急行する光景が画面に映しだされた。

「もしやつらがあのなかでボタンに指をかけているとしたら」クートゥアは言った。「いまが、それを押して爆弾を爆発させる時だろう」

その二分後、SEAL隊員たちが外へ駆けだしてきて、さがっておけとパトカーのほうへ手をふるのが見え、作戦センターのなかに切迫感がみなぎった。

「くそ、爆発が起こるぞ」と内務長官がつぶやき、画面に近すぎると自分にも危険がおよぶと思ったかのように、一歩あとずさった。

大統領が、意外なほど冷静な目でクートゥアを見やった。

「事後、われわれはあそこを見ることができるだろうか？　それとも、ドローンを飛ばす必要があるのか？」

クートゥアはブラッドショーに目を向けた。

「あのUAVの高度は？」

ブラッドショーが答える。

「五千フィートです、将軍。二キロトン核爆弾が爆発した場合、その雲は一万五千ないし二万フィートの高度に達すると思われますが、それが問題になることはないでしょう。ただし、爆発に伴って生じる電磁放射がUAVの電子回路を焼きつかせる可能性はおおいにあります。爆発後も映像がこちらに届けられるかどうかは疑問です」

大統領が、戻ってきたDHS副長官のほうを見やる。

「DCのことは忘れろ、アンドルー。きみのところの諸資産をサンディエゴへ移動させるんだ。われわれは真の悪夢を見ることになりそうだ」

82

サンディエゴ湾
コロナド島

サミールはキャラウェイをわきへ押しやりながら部屋に入りこむと、クローゼットのなかへ手をつっこみ、シーバッグのストラップをつかんで、それをひっぱりだした。

キャラウェイがベンチメイド製の折りたたみナイフを開いて、爆発物処理《EOD》の男に手渡す。

サミールはシーバッグを縦方向に切り裂き、爆弾容器の下端の周囲が腐食しているのをひと目見て、声をかけた。

「みんな、すぐに外に出ろ！」

SEAL隊員たちが、沈没していく船から逃げだす鼠《ねずみ》のように、負傷したコックスをひきずりながら、いっせいに外へ出ていく。サミールのもとに残ったのは、ブライトンのみだった。

「腐食の程度はどんなものだ？」

サミールは死体のそばに膝をついて、詳しく見た。爆弾を隠そうとしていたときに、コックスに射殺されたチェチェン人だ。その男の唇を押しひらいてみると、少なくともこの二、三日、歯茎《はぐき》から出血していたことが推測できた。

「これは放射能障害の症状です、中佐。あなたも外に出たほうがいいでしょう。この男に症状が出たのはつい最近のことでしょうが、この部屋は危険です」

「致命的なまでに危険か？」

ＥＯＤの男は肩をすくめた。

「計器がないので、知りようがないです」

ブライトンがかたわらに立ち、ポケットからスイス・アーミーナイフを取りだして、ねじ回しを出した。

「これでアクセス・パネルを開けられるか？」

「イエス、サー」サミールはむっつりと言って、そのツールを受けとった。「外に出てください。内部のぐあいを見たら、おれが出ていって、みんなに知らせますから」

家の表側から、数台の車が停止する音が届き、キャラウェイがそこにいる全員に向かって呼びかける大声が聞こえてきた。家に近寄るな、あとずされ、爆弾から放射能が漏れている――それと、負傷したコックスともうひとりのＳＥＡＬ隊員のために衛生兵を呼んでくれ。

爆弾自体は小型スーツケースより少し小さかった。サミールは、アクセス・パネルを固定している六カ所のねじをスクリュードライヴァーではずして、色褪《いろあ》せた緑色の爆弾を露出させ、慎重にそれを持ちあげると、下側にブービートラップのたぐいが仕掛けられていることを確認してから、わきに置いた。それの内側にある現代的なデジタル時計に、00：22：14：

03という緑色の数字が表示されていた。

サミールは目をあげて、ブライトンを見た。

「二十二分間でこれを無力化するのはむりです、中佐。必要な機器類があったとしてもです。爆発物の専門家が配線をやりなおして、ブービートラップを仕掛けたことはほぼ確実です。残念ですが、時間が足りません。島の外へ持ちだして、海に投下するしかないでしょう」

「となれば、ヘリが要るな」

「イエス、サー。カミカゼ・パイロットの操縦するヘリがです。あなたはヘリを飛ばせますか?」

「いや」ぼそっとブライトンが言った。

「パイロットだけで行かせるわけにはいきません。三人がかりでやらなくてはならないでしょう」

ブライトンが首をふる。

「べつにきみがいっしょに行く必要はないんだぞ、水兵」

「中佐、おれはこのくそったれなしろもののそばに、かなりの被曝《ひばく》をするほど長い時間、膝をついていました。なので、おそらくは一年以内に精巣癌《がん》を発症し——妻が健全な赤ん坊を身ごもる機会に恵まれなくても、それをどうこう言える身ではなくなってしまうでしょう。とにかくヘリを呼んでください、中佐……高速のやつを」

ブライトンは、外に出て、あの狂乱のさなかでヘリを呼んでくれと頼んでも、だれかがその決断をする前に爆弾が爆発してしまうおそれがあると判断し、ポケットからiPhone

を取りだして、電話をかけた。

即座にポープが電話に出た。

「こっちは上方からそこを観察しているよ。上空のUAVから送られる映像をハッキングしているんだ。爆弾を見つけたのか？」

「そちらの状況を了解」ブライトンは言った。「タイマーがセットされていて、二十一分後に爆発します。EOD要員は、その時間内に無力化するのはむりだと言っています。ヘリが必要、それもいますぐ必要なんです」

「島の外へ持ちだすのか？」

「そうです」

「時間がほとんどないが」とポープ。「最善を尽くそう。待機してくれ」

ブライトンは電話を切り、サミールに目を向けて、爆弾を蹴りつけた。

「われわれはこいつにやられるだろう。きみはどんな気分だ？」

サミールが立ちあがって、片手をさしだす。

「その電話を貸してもらえますか、中佐？」ごくんと唾《つば》をのんだ。「妻に電話をしなくてはいけないので……」

83

サンディエゴ湾
コロナド島　ノースアイランド海軍航空基地

海軍少尉ジョゼフ・ファイヴコートはSH-60シーホークのパイロットで、捜索救助任務を専門とし、海洋攻撃ヘリコプター飛行隊HSM71に所属している。ラプターの俗称で呼ばれるこの飛行隊は、ノースアイランド海軍航空基地《NASNI》に駐留しているのではなく、USS〈ジョン・C・ステニス〉（CVN-74）第三空母打撃群に配属されていた。ファイヴコートは二十四歳で、父親がチェロキー・インディアンとのハーフなので、彼はクォーターにあたる。五人きょうだいの末っ子として、ノースカロライナ州西部にあるインディアン保留地で育ち、予備役将校訓練部《ROTC》の課程を通過して海軍に入隊した。

基地に警戒態勢が発令されたとき、彼はすぐさま自分のヘリに乗りこみ、緊急離陸に備えてエンジンを暖機した。彼の指揮官はその前日、耳の感染症のために飛行任務からはずされていて、まだ代わりの指揮官は任じられていなかった。警戒態勢が発令された理由は、彼には見当がつかなかったが、国の防衛態勢が〝コックト・ピストル〟に設定されたことは知っていたし、もし攻撃を受けた場合に自分のヘリが地上でやられてしまうのは願い下げにしたかったので、ヘリのローターをゆっくりと回転させておくようにしたのだった。そんなわけで、海兵隊のハムヴィーがやってきて停止し、飛行隊の隊長が降りてきたときにも、彼はコックピットにすわって、命令が下されるのを待ち受けていた。

　ファイヴコートはヘリのドアを開いた。

「どういうご用件でしょう、隊長？」

「二番ストリートとアラメダ・ブールヴァードの交差点の位置は把握してるな？」隊長が問いかけた。

「基地のすぐ外にあたる地点のことでしょうか？」

「そうだ。ついさっき国防長官から電話が入り、大至急その交差点へヘリを飛ばせとの命令を受けた。このヘリがローターを回転させていたので、きみが選ばれたというわけだ。なにが起こっているのかさっぱりわからないが、少尉、なんであれ、きわめて深刻な事態のようなので、すぐにこのヘリを離陸させて、そこへ向かってくれ」

　隊長はファイヴコートの肩をぴしゃっとやって、ドアを閉じた。

　なんのためにヘリが必要とされているのか推測する暇もなかった。ファイヴコートは、六十秒後には飛行甲板からヘリを飛び立たせ、南東の方角の二百フィートと離れていない地点をめざした。わずか数秒後、二番ストリートとアラメダ・ブールヴァードの交差点が見えてきた。路上に発炎筒が焚《た》かれて、大きな円が描かれ、何十人もの警官と消防士たちがその周囲に立って、狂ったように手をふりまわしている。

「なんと」彼はつぶやいた。「だれか大物中の大物があそこで死にかけているらしい」

その場所は電線のぐあいが気にくわなかったので、街路の反対側にある基地の構内を選択し、八フィートの高さがある外壁のすぐ内側へヘリを降ろしていくと、二名の海兵隊員が、電線を避けたがるだろうと予期していたかのように、すでに保守管理施設から基地構内へ入るためのゲートを開いていた。

若き少尉ファイブコートは、車輪が地面に着く前に、そのふたりがストレッチャーを押しながらヘリに駆け寄ってくるのを目にした。そのストレッチャーには、彼が自分の船室に置いている小型スーツケースぐらいの大きさの、緑色をした物体が載せられていた。そこにいる全員が、ストレッチャーを急いで通すために大きく場所を空けるのが見えた。そのふたりが——ひとりは短パンにビーチサンダルという姿だった——通りかかると、海兵隊員たちも急いでわきによけていく。ストレッチャーを押してゲートを通りぬけたそのふたりは、基地構内に入ると、まっすぐにヘリのところにやってきた。

彼らがその物体の両端をつかんで持ちあげ、ヘリのなかへ運び入れる。サンダル履《ば》きの男の腕に〝ボーン・フロッグ〟のタトゥーがあるのが見えたので、海軍SEALの隊員らしいとファイヴコートは判断した。

「可能なかぎり速く海の上空へ飛ばしてくれ！」ローターの回転音に負けない大声でSEAL隊員が言った。「そして、ずっと洋上にいるように。このしろものが爆発するまで、たったの五分しかないんだ」

ファイヴコートがぎょっとして、後部シートをちらっと見ると、若い男がコックピットと物体を見つめているのがわかった。いまは緑色の金属ボックスであることが見てとれるようになった物体を見つめているのがわかった。

「なにが爆発するまで？」

「あれだ！」とそのSEAL隊員、ブライトンが言って、後部を指さす。「核爆弾。知らされていないのか？」

ファイヴコートはひどい裏切りにあったような気分になって、首をふった。

「だれにもなんにも知らされていません——大至急、ここに行けと言われただけで！」

「くそ！　きみは志願したものと思っていたのに！」

「おれはなんの志願もしちゃいません！」

「あと四分！」後部からサミールが叫んだ。

ブライトンがファイヴコートの目をのぞきこむ。

「選択はきみに委《ゆだ》ねよう。離陸し、サンディエゴ湾地域を救った英雄として死ぬか、この地上に居残り、ほかの五十万ほどのひとびとといっしょに死ぬか。それしか選択肢がないのが残念だが、なにしろ時間が尽きかけているのでね」

ファイヴコートは思考停止に陥ったが、すぐに訓練の成果が発揮されて、足がひとりでにフットペダルを踏みこんでいた。その手がコレクティヴレバーを操作して、ヘリを宙に浮きあがらせ、サイクリックレバーを前に押して、機首を太平洋の方角へ向ける。

「もし飛びおりたければ」と言う自分の声が聞こえた。「いまがその時です」

ブライトンがほほえむ。

「われわれはいっしょに行くよ」

ファイヴコートはうなずき、電線に注意しながらヘリの速度をあげていって、基地を離れ、南西へほんの百五十フィートほど飛行しただけで洋上にヘリを出した。

「西寄りの方角へ飛行したら」ヘッドセットをつかみあげてブライトンに手渡しながら、彼は言った。「爆発したときにポイント・ローマに近づきすぎることになるかもしれません」

「了解」ブライトンがヘッドセットをはめ、マイクを調整して、それに答えた。「どこへ飛ぶかはきみに任せよう」

「あと三分!」サミールが呼びかけた。

「彼はあんなふうに残り時間を叫ばなきゃいけないんですか?」マイクを通してファイヴコートは問いかけた。

ブライトンが後部へ目をやると、サミールがタイマーを凝視しているのが見えた。

「ああ、そのようだ。彼は、腐食による爆発が起こらないようにと願ってるんだ」

ファイヴコートはうなずいた。

「オーケイ。百四十六ノットの速度に達しました。この機の最高速度にあたる、時速約百七十マイルに」

ブライトンが北東へ目を転じると、まだポイント・ローマが見てとれた。

「もう少し、あそこから遠ざかるようにできるか?」

ファイヴコートはしかめ面を向けた。

「だれがこいつを飛ばしてると思ってるんです?」

　ブライトンが若い少尉の目を見て、葛藤と決意の入りまじった感情が浮かんでいることに気がついた。

「言ってもしょうがないだろうが、こんなことになって気の毒だと思ってるよ」

「悪いことばかりでもないです」とファイヴコートは応じ、前方の水平線をながめながら、あれが爆発したときに自分はなにか感じるのだろうかと思った。「おれは名誉勲章を授かる二十九人めのインディアンになるでしょう。そうなれば、母が誇らしく思うでしょうよ」

「きっと、そうなる前に誇らしく思ってくれるさ」

「あと二分！」

「一曲歌い終わる時間もないな」とブライトンはつぶやき、息子のことを考えた。妻を泣かせることになるのが恐ろしくて、彼女に電話は入れていなかった。この数ヵ月、心のなかから押しやっていたことを打ち明けるはめになるのが、恐ろしくてならなかったからだ。

　皮肉な成り行きに当惑して、彼はにやりとした。なんの罪もないひとりの女の胸を張り裂けさせるようなことをするより、死ぬほうがはるかに気が楽だとは。

　ヘッドセットを通して、ファイヴコートの問いかけの声が聞こえてきた。

「なにがおもしろいんです？」

「いや、べつに。自分は臆病者だと考えていただけでね」

　ファイヴコートが見つめてくる。

「あなたはみずから進んで、大海原に核爆弾を投下するヘリに乗りこんだんですよ」

「いや、わたしは臆病者だ」とブライトンは言い、声をあげて笑った。「そうだと決めつけてくれてもいい」

「あと一分！」

ブライトンは、笑みが残ったままの目で背後を見やった。

「なにか最後に告白することは？」

サミールがしばらく悲しげな目で見つめたあと、ようやく破顔一笑した。

「おれはよくガキのころ、おばのリダを想像して、マスをかいてました！　彼女は英語をしゃべれなかったけど、でっかいオッパイをしていたんです」

ブライトンは笑った。

「わたしのはもっとひどい。妻を捨てて、別の女性のもとへ行こうとしていたんだ」彼はファイヴコートのヘルメットをぴしゃりとやった。「きみはどうだ？」

ファイヴコートが物悲しい笑みを向けてくる。

「おれは一度――」そのとき、千ヤードほど右手の海面を、三胴船《トリマラン》の形状をした戦闘艦が全速力で北へ航行しているのが彼の目に入ってきた。「おっと、くそ……〈コロナド〉を撃沈してしまう」

ブライトンがさっとこうべをめぐらすと、〝艦隊指揮艦〟USS〈コロナド〉（LCS‐4）が見えた。沿岸地帯における潜在的な各種の脅威に応戦するために、ステルス・テクノロジーを用いて設計された、インディペンデンス級戦闘艦だ。

ブライトンは窓ガラスに指をあてた。

「すまんな、みんな」

ポイント・ローマからちょうど七マイル南西の海中でRA－115が起爆し、TNT換算で一・八キロトンの威力を有する核爆弾が爆発して、マイクロセカンドの瞬間にヘリとその全乗員を昇華《しょうか》させた。その衝撃波は半径二キロメートルにおよび、〈コロナド〉だけでなく、三隻のトロール漁船と数隻のヨットが沈没した。数百トンもの海水が煮えたぎり、数分のうちに、きのこ雲が二万フィートの上空まで立ちのぼって、遠く離れた内陸部からも目撃されることになった。

84

南カリフォルニア
エドワーズ空軍基地

UAVは外洋に出たヘリに追従せず、サンディエゴ湾上空の所定の位置にとどまって、その高性能カメラで捜索救助のヘリを追いつづけていた。ヘリが速度をあげつつ、海面の二百フィートほど上空を飛行していく。

「理解できない」画面を見つめて、ヘイゲンが言った。「なぜEODの男は、なにもできはしないというのにあのヘリに乗りこんだのだろう？」

クートゥア将軍は掌《てのひら》に顎をのせ、その手の肘をもう一方の手で支えた格好で立ち、海の上空を飛んで小さくなっていくヘリの機影をながめていた。彼はヘイゲンにちらっと鋭い視線を投げ、海軍の連絡将校に顔を向けて、小声で問いかけた。

「こんなことを訊くのはいささか手遅れだろうが、ケン、沿岸部にいる艦艇に警告は出してあるんだろうな？」

「イエス、サー」海軍大尉が答えた。「しかし、〈コロナド〉を失うことになると思われます。なにが起こったのかは不明ですが、あの艦は数分前まで、その海域を離脱せよとのメッセージを受けとっていなかったのです」

大統領がふりかえった。

「戦闘艦を一隻、失うことになる?」

「遺憾《いかん》ながら、大統領、そのように思われます。その海域を離脱せよとの最初のメッセージが誤認されたのか、あるいはほかの原因があったのかは不明ですが、あの艦は数分前まで、まっすぐサンディエゴ湾をめざして急行していました。これは推測でしかありませんが、最初のメッセージを、救助支援のためにNASNIにひきかえすようにとの要請と誤認したのではないでしょうか。あの艦はシースタリオン輸送ヘリを二機、搭載していますので」

「クルーの人数は?」

「七十名前後です、大統領」

大統領がまた前へ向きなおったちょうどそのとき、画面にまばゆい閃光があがるのが見えた。部屋にいるほぼ全員がぎょっとして、「おっと、なんだ!」と声を発する。送られてくる映像がつかのま、モザイク状に乱れたが、電子的干渉はすぐに消え去り、水平線のすぐ向こうから立ちのぼってくるきのこ雲を、高度をあげたUAVのカメラがとらえた。

爆発地点は、外洋に出て三マイルにあたる地点で、そこは水平線の四マイル向こう側とあって、視認することはできなかった。

大統領が国土安全保障省副長官のほうへ向きなおる。

「きみのところの人員はサンディエゴに集結しているんだろうな?」

「申しあげたとおり、大統領、動員可能なすべての航空機、ヘリコプター、トラックおよび列車を集めています。まだそれらの組織化には至っていませんが、ハリケーン・カトリーナのときより迅速に組織化を進めています。まさにノルマンディ上陸作戦のように、統制がとれた状態で現地に向かわせるつもりでおります」

「それはそれでいいが、そろそろだれかがなんらかの手を打たなくてはならない！」大統領が言って、クートゥアのほうへ身を向けた。「あの映像を切ってくれないか、将軍。いまからわたしが話をするので、注意をそらすようなものはなくしておきたい」

クートゥアは空軍中尉に合図を送って、画面をオフにさせた。

「よし、よく聞いてくれ」ほかのだれよりも閣僚の面々に強く注意を向けて、大統領が切りだした。「神の恩寵《おんちょう》と、きわめて勇敢な男たちの自己犠牲によって、われわれはなんとか、ひとつの都市の壊滅を防ぐことができたが、サンディエゴ市民は放射性降下物の恐怖にさらされるようになるだろう。彼らに、直接的な物的支援と精神的援助を与える必要がある。そこで、諸君には、それぞれの執務室に電話を入れ、可能なありとあらゆる方策を用いてこの事態に対処する準備をさせておいてもらいたい。もし諸君のオフィスにはこの種の危機に対応する方策は用意されていないということなら、いまそれを作成するんだ！　それと……NRCが安全を宣言したら、わたしはすぐサンディエゴに飛ぶので、諸君も合流するようにと要請しておこう」

NRCというのは、原子力規制委員会の略語だ。

大統領がクートゥアに顔を向ける。

「ちょっと内々に話したいことがあるんだ、将軍」

ふたりはほかの面々から離れた場所へ移動し、ヘイゲンがついてきて、大統領のすぐそばに立った。

「大統領」クートゥアは言った。「さきほど暴言を吐いたことをお詫《わ》びいたします。弁解はしません。このあとすぐに辞表を提出するつもりでおります」

大統領が首をふった。

「そんなことはもう忘れた」なにかをじっくりと考えているような感じで、将軍の肩に手を置いた。「将軍、きみには、可及的すみやかに、別の特殊任務ユニット《ＳＭＵ》を編成する計画を策定してもらいたい。国内における作戦を遂行するための、ＳＴ６／Ｂのような特殊作戦ユニットを……いや、もっと特化したＳＭＵをだ。部下たちと協議してその詳細を練りあげてもらいたいが、そのユニットの目的は、アメリカの国土にひそかに持ちこまれた核兵器に対処することのみとなる。全員が特殊作戦の要員であるほうがよかろうし、東西両海岸地域に複数のチームを配備して、同時多発の脅威に対応できるようにすべきだろう。そしてまた、それらは——少なくとも理論的には——極秘ユニットであるべきだろう。了解したかね？」

クートゥアは驚きをみごとに押し隠して、答えた。

「了解しました、大統領」

「では、常軌を逸した話といこう」大統領がつづけた。「そのＳＭＵはボブ・ポープが運用し、彼は大統領執務室と直接の応答をおこなう。わたしの念頭にあるのは、核兵器の発射は時間的空白なしに大統領に知らされねばならず、それを追うことになるチームとポープのあいだに時間的空白があってはならないということだ。たしかにポープは周囲をいらいらさせる人物ではあるが、当面、われわれの手もとにある人材としては、彼がもっとも適任であろうと思われる」

ティム・ヘイゲンが大統領の間近に寄ってきた。

「大統領、いまは新たな方針を決定するのに最善の時ではないでしょう。おそらく、この件はのちほど話しあうのがよかろうかと――」

大統領が腹立たしげな表情になって、彼を見つめる。

「ティム、今週末までに、きみの辞表がほしい」

ヘイゲンの顎ががくんと落ち、大統領はクートゥアを伴って場所を移し、考えていることをことばにする作業をつづけた。

「われわれが核に対処するのはこれが最後とはならないだろう、将軍。あの種の連中は、われわれをやっつけるまで、何度も何度も試みるだろう。いまわたしは、そう確信するようになった。きみは同意するかね？」

「イエス、サー。遺憾ながら同意します」クートゥアは答えた。「それが、この時代における新たな脅威でしょう。マスターチーフ・シャノンについては、いかがいたしましょう？わたしがポープに対し、彼を新設SMUの訓練責任者に任じるよう助言すべきでしょうか？」

大統領がうなずく。

「そうしてくれ。シャノンはそれを受けるだろうと、きみが考えているのならばだ。ただし、彼はわれわれ全員にくそくらえと言いたい心境になっているにちがいないと思うんだが」

クートゥアは笑みを浮かべた。

「われわれがどう考えるかなどは、大統領、シャノンやポープのような男たちには関係のないことでして。彼らはわれわれのために仕事をしているのではなく、より高き権威——理想のために働いています。われわれの仕事は、つねに彼らに目を光らせておくことだけです。彼らがかけがえのない人材であることは、疑いの余地がありません。しかし、彼らのような人材がごくまれであるのは、われわれにとって幸運なことでもあるのです」

エピローグ

サンディエゴ湾沖の海中でＲＡ-１１５が爆発してから一カ月が過ぎたとき、最先任上等兵曹《マスターチーフ・ペティオフィサー》ギル・シャノンは、アーリントン国立墓地の葬儀の場に、妻のマリーと上級上等兵曹テリー・レスカヴォンスキー（通称アルファ）にはさまれてすわっていた。参列者はおおぜいいたが、それはみな遺族や海軍の関係者という、故人と近しい間柄だったひとびとだ。四つの木製の棺《ひつぎ》のかたわらにはそれぞれ、海軍ＳＥＡＬ中佐ジェディダイア・ブライトン、海軍少尉ジョゼフ・ファイヴコート、海軍一等兵曹アダム・サミール、そして海軍ＳＥＡＬ二等兵曹クリスチャン・サンティアゴの写真が飾られていた。遺体がおさめられているのは、サンティアゴの棺のみだった。

西海岸のサンディエゴでは、いまなお各所の病院が、現実もしくは想像上の放射線障害の治療を求めて訪れるひとびとの対応に追われている。しかし、核爆弾が爆発した十二時間後には、国土安全保障省《DHS》の指揮下にある連邦緊急事態管理庁《FEMA》の人員が大挙してそこに到着し、多大な混乱や重複的な行動、散発的な停電といった問題はあったものの、ハリケーン・カトリーナの襲来後に生じたような、全市的な緊急事態対応の失敗という結果を招くことなく、収拾に成功していた。

例によって、各ニュース・ネットワークは、あの大災害の背景から、不撓不屈《ふとうふくつ》の英雄的アメリカ人たちを――放射性降下物の危険性がもっとも高い地区からの退避を拒否した医師たち、住民の最後のひとりが避難を終えるまで、適切なハズマット装備（放射性物質、引火物、毒物といった危険物から身を守るためのスーツやヘルメットなど）もなく汚染地域に踏みとどまっていた警察官や消防士たちを――掘り起こすことに大わらわだった。そして、放射能汚染と停電による闇が全市を脅《おびや》かした最初の二十四時間という、恐怖と集団パニックのなかで生じたさまざまな危機において、まったく見知らぬひとびとの救出にあたったアメリカ人たちのことを、日々報じていた。

サンディエゴ市には、これから数カ月、ことによると何年ものあいだ、居住や立ち入りが禁じられる地区ができるだろう。忌まわしい癌《がん》の兆候が現われるのはいつごろになるかはだれにも予想がつかなかったが、初期調査によれば、放射性同位体ヨウ素131の被曝《ひばく》に起因する甲状腺癌によって、今後十年間のうちに三万人の死者が出ると見積もられていた。

アルカイダおよびチェチェンのテロリスト各派は、事件発生後の数日間、奇妙なまでに沈黙を守り、このテロ攻撃の実行者であることを宣言する集団はひとつもなかった。それに関して、テレビのニュースキャスターたちは、動転や恐怖、〝標的のまちがい〟に至るまで、ありとあらゆる解釈を語っていた。だが、事件から十日がたったころ、アラビア半島のアルカイダ《AQAP》と、チェチェンのリャドゥス・サリヒーン殉教者旅団《RSMB》の両派が、この核攻撃の実行者であることを宣言しただけでなく、一年以内に第三の核爆弾による攻撃をおこなうとの声明を発表し、アメリカ人のなかの動揺しやすいひとびとをしばらくのあいだパニックに陥らせることになった。核の脅威は、もはやたんなる脅威ではなく、実効的なテロ攻撃の手段になったのだ。

それでも、ようやく、この国には落ち着きが生まれはじめていた。もちろん、いまもまだ、〝サンディエゴ事件〟はだれもが口にする話題ではあったが。爆発が起こったのが九月十一日で、アメリカでは大災害は日付で呼ばれるという倣《なら》いによって、この事件は早々と〝第二の9・11〟で通るようになっていた。その名称は、初期にはメディアの中心的グループのあいだではあまり用いられていなかったが、〝ニューメキシコ事件〟のほうはすでに、この国への将来的な核攻撃に用いる基本的名称として使われるようになっていた。

アメリカ大統領がメモのたぐいはなにも持たず、演壇の上へあがる。テレプロンプター（演説や放送の際に文章などを電子的に表示して補助する装置）もテレビカメラもなかった。四人の英雄たちの国葬は翌日に執りおこなわれることになっており、ニュース・ネットワークはすべて、そちらを報道することに熱を入れていたのだ。

「この朝、ここで弔辞を述べるのは名誉あることとです」きわめて荘重な面持ちで大統領が切りだした。朝陽を浴びたその姿は、いかにも大統領らしかった。「まずは、このわたしのことばは非公式なものであることをお断わりしておきましょう。われわれはこの美しく、もっとも敬虔《けいけん》な場所に私人として集まったわけなので、通常なら、わたしのような立場にある人間にはいささか口にしずらいことを、みなさんに語らせていただきたい」

大統領が咳払いをし、最前列の椅子にすわっている、故人となった四名の英雄たちの近親者一同のほうへ視線を走らせた。

「われわれがここに集まったのは、四人の勇敢な男たちに対し、この国は報うにも報いようのない恩義を負うことを忘れないようにするためです。彼らは何千、何万人もの命を救うために、進んでみずからの命をささげた。このような自己犠牲はかつてなかった。めったにないことなのです。

しかし、まれではあれ、このような自己犠牲の精神を持つ者はおり、彼らは人類に大きな衝撃をもたらすものです。事実、人類の全歴史を通じ、これに比肩する自己犠牲の精神の持ち主は――われわれの信じるところでは、十字架上の死を遂げたとされる人物以外に存在しなかったのではないでしょうか」

大統領が、その右側に並んでいる棺と写真のほうへ手をふってみせた。

「この四人の無私のアメリカ人たちのおかげで、将来、文字どおり何千、何万人ものひとびとがぶじこの世に生を受けられるようになったのであり、これはよくよく考えれば、途方もないこと、そう、まさに途方もないことなのです。この事実ひとつだけでも、四人の勇敢な男たちが永遠に人類の歴史に名を残す理由となるでしょう」

大統領はさらに十分ほど語りつづけ、弔辞を終えると、わきによけて、数分間、涙に暮れるリー・ブライトンを演壇に立たせ、そのあと、彼女より年かさで、落ち着きを保っているシェリル・ファイヴコートを招いた。ファイヴコート夫人が、ヘリコプター・パイロットであった息子のジョゼフを誇らしく思っていることをみなに語ったあと、打ちひしがれたシーラ・サミールが演壇に招かれた。彼女は、話そうと思っていたことを半分も話せないうちに泣きくずれてしまい、まる一分間、大統領の腕のなかですすり泣いた。大統領自身も、彼女を慰めようとしつつ、涙を抑えきれないというありさまだった。

そのころにはもう、涙を浮かべていない参列者はひとりもおらず、ギルまでが目頭《めがしら》をこすっていた。彼はかたわらのマリーにささやきかけた。

「あの男はたいしたもんだ。彼はべつにきょう、これをする必要はなかったのに、あすの国葬の前に未亡人たちにこういう機会を与えようとしたんだ。舞台稽古《げいこ》のようなものとして」

マリーがうなずいた。その目からも涙があふれ、頬を伝っていた。

この前日、ふたりは自分たちの試練を受けていた。国の反対側にある別の国立墓地に行き、ギルのチームに所属していた二名のSEAL隊員がバック・ファーガソンとその次男と三男とともに埋葬される場に参列したのだった。五人のうちの四人は、マリーとその母親を守ろうとして命を落とした。母親のジャネットはまだ入院中だが、近い将来に退院の運びとなっていた（FBI特別捜査官スペンサー・スタークスとオソ・カサドールはどちらも順調に回復している）。

やがてシーラ・サミールが落ち着きを取りもどすと、大統領が彼女に手を貸して椅子のほうへ歩かせ、内気すぎて演壇にあがるのを固辞したナンシー・サンティアゴの隣席にすわらせた。

五十フィートほど離れた場所に、〝クラックジャック〟と呼ばれる青の礼装を着て、〝ディクシーカップ〟と呼ばれる白の海軍帽をかぶった七名の水兵がいて、そのとき、彼らがM14ライフルの銃口を空に向けて三度、一斉射撃の礼砲を鳴らした。数分後、同じ礼装に身を包んだ海軍のラッパ手が、百フィートほど離れた地点に並んでいる墓標のあいだに立ち、

〝葬送ラッパ〟のメロディを切々と奏ではじめた。

棺に国旗はかけられていなかった。棺を覆《おお》う国旗をたたんで遺族に手渡す儀式は、この翌日、テレビカメラの並ぶ前で執りおこなわれる国葬用にとっておくことに、全員が同意したからだった。

海軍の儀式が終わると、SEALチーム3に所属する四十名のSEAL隊員たちが各自の席から立ちあがって、ふた組に分かれ、二十名が海軍中佐ブライトンの棺の前、あとの二十名が二等兵曹サンティアゴの棺の前に整列した。それぞれが制服からSEALの徽章《きしょう》、トライデント・ピンをはずして、うやうやしく棺の上にのせ、ちょっと間をおいてから、トライデント・ピンを強くたたいて、棺のラッカー塗り木材の蓋《ふた》に食いこませていく。だれもが、ピンが水平に、そしてまっすぐ一列に並ぶように、慎重に調整してやっていた。その打ちつける音は遠方からも聞こえた。命を落とした同僚へSEAL隊員たちが敬意をささげる儀式が終わったとき、ふたつの棺はどちらも、硬い金色の金属を一列に並べた装飾が施されたように見えた。

ギルはアルファのほうへ顔を向けて、その耳に口を寄せ、小声で話しかけた。そのあと、ふたりは椅子から立ちあがって、それぞれの制服からトライデント・ピンをはずし、棺が並べられている場所の中央へ歩いていった。だれもが驚いたことに、ふたりはブライトンとサンティアゴの棺の前を通りすぎ、ギルは海軍少尉ジョゼフ・ファイヴコートの、アルファは一等兵曹アダム・サミールの棺の前で足をとめた。そして、それぞれが頭上へ片手を掲げた。

そのあと、ギルがうなずきかけ、ふたりが同時に、それぞれのトライデント・ピンを棺の蓋に打ちつけた。

訳者あとがき

好評をもって迎えられたスコット・マキューエン＆トマス・コールネーのデビュー作『スナイパー・エリート』につづく、シリーズ第二弾をお届けする。

主人公はもちろん前作と同じく、不撓不屈《ふとうふくつ》のスナイパー、ギル・シャノン。ただし、彼はすでにＤＥＶＧＲＵ《デブグル》（海軍特殊作戦開発グループの略称で、ＳＥＡＬチーム６が改称されたもの）を除隊し、ＣＩＡのＳＡＤ（特殊活動部）担当次官ボブ・ポープの下で秘密任務に就いている。

前作の主要な舞台はアフガニスタンだったが、今回はタイトルにあるように、アメリカがテロリストのターゲットになる。しかも、そのテロの手段が尋常ではない。なんと、核爆弾がアメリカ本土に持ちこまれるのだ。テロの首謀者は、元ソ連軍中尉のロシア系チェチェン人、ニコライ・カシキン。イスラムの過激な一派、サラフィー主義を信奉するテロリストだ。カシキンは、ソ連時代のロシアが製造した、ＲＡ-１１５と呼ばれるスーツケース型核爆弾を二個ひそかに入手していた。

しかし、不測の事態が発生し、そのうちの一個がアメリカとメキシコの国境の地下で爆発する。もう一個の核爆弾がアメリカに持ちこまれていることを知った大統領は、デフコン2を発令し（デフコンとは、戦争への準備態勢を示すアメリカ国防総省の規定で、平時の5から最高度の1までに分類される）、ワシントンDC、ニューヨーク、シカゴ、ロサンジェルスに戒厳令を敷いた。

ポープは、間近に迫った9・11の日が核爆弾を爆発させる日であろうと予測し、モロッコに派遣していたギルを呼び戻し、前作でギルとともに無許可任務を遂行した元デルタ・フォース隊員のクロスホワイトと、元DEVGRU隊員たちを召集して、隠密部隊《ブラック》を編成する。前回はアフガンにおける無許可任務だったが、今回はポープが編成し、大統領が許可する部隊であり、しかも全員がすでに退役なので、その部隊はST6／B——SEALチーム6／ブラックの略称——と命名された。彼らはみな、いざとなれば大統領が関与を否定できる〝使い捨て〟の兵士だ。

一方、前作でイスラムの聖職者を殺害したギルも、テロリストたちのターゲットになっていた。その命を狙って、テロリストたちがギルの牧場へ——そこにギルがいると考えて——向かい、彼の妻マリーとその母親の身に危険が忍び寄ってくる。

ギルは、ポープは、大統領は、第二の核爆弾の爆発を阻止することはできるのか？　そして、マリーとその母親の運命は？　物語は緊迫の度を増し、終局へ突入していく。

テロの首謀者カシキンがなにを企て、アメリカのどこをターゲットにしたのか？　それはやがて明らかになるが、もし現実にアメリカで核テロが実行されたら、それはアメリカのみならず、全世界に甚大な影響をおよぼすだろう。この物語はけっして絵空事ではない。あすにでも起こりうる悪夢なのだ。

二〇一六年一月

冒険小説

死にゆく者への祈り
ジャック・ヒギンズ／井坂　清訳

殺人の現場を神父に目撃された元IRA将校のファロンは、新たな闘いを始めることに。

鷲は舞い降りた〔完全版〕
ジャック・ヒギンズ／菊池　光訳

チャーチルを誘拐せよ。シュタイナ中佐率いるドイツ軍精鋭は英国の片田舎に降り立った

鷲は飛び立った
ジャック・ヒギンズ／菊池　光訳

IRAのデヴリンらは捕虜となったドイツ落下傘部隊の勇士シュタイナの救出に向かう。

女王陛下のユリシーズ号
アリステア・マクリーン／村上博基訳

荒れ狂う厳寒の北極海。英国巡洋艦ユリシーズ号は輸送船団を護衛して死闘を繰り広げる

ナヴァロンの要塞
アリステア・マクリーン／平井イサク訳

エーゲ海にそびえ立つ難攻不落のドイツの要塞。連合軍の精鋭がその巨砲の破壊に向かう

冒険小説

シブミ 上下
トレヴェニアン／菊池 光訳
日本の心〈シブミ〉を会得した世界屈指の暗殺者ニコライ・ヘルと巨大組織の壮絶な闘い

サトリ 上下
ドン・ウィンズロウ／黒原敏行訳
孤高の暗殺者ニコライ・ヘルの若き日の壮絶な闘い。人気・実力No.1作家が放つ大注目作

シャドー81
ルシアン・ネイハム／中野圭二訳
戦闘機に乗る謎の男が旅客機をハイジャックした！ 冒険小説の新たな地平を拓いた傑作

A-10奪還チーム 出動せよ
スティーヴン・L・トンプスン／高見 浩訳
最新鋭攻撃機の機密を守るため、マックス・モス軍曹が闘う。緊迫のカーチェイスが展開

高い砦
デズモンド・バグリイ／矢野 徹訳
不時着機の生存者を襲う謎の一団――アンデス山中に繰り広げられる究極のサバイバル。

クリス・ライアン

襲撃待機
伏見威蕃訳
爆弾テロで死んだ妻の仇を討つため、SAS軍曹シャープは秘密任務を帯びて密林の奥へ

暗殺工作員ウォッチマン
伏見威蕃訳
上司を次々と暗殺するMI5工作員とSAS大尉テンプルが展開する秘術を尽くした戦闘

テロ資金根絶作戦
伏見威蕃訳
MI5の依頼でアルカイダの資金を奪った元SAS隊員たちに、強力な敵が襲いかかる。

抹殺部隊インクレメント
伏見威蕃訳
SISの任務を受けた元SAS隊員は陰謀に巻き込まれ、SAS最強の暗殺部隊の標的に

逃亡のSAS特務員
伏見威蕃訳
記憶を失ったSAS隊員のジョシュに迫る追跡者の群れ。背後に潜む恐るべき陰謀とは？

訳者略歴　1948年生，1972年同志社大学卒，英米文学翻訳家　訳書『脱出山脈』『脱出連峰』ヤング，『不屈の弾道』『狙撃手の使命』コグリン＆デイヴィス，『スナイパー・エリート』マキューエン＆コールネー（以上早川書房刊）他多数

HM=Hayakawa Mystery
SF=Science Fiction
JA=Japanese Author
NV=Novel
NF=Nonfiction
FT=Fantasy

ターゲット・アメリカ

〈NV1378〉

二〇一六年二月二十日　印刷
二〇一六年二月二十五日　発行
（定価はカバーに表示してあります）

著者　スコット・マキューエン
　　　トマス・コールネー
訳者　公《く》手《で》成《しげ》幸《ゆき》

発行者　早川浩
発行所　株式会社　早川書房
郵便番号　一〇一 - 〇〇四六
東京都千代田区神田多町二ノ二
電話　〇三 - 三二五二 - 三一一一（大代表）
振替　〇〇一六〇 - 三 - 四七七九九
http://www.hayakawa-online.co.jp

乱丁・落丁本は小社制作部宛お送り下さい。
送料小社負担にてお取りかえいたします。

印刷・三松堂株式会社　製本・株式会社明光社
Printed and bound in Japan
ISBN978-4-15-041378-1 C0197

本書は活字が大きく読みやすい〈トールサイズ〉です。